急診室的奇蹟

蘇愚——著

THE MIRACLE
OF THE EMERGENCY ROOM

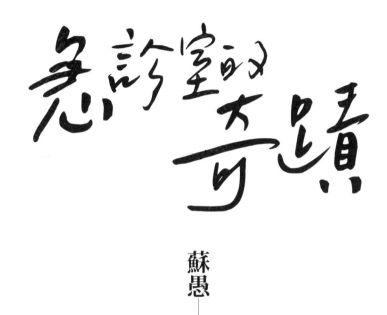

目次

推薦序

蔡銀娟

這是一本看了就停不下來的小說。

在大型教學醫院的急診室裡，救人為先的仁醫、笨鳥慢飛的菜鳥、混水摸魚的大老……各種不同性格的醫護人員們，在分秒必爭、搶救人命的日常中，不但看見了人性與社會百態，也面臨職場上不為人知的困境。

在閱讀的過程中，我常跟著幾位主角一起緊張、一起氣憤、一起擔憂、一起困惑。有好幾次我跟自己說：都凌晨了，先去睡吧，明天繼續看。但看完一章往往忍不住又想說：再看一章就好，再看一章就好。

於是，就這樣看完一章又一章，不知不覺看到天亮。因為，每看完一章，我就好想知道後面的發展，好想知道那位犯錯的菜鳥後來怎麼了？那位被整肅的主角後來怎麼辦？有時我甚至會忍不住在心裡大喊：不要去！不可以！

這彷彿是急診室版《火神的眼淚》，但《急診室的奇蹟》更溫柔，也呈現了更豐富的社會百態：酗酒者、吸毒者、精神障礙者、絕望的同志、貧困的社會底層、年少受性侵者、得絕症的孩童……每個故事都讓人忍不住掩卷嘆息。而小說裡許多醫療專業的細節，也讓我嘆為觀止，尤其是一些難以判斷病因的棘手症狀，在謎底揭曉的過程中，一層一層抽絲剝繭，最後真相大白時，常讓人拍案叫絕。

當然，讓我最入迷的情節，便是作者對大醫院裡學術優先、派系鬥爭現象的描繪，尤其是藥廠利益與醫學研究的微妙關係，讓我十分訝異與感嘆，也讓我印象深刻。

我們何其有幸，二十年前有侯文詠的《白色巨塔》，讓我們看見大型醫院裡的醫療百態，二十年後，又有《急診室的奇蹟》，讓我們看見大醫院裡的社會百態與制度省思。這樣充滿張力的好故事，值得被更多人看見。

（蔡銀娟，《火神的眼淚》導演）

序章　初衷

月台上站著各式各樣的人。

一個年輕女性帶著娃娃車站在不遠處，她後面是一對像是學生的情侶，再後面的男人就算排隊也站得直挺挺，看起來就像軍人。

商務車廂的月台邊，一個男人拿起手機講電話，他手上拿著公事包，一見而知為了公務來到這裡出差。就算遠遠地看過去，也會不由自主將視線停留在他身上，看他的外表也知道，是那種獨自出門老婆會擔心不已的類型。

男人拿著手機，自顧自講電話。

「我周承俊，什麼事？」

雖然在同一個月台，他和周遭的人處於不同的節奏，明明是一大清早，他卻是已經充飽電的狀態，精神抖擻，沒有被瞌睡蟲占據。

電話裡面的聲音問他：「你今天會回來嗎？要進實驗室嗎？」對方是個女性，不是他老婆，而是他的研究助理。

他是央大急診的醫生，昨天到南部參加一個醫學會議，晚上在飯局應酬喝了點酒，就近找飯店睡了一晚。

為了會議，他把手機關成靜音。早上一開機就看見十幾通未接來電。

一路滑下來，不是研究助理，就是科裡的祕書，都是公務，沒有一個他見了會高興回電的號碼。

「我搭高鐵，一個小時會到醫院。今天科裡有住院醫生甄選的口試，我可能沒空去實驗室，有什麼事就放在我桌上。」

他皺起眉頭，另一頭卻沒打算放過他，一口氣又報告一堆待辦事項。

「好，有一些實驗器材的報銷今天到期要麻煩你蓋章，還有上次申請的試劑下來了，你有空還是過來實驗室看一下。另外我這裡還有急診邱醫師的申請書，這個放在你桌上就好嗎？」

「拿到我科內的位子，今天我找空檔看一下。」列車停在他面前，周承俊匆匆上去，坐下來不到幾分鐘，拿起手機發了訊息給一個人以後，手機又再度震動起來，來電顯示仍然是央大急診。

他接起來，這次是急診祕書。今天是急診住院醫師口試甄選的日子，有意成為急診醫生的醫學生參加筆試和口試，他們再從中選擇適合的人，成為央大急診第一年的住院醫生，也就是R1。這些人會是他們的同事，也是央大急診未來的一分子。

如果沒有不幸凋零的話，他們會在這裡度過幾年的住院醫生訓練生涯，有幾位會在第四年被挑選成為總醫師，一個科部的總醫師其實是總住院醫師的意思，主要的工作是打雜和管理下面的住院醫師，之後才會參加專科醫師考試，成為急診專科主治醫師。

大部分的醫生都把成為專科醫師當作生涯規劃的最終目標，少部分在那之後會繼續往教職之路邁進，從助理教授、副教授以至於教授。

這是一條漫長的路。

周承俊至今仍在這條道路不斷邁進，教職之路漫長而陡峭不平，為了攻頂所要付出的代價超乎想像。

列車行駛過一陣子，周承俊的手機總算願意安靜下來。他打開剛剛傳送的簡訊，對方仍然未讀。他不算意外，放下手機對著窗外，窗外的景色快速而無意義地飛掠過他眼前。

列車廣播忽然響起，不是熟悉的到站廣播，意味著不尋常的事故發生。

周承俊回過頭來，專注地傾聽著。

「這裡是車長廣播，第三車廂有乘客有醫療需求，第三車廂乘客有醫療需求，請求醫生或醫療人員至第三車廂協助！」

他這裡是第五車廂，第三車廂在他身後。周承俊毫不遲疑站起來，從公事包拿出聽診器，以最快速度向後方的第三車廂奔過去。

十幾分鐘前。

一個揹著背包的年輕人進來第三車廂，這站上來的人不多，他手中握著車票，邊走邊張望著兩旁的座位號碼。

在他張望的當下，列車再度行駛起來。因為是高速列車，車廂裡面特別安靜，列車是停止或是行駛中不容易感覺出來。

年輕人找到座位，禮貌性地對隔壁座位的中年男子點了個頭。那個人在睡覺，於是他把背包放好以後，也用外套蒙著頭打瞌睡。

年輕人不確定自己有沒有睡著，因此也不確定那是坐下來以後多久發生的事。

總之，他被拍了一下。

他把腿縮進來一些，繼續他的瞌睡。

年輕人很快又被拍了一下，嚴格來說，這次的力氣不小，已算是被「打」了一下。他把蒙著頭的外套拉開，想要好好警告那個人，卻看見鄰座的男人一臉慘白，狀況很不對勁，直接用力抓住他的手。

年輕人扶起那個人，嘴裡嚷嚷著大叫：「這這這……先生你還好嗎？你有事嗎？……怎、怎麼會這樣?!這、這個人需要幫忙……喂喂……」那人除了捂住胸口，說不出一句完整的話。年輕人對旁邊的人大喊：「誰快去找車長過來，我旁邊這個人很不對勁……。」同一車廂裡所有在打瞌睡的人全部被吵醒，第三車廂喧騰起來。

周承俊抵達時，周遭已經圍了一些人，他能看見事發地點，但是無法過去。圍觀的人實在太多了。

「我是央大急診醫生，請讓一條路給我！」周承俊說完這句，眼前自動出現一條通路，就像海水退潮一樣。於是他看見車長、一個年輕人、還有那躺在座椅上的中年男人。

那個人看起來很難受，額頭冒汗，發出無意義的呻吟，說不出正常的句子。

周承俊過去蹲下來，伸手測量那個人的脈搏。

心跳很快，橈動脈很強，說明血壓不低。

他拿出口袋裡的聽診器，雖然這個男人抱怨吸不到氣，可是呼吸音聽起來沒有異狀。

那麼……他的症狀可能是心律不整引起的，問題是哪一種心律不整，這個列車上不可能有心電圖機器。

周承俊皺著眉思索。

心電圖……？真的沒有嗎？

「車長，我們車上有AED嗎？」AED即是自動體外去顫器，可以偵測致命性的心律不整，並施予電擊治療，主要是VT和VF。中文名稱是心室心搏過速和心室顫動，說起來很拗口，卻是醫生的夢魘。

說不定可以利用AED來判斷這個人的狀況，雖然AED主要是使用在心跳停止的狀況。

周承俊沒有這樣使用過AED，他也不確定能不能這樣做。

沒其他辦法了。

「有，我們有ＡＥＤ，在第二車！」

「快去拿過來！」周承俊說，車長不由自主按照他的口令行動。

「你先把呼吸放慢，慢慢呼吸，花幾秒鐘的時間呼氣和吸氣。」周承俊對那個人說，雖然他仍有意識，卻難受得說不出話。這個男人大約三十幾歲，身材瘦削，看起來不像是心血管疾病的患者。

他把剩下的身體檢查做完，在列車上不可能有什麼儀器或檢驗，他只能靠他的雙手。

「還有多久會到站？」

「再十分鐘！」列車長衝鋒到第二車廂拿了ＡＥＤ回來，喘著氣說。

十分鐘的時間，說長不長，對一個心律不整發作的人來說卻足以造成不可挽回的後果。

周承俊迅速把ＡＥＤ拿出來，按下電源鈕，原本一直在旁邊的年輕人熟練地拉開那男人的上衣，將電擊貼片貼在他胸前。

那個舉動不像是一般人，一般人就算學習過使用ＡＥＤ也無法這麼毫無猶豫。

後來周承俊知道，是這個年輕人發現了隔壁的狀況啟動整個事件。

「你會裝ＡＥＤ？」等待ＡＥＤ判讀的時間很漫長，周承俊很好奇地詢問年輕人。

「是，我是醫學生，今年剛畢業。」

原來如此。

ＡＥＤ判斷不需要電擊，周承俊鬆了口氣，重新伸手摸向他的頸動脈，確認脈搏的型態，脈搏是規則的，而且搏動很快，至少每分鐘一百六十次以上。

大概是ＰＳＶＴ，陣發性心室上心搏過速，一種相對好處理的心臟疾病。

周承俊的注意力回到那個中年男人身上，對他說：

「先生你呼吸放慢，不會有事。按照我說的做，先憋住氣，然後大力咳嗽。」中年男人按照周承俊的指令憋氣咳嗽，重複幾次以後，他看起來和緩許多。

「藥……我的藥……」那男人虛弱地指著自己的提袋。

年輕人在他的提袋裡面找到一個藥袋。「是 propranolol，可以吃嗎？」年輕人問周承俊，就在這時，他忽然覺得周承俊很面熟，他見過這個人。

Propranolol 是一種壓制心跳的藥物，看來這個男人有自行備藥，症狀發作以後，找隔壁的年輕人求助可能是希望他拿藥給他。

「先給他吃一顆。」周承俊說。

年輕人倒水餵那個男人吃下藥，過了一會兒，那個男人已能自行坐起來。

這時列車到站，是終點站，也是所有人下車的地方。

周承俊拿出一張名片交給那位心律不整發作的中年男人。「我認為你還是到醫院去做個檢查，如果後續醫生有需要詢問剛剛的狀況，或是你需要任何醫療協助，都可以聯絡我。」

中年男人到月台上吸了一口新鮮空氣。他拒絕車長叫救護車的提議，也拒絕隔壁乘客那個年輕人陪他到醫院就醫。他獨自走下列車，淹沒在人潮裡面。

年輕人揹著背包，從商務車廂下來的旅客裡面找到剛剛那個醫生，央大急診的醫生，看著他走向另一個方向。

年輕人拿出手機，裡面存著一張照片，是三個人的合照，還是高中生的他和一對男女。他覺得他很面熟，看著這張照片，他知道不是自己的錯覺。

周承俊從月台出站，走到地下街，經過一個甜點店，在店門口停下腳步。他拿出手機，一個小時前傳的簡訊對方還沒有讀。

「要幫妳買栗子蛋糕嗎？我會經過車站。」

他是這麼寫的，而他正站在這家甜點店前面。

周承俊滑動手機，把這個月班表開出來，何宇華今天是診療一區的白班，難怪她沒有時間看這封簡訊。

周承俊到櫃台前面問：「請問還有栗子蛋糕嗎？」

「還有喔，要一個嗎？」

栗子蛋糕是這家店的限量產品，多年前剛推出的時候，周承俊曾經到這裡排過隊，他本人是不明白這種栗子蛋糕的魅力，不過當時何宇華吃得非常開心。

她說，這是她吃過最好吃的蛋糕。

除了單獨的小蛋糕，甜點展示櫃裡也有做成長條的栗子蛋糕。

「我要兩條那個。」周承俊指著說，既然要帶去急診，還是大家都要吃到比較恰當。

「哇！周P還帶蛋糕給我們，真是太高興了，現在可以吃嗎？」

急診祕書們一早就忙著布置住院醫師甄選的口試場地，周承俊帶著蛋糕過來，一下子讓士氣振奮起來。

總共有四個口試委員，急診主任、副主任、周承俊和另一個急診醫生鄭紹青。周承俊是召集委員，負責口試相關一切事務，其他三個簡單來說只是來露臉的。所以三個急診祕書聽說他昨天去南部開醫學會議，還過了夜，直到早上才會回來準備下午的口試，簡直是炸了鍋地著急。

看到蛋糕，而且是周承俊帶回來的蛋糕，哪有不吃的道理。馬上有人到辦公室的茶水間泡了幾杯咖啡過來，打算來一個簡短的午茶時間。

「也叫上班的人過來吧！」周承俊說，從分機打到診療一區給總醫師小邱，要他找時間過來吃蛋糕。

話筒才放下不久，小邱就出現在會議室，拿起一份切好的蛋糕就狼吞虎嚥地嗑光，看起來一副沒吃中飯的樣子。

吃完一個，他的目光仍然飢餓地看著剩下的蛋糕。祕書們護著自己的蛋糕，生怕被搶走。

「今天一區誰上班？」周承俊故意問小邱，雖然他知道誰上班，但是他不想顯得一副查過班表的樣子。

「學姊啊。」

周承俊正想順勢叫他拿一個給何宇華，小邱已拿起一塊蛋糕說：「學姊說她在戒糖，她的蛋糕給我吃。」

周承俊瞪大眼睛，眼睜睜看著小邱兩三口又把切好的第二塊蛋糕吞下去。

周承俊回到辦公室，披上掛在辦公椅上的醫師白袍走進診療一區。

何宇華坐在一區主治醫師的位子，專注地看著手上那一疊病歷。

周承俊站在她面前。

「妳什麼時候開始不吃栗子蛋糕了？」

「這個禮拜我有一場重要的約會，我不想搞砸。」她仍然看著病歷。

「和男人嗎？」周承俊挑釁地問。

「不然呢？」

「長什麼樣子？哪一科的？什麼名字？」一連串問題從他口中冒出來。

「不關你的事。」何宇華沒好氣站起來，拿起手上的病歷對他說：「我很忙，學長有心的話回去吃你的蛋糕，你擋到我的路了。」診療一區很忙，來診的病人絡繹不絕，在這麼多患者需要處理的當下，何宇華絕對不會撥空對他多說一句話。

周承俊讓開路，何宇華從容不迫走向她的病患。

他直接回到辦公室，閉上雙眼，一會兒才緩過來，撥了通電話請助理把資料傳過來給他。那份資料是小邱的研究計畫，小邱是他們的總醫師，想在央大醫院過得好，做研究是不可免的。一個急診醫生的晉升路線是以住院醫師、總醫師、主治醫師的順序上去，至於實習醫生則是還未從醫學院畢業的醫學生，不算在急診人力裡面，也毫無戰力可言。

說到戰力，他今天從南部趕回來，為的就是替央大急診口試住院醫生，為了他們未來的戰力。

「這次報考的有哪些人？拜託學長發揮看人的眼光，不要再像去年一樣。」

何宇華知道他要再度擔任口試召集委員，慎重地對他說。

去年的R1，也就是第一年住院醫師，是讓大家有口皆碑、難以忘記的一屆，可惜的是這麼說並不是稱讚，他們亮眼的不是出類拔萃的醫療能力，而是把各種事情搞砸的能力。

他們被稱為最弱的一年，總是令人憂心不已。主治醫生和住院醫生雖然有上下階級的關係，也是一同在診療區奮戰的夥伴，住院醫師太弱，主治醫生忙著收拾殘局當然會很疲憊。

過去那一年的災難是許多主治醫師寧願忘記的回憶。

可是……周承俊翻閱報考人的資料，雖然大家有意無意對他抱怨這種事，沒有人覺得以前收進來的那些住院醫生每一年都一模一樣很無聊嗎？

江東彥不覺得緊張。並不是因為他沒有把這場考試放在眼裡，他知道對手都很厲害，他不輕視他們的實力，不過他也有絕對的自信。

從小到大，沒有什麼是他做不成的。只要他想，多半都能達成，失敗的記憶從來不曾有過，除了那一天。

要是有誰能在**那一天**做點什麼，說不定可以改變一切，**改變他的一生**。

他一直這麼認為。

他要阻止悲劇不斷重演，於是他來到這裡，和那段陰暗的過去正面對決。

江東彥到央大醫院急診室，在會議室前面完成報到手續，已經有許多人聚集在這裡。有些面孔他認識，有些人他沒見過。

這些人來到這裡的目的和他相同，和他參加同一場考試，成為央大醫院的急診醫生。

江東彥找了個位子坐下來，靜靜地坐著。其他人此起彼落討論考古題的聲音無法動搖他，他不參與討論，也沒有拿著考古題的小冊子看。

第一個人被叫進去考試以後，一個人匆匆揹著背包過來報到，江東彥忍不住朝他看了一眼，這個人比他還從容不迫，他很有把握嗎？

「你叫什麼名字？」報到完後，他也沒有參與討論考古題的行列，而是找江東彥攀談。

「江東彥。」江東彥遲疑了一會兒，決定回答他。

「我是林耿明。」那個人朝他伸出手，江東彥皺了皺眉頭，沒有回應，林耿明的手就這麼懸在半空。

「林耿明，輪到你了。」急診祕書打斷他們，指著會議室那扇門要林耿明進去。

江東彥淡定地望向他，如果他也能考取，說不定是個有趣的人。

林耿明現在對著周承俊，在會議室裡面就像受審的犯人。要成為專科醫生，就一定要接受住院醫師的訓練，參加各科住院醫師的甄選是第一道關卡。

林耿明想輕鬆地跟周承俊打招呼，畢竟早上才在列車上見過。周承俊一絲不苟的樣子讓林耿明不敢這麼做，事實上林耿明很不安，不知道為什麼要這麼緊張。

「你為什麼選擇成為急診醫生？」

周承俊第一個問題就是口試必考題，林耿明不能說沒有準備。但是此刻他說不出預備好的答案，只是困惑地看向周承俊，不能控制地讓思緒飄回十年前。

※※※

十年前見過一面的人忽然在眼前出現，從面試那天，事情就超乎他的想像，而且一路往失控的方向奔去。他唯一感到的是內心深處的徬徨，對於過去，以及未來。

「你為什麼選擇成為急診醫生？」

「因為我想救人。」

不管這個答案多麼老套，可能已被說了無數次，林耿明幾乎是脫口而出。

第一章　背負生死的決定

咕嚕嚕嚕嚕……咕嚕嚕嚕嚕……在冰涼的湖水中不斷拍打，水一直竄入喉嚨，他無法阻止自己往下沉，知道自己快要死了卻無能為力，只能不斷沉沒，胸口逐漸冰冷。

生命的最後是不是都會陷入一片黑暗？

他看見銀色的灰燼從黑暗中飄落下來。

「你醒一醒，醒醒！一下兩下三下四下……」

一個年輕男人背對著黑暗的湖水，跪在湖岸邊，掌心朝下一次次規律地壓迫男孩胸骨下的心臟。

「他醒了，學長。」

林耿明的肋骨很痛，咳出一大口水，嘴角還掛著綠藻。他哇哇的吐了好幾次，才把肚子裡的水吐乾淨。

他眨眨眼，那一片黑暗已經消失，眼前是一對男女，女的拿著一盞露營燈，男的全身濕漉漉的，戴著頭燈，看起來都像是大學生。

「你怎麼會一個人在這裡？」

他怎麼會……林耿明頭痛欲裂，但是他漸漸想起來了。

他們學校幫他們高一生辦的迎新露營，晚上學長們安排試膽遊戲，他不知道走去哪裡，想回營隊卻迷路找不到方向，只好在山裡一直走。看到他們這裡有燈光，往這邊結果太暗看不到路，跌進湖裡差點溺死。

「應該是半山那個露營區。」那個男的說，他把濕透的上衣脫掉，鑽進帳篷拿了一件乾衣服。丟來一條大毛巾給林耿明包住身體，山裡很冷，他又泡過湖水，身體不斷在打冷顫。

「我們最好送他到醫院去。」那個女的說。

那男的打量著他，蹲下來對他說：「我們不是壞人，我是急診醫生。我叫周承俊，這位是何宇華，你剛剛溺水失去意識，要到醫院檢查。不用擔心，我們送你下山。」

林耿明驚醒過來，這是個回憶夢。他們連帳篷都沒拆，何宇華報案叫了救護車，他們一路陪著他坐救護車到最近的醫院。

他在醫院接受檢查，換上乾淨的衣服，父母接到通知趕過來，從此他再也沒參加過登山露營之類的活動。父母很感謝周承俊和何宇華，想包紅包給他們，周承俊不接受，林耿明提議照相留念。他們三個人的合照至今仍存在他的手機。

如果沒有他們，那天的結局他已經看到了，銀色的灰燼從黑暗中飄落下來。

夢境不總是同一個樣子。

有時他會躺在地上很久，他汗流浹背卻動彈不得，看著自己被急救，身體彷彿不是自己的。好幾次因為太過痛苦，他強迫自己醒來，卻仍然身不由己，他只能躺在床上看著天花板，等待身體恢復知覺。

有時畫面會歸於黑暗，只剩下一團團的灰燼。他常常哭著醒來，因為看見了自己的喪禮。

這些夢糾纏著他。

他常不自覺地流下眼淚，躲在沒人看見的地方沒來由地難過。

林耿明住院了幾天以後回到高中生活。他參加許多課外活動，常常呼朋引伴到球場，朋友都說他是個充滿陽光的人，沒有留下一點陰影。

只有他自己知道，只有和朋友一起，他才不會想起被湖水吞噬的感覺。只要是一個人，水底顫慄的冰冷總是包圍著他。

他只能前進，不能停下來，他必須活在陽光下。

這一天他在路邊看到牠。

一個動彈不得、痛苦的靈魂，就像當時不斷下沉的他。

林耿明看著這隻狗，不知道牠遭遇過什麼，牠的眼神很無助，彷彿明白在這裡等待的是最後的終點。

他無法掉頭就走假裝沒看見。他走向牠，那感覺就像走向溺水的自己，他蹲下來看著牠，伸出顫抖的手摸牠，牠的臉、牠的耳朵，全身的毛皮都是冰涼的。

就如同他浸在湖水裡的冰涼。

牠心裡一定也在瑟瑟發著抖！

怎麼辦，怎麼辦才好？

他忽然湧出力量，抱起牠放進單車的籃子，一口氣騎到最近的獸醫院去。

牠的後腿有一個發臭的傷口，洞口流著膿，很深，可以看到骨頭。

獸醫說牠很嚴重，如果不馬上手術就會死，可是牠是流浪狗，醫藥費用那麼龐大，也可以幫牠安樂死。

「不，拜託救牠，把牠救起來好不好？我會養牠，我會付手術費用，我會去打工……」牠不可以死掉，不可以。

「這個……」醫生看著他，林耿明是未成年人，說出來的話可能只是一時的熱血。「牠的復原期會很久，傷口也需要人照顧，如果你只是撿到牠覺得可憐，還是不要讓牠痛苦……」

「我會收養牠，」林耿明堅決地說：「求求你，我會照顧牠，求求醫生，拜託！」

如果不加把勁，那些灰燼會飄落下來。不可以，求求你，求求你們。他又擔心又害怕，這樣下去，他的夢裡會多出這隻狗。

「好吧！」醫生對助手說：「我們準備手術，牠要住院幾天。」

狗狗辛苦地接受手術，林耿明也在辛苦地打電話。

爸媽的答案是不行，不可以養狗。手術的醫藥費他早就知道不可能，已經打算自己打工籌錢，只是要他們先墊款給醫院，他們也不同意。

怎麼辦？醫生已經在手術了，林耿明盤算著從小到大存下來的壓歲錢不知道夠不夠付這次手術費用。

他下定了決心，不管多大的代價也要救牠。

「如果你們讓我養這隻狗，我就聽你們的話去醫學系。」他父親是央大的神經外科教授，畢生的願望就是兒子能跟他一樣。

「醫學系？你考得上嗎？」

「我會努力，就算重考也可以。我會去當醫生，只要你們幫我救這隻狗，拜託，牠對我真的很重要。」林耿明對電話哭著說。

林耿明遵守他的諾言。點點也在他的照顧下健康起來，成為他們家的一分子。他功課一直保持得還可以，央大是沒希望，考上其他志願的醫學系當然也算。他是榜單上最後一個名字，差一分就無法錄取。

實習醫生那一年在急診室，目睹一個由死亡狀態被急救回來的人。那幾天他腦海裡都是那個人恢復脈搏的瞬間，遺忘了湖底的冰冷，甚至不害怕獨處。

就是這個瞬間，他也經歷過，由死到生，心臟搏動，每一吋肌膚重新有血液流動過，意味著生命的復甦。

林耿明不由得熱淚盈眶。

他父親是央大的神經外科教授，除了央大醫院，其他醫院訓練出來的住院醫師都不被他放在眼裡。

我想當一個急診醫生。

林耿明這個決定已經讓父親發了一頓脾氣，在他眼裡急診醫生的地位完全無法和一個動刀的外科醫生相提並論。為了成為急診醫生，只好和父親妥協來到央大醫院。

他那天硬著頭皮闖到這裡參加急診住院醫師考試，他很清楚央大醫院是什麼樣的人來的。大學時他就發現他的同學都很聰明，他只是個平凡人，而他那裡是吊車尾上的最後志願醫學系，裡面的同學和他的同質性還算比較高。央大醫院是給央大醫學系的學生來申請的，央大醫學系裡面的人只能用怪物來形容。

既然和他一起參加這場考試的都是怪物，林耿明索性以平常心面對。相對於父親，他沒有非央大不可的理由。央大醫院的建築物自帶高冷感，每個在裡面的人看起來都高不可攀。聽說要錄取的是五個，起碼來了五十個人，看起來都很閃耀，聊天內容都是臨床心得，遇到什麼奇怪的病人，根據醫療指引應該怎麼處理等等，臉上充滿智慧的光芒。

雖然沒來這裡當實習醫生，面試來這一趟也就夠了。這些人和他是不同世界的人。他不屬於這裡，不屬於這些菁英分子的一個。

他只想找一家平凡的醫院，當個平凡的急診室醫生。

他以不抱希望的平常心參加了這場考試，沒想到卻被錄取了。

他自己也不明白。

今天是他要到央大急診成為急診醫生的第一天。

第一診療區。

「學弟，你來插這根管子！」送到林耿明眼前的是個渾身是血的年輕男子。

他深吸一口氣，這個任務讓他有些不知所措，不知道這個人叫什麼名字，有家人嗎？

林耿明站在急救室看著那個人。他學過插管的技術，實習醫生時代他也成功插過幾次管子。不過是在病房，負責帶他的住院醫生在一切準備就緒的狀態下，不疾不徐教他把管子放進咽喉，過程優雅而從容。

但是眼前的景象完全不是這麼回事。

鮮血不斷湧出來，光用眼睛就看出有好幾個地方骨折。這個年輕人被送到急救室以前，只有三十秒的時間讓他們準備。三十秒，整個診療一區本來還在訂飲料，聽到救護車這通無線電，飲料也不用訂了，瞬間進入世界大戰級的備戰狀態。然後這個年輕人全身是血地被推進來，沒有點滴、沒有任何管路，甚至也沒有血壓。

這是一場非生即死的搏鬥，**這個傷患身上什麼都沒有**，他們必須從零開始。

當班主治醫師何宇華看著他，很有殺氣，不是當年那個在山上有點溫柔的漂亮大姊姊，根本不容林耿明拒絕。

林耿明迅速地拿起喉頭鏡，撬開這個滿臉鮮血的年輕人的嘴巴，把氣管內管放進咽喉，就如同他在實習醫生做過的，一切完美而毫無破綻。

直到滿滿的麵條從那根管子噴出來。

「管子在食道裡面，快拔出來！」何宇華說。

氣管內管顧名思義該去的地方是氣管而非食道，而一個人的氣管裡面是不會有麵條的。林耿明七手八腳洩掉氣管內管的氣囊再拉出來，就在這一刻心律監視器發出長鳴，一旁的護理師大叫：「急救室ＣＰＲ！」

這個年輕人失去了脈搏，監視器的螢幕裡是毫無起伏的一條線。何宇華立即跳上去，用雙手代替他的搏動，一次又一次按壓這顆年輕的心臟，希望它能夠再度跳動起來。

林耿明見到這個年輕人的臉一下子就失去血色，變成死人的模樣。

「快把管子插上去！」何宇華一邊按壓那個年輕人的心臟，一邊催促林耿明。

林耿明深吸口氣，硬著頭皮蹲下去，手忙腳亂用右手拿起喉頭鏡……

「你拿錯手了！」何宇華的視線已帶著怒火，「你到底會不會插管？」

林耿明低下頭，看到年輕人支離破碎的臉，他動也不能動，每個關節都是僵硬的。他的臉一大半是血，沒有噴到血的地方卻是蒼白的。

何宇華推開他，過去拿起喉頭鏡，挑開那個年輕人的嘴巴，以華麗的姿態，眼睛不眨一眨，一下就放好管子，過程怎麼發生的林耿明根本沒看清楚。有了這根氣管內管，才能接上呼吸器，拯救這個年輕人的呼吸。

大家奮力地按壓著那個年輕人的心臟，一個接著一個，彷彿生命最後一點脈動也要擠出來似的。不知過了多久，心律監視器一個個代表著心跳的波形忽然躍動起來。

不再是讓人絕望的一條線。

他活過來了吧？

何宇華帶著凜冽的殺氣，伸手按住頸動脈，努力感覺生命的脈動。

「傷患恢復脈搏！備中央靜脈導管，叫六袋急血來輸！」她喊著，後面又說了一連串指令。急救室人來人往，每個人速度都很快，彷彿在跟生命消失的速度賽跑。林耿明往後退了一步、一步、再一步，不管退多少步好像都能擋到人。別人嫌惡地皺著眉，他退到門邊，考慮要不要乾脆走出去。

彷彿又是一眨眼，何宇華已將中央靜脈導管打好，血袋也到了，七八個護理師在裡面，每個人看起來手忙腳亂，卻好像很有默契配合得很好。

「血壓量到了，七十三/四十四……。」

急救室裡面每次量測生命徵象的數字都要念出來，每個醫囑都要複誦，每次推藥都要核對念出劑量，而每個動作都要記錄。

何宇華幫這個病人緊急用超音波掃描，拿出10CC針筒，朝年輕人脹起的腹部刺入，抽出滿滿一管鮮血。

「腹內大量出血，再打一根中央靜脈導管，找總醫師過來幫忙。」何宇華忽然看到門邊的林耿明，「你幫我找外科下來。」

「哪、哪個外科？」說完，林耿明就知道說了不該說的話，他不是不知道，只是他被眼前的景象震撼到無法思考。

醫生是面對生命的職業，他本來就知道。他不知道的是原來面對生命是這種感覺。你的每一個處置可能都會造成不同的後果，承擔了別人一部分的人生。

在病房插那根管子，他並沒有一旦失敗那個病人就會死掉的感覺，因為帶他的學長會接手，學長上面還有更資深的學長。

可是在這裡，急診室，這個年輕人隨時會死，可能他插管失敗，他就死了。他的失敗會導致一個人死亡，沒有再一次的機會。

一想到這裡他就害怕起來。

一個護士笑了出來。

「一般外科，學弟你真的有醫生執照嗎？」何宇華壓住心中的惱怒，瞪著他的眼神帶著血紅的怒火，「告訴他，急救室有個二十多歲年輕人車禍內出血，現在是休克狀態，要他們評估進去開刀止血。」

林耿明打完電話，何宇華渾身是血地出來，在急救室前告訴家屬病況，她彷彿沒感覺到工作服上濺到的鮮血帶來的腥味，家屬抱住她哭著跪下來。

這不是今天林耿明搞砸的頭一件事。

從一大早，何宇華就沒打算放過他。才剛學完電腦的醫囑系統怎麼操作，就叫他接病人。不，更早之前，聽說他沒有先來學習醫囑系統，何宇華的臉色就不太好看。等總醫師劉建浩教過他一次，新病人就源源不絕地奔襲而來。

檢傷護士將掛號病人的急診病歷丟進病歷箱，急診醫師再按照嚴重程度找到病人看診。

按照規定，要先看重症，檢傷分類一二級的患者都是較不穩定的，必須優先處理。林耿明初來乍到，可沒這膽量，他從分類三級的箱子裡精選出一個較有把握的病人。

二十五歲男性主訴發燒，看起來就像感冒。

「陳家豪先生嗎？怎麼樣不舒服？」陳家豪這年輕人看起來眼睛發紅，嘮叨地敘述自己的病情，因為不舒服的關係，說話很沒有條理。

林耿明忍不住替他整理一番。

「你是說咳嗽咳很久了，痰比較多，最近開始發燒是嗎……？」

「醫生他真的很不舒服，能不能給他打點滴？」家人在旁邊焦慮地補充，是個年輕女人，看起來像是女朋友或老婆之類的人。

「好啊打點滴……」林耿明心想，看起來沒問題，打完點滴再開點感冒藥給他就行了。

才一抬頭，何宇華又推著一個吐血的女人進急救室，林耿明根本沒辦法想像這些嚴重的病人都是哪來的。世界不該是這麼一個模樣，大部分的正常人都生龍活虎，經過一個星期孜孜矻矻的工作後，週末過著享樂精采的生活。

到底從哪邊冒出這麼多快死的人？

他去實習的區域醫院，一整天才會有一兩個人進急救室，一送來就瀕臨死亡的人，一個禮拜可能也沒有一次。

急診室不就是該看看感冒拉肚子就好嗎？他有一次拉肚子也覺得自己快死了，不誇張，但是林耿明知道，就算是那一次，他跟死亡也還有一個海嘯的距離。

然而這些人、這些人……林耿明環顧四周，這些人看起來都像一隻腳在棺材裡面。

從頭到腳整個都在棺材裡的，正在急救室裡面。

處理一個危急患者會耗去大量的醫護人力，何宇華這一進去，耗費了半個多小時才出來。
林耿明慢條斯理，又看了幾個沒問題的病人。
「為什麼這個二級的不先看？」何宇華叫住他。
「那個……我……對不起。」雖然知道一二級的危急病人應該要先處理，這些人還是留給學長姊比較好，他實習的時候是被學長姊這樣教育的。
看來這裡不是。
他實習的地方，一二級的病人一天只有幾個，當然輪不到資淺的醫生去看。而在央大醫院這裡，一二級的病人只能用源源不絕形容。
何宇華沒再說一句話，快速把危急的病人看診完，然後帶林耿明看他看過的患者。
「學弟，這個發燒十天的，你有沒有問職業和旅遊史？他應該是不明熱，你去把職業旅遊史問一問，該抽的血抽一抽。」
林耿明得了指示，看見何宇華越來越嚴峻的臉色，正準備坐下來，對著電腦醫囑研究上面有哪些東西可以抽，再度被何宇華叫去。
「這個陳家豪先生你只有給他點滴，沒有抽血嗎？」
「他只是感冒想打點滴……」
「你看他過去病史曾經因為外傷脾臟切除，一個年輕人血氧濃度只有90，你不認為太低嗎？只是微燒，心跳就那麼快跳到140，你有聽過肺部呼吸音嗎？」
「沒、沒有。」林耿明慌張得像被抓包的小偷。
「這病人要小心鏈球菌感染……」
「醫生醫生，我先生看起來怪怪的，能不能馬上幫他處理一下！」何宇華話還沒說完，陳家豪的太太跑過來拉著林耿明就往病床去。

何宇華快速移動過去，那個陳家豪看起來很喘，兩側肺部聽起來滿滿的痰，血氧濃度再度往下掉，只剩八十幾。

正常人正常狀態下血氧至少都有九十五以上。

「給他氧氣面罩，全套抽血檢查、做細菌培養，上監視器，叫放射科推機器來照胸部X光。」何宇華下完一連串口頭醫囑，也不知從哪邊冒出來的護理師，把該裝的心律、血氧監視器全部裝好，一轉眼血已經全部抽好，甚至有人把第二條點滴都打好了。

這是一個團隊，何宇華是團隊的中樞，那些護理師都是她的手。

病人血壓開始往下掉……

「好，先給一袋生理食鹽水拉血壓，另一條幫我把升壓劑掛上去。」

一陣看似混亂的處理後，何宇華轉身對陳家豪的太太解釋病況，太太摀著臉哭出來，頹然地坐在椅子上。

「他只是感冒而已，怎麼會這麼嚴重。你說什麼敗血症，他會死嗎？」

「目前狀況非常不好，隨時有可能呼吸撐不住要插管。」何宇華的字句就像死神的鐮刀，一刀刀砍向面前的女子。

「我、我不要插管，不要插管。」

「如果病況糟到需要插管，卻硬是不插管，你知道會怎樣嗎？」

陳太太搖頭，她不明白不理解這些醫療術語，二十幾歲，還是人生最好的時刻，生老病痛都離她很遠，從沒想像過這樣的事。

「會死。」何宇華斬釘截鐵地說。「醫生也不喜歡沒事建議病人插管，要做這些侵入性的醫療處置，是因為這樣才能救他們命，我們不是隨便說不負責任的話。你想救他，我也想救他。我會用盡一切方法，讓狀況不要惡化到那個程度，可是如果真的撐不住，該做的事還是要做。」

「所以，他是嚴重的感冒嗎？」陳太太流著淚問。

「不是。」何宇華似乎嘆了口氣，眼前這狀況比「嚴重的感冒」還要嚴重一百倍。

林耿明實在不知道這番話那位陳太太能聽進多少。內科學聖經裡面某一章的一句話是這麼說的，脾臟切除的患者對鏈球菌感染沒有抵抗力，很容易進展成凶猛的全身性感染，死亡率很高。

問題在於那本聖經類似的話實在太多了，他實在無法在第一眼就辨認出這個病的凶猛之處，如果不是他們要求打點滴，他甚至會開感冒藥直接讓他們離院回家。

他的決定可能會害死這個人。

「何醫師，急救室外科一級傷患！」

何宇華怎麼能移動那麼快，林耿明還沒回過神來，發現她已經又進了急救室。何宇華叫他插管，他卻插進食道，再試一次喉頭鏡又拿錯手。他一步步後退，退到急救室牆邊，當著旁觀者，一幕幕看著團隊搶救這個快要因為車禍殞命的年輕人。

有多少人在這個房間死去，又有多少人在這個房間復活。

整個急診室的人病況都那麼嚴重，一個失誤就會造成無法挽回的後果。就像他那個應該在氣管卻誤入食道的管子，下一秒那個年輕人就失去了脈搏。

他想救人，比誰都渴望看到生命復甦的一瞬間，卻在這裡先見到生命失去的模樣。

外科醫師下來的時候，這個年輕人的電腦斷層已經照好，是肝脾破裂合併大量出血，家屬哭著簽同意書，筆劃歪歪斜斜的，哭著要大家一定要救他兒子。

然後大家都消失了，該去開刀的去開刀，加護病房的上加護病房，留觀的留觀，住院的住院。大家鬆了口氣，笑鬧著繼續訂飲料。

沒有人來問林耿明。

他心知肚明，沒人把他當成這個急診室的一分子。

林耿明拿起一本病歷，打算去接病人度過這段尷尬，是個四級病患，他應該還能應付。

何宇華搶走他的病歷，冷冷拋來一句話。

「學弟你真的想在這裡走急診嗎？」

林耿明無言以對。

「這樣太危險了，不要碰我的病人。你先出去，可以直接下班，留著也幫不上忙。這些病人沒有時間等你準備好，如果你不能適應這裡的步調，就去辦離職。」

城市裡的空氣帶著特殊的味道，華燈初上的優雅點綴著風平浪靜的街道。很難想像這裡有一片海，高聳的堤防隔開海濱與街道，四棟醫療大樓就站在堤防邊，爬著青苔的舊磚牆、豎著舊牌坊的植物公園，都粉飾不了大樓裡的慘白枯槁，林耿明剛從醫院裡面出來，靠著急診室的外牆，帶著滿身溢出來的消毒藥水味，又一台救護車呼嘯著衝進急診室。

他手機裡有一幅合照，他本來想拿給何宇華看，當他看見今天的主治醫師是何宇華的時候，他高興了好久。

他當然想救人。如果每天都要面對這麼危急的病人，他必須要非常厲害，厲害到他無法想像的程度才能達到這個奢望。否則就會有人因為他的錯誤，變成一具冰冷的屍體。

林耿明的思緒飄得老遠，完全與現實脫離，至今仍感覺不到成為急診醫師的他與過去有什麼分別。那是當然了，他就從實習醫生的身份變成住院醫師才過了幾小時而已。

他腦海中徘徊不去的是家屬跪在急救室前，抱著何宇華哭泣的那一幕。那樣站在急救室前是什麼感覺？挽救別人的生命，從死神的手裡拉回來，能救人的感覺是不是真的很好？

如果堅持下去，有一天他是不是也能站在那個地方，當別人的救命稻草。就像當年在那個山中的湖邊，周承俊和何宇華對他做的一樣。

「學長，你今天沒班啊？」

一個清新的笑容出現在林耿明眼前，把他的思緒拉回現實。是學生時代社團的學妹，林耿明還記得她叫趙襄君，很可愛，是護理系的，一雙大眼睛讓人印象深刻。

「妳也在這家醫院工作？」

「我申請到急診室，學長呢？」

「我……也是。剛下班嗎？今天怎麼沒看見妳？」

趙襄君雖然已經換下制服，綁的包包頭已經鬆了大半，活像是剛打完一場硬仗剛剛下班的樣子。

她聽了林耿明的話連連搖手，「我、我還不行啦。才剛在留觀室學習，還不能上線。學長已經在現場上班了嗎？」

現場指的是急診診療區，也就是急診室戰線第一線，最瞬息萬變、驚心動魄的地方，住院醫師與年輕主治醫師的舞台。

「妳說話已經像急診室的人一樣了。」

「沒有啦，我半年後才能到現場和學長一起工作，到時候請學長多多照顧了。」

半年後……趙襄君離開以後，林耿明望著天空，看著白雲慢慢往西邊移動。

何宇華從手上的病歷堆裡站起來，拿起剛丟進來的一個二級病歷，雖然很多人的檢驗報告都出來了，她必須一一處理決定動向，但這個新病人是檢傷二級，有生命危險，不能讓他等待。

一隻大手把她的病歷搶走，不用看何宇華也知道是誰，他身上總是帶著淡淡木質菸草調的氣味。

「別鬧，我很忙！」何宇華頭也不抬地說，病歷被搶不是問題，滑鼠點開電子病歷，一樣可以看到病人資料。

五十五歲男性，突發性胸痛、血壓不太好，以前裝過支架……

「聽說妳把新來的R1趕走了？」R是住院醫師的簡稱，R1就是第一年住院醫師的意思，是整個急診室最底層的菜鳥。實習醫生則根本不算在急診室編制之內。

「學長、周承俊，你可不可以幫我一個忙？」

「儘管說。」

「回你的留觀室坐好，我現在沒空。」

何宇華邊說，邊加快腳步往那位病人的床位移動過去，周承俊攔住她。「這個新病人給我，你把舊的清一清，桌上還有一排病人沒處理吧？」

看到那一排，何宇華的頭都痛起來。既然他都這麼說，她順勢就把新病人的病歷塞給周承俊。

「那就拜託你了。」

何宇華是個務實的人，在此焦頭爛額之際，有周承俊這樣的援兵不用是自虐。

她終於可以靜下心來，好好研究病人的檢驗報告，決定動向。急診室是個開放空間，意味著在這裡工作隨時得忍受各種打斷，可能是新病人的湧入、某一病人病情忽然惡化、某一家屬忽然來到急診想聽醫生解釋病情。凡此總總，變化都是瞬間發生，無法讓她將手上的事情做一個段落再迎接突發狀況，就算處理電腦醫囑，耳朵也總是要無時無刻監聽心律監視器、血氧監視器的聲音，只要一有狀況不對勁，只能拋下手上的工作過去。

在急診室生存，決定事情的輕重緩急非常重要。

二級病人是危急的，但手上待看檢驗報告的病患可能也有不定時炸彈。哪一邊比較嚴重只能依賴檢傷和前一手替病患看診的醫生的判斷，也就是所謂的接新病人的醫生。

何宇華看過驗血報告，判斷應該讓手上這個肺炎病人住院。周承俊拿著一張心電圖和超音波回來，手指俐落地敲擊鍵盤。危急病人的醫囑都是直接口頭醫囑，要做什麼立刻做，對一級病患來說，一兩分鐘的差別非常巨大，不可能回來電腦開完醫囑再請護理師照著醫囑做事。周承俊已經處理完畢，只是回來用電腦完成病歷，把檢驗單印出來而已。

「不是心肌梗塞？」何宇華問。

周承俊的手指很長，是一雙適合練琴的手，有很多學妹都喜歡看他打病歷的樣子，會讓人不知不覺一直看下去。

「不是。」周承俊把超音波複印的圖像給她，「主動脈剝離合併休克。何宇華，妳要請我吃飯。」

「有什麼問題，夫人也來，我一起請。」何宇華對著螢幕，點開一個病人的檢驗報告。他們一邊交談，一邊處理手上病人的狀況。

「要是只有我不行嗎？」周承俊把檢驗單和病歷夾在一起，交給負責的主護，轉身拿起電話，撥打心外值班醫師的手機簡碼。

何宇華皺著眉察看手上的檢驗報告，急性腎衰竭合併肺積水，這個要緊急洗腎。她走向病人，沒回答周承俊那個問題，她手上有更重要的事要解決。

把亂局再度收拾結束，已過了一個多小時。

「妳也不用真的把學弟趕走。」周承俊坐在診療區大位的椅子上，那是第一診療區主治醫師的位子。至少在這十二小時，這應該是她的位子，不是他的。

何宇華挑著眉，周承俊卻毫無所覺。

何宇華索性明示他：「留觀室應該很忙，你手上的病人跟我交班，可以回留觀室了。」

「我不忙，這些病人我可以處理掉，反正等等入觀察室也是我的。」

「這麼好？」

「我有附帶條件。」

「什麼？」

「吃飯的時間地點我挑。」

「你認真的？」

「非常認真。」

周承俊認真的樣子看起來是很讓人心動，有幾個學妹和他交班被看久了都會臉紅。

「不行。」

「為什麼？」

「我不浪費時間跟已婚男人約會。」何宇華替總醫師看過的病歷蓋上職章，好似稀鬆平常地說出這個理由。

這理由的確無法反駁，雖然把跟他吃飯說成是浪費時間，還頗讓周承俊難以接受，從沒有女人這樣對他過，簡直不敢相信。他繼續邊打病歷邊不爽地問：「那妳最近都跟哪些未婚的吃飯？」

「不關你的事。」

「我可以幫妳篩選一下，妳也快來不及了吧。」周承俊指的是年紀的部分。

「神經病。」何宇華罵他的音量並沒有放低，周承俊只是笑了一下，毫不在意地繼續手上的事情。

「如果林耿明真的決定離職，你要怎麼跟主任說，妳也不是不知道神外林教授是他父親。」忙碌告一個段落，周承俊再度提起這個問題。

「反正林教授對我們急診也不友善，何必賣他面子。」

何宇華的反應一點也不讓他意外。

「脾氣不要那麼硬。」

周承俊勸她，怎麼樣把新來的R1趕走也太超過，要是被一狀告到教學部，是非黑白不可能說得清楚，檢討報告是一定少不了。

「你是為了我，還是為自己快要甄審副教授在勸我？」

周承俊臉沉下來，一言不發點開留觀室的病歷打，看起來是有點動怒。留觀室的醫生除了處理突發狀況，就是負責查房，書寫每日病歷。通常會在留觀室的都是待住院的病患，待床時間可從三到五天不整。

連續打了三本，周承俊臉色緩和下來，說：「下個月我把妳和林耿明的班排開。」

「不需要。」何宇華拿起一份胃鏡報告，準備去解釋病情，讓病人出院回家。

林耿明走進急診室。

他看到何宇華站在急救室的身影，看到家屬抱著她痛哭，看到所有人奮力搶救，汗水、淚水和血水全部都混在一起。

他也當過那個被救起來的人。

何宇華面無表情對著電腦彷彿沒發現他，林耿明硬著頭皮走過去。

「學姊，我還是想在這裡當一個急診醫生。」

何宇華看他一眼，站起來，沒有罵他，沒有趕他出去，只是拿起剛被放進來的新病歷交給林耿明，淡淡地說：「去接這個病人。」

第一留觀室。

周承俊的手機在響，已響了很久。

他的手機放在護理站的桌上，旁邊椅子掛著他的醫生白袍。他正在幫留觀室一個病人放置胸腔引流管，置放的時間比平常多了一倍，因為真正執行的人是R3黃昭儀，R3是第三年住院醫師。

這通電話已經響到第三次。

新進護理師江媛婷在護理站寫紀錄，電話又第四次響起的時候，她忍不住伸手過去。

「學妹不能接！」廖繡茹回來拿無菌單，看見江媛婷的舉動，趕緊阻止她。

廖繡茹從事護理的第一份工作就在這間醫院的急診室，已經做了七八年，算是資深護理人員。她曾經犯過相同的錯誤，幫周承俊接起電話。

電話那頭是周太太，對於周承俊的手機被一個年輕女性接聽，反應非常劇烈，不管廖繡茹解釋周承俊正在替傷患急救，一直逼問周承俊的手機怎麼會在她手上。

廖繡茹拚命解釋，只讓情況變得更糟糕，到後來周太太連周承俊在上班都不相信。

最後是周承俊過來解救她。他一句話不說，表情很冷，會讓人發抖的那種冷，接過手機就按下結束通話。

「周醫師，那是……」

「我知道。」周承俊冷淡地說：「我代她向妳道歉。」

此後這件事列入重點交班事項，絕對不能幫周承俊接手機。

黃昭儀放好胸腔引流管，那是一個類似豬尾巴的彎曲導管，從病人的肋骨間放進去，黃澄澄的液體流出來，使眼前這個乾瘦男人的呼吸困難得以改善。

放出三百毫升以後，他便能夠輕鬆地躺平，說話也平順許多。

上次晨會，同樣是R3的鍾世通報了個肺部黴菌感染引發肋膜積液的案例，她坐在周承俊旁邊，每次晨會她幾乎都坐在他旁邊，已成為她固定的位子。事實上每個主治醫師都有自己喜好的座位。周承俊一向在第二排，何宇華則是固定坐在最後面。

黃昭儀跟周承俊說沒有放過豬尾巴引流管，周承俊當下沒有什麼反應，今天剛好有病人要放，黃昭儀接到手機，問她要不要過來，他可以帶她放。

黃昭儀沒有班，不過她住得離醫院很近，走路到急診不用五分鐘。

「謝謝學長。」黃昭儀脫下隔離衣，到護理站跟周承俊道謝，周承俊正在講電話，只能對她點頭示意。黃昭儀決定到地下街買一杯咖啡過來，她記得周承俊喝的是黑咖啡。

「你今天不回家嗎？我煮好晚餐了，我好想吃壽喜燒所以煮了一鍋。」電話那頭是周承俊的妻子張嘉歆，特地煮了晚餐卻等不到周承俊回去。

「我今天有班。」周承俊的語調沒有溫度，班表就貼在他書房的牆上，不過張嘉歆從來不看。她過自己的生活，按照自己的意思決定晚餐時間。

「那你什麼時候下班？我等你一起。」

「晚上八點，我已經吃過了。」昨天是第一診療區白班，今天是留觀區白班，明天則是第一診療區夜班。每班十二小時，交接班的時間則是每天的早上八點和晚上八點。過了這麼多年，她依然無法記住急診室的輪班節奏，她只記得自己的父親也是醫生，但是都有回家吃晚餐。

急診室沒有明定的休息時間，必須一直看診，一直處理病人，吃飯只能輪流去，忙起來連上廁所的時間都沒有。張嘉歆從以前就無法理解，為什麼不能先回家吃個飯再回來上班。

張嘉歆並沒有錯，她只是不明白為什麼醫生老公的生活無法按照她的意思安排。而周承俊也不明白，這個女人口口聲聲關心他，卻連他貼在牆上的班表都視而不見。

張嘉歆沒再說話。周承俊結束這通電話，把手機收進口袋，回到護理站，繼續處理下一個病人。

第二章　究竟是誰的錯？

林耿明進到縫合室，忐忑不安地問裡面的江東彥：「東彥兄，你等等要幫那個人縫合嗎？」

江東彥一言不發，只有眼皮一動算是聽見了。林耿明甚至不確定這個反應是不是給他的。

剛剛下班前五分鐘，送來一個被砍傷的人，何宇華先過去看，然後直接找夜班接班的江東彥，要他去縫合這個人被砍的幾處地方。

江東彥和林耿明一樣是剛進來的第一年住院醫師。他總是讓林耿明想起以前班上的句點王，什麼話題到句點王那邊只能畫下句點。這個江東彥更冷，句點王起碼還說上一句話，江東彥什麼都不用說，他的眼神就是句點。

何宇華似乎很看得起這個江東彥，林耿明心裡有點不服氣，這個白天是他的第一班，而這個夜班應該也是江東彥的第一班。

「我想、我是說……」林耿明給自己一個深呼吸，緩慢地說：「等下方不方便讓我縫幾針？」

「縫合？」可能是太詫異了，江東彥罕見地吐出兩個字，而且還抬起頭對著林耿明，他實在想不到縫傷口有什麼好搶的。

「對、我……我喜歡縫傷口，我想、找回一點當醫生的感覺。」林耿明支吾其詞硬著頭皮說下去。

「我無所謂。」江東彥丟下這句話逕自到縫合室。從實習醫生時代林耿明就喜歡縫合，甚至喜歡看人縫合。什麼都不用想，專注地在縫合室裡面把傷口對好，縫得整齊漂亮是很療癒的一件事。因為縫合是實習醫生重要的工作，要是外傷的病人夠多，實習醫生常常被關在縫合室一整天。林耿明的急診室回憶充滿了大大小小的縫合，他懷疑自己對急診室的好感有一部分是從這裡來的。

所以他想縫個傷口，像這種破碎複雜的砍傷，最適合作為今天的句點。

江東彥從容不迫，他的動作非常流暢，撕裂的皮膚在他手下一針針閉合起來，一點也看不出原本血肉模糊的慘狀。

「你很會縫，縫得很漂亮耶。」林耿明忍不住出口讚歎，江東彥沒什麼反應，倒是被縫合的那個年輕人好奇地探過頭來。

「是有多好看，好不好看不要緊啦，刺青有幫我對好吼？」

「不要動！」江東彥壓住他的手，皺著眉喝止。那個年輕人無奈地躺回去。林耿明倒是嚇了一跳，刺青？也對，他以前縫過刺青的傷口嗎？想不起來了，仔細看江東彥倒是有把兩邊皮膚的刺青對上去。

江東彥忽然停手，對他說：「剩下的你來縫。」

「我？」林耿明只是驚訝，那個渾身刺青的年輕人從病床上跳起來。「欸，不是吧，醫生可以這樣的喔？我被縫得很爽，不想換人啦！你們有沒有問過我……這個看起來那麼菜，是實習的對不對？」

江東彥站起來，連無菌手套都脫了，林耿明只好接手，戴上無菌手套。

「醫、醫生，你不會是第一次縫吧？」什麼叫人為刀俎、我為魚肉，他總算明白這句話的意思，現在他是躺在砧板的魚隨便人家剁就對了。「醫生，那個……沒關係啦，我覺得最後這邊開開的不縫也可以，你不用勉強，我們緣份到這裡就……」他真心想離開這個縫合室。

江東彥一言不發按住他的手肘，別看這個醫生沒什麼肉，動起手來力氣死大。雖然他很常跟人幹架，也鬧了個動彈不得，只能放棄抵抗，閉上眼乖乖接受自己的命運。

「放心啦，我很常縫合，而且我也不是實習醫生。」林耿明說完火速執行起縫合手術，他喜歡這個技術，一縫下去，熟悉的感覺就回來了。

把針帶進皮膚，打好每個結，他自認縫得比江東彥完美，這可是他最有自信的技術。雖然縫傷口沒什麼好誇耀的，他真的很想出去叫何宇華進來看一眼。

他抬起頭對著江東彥，江東彥看也不看他，好像根本看不出縫線的美醜差異，自顧將抗生素藥膏塗上，把傷口包紮起來。

然後他就出去了。

江東彥回到第一診療區，就像什麼都沒發生過，拿起病歷就朝一個臥床的老人家走過去。

趙襄君從急診大門進來，每天上班都要先經過檢傷區，檢傷區的前面有五排候診椅，大部分的時間都有許多人坐在那兒等待檢傷。候診椅的後面是兒科診療區，裡面由兒科醫生看診。通過檢傷區，走道的兩邊分別是第一診療區和第二診療區，分別替嚴重的一二級病人，以及較不嚴重的三四五級病人看診。

趙襄君每天都要穿過這些區域，到達後面的觀察室。才剛畢業第一份工作就選擇急診室，聽起來很大膽，進來以後才發現這麼做的人比想像中多。

「我們喜歡剛畢業的白紙。自己從頭訓練比接受別人的好，至少沒有別家醫院帶來的壞習慣。」面試的時候，督導是這麼說的。

過了一個禮拜，趙襄君還是覺得忐忑不安，每天都過得像打仗。她來這裡是想證明自己，可是現在卻怕被這個環境證明是不適任的弱者。

負責帶她的是繡茹姊，學姊很嚴格，護理紀錄不行，整份重寫；打針不行，學姊就要她幫整個留觀區抽血打針；給藥順序錯，沒有三讀五對，就等著發所有留觀區的藥；抽痰沒抽好，那天的抽痰都是她的。

還有自己的病人要照顧，護理紀錄要完成，所以她每天都留下來加班好幾個小時。人家都說第一個禮拜把白班上成小夜、小夜上到凌晨是正常的。

這裡的留觀區常態有三間，視情況開到的四間。第一留觀區簡稱一觀，裡面都是不穩定等待加護病房的人。進急診室工作之後，趙襄君才知道原來加護病房也要等待，這些都是病得很嚴重的人，不會因為很嚴重就立刻有床位，所有的資源都是有限的，加護病房也是。

二觀和三觀通常是一般等住院的人。有些需要臥床帶著氧氣，有些甚至可以走來走去，推著點滴架去醫院外面抽菸。

每到了發藥時間，趙襄君常常需要到醫院外面的花台把這些抽菸的人抓回來。

這些人等床的時間也比她以為的更久。不是一兩天的事，而是動輒五六天起跳，甚至有人兩個禮拜病都好了，還沒等到病床。

他們等待的是不需付費的多人床，若是自費的雙人或單人床，一兩天內通常都會有床，越窮困的人在留觀室住得越久。

在留觀室有很多不便，隱私不足、個人空間也很狹小，廁所也是大家共用一兩間。這些人卻很習慣，還有指定不上病房，只想住他們留觀區的，理由是這樣住院最省。

「學姊，三之十床的血來了。」趙襄君幫傳送姊姊簽收血品後，馬上跟廖繡茹報告。

在護理師裡面學姊學妹有上下關係，廖繡茹是帶趙襄君的學姊，這種關係更緊密類似師徒。

三觀有三十床，一到十床是廖繡茹照顧的範圍，趙襄君新人時期暫時跟著廖繡茹的班，一個月後會讓她獨立顧留觀室。

廖繡茹必須在一個月內把猶如白紙的新人訓練到足以完成留觀室的照護工作，所以她必須嚴格。畢竟護理並不只是那些技術，技術只是基本功。要照顧好這些人，她們必須判斷病人的狀況，才能提供最適切的照顧，早期發現病人的問題。

如果說醫生擅長在診斷治療，護理師則更貼近病人的日常生活。能不能吞、痰咳得好不好、肌肉力量怎麼樣、會不會常常跌倒。藥要怎麼泡，針劑打皮下和打肌肉有什麼不同。大到血壓、心跳、呼吸頻率，排尿量、飲食量，都是護理師負責記錄。這些看起來微不足道的小事，卻是一個病人一天三餐日常生活最重要的瑣事。

因為很繁瑣，吃喝拉撒都要顧，護理師的工作量大，不斷有人離職。趙襄君這一批新人二十幾個，第一個禮拜就陣亡了五個。

「好，跟我對血。」廖繡茹對著血袋上的貼紙念出編號，同時間趙襄君也一起，兩個人念的編號相同無誤，再跟病人核對血型，才能把血輸進去。

「5536816。」

「5536816。」

趙襄君很緊張，上次她就是眼睛打滑，把編號最後兩碼念反，那天整個留觀區三間留觀的對血都找她。

「很好，現在跟我來輸血。」

第十床是個胃腸道出血的男性，肝硬化造成食道靜脈瘤破裂出血，已經做完胃鏡止血，現在在這裡等病房。

整個疾病都是飲酒造成的，這個人也一臉酒精中毒的外貌。

「這床病人要注意什麼？」廖繡茹問。

「有沒有輸血反應。」

「輸血反應有哪些？」

「發燒、寒顫、起紅疹。」趙襄君很緊張，覺得腦細胞正在燃燒。

「還有呢？一個腸胃出血的病人還要注意哪些？」

「不能吃東西，不能喝水。」

「還有呢？」

「如果病人要上廁所……」趙襄君沒有把握地說：「要注意，可能會在廁所昏倒。」上消化道出血的人的確常常在廁所解出大量血便而昏倒。

「還有？」

還有啊？趙襄君想不出來了。

廖繡茹說：「要注意病人有沒有偷藏違禁品。」伸手從病人的枕頭下摸出一瓶酒。

下午四點三十一分，林耿明踏入急診會議室，被眼前洶湧的人潮嚇到。整個急診室盡頭的區域是屬於醫生的辦公室，除了主治醫生有屬於自己的桌子以外，每一年的住院醫師則是共用一個辦公區域。第一年住院醫師，也就是R1的辦公區域在最靠門邊的地方，隔間裡面有一張桌子、一個電腦，還有五個人的小信箱。

五個人，就是今年央大急診室的R1名額，也是每年央大急診招收的名額上限，當然一定會額滿，但是能存活到最後的卻不是全部。

央大急診這方面的政策是遇缺不補，每年沒有通過考核的人也會識相地轉調到其他醫院。有央大急診住院醫師的資歷，到其他醫院都會張開雙臂歡迎，畢竟這裡的住院醫師訓練是以嚴苛聞名。

R1升R2、R2升R3……每一年都是淘汰戰，上面的學長姊沒有一年是五個到齊，R2是三個，R3剩下兩個，R4也就是總醫師，也只有兩個。

江東彥、唐希、謝一城和林耿明，很殘酷地以考取進來的分數排名作為信箱的順序。江東彥是第一個，而林耿明則是最後一位，在謝一城和林耿明中間有一個空白信箱，本來上面貼著一個名字，林耿明還來不及對這個名字有印象，它就已經成了一個空白信箱。

也就是說，已經有人辭職了？

林耿明拿了信件，穿過整間大辦公室，偌大的辦公室裡只剩下祕書，每個主治醫師，不管桌上是凌亂的還是整齊的，都不在座位。

辦公室的最深處就是急診會議室，是每個星期召開科會的地方，一開始由住院醫師負責報告，每一年住院醫師負責的範圍不同，R1是案例報告，R2是期刊論文報告，R3是死亡病例報告，R4總醫師則是與其他科的聯合病例討論。

才遲到一分鐘，R2學長已經拿起麥克風開始講述投影片內容。整個會議室可說座無虛席，和他以前實習的醫院不同，以前那家醫院科會只來了小貓兩三隻，負責報告的是實習醫生，報告的水準也參差不齊。來考試的時候看到這間大會議室，林耿明還狐疑過這麼大的會議室養蚊子很可惜，央大醫院果然就是錢多、預算充沛。結果現在僅僅遲到一分鐘，他幾乎找不到位子坐。

才上過幾次班，林耿明認識的人沒幾個。周承俊坐在前面第二排，一臉精神準備發電把人電死的樣子。何宇華在最後一排，拿著手機略顯不耐，她左邊有個空位，但林耿明沒事不想坐到她旁邊。

他找到江東彥，這傢伙坐在中段走道旁，旁邊是空的，林耿明悄悄移動到他旁邊坐好。

會議室實在是很舒爽，冷氣開得夠有誠意，燈光昏暗，林耿明聽著台上一板一眼的報告，沒幾下就覺得眼皮沉重起來。

想找江東彥聊天提神，但是江東彥專注力都在台上的內容，死死盯著投影片，一點也沒有聊天的意思。林耿明覺得他根本連是誰坐在他旁邊都沒注意到。

好不容易等報告結束，周承俊立即接手麥克風，把報告的R2學長電得死去活來，這火力拿來煎魚都可以燒焦好幾條那種，才把林耿明的瞌睡蟲一起電走。

簡、直、難、以、想、像。

不過是科裡面的案例報告，以前的區域醫院主治醫師都很和藹，實習醫生亂報也沒事，所以林耿明沒把「每隔幾個月要在科會報一次病例」這種事放在心上，看見今天R2學長的慘況，才發覺事態嚴重，必須認真面對這件事。

以他的標準來看，學長報得也不差，一個細菌性腦膜炎，為什麼病況會急轉直下，為什麼出現肺栓塞，眼睛也一起發炎。林耿明盯著整理好的病程紀錄看了很久，想不出答案。

「這是K.P.吧。」林耿明好像有聽見江東彥這麼說，又好像只是幻聽，他抬頭看了他一眼，江東彥仍然入神地盯著投影片，好像完全不知道自己說了一句話。

「這個人有糖尿病，又出現多發性感染症，肺部也出現栓塞，要懷疑細菌性血栓。這是克雷白氏菌在糖尿病患者的典型特徵，也就是K.P.菌。你們有幫病人安排心臟超音波嗎？」

報告的R2蘇可動忙著低頭翻閱病歷，這個是半個月前的病人，外院發現腦膜炎合併肺栓塞轉到本院，在急救室等待加護病房，半夜忽然心跳停止猝死。病程不長，最後也沒什麼結論，本來以為可以在各說各話中結束討論，沒想到周承俊一下子就突破盲腸。

這是R2蘇可動最後一次報病例討論，從下個月開始，這份工作就會移交到新報到的R1學弟妹身上，他們R2要開始報期刊。報期刊沒有比較輕鬆，並不是隨便拿一個期刊的文章過來報就可以。主題是周承俊定的，他們必須針對主題，蒐集各式期刊相關的論文，整理他們的結論，批判他們的統計方法，以及其中的陷阱。

「沒有排到心臟超音波……」蘇可動硬著頭皮說。這個病人當初是他看的，主治醫師就是主任，主任並沒有來看，整個醫療過程的醫囑都是他擬定的。他也很單純地覺得只要等著入住加護病房，完全沒想到半夜會出事。

「腦膜腦炎、眼炎、多處肺栓塞，而且他的腦炎是多處膿瘍，必須要懷疑是細菌性血栓引起的，血栓來源可能是心臟。另外，他的心臟可能有中膈缺損，才會把本來在左心的栓塞打到右心的肺部。如果這個血栓很大，在某個瞬間從心臟脫離打到主動脈出口，就可能導致猝死。很可惜沒有做到心臟超音波，無法印證這個可能性。」周承俊說，算是替這次個案報告做了結論。

這實在太嚴酷了。住院醫師被公開處刑電死在上面，主治醫師也完全沒有想救援的意思。和林耿明以前熟悉的那種和樂融融、一起吃點心的科會氣氛截然不同。這裡是殺戮戰場，而他成為了參賽者。

一定一下子就會慘遭淘汰。林耿明打量起旁邊的江東彥。一下子就能說出K. P.這種診斷的人，根本上和他就是不同世界的人。

明明已經從醫學系畢業，經歷過實習醫師階段，在這裡的每一天、每一件事都提醒林耿明，他不屬於這個世界，這裡的人和他不同。

他不想害死人。本來他不知道要怎麼樣達成這件事，看到身旁的江東彥，他忽然看見了希望。

這個人擁有一眼就洞悉病情的能力，不知道是怎麼辦到的？

病例報告結束，接著召開科會，總醫師邱志誠拿起麥克風把對住院醫師宣布的事項說完，接下來就不是他們需要參與的部分，住院醫師紛紛離場，會議室只剩下主治醫師。

「你有看到信箱嗎？少了一個名字。」趁著江東彥起身離場的當兒，林耿明問他。

江東彥還沒說話，旁邊的唐希已經接口說：「你說羅逸佳喔，他去別科了。」

是叫這個名字嗎？林耿明其實不確定。唐希是他們這一屆R1唯一的女生，個頭小小，眼神卻很犀利，很會讀書，聽說是他們央大醫學系的書卷獎。

「說是時差調不了，無法適應輪班生活，我看是不想跟江東彥和我競爭下去。」到辦公室的時候，唐希對著沒有名字的信箱又補了一句。

林耿明問：「你、你們兩個，和你們競爭很難嗎？」

「沒有，你不要聽唐希亂說。」江東彥少見地說了兩句話，插進他們之間，打開寫著他名字的信箱取信件。

江東彥的信箱在第一個。林耿明這才想到，雖然唐希是書卷獎，但是口試和筆試成績第一的是江東彥。憑他這副不怎麼說話的模樣，口試能拿第一，一定是每個項目都答得無懈可擊。

「你們都是央大醫學系的？」林耿明問。

「是啊。」唐希說得稀鬆平常，「還有那個跑掉的羅逸佳也是。」

難怪，因為當了那麼多年同學，很清楚他們的實力，一發現兩大魔王都在，就當機立斷決定走人。

江東彥說：「那樣做很傻。」

「誰？跑掉的那個？」林耿明始終記不住他的名字，事到如今也沒有記住的必要。這是頭一次兩個人面對面站著，他才發現江東彥起碼有一八五，他得抬頭才能對上他的視線。

江東彥點頭。

「你可以……說明白一點嗎？」林耿明很快發現江東彥沒有繼續說下去的打算，而他只靠視線無法接上天才的電波。

「這裡沒有要我們互相競爭。」

對，邏輯上來說是這樣，不用非得把別人幹掉才能存活下去，只要單方面的實力達到科部要求就好。問題只在於人類是善於比較的生物，蠢材待在天才旁邊只會看起來更蠢，不過林耿明知道江東彥一定沒想過這個問題。

「學長，我們一群人要去吃飯，你要不要一起去？繡茹姊、康醫師、蘇醫師，還有幾個學姊都要去。」從辦公室出來，經過觀察室旁的走道，林耿明忽然被趙襄君叫住。

趙襄君是他們大學攝影社的學妹。人很可愛，脾氣又好。林耿明不是攝影社的活躍分子，只是偶爾沾沾醬油。外拍的地方常常要爬山涉水，因為他高中時代的溺水經驗，對那一類的活動總是敬謝不敏。

之所以參加攝影社是被朋友拉去的。因為他們總是一群男生聚在一起打球，如果要認識女生最好參加這一類的社團活動。

那一次是到附近的某個風景區烤肉。那個時候是花季，滿山的大波斯菊盛開，大家拿起各自的攝影砲筒找角度取景，雖然學生時代也不可能有財力購買驚人的裝備，二手拼裝貨照起來的效果也不差。

「你覺得這塊肉熟了嗎？」趙襄君的身邊總是有很多人，她是那種綁著小馬尾可愛型的女生，男生想接近她，女生也喜歡跟她在一起。

林耿明在角落顧炭火，趙襄君過來找他說話，他一時之間不知道怎麼接話。

「喔，這個，應該吧。」

「所以……醫院到底是什麼樣子？」

「什麼？」趙襄君忽然提起的話題林耿明沒聽懂。

「對不起，我聽說你是醫學生，我是護理系的。」

「喔，我也不知道醫院是什麼樣子，我們大七才會去實習。」

「這樣喔，以後我們說不定會在同一家醫院，到時候請多多指教囉。」

當年的林耿明就算想像力再豐富，也想不到有這麼一天，趙襄君出來攔住他，找他一起去吃晚飯。

「你們認識啊？」唐希驚訝地說。

「是大學社團的學妹，怎麼樣，你去不去？」林耿明對江東彥問，江東彥看向唐希。

「我不去喔。」唐希連連搖手，「沒空，我還有報告要做。」

唐希扔下一句話走了，江東彥跟在她後頭，也沒有留下來的意思。林耿明看見這二人逐漸消失在走道的身影，心裡覺得特別不踏實。

書上告訴我們，這個世界上有各式各樣的人，有些人聰明，有些人努力。說得好像聰明的人就一定不夠努力。所以書上沒說，萬一遇見一個聰明人又很努力，然後你又必須跟他們待在同一個地方競爭該怎麼辦？

沒有人願意明白地寫出來，因為毫無辦法。

他現在開始能體會那位跑掉的無緣的同事的心情，雖然他始終記不得他的名字。

「學長，你在想什麼啊？」才出發沒多久，趙襄君就發現林耿明的心不在焉，剛剛綠燈都亮了一陣子，他還停在路口，被後車大按喇叭。

「沒、沒有啦。」林耿明不好意思說，想到江東彥和唐希這兩個現在正在瘋狂地讀書和做報告，他就很不安，有種嚴重落後的感覺。

話說人類就是種矛盾的生物。已經落後這麼多，也不是一天兩天的事。明明以前也沒有覺得不適，現在卻覺得慌，還不知道這心慌是哪來的寶貝情緒。

林耿明你別傻了，你以為現在立刻去用功兩個小時，就能讓你變成江東彥嗎？

怎麼樣想，這兩個小時還是應該跟趙襄君出去比較實際。畢竟時間是最重要的資產，浪費時間是重罪，他現在去用功幾個小時的效果微乎其微。所以林耿明還是開著車，車上載著趙襄君和另一個護理師同事江媛婷，往一家燒烤店前進。

「結果江東彥沒來？」林耿明才坐下來就被謝一城問。今年的R1就他們四個，江東彥、唐希、謝一城和他林耿明，林耿明一進來就看見謝一城在裡面，看起來是被學長他們找來的。

「嗯，他有事情。」

「他這個人好像很悶，不怎麼說話。」

「好像是這樣。」林耿明說，他不是很想說江東彥的閒話。

「那個江東彥不是去年的 Best Intern 嗎？」一直在旁邊的蘇可勳忽然插話，他剛科會被周承俊痛電一輪，手上那瓶啤酒已經喝掉不少。

「什麼？」林耿明嚇了一跳，他沒聽說這種事。

Best Intern 就是最佳實習醫師，以在各臨床科的表現為準，整個年度只有一個人能得到這個殊榮。尤其在央大醫院裡面，充滿了從其他各個醫院過來實習的精英，都是其他各校前幾名的佼佼者才能申請到這裡實習，要拿到 Best Intern 絕對不是容易的事。

林耿明說：「這種人不是應該在皮膚科嗎？為什麼會在急診？」成績優秀的學生選擇皮膚科和五官科等以後出路較好，值班較為輕鬆的小科是常識。到底是走了什麼運，為什麼會在急診遇到書卷獎和 Best Intern?!

「那你問他，」蘇可勳笑著說：「我怎麼知道，大概腦筋燒壞掉了。不過這樣，你們兩位可就慘了……學長你說對不對？」蘇可勳轉頭對康永成說。

康永成是新科主治醫師，去年的總醫師順利得到晉升機會的只有他一個。個頭小小的，看起來很和善。他和急診護理師廖繡茹從實習醫師時代交往至今，聽說最近修成正果快要結婚了。

「也不一定啦，還是要看個人的造化。」康永成說。

「欸，學長太輕描淡寫了啦，我們哪一屆不是一路相殺到主治？」

「……以後要怎麼生存下去，還要麻煩學長多多關照，提點一下。」謝一城趕緊拿酒敬了蘇可勳一杯。

「原則只有一個，絕對不要得罪周 P，科會的報告要好好弄，像我今天報成那樣，八成有點慘澹……唉，有江東彥那種人在，我們 R 2 的壓力也很大啊……」蘇可勳說到後來，竟然語調哽咽，看來這個急診室裡每個人壓力都不小。

周 P 指的就是周承俊，見識過今天那種電力，沒有人會懷疑這個稱號。當然以當年林耿明在湖邊見過的那個年輕人陽光熱血的樣子，他絕對想不到十年後他會變成某種惡勢力。

不只是周承俊，何宇華也變很多。
當時在那個湖邊的何宇華就不是走溫婉路線的，不過還算清新可人。當然這話他也不敢被現在的何宇華聽見，畢竟她現在神擋殺神、佛擋殺佛的，光靠氣勢，沒人敢在她面前說一個不字，恐怕牛頭馬面來拘魂也要考量再三。
這些人究竟在央大急診室經歷過什麼？
「妳在你們學姊那邊，有沒有聽到什麼風聲？」
趙襄君住在醫院提供的宿舍，送她回家的時候，林耿明先將車子停在醫院停車場，再陪她走回宿舍。宿舍在後棟病房的旁邊，離醫院停車場有一段距離，這段路的路燈時好時壞，道路也有點昏暗。
「學長指的是哪方面？」趙襄君不明所以，疑惑地問他。
「就……我們R1的風評怎麼樣？」
趙襄君笑了，她的笑容很甜。「我還在留觀室當新人，沒有實際接觸過。不過，你們剛剛說的那個江醫師，學姊都說他很冷，不太愛理人。」
「那我呢？」
「我沒有聽見什麼。」
「有沒有人說我……什麼都不會之類的？」
「哪有人會這樣說。」
聽見趙襄君的說法，林耿明鬆了一口氣。
這一天是林耿明沒有班的日子。按照以往的慣例，他一定是從早到晚打電動度過，他卻到了醫院。早上就出門的他讓母親很訝異，父親也抬起了眉毛。

案例報告從下個月開始無限循環，循環的方式依舊按照他們進來的排名。江東彥、唐希、謝一城，然後是他，像央大急診這麼注重競爭的地方，這份名單主導著各種順序。林耿明還有好幾個月可以準備，江東彥卻只剩不到一個月。

林耿明去了病房，六樓內科病房，6 A病房。

因為配戴著識別證，內科病房的護理師並沒有看見是陌生臉孔就驅趕他，林耿明得以找到他要的病歷。6A232，和監獄的犯人一樣，人們住院之後會得到一個床位，這個床位的編碼就成了代號。醫生和護士討論病況的時候，只會說著「232這個病人」，而非這個人的名字。

林耿明找到232這個床位，232的編碼是23號房第二床的意思。這是一間雙人房，第二床靠窗，窗外有一片藍天，俯瞰整個城市的景色，甚至可以看見海。

只是這片風景不知道對躺在床上的這個人還有沒有意義。

林耿明看見一個雙眼無神的男子，不太說話，表情看起來像白紙。乍看之下，還以為這個人是先天遲緩，可是他本來明明很正常。

林耿明記得他躺在第一診療區、第五床，名字是陳家豪。林耿明認為他只是小感冒，給他打上點滴，沒想到他一路躺到現在。

他看過病歷，所以知道後來發生了什麼事。他的肺炎進展得很快，兩邊肺部一下子白掉，最終還是插上氣管內管使用呼吸器才把呼吸穩定下來。

在加護病房呼吸器移除得不順利，他的肺部感染太嚴重，中間缺氧過幾次。

不過是半個月前的事。他的住院病歷很長，那些文字是一回事，真的看見他活生生的樣子，林耿明幾乎說不出話來。

「我、我是急診室的醫生。」陪在病床旁邊的是一個老婦人，頭髮灰白，她的眼眸看起來很愁苦。林耿明這時候還不知道，這種愁苦的樣子是因為眼淚已經哭到流乾的緣故。

「醫生來有事嗎？」老婦人憂慮地問，很怕他是來告知什麼壞消息。

什麼壞消息都有可能，肺部又惡化了、抗生素沒有用、腎臟指數又飆高……這半個月來她已經聽得夠多，卻仍然無法麻木。

「我叫林耿明，在急診室治療過他。因為……因為要把他這次的疾病做成報告，有一些事情還想再問清楚。」他先自我介紹，不確定這麼說是否有冒犯對方，人家已經很難過了，他還來做報告，等於在傷口灑鹽。

老婦人請他坐下，「剛進醫院那幾天的事都是我媳婦才知道，你想知道什麼?我這裡有一本相片簿，你要不要看？」

老婦人把相本遞過來，在她殷殷期盼的目光之下，林耿明無法拒絕，拿過來翻開著看。

裡面是躺在病床上那個人從嬰兒時期開始的照片，前面大半本的紙質都泛黃，可以感覺到年代的久遠。

「我們阿豪小時候就很聰明，很會說話……」婦人指著每一張相片說。

「這一天我們全家去山上玩……」

「這是他幼稚園畢業典禮，他還說以後要跟旁邊這個女生結婚。」

「阿豪學騎腳踏車。」

「小學運動會……」

「……」

「……這是國中的畢業典禮。」

每一張婦人都可以說出來歷，母親大概都是用這樣的心情陪伴孩子長大。

下一頁林耿明忽然翻到一張在病房的照片，看起來十七八歲年紀，躺在具有年代感的病床上，那時的病房看起來也很破舊。

林耿明記得，這是很久以前的央大醫院，還沒改建過。那時候他的父親還不是教授，常常帶他來醫院，他在會議室寫功課，有一些父親帶的住院醫師會教他數學題。那個年代的病房就長這個模樣，帶著濃厚的藥水味。

照片裡的男孩子虛弱地露出笑容，手指做了個YA的手勢。

「這個是……？」林耿明指著照片問。

「這個喔，他高中的時候車禍，傷到肝脾，動手術住院。」應該就是那一次把脾臟切除的，林耿明想。眼角瞥見病床上那個白紙一樣的男人，實在難以想像，照片中那個男孩子多年以後會變成這個模樣。

「……聽醫生說，他這次會這麼嚴重，和以前這一次車禍有關……？」婦人不經意地探問，林耿明不忍拒絕，雖然擅自跟家屬討論病情對他現在的醫療團隊很不尊重。

「是……因為脾臟切除會讓免疫力低下。」

「既然後果這麼嚴重，為什麼當初醫生要把脾臟拿掉呢？」婦人說完，眼淚冒出來，用手指擦也擦不完，索性掩面哭泣起來。

林耿明對著她抽動的肩膀說不出話，當時的醫生會做這個決定，一定也是為了挽救他的生命，不得不如此。

可是他無法對老婦人說出口。

這其中一定有什麼錯，才會讓一個好好的人變成這樣。

……有嗎？

沒有嗎？

是誰？

從醫院回來以後，林耿明一句話都沒說，帶著點點就出了門，漫無目的地走在街道上，腦海裡浮現的是一張張陳家豪母親給他看的照片。

那個小孩子那樣笑著的時候，騎著腳踏車的時候，畢業典禮的時候，一定不知道有朝一日他會躺在病床上，連自己翻個身都很困難。

他會恨那個切除他脾臟的醫生嗎？還是恨那個把他當成小感冒，以為掛個點滴就會好的醫生？

點點對著他狂吠，林耿明過去拾起牠的大便裝進塑膠袋裡。他看著不遠處央大醫院的建築，不知道那棟建築物承載過多少人的希望，還有失望。

他想起做過的一個夢，還是那個湖邊。

他在水裡，湖水是冰冷的，他的心臟也越來越冷。

他一直掙扎，喝了很多水，他吸不到空氣，兩隻手胡亂地拍打。

忽然間他抓到一隻手。

他用力抓住那隻手，想把自己拉上去。他費盡力氣，卻沒有辦法。

每次他浮出水面，那隻手就把他壓回水裡。

最後他看見那張臉，那張把他一直壓回水裡的臉。

那張臉是他自己的臉。

整個天空是紅色的，不斷落下的灰燼淹沒了他。

※　※　※

林耿明從辦公室出來，遇到趙襄君正在跟R2蘇可勳說話。

也對，像趙襄君這樣可愛的女生，在醫院應該很搶手。趙襄君旁邊站著一個不起眼的女生，掛著新進人員N0的職員證，看起來也是和趙襄君同一批進來的護理師。

「學長！」趙襄君熱切地對林耿明招手。

林耿明做了一個深呼吸，這是他第二個班，他不想再像昨天一樣從急診室逃跑。

「這是我室友。」趙襄君替他們介紹，林耿明看向那個女生的職員證。

「江、媛、婷，是嗎？我林耿明，是急診的R1。」

那個江媛婷點點頭，看起來不太熱烈。

「妳知道嗎？學長已經在診療一區上線了，真的很厲害！」趙襄君忙不迭地替林耿明拉抬聲勢。

厲害？哈哈？林耿明只能尷尬地微笑。

「那個……你們半年後才會到診療區嗎？希望我能活到那個時候。」

「一定可以的。」趙襄君說：「我們也會努力活下去。」

「那就……約好了喔！」林耿明用力帶著微笑說，不知道為什麼要擅自訂下這種約定。

他只好告訴自己，急診室的每一天不可能都像昨天一樣慘烈。

林耿明懷著天真的想法踏入診療一區，很快就知道他錯了。一個星期後，他明白自己錯得離譜。

這裡的每一天、每一個小時、每一分鐘就像他第一天上班那樣，那樣的日子是這個急診室的日常，有時還會更加過份。

何宇華一身染血的工作服站在急救室的門口，站在那裡改變別人的命運，挽救她所遇到的這些人的人生，這個景象始終存在林耿明這個初入行的住院醫生的心中，很久都不曾抹滅。

第三章　沒有人得救

周承俊熟練地把車開進地下停車場，拿起公事包進入電梯，按下十五樓的按鈕。

他住的地方距離醫院就算開車也要二十分鐘，所以他在五點十分把實驗室的事情告一段落，沒在醫院停留直接回家。

張嘉歆，也就是他的妻子，央大張院長的女兒，從他們臥房出來，穿著一身素雅高貴的裝扮。

「要不是爸約吃飯，你也不會那麼早回來，醫院的事都忙完了嗎？」

「都好了，要出去了嗎？」周承俊看看手錶，和岳父大人約六點鐘，現在正該出門。

張嘉歆坐在他旁邊，問他：「今天是什麼場合？」

「為什麼問？」

張嘉歆挽住周承俊的手，說：「我在考慮，要以周太太的身份出現，還是要當張院長的女兒。」

「算是半私人場合，醫院的人會來，不過都是自己人，妳不用太拘謹，要當周太太還是張院長的女兒都可以。」

「黃佑昶也會到嗎？」

「我不知道，大概不會。」

腫瘤科的黃佑昶人稱黃P，是張嘉歆以前的男友。他們以結婚為前提交往，可是到頭來，張嘉歆還是為周承俊甩了他。

那之後，黃佑昶一直在張院長的競爭對手莊副院長底下做事，莊副院長不但是醫院副院長，也是大學那邊的醫學院院長，不論臨床與學術實力都不遜色。

不過這次周承俊說錯了。他和張嘉歆一入席，就見到黃佑昶在他們對面。

張嘉歆不悅地瞪過去，黃佑昶對他們一笑，周承俊也回以禮貌性的笑容。

「佑昶有個計畫要跟毅誠合作，所以我把他找來了，大家都認識，不要見外。」周承俊的岳父大人，也就是張院長說。

陳毅誠，人稱放射科陳P，已經是副教授，雖然在張院長團隊裡面，可是對周承俊一直不友善。說穿了，周承俊比他年輕，又是院長的女婿，很大機會會接下院長這邊所有的資源。

陳毅誠在張院長身邊耕耘已久，一直是他倚重的左右手，什麼該做的、不該做的都做過，沒想到只是為人作嫁，他嚥不下這口氣。

他當然不至於表現出來，尤其在院長面前，他總是說盡周承俊好話，只是私底下有意無意拿資源去卡周承俊，跟周承俊為難而已。

如果周承俊不是院長的女婿，像他們今天這種聚會，他有什麼資格坐在裡面？

所以陳毅誠想跟黃佑昶合作，可說是意料之事，奇怪的是黃佑昶居然也想蹚這渾水。

菜已經上了好幾道，周承俊覺得有點悶，假借去廁所的名義出去透氣。

比起應酬，他寧願上班和做實驗，所以人家說他工作狂。他覺得並非如此，只是他在社交場合無法放鬆情緒。

在洗手台洗過臉，鬆開領帶透了一下氣，連男廁所的空氣都比包厢裡面清新。

周承俊待了一會兒出去，忽然看見一個熟悉的人影從女廁出來。

穿著合身的洋裝，化過妝，連頭髮也特別整理過。周承俊不確定他是否看過何宇華穿著合身洋裝的樣子。

她在這裡做什麼？

何宇華從女廁出來，從一開始她就小心應對，不希望這次又告吹，畢竟年紀越大在這種場合就越不利。

剛剛那是什麼問題？

「打算生幾個孩子？」

「婚後能不能操持家務，讓先生無後顧之憂？」

「能不能轉去看門診，急診不是實習醫生才去的嗎？」

何宇華禮貌性地去了一趟廁所，事實上她看著鏡子裡僵硬的自己，練習怎麼回答才能不失風度，又顧及晚輩的身份。

因為滿腦子這些問題，何宇華被拉進那個房間時，連呼救都來不及就被摀住嘴巴。

周承俊把何宇華拉進一個空包廂，何宇華還來不及反應，他已把門鎖起來。

他摀著她的嘴巴，透過門上的窺視孔察看走廊。

「妳在這裡做什麼？」他一說話何宇華就知道了，是周承俊。

何宇華覺得自己像是被逮個正著的小動物。周承俊打量著她，手壓在門上，把她困在他身前。

「妳在相親？」

何宇華低下頭，雖然相親沒什麼大不了，可是被周承俊撞見還是很沒面子。

「對象是誰？」

「不、不關你的事。」

「誰說的。」周承俊一本正經地說。何宇華覺得他不可理喻，正要找些話反擊回去，忽然周承俊又湊近窺視孔。

「怎麼了？」何宇華側著看他。
「神經外科陳正宇？」周承俊看見一個男人從包廂出來，居然也是他認識的人。「是妳的對象嗎？」
「是又怎麼樣？」
「他不適合。」周承俊斬釘截鐵地說。
「你又知道了。」
「當然，他刀法很爛。」
「就算刀法很爛，只要人好就行了。我是要交往，又不是要當他的病人。」
「當然不行，刀法很爛，以後醫糾一屁股，賠都賠不完，怎麼給妳幸福？」
何宇華無話可說，靜靜地看著前方那一片黑暗，周承俊的話總是讓人無力反擊。
周承俊反而不安起來。
「對不起，我說得太過份了。」
「沒事，結婚本來就不是件容易的事。你也在這裡吃飯嗎？」
周承俊正要說話，外面走廊傳來有人走過來的聲音，他連忙去看門上的窺視孔。
「是誰？」何宇華以很輕的音量問，周承俊把手指放在唇間，要她別說話。
何宇華輕拍他的肩膀，要他讓個位子，然後把眼睛也湊過去，才看見走廊那兩個人。
是腫瘤科黃P和放射科陳P。
何宇華看了周承俊一眼，原來他今天是跟這些人聚餐。
兩個人站在這個門外商議事情。
「等等那件事就由陳P提出，我這邊助攻。」
「趁周承俊不在，應該不會有人提出異議。」
「周承俊在也不會反對吧。我們這個條款等於幫他鋪路，未來急診主任寶座還不是他的？我一直想不通，陳P為何要幫他作嫁？」

「就是這樣才好，如果有誰反對，還可以讓他背鍋。」

兩個人又籌畫了一些人事布局，誰與誰友好，哪一科輪到誰等等。何宇華越聽越不對，這是什麼？要動到許多科部的主任。

她看向周承俊，周承俊也看著她。

直到那兩個人離開好一段時間，何宇華才小聲問周承俊，「黃P和陳P什麼時候那麼好？」

周承俊也在盤算，剛剛這兩人還不動聲色裝不熟，現在看起來，已經私下結盟一段時間。

「他們兩個連成一氣，好像要做什麼事，還想賴給我。」

「那你怎麼辦？」這兩個人都討厭周承俊，何宇華是知道的，她在央大也待了那麼多年。

「我會去把事情弄清楚，妳不用擔心。」

「你還是趕快回去，你這頓飯聽起來很重要。」

周承俊透過窺視孔看見走廊沒人。對何宇華使個眼色，開門從這個無人的包廂出去。

隔壁包廂竟同時打開，張嘉歆從那個包廂一出來就看見周承俊，還有他後面的何宇華。

張嘉歆趕緊把包廂門關上，讓裡面那個包廂聽不見外面的聲音，幸好這家飯店連包廂隔音都很好。

她若無其事地過來。

「承俊，你怎麼在這裡？」

張嘉歆雖然問的是周承俊，人卻站在何宇華面前。

「這是我醫院的同事。」周承俊說。

「妳好，我是周承俊的太太。」張嘉歆朝何宇華伸出手。

「我知道，我有參加你們的婚禮。」何宇華邊說，邊把手伸出去。「我是何宇華。」

張嘉歆看了那個關著燈的包廂，帶著微笑問：「你們在這裡面做什麼？」

「沒做什麼。」周承俊說，很簡短，好像打算這樣打發過去。

這怎麼行，周承俊根本不了解女人，不好好解釋他回去就慘了。

「學長的意思是……其實呢，我們在研究一個病人的問題。」

「病人的問題？」張嘉歆露出疑惑的表情。

「昨天交接班的時候，有一個休克病人還找不出診斷，我覺得是敗血症，學長覺得是心臟問題……我們在研究這件事。」

「在這裡研究？」張嘉歆還是不太相信。

「是啊，我把報告都照在手機裡。」何宇華拿出手機給張嘉歆看檢驗報告。這個爭論是真的，所以何宇華把檢驗報告照下來，打算回家好好研究。

當然，不是跟周承俊一起，是自己研究出結論，要拿來電周承俊。

「不用了，我不要看。」張嘉歆手揮過去推了何宇華一下，若不是周承俊及時拉住何宇華，穿高跟鞋的她恐怕要跟著手機一起跌在地上。

「小心！」

「我沒事。」

周承俊那隻手握著何宇華不放，張嘉歆非比尋常地看著。何宇華猛然抽回手，不自在地向後退了一段距離。

「妳去哪裡，手機也不要了嗎？」周承俊去撿起地上的手機還給她，他倒是一點也不覺得現在的氣氛很不對勁，居然又朝她接近過來。

「妳檢查一下，壞了我賠妳一支新的。」

「沒壞，這裡鋪著地毯。」

何宇華拿起手機直接收進包包裡面，雖然為了拿手機不小心又碰到他的手，心中暗罵該死，只能祈禱這短短不到一秒鐘的碰觸，周太太可以大人不記小人過。

「我、我先回包廂……」何宇華說完朝周太太一個點頭算是打招呼，她不想表現得很心虛，明明真的沒發生什麼事情。

「何醫師，咦？周P也在。」

神經外科陳正宇，何宇華今晚的相親對象，在這個緊要關頭適時地從他們包廂出來，何宇華就像見到救星，急忙過去。

「這是神經外科陳醫師，跟兩位介紹一下，他是我男朋友。」

「男、男朋友？」陳正宇丈二金剛摸不著，除了急診會診以外，他們今天算是第一次說話，他只是看何宇華出去太久來找人而已。

周承俊不敢相信盯著何宇華看，剛剛才跟她說這個不行，馬上就變男友了。

「那個，我吃飽了。」何宇華冷靜地說。

「不是，妳沒吃幾口。」陳正宇忙不迭說。

「我說我吃飽了，覺得這包廂有點悶，正宇你陪我出去走一走好嗎？」

何宇華主動挽起陳正宇的手，笑吟吟地拉著他向飯店外面走。

周承俊沒好氣地看著他們，兩人十指交扣的手特別惹人厭。哪次輪到陳正宇出來報全院會議，他一定要電死他。

張嘉歆看著周承俊，從來沒見過他這種表情。

「承俊，怎麼了？」

「沒事，我們回去。」

周承俊走進包廂，坐在張嘉歆旁邊，再度變成她熟悉的周承俊，那個不苟言笑的周承俊。

一出去飯店外面，何宇華立刻放開手，默默走在陳正宇身後。

陳正宇說：「我覺得周P好像要宰了我。」

「怎麼會，你救了他一命，也救了我一命，學長下次一定會特別感激你。」

「我們要找個地方續攤嗎？妳根本沒吃到東西。對不起，我媽媽問的問題很失禮。」陳正宇拿起手機，搜尋附近的餐廳。

「我該回家了。」何宇華說，回頭看著那個飯店。「對不起，我真的很抱歉，今天就這樣吧。」

※※※

急診室外面的人行道種植了一整排的七里香，遠遠可見半垣爬了青苔的斷牆，這個醫院旁的植物公園總是很熱鬧。

幾個病人在七里香旁邊抽菸，還有一些拿著點滴架在公園的涼亭喝酒打牌。他們記得護理師固定量體溫和血壓的時間，打針的時間也很清楚，時間一到就會陸續回到病房，以免被全院廣播。

「阿勝，繼續啦！」

「甭啦，要打針，護士在罵啦！」阿勝叼著菸說。類似這樣的對話，常常在這裡出現，這個牌局的人來來去去，大家也不在意，阿勝離開以後，馬上有人填上他的空位。

這個公園夜裡是流浪漢街友過夜的地方，白天則充斥著各式各樣的攤販，支應著因病住院的人們各種生活所需。

阿蘭姨的攤子在公園的邊陲地帶，鄰近路口的天橋，在這邊，一塊塑膠布大小的攤子，賣著批來的蔬菜、水果、果乾，雖然不是黃金地段，不知不覺也擺了十幾年，養活了他們一家大小。

阿蘭姨也從阿姨到現在常常被叫做阿嬤的年紀了。

這些一起擺攤的人，誰也說不出是什麼時候聚集起來的，周阿婆是這個路口最後一個攤位，在前面幾家也有一個賣水果的，她旁邊是賣花束的長青，已經賣了十幾年，都交棒給第二代了。

這個第二代也是從小在攤子玩耍看大的。

說起來，今天又是個平常日。

陽光普照，回診拿藥的人多，攤子不是很忙，路過的人停下來挑幾樣水果總是有的。到了中午，就有一些走路回宿舍的醫生順路買點青菜回去。

公園的另一邊是醫院的單身宿舍，再遠一點過幾個路口有一些大樓，很多醫生都住在附近。

對年輕的醫生來說，待在醫院的工時很長，能走路上下班是最方便的。

這樣平凡的一天，太陽逐漸西沉，阿蘭姨從板凳起來準備收攤，才發現一個蒼白的年輕人站在攤子前。

「肖年欸，買什咪？」阿蘭姨的招呼帶著疲憊，她自己也感覺最近體力差了不少，腰骨不好，顧攤子又得長時間站著，這工作對她來講已經有點負擔了。那幾顆剩下的高麗菜沒賣完，明天就不新鮮了，盤算著半買半送，趁收攤前推銷給這個年輕人。

「阿婆，對不起。」年輕人行一個禮。阿蘭姨愣住，這個年輕人好好的怎麼這麼奇怪，不想買菜也要對不起，沒看過這麼有禮貌的年輕人。「無買無要緊啦，免驚會失禮啦。」

「阿婆，真的對不起。可能會影響到妳做生意。對不起，對不起……沒有別條路可以走了，對不起。嗚……」他舉起袖子擦眼淚，又鞠了一個躬，然後到隔壁賣花束的長青，也是一直說對不起。

阿蘭姨心想真古怪，看他沒要買菜，就開始收攤子，一邊收，好像覺得哪裡怪怪的。阿蘭姨抬起頭看著年輕人往天橋走過去，一時也忘記收攤的事。她好像被雷打到，突然想到這個年輕人要做什麼。

阿蘭姨跑了三四個攤子，那家賣烤香腸的阿財應該還沒收。阿財聽阿蘭姨結結巴巴說完，那個人已經登上天橋，阿財這一看嚇得臉色發白，連忙撥打一一九。

不到五分鐘，消防車火速抵達，最近的分隊就在醫院過去，距離這邊不過一個路口。周圍拉起封鎖線，氣墊床開始充氣，消防笛聲、救護笛聲，警察勸說的聲音，整個現場吵雜不堪。

年輕人在看風景，吸一口汙濁的空氣，證明他曾經自由過。

自由地呼吸，不被旁人看不起的眼光淹沒到喘不過來。

風吹過他的臉，像是唱一首無拘無束的歌。

他爬上欄杆，頭下腳上墜落下來。

第一診療區。

從一接班，周承俊就沒停下來，可能是季節或天氣的緣故，急診室的人總是一串串接著來。掛號掛了一個頭暈，後面就頭暈看沒停，來了一個腹痛，後面三四個常常也都來看肚子痛。

週一的白班一向是急診的旺日。安養中心狀況不好的、地區醫院的轉診、上下班的車禍，經過一個週末的休息再重新上班的第一天，總會給人們帶來一團混亂。

黃昭儀是今天第一診療區的資深住院醫師，剛升任急診第三年住院醫師的她，表現一如以往的強悍。她診斷了一個腹痛病人是胃穿孔，已找了一般外科醫師準備開刀動手術，一個癲癇來診的患者，做完腰椎穿刺後，脊髓液檢驗確認是腦膜炎。

大部分的病況黃昭儀都能處理，這是她兩年來努力的成果。她對自己的要求很高，晉升R３以後，競爭的對象不是同年的住院醫師，而是總醫師邱志誠、劉建浩他們，她要自己表現得跟他們一樣，有獨當一面的實力。

情。

她拿起檢驗報告，皺著眉頭，回頭看見周承俊坐在診療區的背影，忽然忘記剛剛拿這份報告想著什麼事情。

周承俊桌上的右手邊放著一杯黑咖啡，是她從地下街的星巴克買的。周承俊沒有動，是沒注意到，還是買錯了？

「昭儀，有什麼困難嗎？」周承俊忽然問她，害她嚇了一跳。

「沒、沒有。」黃昭儀手裡那份報告不自覺被她揉成一團。「學長，咖啡是給你的。」她鼓起勇氣提醒周承俊，一邊又好怕自己臉紅起來。

「我今天有點胃痛，不過謝謝。」

「學長是喝黑咖啡對吧？……」

周承俊沒回答這個問題，黃昭儀覺得好像說錯話，氣氛變得很尷尬。

「妳手上什麼報告？」

「喔，是一個年輕妹妹……」黃昭儀記憶忽然恢復，想起剛剛看著這張紙在想的問題。「剛剛學弟看的，十七歲，這幾個月肚子很脹，懷孕檢驗陽性，可是媽媽和妹妹都說沒有過性行為，我正在想該怎麼跟她們解釋……」

黃昭儀口中的學弟就是江東彥。按照慣例，資淺的住院醫師看完病人，就交由主治醫師或資深的住院醫師接手。黃昭儀第一次和江東彥上班，雖然聽其他人說過，還是受到不小的震撼。

他開出來的醫囑只能用「漂亮」來形容。不拖泥帶水，直指診斷，同時又把嚴重的病症考慮在內，整份病歷可以窺見江東彥銳利的思路。黃昭儀不死心地找幾個病人從頭自己看過，最後還是只能贊同他的想法。

這根本不是一個R1該有的程度。

一個優秀的R1會讓上班變得輕鬆，但是太過優秀的R1只會讓人感到威脅，尤其在這個地方，央大急診室。

黃昭儀從來沒想過，自己居然有一天淪落到必須提防一個R1。

周承俊用滑鼠指著電腦第一診療區裡一個病人的名字問：「是這個人嗎？」

「對。」黃昭儀說。

周承俊看過檢驗報告起來，過去輕拍江東彥的肩膀，「你跟我來，我帶你掃這個超音波。」

江東彥正在打一份病歷，聽見周承俊這麼說，便拋下跟他去。這個十七歲女生進急診是他看診的，懷孕檢驗陽性，但是女孩子本人堅稱沒有性行為，就算是不通人情的江東彥也知道直接找婦產科會診是粗暴了點。

超音波探頭放到女孩子的下腹部，結果他們看見的不是胎兒，而是一個巨大的卵巢腫瘤。她沒有懷孕，試驗陽性是腫瘤造成的。或許這個女孩子沒有說謊，她沒有發生過性行為。

「你看見了嗎？」周承俊問。

江東彥點頭。

「覺得怎麼樣？」

「我會記得這件事。」江東彥老實說，雖然覺得只是這麼說平淡了點，他不想過度反應。

周承俊對江東彥微笑，「這樣就夠了，記得這件事會有很多幫助。」雖然病人常常為了很多原因說謊，有時候他們也會說實話。有時得相信他們，有時又不能相信，在這裡面對的是形形色色的人性。

「學長，如果我想找你指導論文不知道方不方便？」黃昭儀鼓起勇氣說，這個念頭在她腦袋已經醞釀很久，看現在氣氛正好，終於找到機會跟周承俊提。

「妳要寫哪方面的論文？」

「案例分析，可是我想跟學長學做研究，以後也打算出國念書。」

「妳知道我們研究的內容主題嗎？」

「不知道，學長能不能有機會讓我去看看？」

周承俊思考的時候不喜歡說話。黃昭儀說完他沉默下來，黃昭儀知道他正在評估，審視她過去的表現是否配得上這個機會。

周承俊可能有其他人選，聽說小邱也就是邱志誠，今年當紅的總醫師，也很積極爭取加入他的研究室。

黃昭儀心裡打了個退堂鼓，正想找個台階下，周承俊忽然鬆口要她找時間過去看一看。黃昭儀受到很大的鼓舞，上次她這麼振奮，是申請到央大急診室當住院醫師。

她的雀躍只持續了幾秒鐘，何宇華拿著病歷走進第一診療區。

「妳怎麼會過來？」周承俊順手拉了張椅子給何宇華，黃昭儀只得不甘願地後退，讓出一個位子給她。

「妳要不要喝黑咖啡，我胃痛。」周承俊把那杯星巴克拿過來放在何宇華面前，黃昭儀恨不得過去直接把那咖啡倒掉。

「我不喝黑咖啡。」何宇華冷冷地說，表情還帶著點嫌惡。

周承俊湊近她，在她耳邊小聲說：「我可以拜託妳今天喝一下黑咖啡嗎？」

「不要，自己搞出來的問題自己解決，別拿我當擋箭牌。」何宇華也小聲但堅定地說。她知道這個咖啡是人家送的，也猜得到送的人是誰，這個人就站在正後方。可惜她不知道周承俊不喝星巴克，因為周承俊嘴刁，他不愛星巴克的豆子。

周承俊難以置信地瞪著何宇華，居然這時候抽手不管，想當初如果追究起來，黃昭儀會這情況何宇華也有份，這杯咖啡起碼有半杯要算在她頭上。

周承俊忽然抓住她的手臂，用力看著她。以前他的女朋友都說過他眼睛會說話，眼神就可以殺人之類的話，怎麼對何宇華一點效果都沒有。

「你幹嘛？」何宇華問。

「我胃痛。」

「我有私藏一支Keto，我想就打IM不麻煩。」何宇華笑咪咪地說，看在周承俊眼裡完全是不懷好意。

Keto是止痛針劑的商品名，IM是肌肉注射的意思。Keto這支止痛藥止痛效果非常好，但是最為人詬病的缺點是肌肉注射後整個上臂會痠痛很久。

聽見Keto，周承俊的胃痛自動痊癒，比打在身上還有效。

「妳過來什麼事？」一定是為了病人，周承俊不用想也知道。

「我守留觀，這個病人想跟學長討論一下，學長當初的想法是泌尿道感染造成的全身無力，可是……我覺得他的發燒怪怪的……」

是周承俊昨天收入留觀待床的病人，周承俊接過病歷看，是個六十多歲的男人發燒診斷泌尿道發炎，看起來沒有疑問，何宇華發現他大腿根部有個焦痂。

「你看這個像是恙蟲病嗎？」她拿出手機，裡面是一個大腿根部的照片，上面有個結痂。周承俊拿過來看，因為這裡是都市，恙蟲病非常少見，通常是山區會有的疾病。何宇華沒有把握，於是過來找周承俊討論。

她記得很多年以前周承俊在晨會報過恙蟲病的案例。

黃昭儀覺得他們兩個坐得未免太近。

「你說呢？」聽見恙蟲病這種奇怪的疾病，江東彥忍不住湊過來看，周承俊問他。

江東彥沒說話。「你覺得是恙蟲病嗎？」周承俊再問了一次。

「我不知道。」江東彥說：「和書上的圖片很像。」

急診檢傷區。

救護車的鳴笛疾速從急診門口呼嘯而過。

「怎麼回事？救護車有呼叫嗎？」檢傷護士納悶地看著救護車路過急診大門口，鳴笛在前面路口停止，距離急診室很近，可是沒有停在急診救護車道，也沒有任何傷患從救護車被推出來。

今天站檢傷的徐素晴是在急診室工作十幾年的資深護理師，從沒見過救護車過央大而不入這樣的怪事。

「學姊，呼叫、呼叫了！」急救區護理師雅貞從急救區出來，正好聽見無線電在響，素晴把無線電的聲量開到最大。

中山九么，中山九么呼叫，車上載送一名三十歲男性，主訴發燒，剛剛忽然意識喪失，全身抽搐，血糖八十九，約三分鐘到達貴院，請貴院準備接收……

「三分鐘內科一級病患！」檢傷護理師徐素晴按下廣播，雅貞三步併作兩步，回到急救室準備插管和急救的物品。

三分鐘，如果是前面路口那台救護車也不用這麼久。以前還有呼過三十秒的，她們常站檢傷的護理師還討論過救護車呼過最短是幾秒。

徐素晴正覺得奇怪，剛抬起頭就看見消防隊的救護人員從急診大門推進來一個血淋淋的男人。

這個男人手腳多處變形，有多處斷裂，全身看起來已經不完整，看起來是嚴重外傷，是另一個病患，不是剛剛救護車呼叫的那個內科抽搐，這個根本沒有呼叫就直接先到了。

也就是說總共有兩個，這個重大外傷先到，後面還有一個內科一級。

「這個傷患就在你們路口，沒時間呼，我們直接推過來……」

緊急救護員大哥的話急切地說，徐素晴只看了傷患一眼，再度按下喪鐘般的廣播。

「急救室外科歐卡！」歐卡是ＯＨＣＡ的念法，全文是 out-hospital cardiac arrest，即是到院前呼吸心跳停止，亦即這個人抵達醫院的時候已經沒有呼吸，也沒有心跳。簡而言之，若是狀況沒有改變，就是個死人。

急救室的大門向兩旁打開，這扇門彷彿可以吞沒生命。
阿蘭姨的心都要停了，腿一發軟，跌在人行道上。阿財青著臉，全身除了打冷顫以外的動作都做不出來。他們都聽見落地的那一聲「碰」，輕輕的，不響，原來這就是一條人命消逝的聲音。
豆腐花似的漿液從後腦勺噴出來。

阿蘭姨茫茫渺渺，不知道自己怎麼跟到急診室，那個年輕人被送進去，所有醫生護士都衝進去，她腦袋一片空白，什麼都說不出，只剩一個畫面，那個年輕人一直說對不起，一直說對不起。
周承俊帶好手套，看見這年輕人的樣子心都涼了半截，很少看到死得這麼徹底的。腦漿從鼻孔、耳朵和後腦勺不住冒出，甚至還可以看見一個灰白色的小塊腦迴從鼻孔噴出來。
「這是什麼狀況？」
「從你們急診前面的天橋跳下來，好像是自殺。」救護員大哥一邊抄寫紀錄，一邊說。找個離醫院這麼近的地方跳，可能心裡也還有猶豫吧。
「這應該沒辦法救了，有家屬嗎？」
「警方正在尋找。」
周承俊做下了決定，說：「患者已明顯死亡，無法急救，先挪到裡面的床位旁邊。」
「咦……？」直接挪進去？急救室主護雅貞說：「那邊還有病人在等加護病房……」
周承俊直接打斷她說：「別忘記我們還有一個內科一級，趕快把位子空出來！」
話沒說完，急救室大門再度打開，一個全身抽搐的昏迷男子被推進來。
「家屬說，昨天開始發燒，剛剛忽然昏過去全身抽筋……」救護員簡短報了病史。
急救室主護雅貞是很資深的護理師，動作快、技術好又聰明，在接到救護車呼叫的時候，她就已經把抑制抽搐的鎮定劑抽好，只等著周承俊的醫囑。

「先推電擊器過來！」

周承俊的直覺告訴他，這不是抽搐。

應該是心室纖維顫動，最惡性的心律不整，只要幾分鐘不處理就可以導致死亡。發生的時間越久，電擊恢復的成功率越低，是真正的倒數計時。這種心律不整的表現常常和癲癇造成的抽搐很相像，都是全身僵直無血色地抖動。

距離電擊器最近的是江東彥，雙手立即拔起電擊板壓上那個人胸壁，心律毫無規則可言，確認是心室纖維顫動。

「Clear！」所有人聽見都明白要電擊，全部後退不可碰觸到病人以免觸電。江東彥沉著地完成電擊，彷彿只是按下鋼琴的琴鍵。

電擊完成的同時，這個年輕人全身一陣顫動，接著坐起來，他猛地大叫：「救我！醫生救我！我不想死……！」

江東彥被他的手抓住，只可惜，這個年輕人只來得及說完這句話，翻著白眼就再度倒下去，心室纖維顫動再度發作。

江東彥立刻舉起電擊板給了第二次電擊。

然後他又醒了。

「醫生救我……！救我！」

「我們會救你！」這次他抓住的是周承俊，年輕人沒撐住，又是一次心臟纖維顫動。

江東彥毫無延遲電擊第三次，電完他忍不住給了自己一個深呼吸。「學長，怎麼辦？」

繼續電擊會越來越沒有反應，越來越不清醒，而且可能沒剩多少時間了。

「昭儀妳去顧住診療區，東彥你幫我找心臟外科來裝葉克膜。」葉克膜能暫時取代心肺功能，替這個病人買一點時間。否則依照目前的狀況，要做什麼檢查都不可能。

江東彥動手翻心臟外科值班表。

就算裡面有危急的病人，外面第一診療室的掛號仍然沒停過，而且也有幾個不能等的，不管是身體上或是情緒上。要怎麼跟一個心肌梗塞的病人說因為醫生在急救室搶救已經要死掉的，所以請你稍等，誰都不可能心平氣和接受。

「心臟外科會下來，不過他們都在動手術，葉克膜小組會先過來準備。」

這次電擊回來，病人意識陷入混亂，胡亂抵抗拔除點滴，變成難以說理的躁動狀態。周承俊下令給了鎮定劑，決定插管，貼上電擊貼片，以便應付接下來不知道還要幾次的電擊。

氣管內管冒出許多粉紅色泡沫，像出血、但是比出血還要淡，只是淡淡粉紅色的泡沫，幾乎把他的肺泡淹沒，使他難以呼吸，即使是使用呼吸器，血氧濃度也量測不到。

這中間又電擊了兩次，即使用上心律不整的藥物也毫無改善，而且脈搏越來越微弱。

血壓已經是量不到的區間。

他們正在失去他，除非能找到原因。

江東彥的腦袋不斷滾動出文字，列出許多可能造成這種慘況的疾病，即是所謂的鑑別診斷，就像一片無限螢幕放在眼前。鑑別診斷可以有十幾個，但是能夠立刻治療搶救的並不多。

「學長，超音波。」周承俊剛把呼吸器接上，江東彥已跑到診療區推超音波過來。

超音波的探頭一放下去，周承俊就看見大量的液體在心包膜內。

「是心包填塞。」周承俊給了他一個嘉許的表情。

雖然不知道是什麼原因，但是大量的液體壓迫心臟，使心臟失去功能，必須把這些液體盡快排除才可以。

「心臟外科手術應該快要結束了。」江東彥說。他剛剛跑到診療區推超音波，出了滿身大汗，一切都發生得太快，生命的消失就算用跑百米的速度也來不及。

「來不及了。幫我叫家屬進來，我要直接穿刺引流，你穿上無菌衣幫我。」周承俊對他說。

她無助地看著急救室大門。

她的丈夫正在門裡面，他就這麼被推進去，裡面有許多驚人的聲響，她聽著，控制不住哭，不敢想像那個房間裡發生的事情。

更不敢想像那扇大門打開，她會被告知什麼樣的消息。

急救室門滑開，一個孕婦跪倒在門口，旁邊是一個手足無措的四五歲小男孩。

警衛正在勸她，她從模糊的淚眼看見丈夫的身旁有許多嚇人的機器，還有血。是丈夫的血嗎？她不敢想，也不敢問。

「妳是他的家屬？」一個看起來像是醫生的男人對著她說話，是周承俊。

她只剩點頭的力氣，發不出聲音。

「什麼人？」周承俊很急。

「太、太太……」

「他現在心包膜積水壓迫心臟，我要立刻做穿刺引流把水放出來，妳同意嗎？」周承俊穿上無菌隔離衣，一邊準備一邊問，他必須要搶時間，快要沒機會了。

要在幾秒鐘內，讓一般人了解根本不可能，可是還是得問，不能沒有同意書就做侵入性治療。

話說回來，家屬不同意怎麼辦？這種情況下，能有不同意的選擇嗎？

「要、要怎麼做？」她勉強問出這句話，現在是要動手術嗎？是要動什麼手術？千萬不能氣切。

「拿一個空針從胸骨下穿刺……」周承俊正在迅速消毒，說到一半覺得自己很蠢，現在不是上課的好時機，以強硬的口吻說：「……要救他的命就同意！」

江東彥把超音波探頭對好手術部位的心臟，周承俊從無菌包取出針，那個四五歲的孩童忽然大哭，太太握著筆的手劇烈地顫抖，不敢想像那麼粗的一根針刺入丈夫心臟會有什麼後果。

她實在、實在沒有勇氣簽，難道不能先做完……人救活以後，再讓她簽名嗎？

周承俊嫌她太慢，沉著聲音說：「妳知道拖越久，他活命的機會越低嗎？」

太太一咬牙，勉強拿起筆歪歪斜斜簽完，寫完的時候，她覺得腿好軟，一團濕熱從腿間流出來。

「讓她出去。」周承俊頭不回地說，握好針從患者胸骨下刺進去。

抱起她的護理師庭筠看見褲子上那一團血漬，「周、周醫師……她出血了。」

「帶出去。讓黃昭儀找婦產科來看，小朋友也帶出去。」周承俊一邊說話，一邊進針，專注地看著超音波螢幕裡針尖的位置。

螢幕裡寬闊的距離實際上只有兩公分不到，心臟是個不斷搏動的器官，必須要在這麼小的空間進針引流出裡面壓迫心臟的積液，避免刺到心臟，否則會再度引發纖維顫動，甚至心臟停止。

「江東彥探頭拿好，不要分心！」

江東彥聽見孕婦太太出血，分神看了一眼，探頭角度連帶偏移，被周承俊一念，警覺到這是緊要關頭，立即回到手術部位。

「學弟我來。」何宇華已戴好無菌手套，接過江東彥的位子。「你到診療區幫昭儀學姊。」說話時，她手上的探頭仍穩穩地放著，一點移位都沒有。

最終抽取出大量的橘紅色液體。

江東彥脫下無菌隔離衣，看著引流出來的橘紅色液體，他們成功搶贏死神，挽救了這個人的生命。

從急救室門打開，到抽出心包積液，大約花了八分鐘。

「血、血壓量到了，周醫師。」急救室主護雅貞量到血壓值興奮地說。

「多少？」周承俊正在一管管把壓迫心臟的液體抽出來。

「八十六、四十。」八十六是收縮壓，四十是舒張壓，雖然仍然是休克狀態，比起不到一分鐘前的絕望已經好太多。

「先快速給 500cc 食鹽水輸液。」周承俊鬆了一口氣，對何宇華說：「還好是年輕人。」

「說不定有機會。」何宇華看了他一眼，說：「學長，你臉上有血……」

「幫我擦掉。」周承俊盯著手術視野，邊說話，手上該做的沒有停止動作，從超音波螢幕看見那些心包膜積液已經少了許多，心臟收縮力很強。

心室纖維顫動也一陣子沒發作了。

何宇華用有齒鑷子夾起沾濕的紗布，抹掉周承俊臉上的血，然後將紗布連同鑷子丟在汙染區。

「你居然用紗布……」周承俊後悔沒先請雅貞上一條小毛巾，何宇華應該要請人上無菌毛巾，再用毛巾幫他擦血才對。

「我是用乾淨的。」

雖然也可以找護理師擦，但他就是偏偏要指定何宇華。

「你要是用髒的……」周承俊無法相信居然還有髒的紗布這個選項，實在是太危險了。「算了，妳到底有沒有把我當成學長？」

「血壓一百一、八十。」雅貞再次通報量到的血壓。能抽的量已所剩不多，周承俊退針出來，脫下無菌手套。

「我來找心臟外科訂加護病房。」

何宇華說：「我去找他的太太說明病情。」

何宇華脫下無菌隔離衣和手套，走出急救室，找到病人妻子解釋現在的狀況，她掛著點滴躺在病床上，聽見狀況稍微穩定，摀著臉痛哭出來。

檢驗報告出來，心肌酵素異常的高，按照病程來看，可能是急性心肌炎，也可能是心肌梗塞，心電圖沒有給我們更多資訊，還需要心導管檢查做進一步的確認。

會診過後，躺在病床上的太太又簽了許多同意書，那個男人被送進了導管室。

後續會怎麼樣，能不能活命，周承俊也沒有把握，他已經盡力了。

那個男人說過他不想死。

不想死。

周承俊坐下來打開醫囑系統，動手打那位跳天橋的不幸男子的病歷。他還在急救室的角落，獨自靜靜地越來越僵硬。

因為是非自然死，什麼都不能動，只能等待警方前來蒐證，靜待司法相驗。

何宇華從診療區進來，一陣風似的對他說：「你外面快炸了，自殺的這個病歷我來打就好。」暗示周承俊該出去救黃昭儀了。

「可是……我還想休息一下。」周承俊說，帶著讓人難以拒絕的眼神，甚至伸了一下腰。

「外面真的炸了。」何宇華正色說。

「沒關係，有事他們會來找我。」

周承俊拉了張椅子給何宇華，何宇華接手打病歷，他就真的坐在旁邊而已。病人的身份是從口袋裡找到的身份證確定的，這個人過去一片空白，是從未在本院看過的病人，第一次就診就是特地來這裡跳天橋自殺。果然他不想被輕易認出來，可是自殺的地方離醫院這麼近，是不是心中還有一點猶豫？

「黃昭儀想到我實驗室，我答應讓她過去看看。」周承俊手放在她後方的椅背，問她：「妳覺得呢？」

「可以呀，反正你實驗室不是缺人手？」

「妳真的這麼認為？」

「不是嗎？」

「我出去了。」周承俊看起來悶悶的，站起來直接走出急救室。

兩個星期後的某一天，是個平凡沒有記憶點的一天，早上七點多，急診室夜班的醫生正在與瀕臨崩潰的睡意奮鬥，打發最後半個小時。

第一診療區醫生是何宇華，她在研究下個月班表，把該上班的日子圈出來，班表這種東西看幾次也不會厭倦。

那張床就在這種時刻，從直通加護病房的電梯推下來。

「怎麼回事？」

推床上面躺了一個孕婦，臉色蒼白，何宇華只一眼就認出來。

上次他們在急救室做心包膜穿刺引流的病人妻子，那一天，她差點流產。

「病人剛剛撤除維生裝置，家屬在我們ＩＣＵ昏倒，值班醫師要我們先推下來急診檢查。」ＩＣＵ就是加護病房，是……那個心包填塞的男人今天撤除維生裝置嗎？

也就是說，他已經死了。

「好，我會照顧她。」

兩個禮拜前做完檢查後確認是心肌炎，大量的心包膜液體壓迫心臟也是心肌發炎引起，至於心肌炎的原因，可能就只是一個感冒病毒。

到加護病房之後，心臟雖然比較穩定，肺部卻惡化得很快，發展成「急性呼吸窘迫症候群」這個病，最後兩邊肺部都是雪白的，雖然使用呼吸器，血氧濃度一直不理想，連帶又影響到心臟的復原狀態，最後還是裝上葉克膜。

葉克膜可以取代心肺功能，但是無法起死回生。身體的死亡反應還是會繼續，並不是裝著就可以一直活下去。

總會來到必須移除葉克膜的一天。

對家人是非常難以承受的。

就算裝著機器維持身體的循環，心臟不跳、肺部也失去功能，處在一個難以說是活著，但終究不是死亡的狀態。

撤下機器，就是真正的終點。

江東彥站在孕婦的病床前，久久無法移動。

他剛剛去幫一個人看診，可是目光接觸到這個孕婦的那一瞬間，他完全忘記剛剛問過的病情。

他認得她，那一天她跪在急救室哀號大哭，那一天他們成功挽救了她的丈夫。他們浴血奮戰，他們盡了全力把他從鬼門關拉回來。

難道不是？

難道只是自以為是的幻覺？

他們做的只是延長了死亡的痛苦？

交完班，何宇華換下工作服，拿著大包包再經過第一診療區的時候，朝那孕婦看了一眼。

在鎮定劑的作用下，她睡得非常安詳。

走出急診大門，一陣涼風吹來，外面陽光鮮明，她拿起手機撥給周承俊。

「上次那個心肌炎，今天撤除維生系統。」

電話那端是一段沉默，何宇華可以感覺到沉默裡的情緒，像是悲傷，卻更多是無奈。

終究還是這樣的結果，每次他們很努力搶救，結局是好是壞，只能交給上天決定。

「知道了。」

「學長……」

「什麼事？」

「你做得很好，已經做了一個急診醫師所能做的。」

「那張診斷書，有人來拿嗎？」跳天橋自殺的人腦漿迸裂，連急救的機會都沒有，死亡後的診斷書連同病歷留在櫃台等家人來辦手續，一日復一日，一直沒有人來。

「還在櫃台，警察也找不到家人。」

「你覺得他為什麼自殺？」周承俊問。

「不知道。」何宇華老實回答，各種原因，人生的困境，他們在急診室看過太多。

「如果他家人來拿診斷書……」

「我知道，找社工幫忙，你在病歷註記過。」

又是一段不短的沉默，但是誰也不想結束通話，就算只是聽見彼此的呼吸，就不會覺得那麼孤獨。

最後是周承俊打破了沉默。

「我被投訴了，是那天在急救室等加護病房的病人，說我害他病情惡化。」

「因為你把腦漿流出來的死人推到他旁邊吧？」在急救室接受種種痛苦的侵入治療，等待加護病房的期間，忽然看見一個腦漿迸裂的死人推到身邊，那個人受到的驚恐可以想像。事情發生得太快，那天他們根本來不及注意躺在急救室裡面的其他人是醒的還是昏迷的。

「沒什麼，事情本來就很難面面俱到。」

自私的人根本不明白一張投訴單可以摧毀什麼，搶救生命的熱情和價值在投訴單前一文不值。要投訴也該投訴這個害他在急救室等加護病房等了一天的醫療體系，不分青紅皂白只會投訴醫生，說起來也只是找個可以輕鬆發洩的對象做情緒出口而已。

還能投訴代表精神不錯，不知感恩，死神那天在急救室可是取走了兩條人命。

想死的和不想死的……

都死了。

「你沒做錯。」何宇華苦澀地說。

「我們都不正常……」他的聲音一樣苦澀，只有背負過人命的人才看得見生與死的無可奈何。

外面下著濛濛細雨，林耿明提著兩袋垃圾下去丟，遇見江東彥撐著傘從社區大門進來。

林耿明從家裡搬出來，沒想到和江東彥當了鄰居。透過仲介沒幾天就租到的小公寓就在醫院附近的巷子裡，江東彥正好住在隔壁。說巧也不算巧，這地方本來就是蓋來租給央大的醫生護士，離醫院又近，他們年紀差不多，需求也差不多，自然就租到差不多的地方。

「欸，剛下班？」林耿明過去親切地打了招呼。

江東彥沒理他，好像根本沒聽見。

「欸。」林耿明追過去，覺得他表情怪怪的。「你怎麼了？」

「沒事。」江東彥說，他看起來很疲憊。

「等等，我有事想問你，」林耿明咳了聲，算是給自己壯個膽。「你有沒有推薦什麼整理過，比較能幫助記憶的醫學叢書？」他根本就想直接問江東彥都念些什麼書才能變成那樣，經過這些日子林耿明完全明白，江東彥和他不是同一個等級的，他是怪物群裡最大的怪物。

江東彥對著他，卻沒說話。林耿明有種感覺，他根本沒在聽他說。算了，剛下班，這樣也算正常。林耿明上完一個班也都有靈魂被抽乾的感覺。不想動，不想說話，也不想思考，只想假裝自己是一灘爛肉躺在床上。

林耿明回到自己的地方。一會兒有人敲門，他打開門是江東彥，還是那一臉提不起勁的死樣子。

「怎麼了？」

「給你。」江東彥把手上的一疊書給他，林耿明接過來發現是央大醫學系內科學和外科學的共筆，還有幾本醫療臨床指引的小冊子，這種小冊子很方便放在醫師袍的口袋裡隨時查閱。他順手翻了一下，裡面密密麻麻都是江東彥劃重點的記號。

「你不用了？」

江東彥搖頭，轉身便走。

林耿明甚至還來不及道謝，江東彥已回到自己房裡，門砰地關上。

※※※

又過了好幾天，具體是幾天林耿明也說不上來。因為輪班的關係，對時間和日期的記憶變弱，時間的感知也和過去不一樣。

每到下班時刻，林耿明的心情就特別愉悅，他揹著背包先經過旁邊公園的小路，然後是商店街的人行道，醫院就像是新市區和舊市區的分割線，靠海岸一邊的舊市鎮多半是二三十年的老房子，林耿明小時候記得的繁華區如今已顯現老態。

跨越醫院的另一邊則是嶄新的購物商圈，大型的購物中心就在幾個路口之後，林耿明租屋的公寓屬於這裡。

每天一樣的路線，工作和家兩點一線是現代社會忙碌的步調，也是住院醫師理所當然的生活節奏。

林耿明經過購物中心，裡面的人潮與他無關，再過一段路就是他住的公寓，他卻在人行道的長椅撿到江東彥。

他抬頭望著天空，一臉虛無，沒發現林耿明站在他面前。

「嘿，江東彥！你在這裡發什麼呆還不回家？」

江東彥轉頭看向他，林耿明才發現他的手邊還拎著一袋鹹酥雞。

「你要嗎？」江東彥注意到林耿明的視線，把鹹酥雞拿到他面前，鹹酥雞的香味撲鼻而來，林耿明不爭氣地坐下來。

明明……剛剛離開急診室才打算用最快速度回家。

「怎麼不回家吃？坐在這邊一臉悽慘的樣子做什麼？」林耿明邊嚼邊問，江東彥隨手遞給他一罐可樂。他剛好覺得口乾，打開就爽氣地喝了好幾口。

「這裡人多，我想待在人多的地方。」江東彥說：「我等等想回醫院。」

「回醫院？做什麼？」林耿明太詫異了，他好不容易才從那邊逃出來。

「你有沒有查過，那些失去心跳來到急診的人被你救活以後的狀況？」

「沒有。」林耿明略帶困窘地說：「……我還沒有把失去心跳的人救活過。」

在急診室，生與死只有一線之隔，這條線模糊到能被輕易地跨越。只是幾個數字就代表著一個人由生到死，由死到生。

江東彥看向他，本來他還有一些話要說，結果一句也無法說出口，就像是整串句子堵在喉嚨，他咳嗽幾聲才把那些言語卡住的感覺疏通。

林耿明問他：「那是什麼感覺？把失去心跳的人救回來，感覺一定很好對吧！」

「那是……我來到這裡的目的。很久以前曾經有一天，我很希望醫生能幫我把一個人救回來，那一天醫生沒有成功。」

「那個人……是誰？」

「我父親。」

林耿明不知道他能說什麼安慰江東彥，只悶著頭猛力嚼口中的鹹酥雞，這種時候不管說什麼做什麼感覺都很尷尬。

最後是江東彥自己打破了沉默。

「我太天真了。以為那些人在急診被我急救回來，就會沒問題好好活著。結果他們幾天以後都死了，沒死的也變成植物人，我做的事只是滿足自己的慾望而已！」

第四章　如果意外不是意外

眼前一片不可思議的白。

朦朧的亮光構成光譜似的景象，他不知道身在何處。

一個人躺在床上被推到他面前，口吐白沫，關節都因肌肉劇烈抽搐彎曲成詭異的形狀。

他就快死了。是心裡想的，還是真的有個聲音警告他？

他不確定。

他發號施令使出渾身解數，所有的人都動起來，他們用刀切割那個人，他大叫，他們壓住他。

那個人在床上不斷掙扎，他們不斷說服他，他聽不進去，於是他們把他綁起來。

他們看著儀器、看著數據，他們以為自己救了一個人，這個人不會死。

然後一道光經過，這個人死了。

一片白裡面的光，不是白而是刺眼。讓人眼盲，不知道為什麼會這樣。

第二個人被推進來，也是一個快死的人。

他做一樣的事，搶救。

那個人受盡名為救命的折磨，一樣死去。

第三個人。

他再度搶救，希望這次會不一樣。

沒有。

他雙手掩面跪在地上，不知道自己在做什麼。

他沾了滿手鮮血，沒有人得救。

最後一個人進來，他什麼也不做。眼神空洞而憔悴，靜靜地看著那個人。

他抽搐幾下就死了，過程甚至不到幾個眨眼。

他死去的臉看起來好平靜。

江東彥從床上驚醒過來。

下課鐘聲一響起，小曄和小信就迫不及待地往操場跑，這堂下課有二十分鐘，他們的目標是那個有小球門的球場。

今年夏天的暑假，他們加入了小小足球隊，在球場瘋狂奔跑了一個夏天也沒有燃燒掉他們的體力。他們被曬得像小黑炭，小腿的肌肉發達得鼓起來，每天還要多吃兩碗飯。

順利佔領了球場一個角落，小信找到定點把足球放在地上，大腳踢出去，兩個人就開始攻守盤球。

只要一個球門，不用裁判，不用規則，他們也可以玩得不亦樂乎。

太陽很大，夏天的豔陽沒辦法擊退孩子們踢球的熱情，只有上課的鐘聲可以。

「可惡！」小曄罵了一聲，這節下課不是有二十分鐘，怎麼還是那麼短？

「趕快回去，老師會罵！」這一堂課是算數，算數老師是最嚴格的。小曄和小信都是成績名列前茅的學生，考試考好才能繼續踢球，三名內才能加入足球隊，是他們父母和他們的約定。

「我拿一下球！」小曄說，球越過他滾到前面，他跑過去撿起球。小曄和小信都是飛毛腿，去年學校運動會的大隊接力，他們分別跑第一棒和最後一棒，替他們班得到二年級的第一名。

升上小學三年級學校重新分班，幸好他們兩個還是在同一班。

「啊！」操場的草地不怎麼平整，小曄心急沒踩穩就摔了一跤。

「蕭晨曄你沒事吧？」小信回頭看見小曄跌在地上，球從他手中滾出來。

「沒事啦，只是不小心滑倒而已，你不要去報告老師喔。」

小信跑回來先扶起小曄，再把球撿回來。反正已經遲到了好幾分鐘，一起被數學老師罰站就算了。

「你要去保健室嗎？」小信問，小曄的膝蓋破皮，上面有很多沙子。

「等等下課再去好了。」小曄把褲子上的泥沙拍乾淨，對小信這麼說。他不想害小信沒上到課。

他沒說的是，爬起來以後覺得背好痛。

第一診療區。

林耿明從更衣室出來，剛好在晚間七點五十九分死線前進入第一診療區。交班時間是八點，但是沒有人會真的準點到，在央大急診室提早十分鐘來交班病人是常識，因此當他到達時，白班的周承俊正好與夜班的何宇華交到最後一個病人。

江東彥向旁邊默默讓出一個位子好讓林耿明加入，總醫師邱志誠狠狠瞪他一眼，林耿明心虛地聽著最後一個病人的交班內容。

有時候事與願違，雖然已經洗心革面，看起來卻是一副更混的樣子。

今天之所以會遲到，是因為昨天念書太嗨，看江東彥給他的祕笈讀到半夜三點。這麼瞎的理由誰相信，連林耿明自己都覺得唬爛。

聽主治醫生交班是很重要的訓練過程。絕對不是因為周承俊很帥，笑容很風流，尤其對象是何宇華的時候，那雙眼睛可以把旁邊的人也電得暈暈迷迷。

不同於科會的另一種電力。林耿明會想到那個湖邊，是不是有什麼應該發生的事被他中斷了，每當想到這個，湖邊那件事他連提都不敢提。

一個腹痛的人，周承俊告訴何宇華他懷疑什麼疾病，預計要做什麼檢查，何宇華跟他討論。藉由這樣的過程，使住院醫師可以明白主治醫師的臨床思路，學習到處理疾病的技巧。

周承俊不藏私，林耿明大約明白，因為他知道自己是真正的強者，不需要耍那種小手段。江東彥也是那種人，所以才會把自己的祕笈拿給他。

交班結束，江東彥收拾診療桌上的東西，準備去更衣室換下工作服。周承俊過來拍他肩膀說：「等等跟我到辦公室一下。」

江東彥提起背包就跟周承俊走了。

林耿明見到他沉重的步伐，心想他不知道出了什麼錯被周P約談。

「你這小子給我專心一點，去接新病人，不要管別人的事！」總醫師邱志誠只差沒拎起他的耳朵，氣急敗壞在林耿明面前大吼。

邱志誠，人稱小邱，是個很不央大急診室的醫生。這裡充滿著精英，醫院裡除了藥水味就是書卷氣。小邱卻獨樹一格，他身上看不到半點讀書人的影子，濃濃的江湖味，活像是個老粗，半夜跟混混打架的那種小流氓。

林耿明可不敢忤逆小邱，皮綳得緊緊趕快去替掛號進來的人看診，惹他生氣感覺就會在暗巷被蓋布袋挑斷手腳筋那種。

「學弟最近好像有進步了？」何宇華把留下來的一圈病人查過房，坐在診療區對小邱說。

「是有好一點啦，沒有像以前問那什麼沒水準的白痴問題，看了就想把他捏爆。」

「欸，你看學弟看的那個人是不是賴皮蛋？」何宇華皺著眉，小邱站起來看清楚那個人的樣貌。

「對耶，賴皮蛋怎麼會被送到一區。不不不，不要給他躺床下去……」

「醫生，我想要躺……」

聽到賴皮蛋這麼說，說完還裝弱倒在輪椅，一副要滑下去的樣子，林耿明沒忍住翻他的白眼。

今天的醉鬼提早出動，晚上九點鐘就抵達急診鬧事，無疑說明了今天的夜班會是漫長的一夜。雖然人家說生病不會看時間，疾病沒有日夜之分，夜晚的急診室和白天的急診室面對的是不同的人群。晚上的急診有三多，酒鬼多、睡不著多、還有打架多。這類型的人共同的特質是情緒失控，常常鬧事把整間急診搞得七葷八素，使醫生護士無暇顧及其他生病的人。

這個賴必達綽號賴皮蛋，在急診是個很有前科的人。連綽號都已經取好，就知道這個人掛急診的次數有多頻繁。

檢傷只要說：「賴皮蛋來囉！」就會在醫生臉上看見奇妙的表情，介於厭惡到受不了之間。

他大概每隔兩三天出現一次。他什麼病都得過，酒精性肝硬化是基本款，反覆肝昏迷、胃出血、胰臟炎，還被撞過幾次腦出血。他從來不住院。不管什麼病況，只要能爬，天一亮就會像仙杜瑞拉一樣落跑，而且絕對不付錢。

他要的是在晚上有空調的醫院免費睡一晚。

可是他衛生習慣不佳，酒品差，很髒又很臭，又喜歡當眾在診療區脫褲子尿尿，把地方弄得髒兮兮，沒有人喜歡讓他留下來。

「你回家睡覺好了啦。你家在哪裡？我幫你叫計程車。」林耿明打算直接把他塞進計程車。賴皮蛋還能買酒，身上一定有錢，醫院的費用就算了，計程車不付錢可不會載客。

「在橋下面……」

「什麼橋下面?!」賴皮蛋真的很有讓人想揍他的潛力。他的家根本不遠，有一次腦出血，他的母親還來急診陪他，對他噓寒問暖，關心備至，活像她照顧的是個孩子不是成年人。

「醫生我胸悶……」賴皮蛋說完，坐在輪椅又往後一倒。

「都檢查過了，你只是喝醉酒。」賴皮蛋的心電圖是正常的，因為反覆胸悶，一個月被做了十幾次心電圖。附帶一提，今天的酒精濃度兩百，是個一般人會醉死，但賴皮蛋絕對沒有問題的濃度。

「我今天不會讓你躺，你要不回家，要不去其他醫院。」林耿明決定撂狠話結束這個回合。

「醫生你什麼時候下班？」

很清醒嘛！還知道要等下一班的醫生。「到明天早上，你明天早上再來。」

「醫生我要出院！」因為賴皮蛋一直在他附近晃，第八床的中年男性被臭到受不了，主動找到林耿明要求出院。「越躺越難過，吼，不走不行。」

這個人剛剛是他看診的，林耿明查閱他的檢驗報告，沒有任何異常。他的病歷和檢驗報告被壓在何宇華看診桌的最下面，上面還有厚厚一疊等待何宇華處理的病人。林耿明心裡想應該沒什麼問題，這個人都快要自己把靜脈管路扯掉了，於是幫病人簽了MBD。

MBD就是可出院的意思，就是醫生認為這個人的狀況可以出院。

於是第八床這位中年男子辦了出院，甚至早賴皮蛋一步離開第一診療區，到急診大門口。

他最遠也就走到了急診大門口。

他搖搖晃地伸手招計程車，賴皮蛋從後面撞過去，他旋轉半圈，整個人就像土石流一樣倒下來。賴皮蛋不慌不忙搭上計程車，對身後的狀況一點感覺都沒有。

每個醫生都有幾個會讓他記住很久的病人。賴皮蛋是一種，頻繁出現到你不記住他不行。被賴皮蛋撞倒的這個人是另一種，只來過一次就慘烈到足以讓醫生記得他。

「何醫師，快！先看這個病人！」檢傷區護理師目睹那個人被賴皮蛋撞倒，趕快過去撐住他，和駐院警衛一起將他搬上病床，送入急救室。

「他怎麼了？」何宇華進入急救室，這個人臉色發青，看起來很不妙。

「這不是我們剛剛第八床嗎？」總醫師小邱認出這個人。「一直嚷嚷說要出院那個，誰讓他出院的？」

何宇華和小邱你看我我看你，兩人心中都有了答案。

林耿明，等等再跟你算帳。

「先幫我量 vital sign……」何宇華說，vital sign 就是生命徵象，包括心跳、血壓、體溫一整組的數據，可以用來評估一個人的生命穩定與否。「幫他戴上氧氣面罩，做一張心電圖給我。」

血壓只有八十幾，何宇華趕緊看新出爐的心電圖，卻沒有明顯心肌梗塞的表現。這下難了，何宇華皺著眉頭。

「先生你怎麼樣不舒服？」她拍著他肩膀問，這個人一直翻來覆去，看起來很不安定。

「我、我很不舒服……」

……果然問了也是白問，要一個休克的人很有邏輯地說出症狀根本是不可能的事。只能靠觀察，還有直覺。

「剛剛學弟抽的血看起來都正常，胸部 X 光也正常，他做的心電圖也看不出什麼。」小邱把這個人的資料拉回診療區，打開X光片和檢驗報告。只能說林耿明雖然大膽到把病人偷放走，也確實沒查到什麼嚴重的問題。

不是心肌梗塞、沒有貧血、細菌感染，肝腎功能都很好、沒有電解質異常，可是人卻快死了，很熟悉的情境，是什麼疾病，何宇華覺得她快想到了。再看一遍心電圖，答案居然這麼明顯。

「幫我推超音波過來。」何宇華對急救室護理師說。

「小邱你看，這個人有很嚴重的右心衰竭。」何宇華拿著心臟探頭，語調有點興奮，她決定考考小邱，這個人就要考專科了，這個疾病是專科必考題。「右心動得不好，你覺得是什麼原因？」

「下壁心肌梗塞？」小邱一點把握也沒有，心電圖看起來根本不像。

「你再看一遍心電圖。」

小邱拿起心電圖再仔細地判讀一遍，神奇的一瞬間發生了。他像是被電擊到，某個疾病忽然竄過他的腦袋。「肺、肺栓塞！」

「對，我也認為是肺栓塞，我們來排CTA吧。」

CTA就是電腦斷層血管攝影，結果證實是雙側大量肺動脈栓塞造成右心衰竭和休克，這是一個非常嚴重的疾病，必須立即使用血栓溶解劑將栓塞打通，否則隨時有可能猝死。

這個人的心電圖有典型的變化，卻不容易被察覺。如果他真的走出急診大門搭上計程車，就會死在外面。人的生與死，一個命運的不同，就只是幾分鐘的差距而已。

「學姊，結果是肺栓塞嗎？」林耿明得到消息以後一直忐忑不安，看見何宇華從急救室出來，臉色還沒有太難看，小心翼翼地過去問。這個疾病他在書上念過，但是在看那個人的時候，實在沒有出現在腦海。

這就是R1和總醫師的差別吧。他的神奇一瞬間沒有發生。

「是啊，你去看一看。」那個病人打完血栓溶解劑後逐漸穩定下來，居然沒有進展到插管，現在只用上一點點升壓劑血壓就很平穩。

畢竟林耿明只是個Ｒ１也不能苛求，肺栓塞本來就是難以診斷的疾病。如果是那個江東彥能看得出來嗎？何宇華忍不住這麼想，央大急診室已經好幾年沒出現神奇Ｒ１了。

現在由周承俊負責住院醫師的徵選，以他挑人的品味，他們離神奇Ｒ１的距離只會越來越遠。

林耿明默默走進急救室，裡面的男人戴著氧氣罩，甚至還對他點了點頭。林耿明不得不承認，他現在看起來還不錯，甚至比他吵著要出院時好很多。

吵鬧大概也是肺栓塞的症狀之一，教科書怎麼說的……「躁動不安」，原來這就是躁動不安。林耿明想，教科書果然是理科人寫的，描述的技巧太差，書上寫的和現實所見到的樣子有一個太平洋的距離。

「謝……謝謝你，醫生。」

謝……謝？林耿明很驚訝，他感謝錯人了吧。這要怎麼解釋，總不能承認自己是差點害死他的笨蛋。

男人豎起大拇指對他比了個讚，林耿明握住他的手跟他打氣。「你要加油！」

他感受到手心傳來的力量，這份工作真是他媽的沉重。

「學姊，你覺得學長的實驗室我有沒有希望？」好不容易現在比較閒，小邱逮到機會找何宇華探口風。

「我哪知道，實驗室的事不要問我。」她拿起一份病歷看病人追蹤的血糖。血糖兩百多，很好，可以出院了。

「聽說黃昭儀也想去？」

「是有聽學長這樣說過。」何宇華在電腦開立ＭＢＤ醫囑讓這個低血糖的患者出院。

「學姊應該反對吧？」

「我反對幹嘛？」何宇華說完，想起周承俊告訴她這件事的表情。

黃昭儀想到我實驗室，我答應讓她過去看看。妳覺得呢？

她當時怎麼回答早就忘記了。

「……我應該反對嗎？」她狐疑地問。

「不是……因為……學妹對學長怪怪的，最近好像都送咖啡給學長，大家都在說。」

「你擔心什麼？」

「學長會不會被美色迷惑。」

「你要是知道他的情史就不會擔心這些。」

「真的？情史……很多嗎？」小邱不太相信，說起來好像周承俊很花心一樣，可是他覺得學長明明很專情。

「我不要爆他的料。」何宇華說：「反正實驗室對他很重要，周承俊不會隨便挑人，這種事他不會草率。」

「那……」小邱搔搔頭，想開口要何宇華有機會替他美言幾句，不知道要如何措詞。何宇華本人的確是研究絕緣體，連主治醫師升等論文好像都還沒有。但是她跟周承俊交情那麼好，說一句話抵得過他寒窗十年啊！

小邱還在搔頭，林耿明拿著一份病歷插進他們中間。

「學姊，你看一下這個弟弟，我覺得很奇怪。」剛剛接受過肺栓塞無情的輾壓，林耿明現在看每個病人都疑神疑鬼。

「蕭晨曄。」何宇華念病歷上的名字，十歲，應該是小學生三年級。「他怎麼了？」

「兩個禮拜前小朋友踢球跌倒，之後陸陸續續有發生背痛，去診所看過也照過X光，都說沒什麼異常。我照的X光看起來骨頭也沒問題。」林耿明叫出X光片給何宇華看，他剛剛看這張片子都快要看出幻覺了。因為正常，所以每一寸用力看就會覺得好像哪裡哪裡怪怪的可能有骨折，然後給自己一個深呼吸，發現應該還是正常沒有骨折的片子。

其實是心魔作祟。

何宇華點頭說：「看起來正常沒有骨折。」

「可是他今天晚上忽然不能站，背部肌肉拉傷會這麼嚴重嗎？」

何宇華臉色凝重起來，小朋友最討厭醫院，不能站一定有問題，問：「小朋友人在哪裡？」

「蕭晨曄。」何宇華到第十五床，叫出小朋友的名字。

「醫生阿姨好。」是個有禮貌的小孩，何宇華心裡嘆了口氣。

「你可以站起來給阿姨看嗎？」

「晨曄你可以的，你試試看。」蕭晨曄的母親在旁邊急切地鼓勵孩子。她是個會計師，神情帶有社會精英的傲氣，和這個急診室一般接觸到的病人不一樣。

蕭晨曄搖頭說：「我很痛。」

「為什麼很痛，骨頭不是沒事嗎？你就站給阿姨看嘛，站完我們就回家了。」蕭晨曄媽媽焦急地說。

「沒關係，」何宇華制止她，蹲下來說：「小朋友你的背很痛是不是？」

蕭晨曄點頭。「那我摸到會痛的地方告訴我好不好？」他再度點頭。

何宇華伸手到他背後，從第一胸椎開始，一節節往下摸，大約到第十節胸椎的地方，蕭晨曄說：「這裡，會痛。」

何宇華點頭，摸到脊突這個骨頭施力壓下去。「這樣會痛嗎？」

蕭晨曄強忍著說：「裡面很痛。」

「怎、怎麼樣？」蕭晨曄媽媽看見何宇華的表情凝重，覺得事情好像不太妙，不是她想得那麼簡單。

「等等再說，我還沒做完檢查。」何宇華拿出小槌子，這個槌子叫反射槌，是專門用來做神經學檢查的工具。接下來的景象就讓林耿明非常吃驚，何宇華測試蕭晨曄下肢每一塊肌肉的肌力，人體表現的感覺其實可以對應到每一節脊髓神經，可以藉由感覺和肌力來定位神經受損的區域。

這是整套的神經學檢查，理論上每個醫生都要會，實際上林耿明只有在神經內科病房看神經科醫生表演過，沒有看過任何急診醫生做完全套。

當年何宇華一定是個很認真、基本功很扎實的醫學生，她當住院醫師一定也是拚命學習。所以她在沒有背景、沒有學術地位的加持下，只靠臨床醫療實力就在這裡登上主治醫師的位子。

「我會幫他安排胸椎核磁共振，我認為問題在第六到第十節胸椎。」何宇華做完檢查，對蕭晨曄媽媽說。

「胸、胸椎怎麼了嗎？脊椎受傷了嗎？」

「這要做完檢查才能回答，我會儘快安排好不好？」何宇華摸摸蕭晨曄的頭，回護理站聯絡放射科做核磁共振。

何宇華正在講電話，對方是醫院的放射科值班醫生。醫院的放射科除了協助照影的放射師、護理師，也有放射科醫師。放射科醫生並不容易被民眾察覺他的存在，卻是急診醫生很重要的戰友。

人們會假設醫生什麼都會，考慮到醫生的本質也是個人類就知道不可能。對急診醫生來說，不可能每個影像都能判讀，尤其是遇到罕見的疾病。這時就需要放射科醫生的幫助。

放射科醫生的業務在此但不止於此。除了判讀影像，還有介入放射這一塊，執行腹部內膿瘍的引流手術，使用電腦斷層導引，替各種部位的腫瘤切片，甚至是腦部動脈瘤的栓塞治療。因為介入放射醫師的發展，替人類免除了許多高風險手術。

電話那頭是何宇華的同學黃婉宜，當醫學生的年代她們沒有特別親近。進入醫院以後，因為急診時常需要放射科醫生的幫忙，兩人的來往變得很頻繁。黃婉宜結婚好幾年，生了兩個女兒，五六歲的小女孩圓嘟嘟的正可愛，活像個小大人，常常誘發何宇華不如生個小孩的念頭。

這又是個頭痛的問題。

從第六胸椎上緣可以看見一團緊密的組織包圍脊髓腔，佔領了好幾節脊髓的空間，就像電影裡異形的巢穴。黃婉宜告訴她，要懷疑神經母細胞瘤，不過年紀大了點。在這麼大的兒童，通常發現都已經是晚期，要找看看其他地方有沒有轉移。

何宇華沉重地放下電話。

「醫生，怎麼樣？」蕭晨曄媽媽一直盯著她看，知道她在問報告。何宇華一放下話筒，她就立即奔過來。

何宇華想告訴她，卻一時之間不知該從何說起。做核磁共振的時候，蕭晨曄的奶奶也到了，聽見醫生說要做核磁共振，她就知道不是單純的跌打損傷，她正在幫晨曄換下檢查服，穿回原本自己的衣服。

她將要舉起死神的鐮刀擊碎這個美滿的家庭。

「神經母細胞瘤？」蕭晨曄媽媽驚呆了，「不是受傷嗎？」怎麼忽然變成腫瘤？

「看起來是這樣，和跌倒沒有關係。」

只是巧合。跌倒以後背痛，結果背痛並不是跌倒造成的，只是巧合，不管是多少萬分之一的巧合，反正就是發生了。

「那為什麼……」蕭晨曄媽媽說到一半停下來，不，現在為什麼已經不重要了。「要、要怎麼治療？」還有最重要的，「他以後還是能再站起來吧？還是能打球對不對？」

「我們先一步一步來。」何宇華連一個保證都不敢給，說：「還要做其他檢查，確定有沒有轉移，才知道怎麼治療。神經母細胞瘤非常惡性，轉移的可能性……不低。」

她直視何宇華臉上的表情來消化她的話，過了半分鐘，蕭晨曄媽媽才忽然捂住臉尖叫著哭出來，「啊啊啊啊嗚嗚嗚哇……」她的寶貝……她的孩子……她本來想忍耐，本來不想在兒子面前哭，她以為自己可以有足夠的勇氣，她以為最壞的狀況只是骨折，檢查的結果為什麼這麼絕望。

「嗚嗚嗚……我不要我不要，我不相信……可以再做一次檢查嗎？再做一次好不好？」

蕭晨曄媽媽無法支撐自己，她好想昏倒，可是不能昏倒，昏倒了晨曄怎麼辦?!她一邊哭叫，一邊抓出手機打給晨曄的父親，她跌坐在地上，按通話鍵時，整隻手都在發抖。

「你馬上過來醫院！不要加班了，立刻過來！狀況很嚴重……很嚴重，嗚嗚嗚……」

「媽媽，妳不要哭，我會勇敢打針，我會很快就好了。妳不要那麼難過。」蕭晨曄坐在病床上，拍拍媽媽的手臂。他很勇敢，打針都沒有哭。晨曄奶奶偷偷擦淚，她剛剛已經到急診大門口痛哭了一場。

父親趕過來以後，何宇華又說明了一遍，有一些檢查在這段時間已經做完了，確定肝臟和肺都有轉移。何宇華目睹了一個中年男人的崩潰，一個人真正的被撕裂真的很痛很痛，他掛著兩行淚，哭著問了一個問題。

因為他說得太模糊、斷續，何宇華實在聽不清楚，但是她又能夠分辨出他要問的是什麼。

因為剛剛媽媽也問了同樣的問題。

以後他還能不能站起來？

那麼一個活潑好動的孩子，他是他們班跑步第一名啊。蕭晨曄爸爸哭著說，每年的運動會他都很自豪，以後再也不能，再也不能……

蕭晨曄爸爸想到，去年的運動會，他為了工作提早離開，沒有看到他大隊接力跑最後一棒，聽說他追過兩個對手……

何宇華沒有回答。她覺得他們不想聽這個問題的答案。他們已經被逼到絕望的角落，她不能把這個角落也毀掉。

要給他們留一點力量面對未來的考驗。

這個孩子面對的是厄夜的魔鬼，能不能站不是問題，能不能活命才是最大的問題。

「五分鐘後重大外傷兩位！」檢傷區的廣播像喪鐘一樣響起來。
這個檢傷廣播連接到兩個診療區和三間觀察室，有重大外傷或嚴重的病人就會藉由廣播呼叫醫生進入急救室。救護車在路途中會藉由無線電通報醫院患者的狀況，並且預估抵達時間。於是檢傷可以先行廣播，使急救區護理師可以先做接受嚴重傷患的準備。
據說這個系統以後將會更完善，藉由醫療指導醫生的設置，心電圖的傳輸，在救護車上就能開始診療。這個部分現在由鄭紹青負責。鄭紹青是年資和周承俊相當的急診主治醫師，對行政方面很有興趣，參與許多院外會議及衛生消防機關的事務。

「這不是賴皮蛋嗎？」
第一個傷患很快被送進來。三十幾歲男性，行人與汽車車禍，意識昏迷，四肢多處變形，臉部有撕裂傷，救護車是這樣通報的。
雖然手腳撞到變形，骨頭應該都斷光光，臉也腫起來，有點不好認，但是這活脫脫就是幾個小時前才出院的賴皮蛋。
「是嗎？對耶。」小邱過來看也立即認出來。
「他是行人，直接從路中央穿越快車道，車輛閃避不及撞上去。」救護車送他來的緊急救護員說：「他是常客嗎？難怪我覺得很面熟。」
光是目視就知道賴皮蛋手腳骨頭全斷，幸好皮肉還完整，只帶一點小傷口，所以看起來扭曲成怪異的角度，手從前臂彎成直角，膝蓋朝內但腳卻向外伸，因為在小腿的地方骨頭斷成一百八十度。他好像不覺得痛，掙扎起來還可以揮舞這些變形的手腳。
「你不要再動了！」何宇華大吼，這是酒味嗎？好像比出院的時候更濃。「血壓多少？」
回報給她的是一個很不錯的血壓，骨折成這樣居然還有一百多。賴皮蛋果然是打不死的蟑螂。

「何醫師，這個……ＩＶ要打哪裡？」簡婷筠問她，她今天是急救室主護。ＩＶ就是靜脈管路，通常會在血管裡面留軟針來注射點滴，賴皮蛋四肢都變形，找不到可以下針的血管。

「第二個傷患來了，是事故對方。」檢傷護理師再度推進來一個滿臉是血的年輕男子。

「小邱你幫賴皮蛋打ＣＶＣ。」ＣＶＣ是中央靜脈導管，從脖子打的大血管。骨折的地方不能打靜脈導管，賴皮蛋手腳四肢全斷，只剩下這種地方可以打。

何宇華吩咐完，過去看梁慧如推進來的人，他整張臉變形，不斷從口鼻溢出血來，不處理的話這個人會立刻被血嗆死。他很躁動，意識也不清楚。

「準備插管，給我大號抽吸管！」何宇華大叫，不把口腔裡的血抽乾淨，無法看見插管要通過的喉頭，這個人很躁動，但是臉部變形是困難插管，也不能冒險給鎮定藥物。

何宇華給自己一個深呼吸，挑起喉頭，快速把管子插入，只差一個眨眼的時間，喉頭又再度被鮮血淹沒。確認通氣順暢後，何宇華覺得全身的力氣都耗盡了。

「賴皮蛋酒精濃度四百，他出院又去喝酒了啦。」小邱不爽地說。

賴皮蛋身上帶著多處骨折，但是沒有內出血，也沒有腦出血，意識不清楚完全是喝醉酒。

他的事故對方就沒有那麼幸運。腦部有出血，顏面嚴重骨折變形，肚子內脾臟撕裂，然後還有很多根肋骨斷裂合併氣血胸。需要動手術的部位很多，神經外科、整形外科和一般外科三科的醫生正在討論開刀的順序。

聽說是賴皮蛋忽然從馬路的中央穿越快車道，駕駛也就是這個事故對方為了閃避，整輛車失控撞上安全島。

林耿明覺得自己根本是站在染血的灰燼上。他意識到整個車禍是個悲劇，而這個悲劇可以說是他的決定造成的。

幾個小時前賴皮蛋要躺在急診室佔用醫療資源，而他不同意。

如果把他好好留在急診室，他不會再去喝酒，不會喝醉跑去快車道，甚至只要晚個幾分鐘、晚個幾分鐘讓賴皮蛋出院，他就不會在那個時間走到那條馬路，這個事故就不會發生，而這個為了閃避賴皮蛋而撞上安全島的人今天就可以平安抵達上班地點。

如果有平行時空的話，這個人在平行時空會度過平凡的一天，不會到央大急診室，也不會躺在加護病房。

前幾天下過那一場雨，氣溫變得涼爽宜人。早晨的涼風吹來，空氣中還帶著涼涼的水氣。

林耿明上到公寓的頂樓。

那邊已經坐了一個人，腳邊還有一袋啤酒。

「你在這裡做什麼？」林耿明問，江東彥沒說話，拿起手上的啤酒罐子給他看一下算是回應，林耿明坐到他旁邊。

「我今天做了一件自以為是對的事，卻把一個人害慘了。」

「怎麼說？」

林耿明說：「我把賴皮蛋這醉鬼放出去，結果有個倒楣鬼為了閃他，現在躺在加護病房。」

他曾經認為醫療就是不斷重複正確的決定直到疾病治癒，今天才知道根本沒有所謂正確的決定。他的敵人不是疾病，而是人性，是命運。沒辦法討價還價，不管結局好壞，發生就是發生了。

江東彥拿起啤酒喝，林耿明才注意到他腳邊已經有一些空罐子，問他：

「結果周P找你做什麼？」

「沒什麼。」

「有什麼問題可以跟我說。」

這句話逗得江東彥笑出來。「跟你說有什麼用？」

「是沒什麼用。」林耿明也笑出來，江東彥從袋子裡拿了罐啤酒給他。

林耿明喝了一口酒，若有所思地問：「我不知道……我們到底幫自己找了個什麼樣的工作？」

江東彥沒回答他，直直地看著天上的烏雲。

林耿明一起喝酒，也看著同一個地方。

天空的烏雲密佈，遠方響著悶雷，看來即將要下一場很大的雨。

何宇華打開蓮蓬頭讓熱水流過身體，不知不覺沖了十幾分鐘。

她的家空無一人，只有陰暗的光從窗戶進來。她躺在沙發上覺得很疲倦，好想聽見人的聲音。

下夜班的早上她可以找的人不多。正常白天上班的朋友正忙於工作，而和她一樣輪夜班的人正要休息。不過這正是所謂的冠冕堂皇的藉口，事實上到了她這個年紀，朋友已經越來越少，大家都有家庭。

人生就是這樣，簡單的東西總是很難得到，朋友、家庭、一個陪在身邊的人。

用不嚴格的標準來說，她有很多朋友，也有幾個男性朋友，一些醫生、一些不是醫生，來源是親友介紹的對象。有些是一朝一會，見過了就忘，有些留在手機裡面，不過也僅止於此。親友說她不著急，她也不是不急。她想結婚，可是又覺得婚姻好累。

這些人都不是她現在想聽見的聲音。

「學長，可以說話嗎？」

「什麼事？」周承俊問。

「只是想說話。」說完何宇華覺得自己很無聊，周承俊忙得要死，接到這種電話一定不高興。「沒、沒事啦，對不起。」

「昨天夜班不順嗎？」

「你有空聽我說啊？」

「有啊。」

「……算了，我……其實也沒什麼好說的。」因為一個小朋友得神經母細胞瘤就心情不好，把這種情緒垃圾丟給周承俊並不道德，他也做同一份工作，也會有自己的情緒需要消化。

做這一行要學著消化情緒。下一班，不，面對下一個病人時，不能帶著上一個人帶給你的情緒，帶著情緒的醫生總是很容易做出錯誤判斷。

「沒關係，妳想說再說。」周承俊握著手機，就算不說一句話，只聽見對方的呼吸，這樣就夠了。

「你記得賴皮蛋嗎？」

「他又來鬧？」

「也不是，發生一點事情。我覺得……以後他要躺，我還是讓他躺好了。」

「我在留觀的話，妳簽來給我。」

「真的可以嗎？」把賴皮蛋簽入留觀區給別人是一件很沒品的事。

「我想挑戰看看送去精神科戒酒。」

「你不會成功的。」何宇華直接斷言，周承俊才想抗議又聽見她問：「結果你實驗室決定要找小邱還是昭儀了嗎？」

「妳現在又關心這件事了？」

「小邱很緊張，因為對手攻勢頻頻，小邱交完班還問我你喜歡什麼宵夜，好像想買來送你。」

「妳沒告訴他吧？」周承俊聽了差點嗆到。

「我把我喜歡的告訴他了。」

「他們兩個企圖心都夠，小邱的優勢是今年考完專科，比黃昭儀早一點，但是黃昭儀可能會比較積極。我們臨床工作負擔很重，如果再加上做研究就別想有其他生活，需要對研究有野心、性格極端的人。」

「你根本在說你自己。」

「我犧牲很多東西，沒有一點野心怎麼做得下去。」周承俊苦笑，不過何宇華自然看不到他的表情。

「我怎麼不覺得黃昭儀是你的菜。」

「妳這句話就不要被我老婆聽到。」周承俊沒好氣地說：「有一個老婆已經夠累了，我不想搞那麼複雜。」

「你敢這樣說也很有種。」

「我們分房了，她不在我旁邊。」周承俊輕快地說。

「這種事不用跟我報告。」

那頭沒說話，是錯覺嗎？何宇華好像感覺到他的笑容。

「心情好一點了嗎？」周承俊問。

「嗯。」

「早點睡，妳晚上還有班。」

何宇華睡得很好，醒來時才發現她在客廳沙發睡了一覺。「小時候」當實習醫生，曾經聽年紀大的老師抱怨過，坐在沙發看電視總是看沒幾分鐘就睡著，可是躺到床上又睡不著，所以他總是開著電視睡覺。

那個老師當成笑話來說，她也當成笑話來聽。沒想到她也到了沙發很好睡的年紀了。

夜幕低垂時分，街道上都是下班回家的人潮。何宇華從家裡走到醫院，她的夜班才正要開始。

從更衣室換好工作服出來，來到第一診療區交班，不意外又是滿滿的人潮，各式各樣的人有著各式各樣的病情，帶著各式各樣的情緒等著她。

她坐下來，拿起一份病歷，一份冰涼涼的紅豆湯圓出現在她面前。
「我拿去冰箱冰，妳晚點記得吃。」周承俊說，他今天也是夜班，留觀區夜班。

※ ※ ※

林耿明怎麼也沒想過，江東彥會按門鈴站在他家門口。
林耿明還沒反應過來，江東彥直接進去他房間，在他的地板找了塊乾淨的角落就坐下去，靠著牆力氣放盡的樣子，一句話也不說，看起來很不對勁。
「江東彥你怎麼了？發生什麼事？」
江東彥不說話，林耿明很想搖晃他，看這樣能不能逼他說出幾個字。
「江……」林耿明還想繼續追問，卻被江東彥打斷。
「別問，讓我坐一下就好。」
江東彥雙手抱著頭，整個人縮在角落。林耿明只好到冰箱拿了罐啤酒給他，江東彥接過一口氣喝完。
「你打這個電動喔？」不知過了多久，林耿明聽見江東彥問，他看著他的螢幕。
「喔，對不起吵到你了。」喇叭傳來遊戲的音效，剛剛開門前，林耿明正打到一個傳奇套裝，聽見江東彥這麼問，趕快過去退出遊戲。
「這個怎麼玩？」江東彥忽然這麼問，還煞有介事看著螢幕畫面，林耿明不由得張大了嘴巴。不管江東彥說什麼，都不會比這句話更讓林耿明驚訝。
「這……要先選角色，江東彥你認真的？」
「不行嗎？還是這個遊戲很難？」
江東彥應該是電動絕緣體，林耿明肯定他的電腦功能應該只有做報告和查資料。

江東彥看著他，林耿明叫出遊戲起始畫面，創建一個新角色。

「有魔劍士、半獸人和術士，看你要哪一個？」

江東彥二話不說選了半獸人。林耿明嚥下口水，今天的江東彥帶著頹喪又狂暴的氣息。

不得不說，江東彥很有天份。雖然幫他選的是普通難度，他一路砍殺出去，居然一次都沒有死掉，實在出乎林耿明的意料。

二十分鐘後，林耿明拿著可樂坐在江東彥旁邊，看著他結束第一章的最後戰役。半獸人揮舞手上的巨斧，把獻祭台的祭司砍到血肉模糊，鮮血淋漓的屍塊彷彿噴出螢幕，即使敵人已經倒地，江東彥仍然不停地劈砍，直到整個畫面都充滿了鮮血。

林耿明彷彿都可以聞到血腥味，這遊戲被批評過於暴力實在其來有自。

「我去查過了。」江東彥一字字說，沒有停下按滑鼠的手。

「什麼？」

「昨天兩個，今天一個，失去心跳來到急診，被我救起來的人。」

林耿明望向江東彥，他的手仍然沒停，他的目光充滿了恨意，還有……更多的是絕望。林耿明忽然感到他對著遊戲不斷砍殺的對象是他自己，那個有什麼東西破滅、面目全非的自己。

「你知道嗎？他們都死了，全部。我自以為是做的那些治療一點用都沒有，不，我這七年念的書，為了來到這裡裝進腦袋的東西根本沒有任何幫助！」

林耿明看著他，想輕鬆地說至少你腦袋裡還裝了東西，可是他說不出口。

江東彥沒有哭，僅僅是沒有哭而已，如果能哭出來至少還好一些。從他黯淡的目光，看起來就像某一部分的他正在死去。

某一部分，那個曾經有過信念，曾經相信過自己的他。

第五章　奇蹟之所以稱為奇蹟

「春福阿伯又來了……」檢傷素晴把一份新病歷丟進來。病床上是個氣喘吁吁的六十歲男子，從脖子到肚子都很腫脹，摸起來缺乏彈性，四肢十分枯瘦，像是四根棍子長在缺乏彈性的泡芙上面。他一到就被素晴扛上推床，送到第一診療區。他喘到說不出話，也什麼話都不用說，徐素晴知道他為什麼來。連掛號處看見他，就知道他的名字，甚至可以背出他的生日，主動替他完成掛號手續。掛急診可以刷臉通關的病人沒幾個，春福阿伯是其中的一個。

六十歲的年紀在第一診療區還算年輕人，但是春福阿伯的身體比旁邊八十歲的老阿公還差。

林耿明拿走病歷。這個病人周春福是個老病號，林耿明認識他，他成為央大急診住院醫師這兩個月以來，春福阿伯已經不知道是第幾次來急診了。

「你知道要怎麼處理這個病人嗎？」周承俊問。

是個二級病人，不過林耿明確信他可以處理。因為周春福的病況很明確，急診室每個人都知道春福阿伯掛急診的原因，也知道接下來該安排的治療。

急診的不可預測性對急診醫生是一輩子的挑戰。蜂擁而至和門可羅雀的情況可以發生在同一天的不同時段，急診室永遠處在人力過剩和人力不足的循環。

周承俊正在處理上一班交給他的病人。等住院還沒進觀察室的、預計做檢查的、只是觀察一下的，每個病人他都必須重新研究一次病情。

急診主治醫師壓力最大就是交接班這時候，一口氣接下十幾個不認識的病人，能不能信任上一班的處置，有沒有炸彈藏在裡面沒被拆解乾淨？如果這時候再來一個危急的一二級病人，壓力指數就會破表。

急診主治醫師會發展出自己的風格，周承俊和何宇華堅持把交到手上的病人當成查房詳細研究。另一種就像鄭紹青，相信上一班的決定，讓時間交代病情，發生問題再處理。

春福阿伯林耿明不是第一次交手。過去病歷洋洋灑灑，急診醫囑幾乎都長得一樣，給氧、給藥，最後緊急洗腎。

他過去是在本院洗腎的患者，每次總是不聽話，每次總是不在乎，頻繁出入急診室的原因是他幾乎不接受一星期三次的常規洗腎。洗腎，也就是血液透析，可以取代腎臟的功能，調節體內的電解質和水分的平衡。需要透析而不接受透析的人，等待的終點就是死亡。

林耿明叫喚春福阿伯的名字，阿伯微弱地點頭，費力又不安地喘息。臉色蒼白、呼吸肌費力、血氧濃度八十，林耿明把氧氣面罩的流量開到最大，一個箭步去報告周承俊。

「學長，春福阿伯要插管。」

周承俊看過去便決定林耿明的判斷正確，要護理師雅貞將春福阿伯送進急救室做插管準備。

「學長，我來就好。」周承俊準備動身的當兒，邱志誠過來把插管的工作拿下。他是急診住院總醫師，人稱小邱，是他們那一屆的紅人，等考完專科應該會在這兒升任主治。

周承俊拍他的肩，料想下一句應該是要把春福阿伯交給他了，邱志誠查看電腦，忽然說：「不過春福阿伯不能插管，他有簽DNR。」

DNR，是 Do not resucitation 的縮寫，如果患者希望生命進展到末期時，不接受插管、心臟按摩、電擊和急救藥物等處理，可以先簽署一份聲明書。

林耿明腦袋一片空白，春福伯居然有簽DNR，是哪個人讓他簽這份東西的。「等等學長，春福阿伯又不是末期病患，只要洗腎把肺水腫洗掉就好了，插管只是幫他買時間接受血液透析，這種情況應該不能引用DNR。」

他一股腦兒說完，才想到他的說法是在質疑邱志誠的決策，他實在擔心春福伯因此失去插管的機會，那就死定了。

「你要插這根管子嗎？」周承俊問他。

林耿明很猶豫，說要的話，和邱志誠的關係降到冰點，以後有很多苦頭吃。說不要，周承俊雖然不會對他怎麼樣，可是哪有住院醫師會在這種時刻退縮？

「你不想插嗎？」周承俊有點覺得出乎意料的樣子，他親自帶插管，還沒有住院醫師拒絕過。

「要……我要。」林耿明小聲地說。

「小邱，你顧一下外面，我帶他插一下。」周承俊拍拍邱志誠的肩膀，說完走進急救室。林耿明跟著周承俊進去，低著頭，不敢看邱志誠。

已經黑到底了，他和邱志誠的臉都是。

「你有插過嗎……？」周承俊將氧氣面罩扣在春福伯臉上，轉頭問林耿明。

林耿明還來不及回答周承俊，春福伯已經率先扯掉氧氣面罩大叫：「插什麼？我不要插管，我警告你們喔，我不要插管！」

春福伯掙扎的力量奇大，負責急救室的廖繡茹按鈴出動警衛來一起壓制。

「先打藥。」周承俊看著林耿明，示意要他說一下該使用的藥物。

林耿明略一思考，說出鎮靜插管他決定使用藥物的名稱與春福伯的劑量。

廖繡茹依序抽藥注射，春福伯冷不防一腳飛踢過來，大喊：「我警告你們，我會告你們，我不要插管！」若不是廖繡茹閃得快，這一腳就被踢中了，她注射完把輸液開一段，春福伯還繼續在罵，罵聲卻越來越小，手腳也越來越沒有力量。

「學長，他說他要告我們。」林耿明邊壓氧氣邊說。

「我有聽到。」

「這樣做沒關係嗎?沒有違反病患自主權之類的?」

「現在擔心這個已經晚了。」

也對，春福伯被打了藥物，已經失去自主呼吸的能力，現在只能插管，替他裝上呼吸器。

可是……

……一邊是見死不救，一邊是違反病患自主權，好像怎麼做都不對。

「你還想插這根管子嗎？」周承俊問。

說不定真的會被告。林耿明看著春福阿伯的臉，在藥物的作用下，已看不到剛剛憤恨反抗的模樣。他不願意被插管，可是插管裝上呼吸器才能救他的命，只要洗完腎，管子就可以移除。

可是他不願意被插管，為了醫療可以侵害他的身體嗎?

怎樣做才能不犯法，也不違反醫療工作者的本心?

怎麼這份工作跟罪犯一樣，不小心就會觸法，而且病人都是不請自來，就算犯罪也是被逼的。

「學長請帶我插管。」林耿明下定了決心。

周承俊說：「上法院的話，我陪你去。」

有了底氣，林耿明蹲下來，喉頭鏡挑開春福伯下顎，看到氣道，放入管子。

「做得不錯。」周承俊確認完，便走出急救室。

「記得幫他聯絡腎臟科緊急洗腎。」

他掙扎著、踢著，忘記身在何處，漸漸失去意識。

春福從沒有睡得這麼沉，他忽然見到很久沒見的妻子。

他以前開計程車，回家的時間不一定，每次回家，總會有熱騰騰的飯菜吃。是什麼時候，很久以前了，久到他幾乎以為是上輩子。

三十出頭的年紀，這一行算年輕，車子也乾淨。那時候賺錢很容易，總覺得日子會一直過下去，未來有很多期待，要買房子、要賺大錢，天不怕地不怕的。

他們沒有孩子，春福不覺得有什麼遺憾。妻子養了一隻貓，春福回家的時候，那隻貓會靠過來，春福摸著溫暖又毛茸茸的身軀，覺得很幸福。

日子一天天過下去，昨天、今天、明天沒有不同。

事情是怎麼起頭的？春福很少去想這件事，可是他記得，一直沒有忘記，是那隻貓。

貓得了糖尿病，他們帶著到處看獸醫，學著幫貓打針、驗血糖，心情跟著起起伏伏，他們努力了一年，以為控制得不錯，貓忽然離開了。

那天，他沒去上班，帶著冰冷的貓繞了一遍常去的街道，親自帶去火化。

他第一次看見生命的脆弱。

春福才意識到貓已老了，自己也是。他依然開計程車，可是很多事變得不一樣，他不再那麼有衝勁，常常想到死亡。以前他認為凡事努力就有希望，現在他知道，很多事情註定無望。

然後又過了幾年，輪到他，他得了糖尿病。

年輕的時候行事曆沒有醫院這個項目，到了這個年紀，也不得不正視，老老實實到門診等著，很多夢想消失了。

他總說，賺了大錢，要帶妻子去環遊世界，住五星級旅館，像有錢人一樣。要買一百坪的農舍，在鄉下種菜。

那一天，春福看完門診回來，路過一間旅行社，他特意停車去拿了一張廣告單。後來，他們去了一趟泰國。

不久他腎功能惡化，必須洗腎，每星期三次到醫院報到。妻子帶他來洗腎，然後去早餐店洗碗，賺點生活費補貼家用。洗完腎回去，春福沒有力氣，連站起來都覺得費力，得在家裡躺一個下午。沒有洗腎的日子，他依然開計程車，車子老了疏於保養，和他一起接受客人嫌棄的目光。賺的沒有以前多，他還是繼續工作，因為在家也不知道要做什麼。

那時急診室的人們還不認識他。

他一直覺得有一天會跟那隻貓一樣，不聲不響地死掉。所以他沒注意到妻子的咳嗽從什麼時候開始，直到她每天都咳，虛弱得走不動，才到醫院看病。當診斷為肺癌末期，他的世界又崩塌了一次。

一晃眼，兩人頭髮都白了；一晃眼，他們又老又窮一身病，什麼都沒做成。

醫生告訴他們一些治療方式，這一種藥有兩成的機會，另一種比較貴的藥有三成的機會，可以延長半年的生命。另一個選擇是安寧，春福聽起來就是等死，只剩下三個月，但是可以過得比較舒服。

他們不要延長半年，也不要活三個月，他們要把病治好。

他們倉皇從醫院逃出來，尋找很多種方式，花了很多錢，吃著昂貴的草藥。那些從遠地進口的草藥治癒了許多末期的患者，有照片為證。看起來末期只是醫學上的術語，給我們窮人聽的，有錢人有很多方法可以延長生命。

他這麼相信，必須相信，這種事一定是真的。

春福比以前更勤快跑車，洗腎變得兩天打魚三天曬網。

然後到了那一天，妻子看起來很不對勁，臉色就像死人一樣，瘦到剩一把骨頭，春福掙扎了很久，最終還是叫救護車把人送到急診室。

她是在急診室斷氣的。

為什麼她會死？

為什麼？

春福不肯接受，在急診室下跪、磕頭，一定有什麼辦法，求你們救救她。

忙了三個月，存款用罄，妻子如期死亡。

奇蹟之所以稱為奇蹟，就是因為它從來不會出現。

內科第一加護病房。

「周春福，配合一點，你正在加護病房治療……」

加護病房的護理師看到春福伯手指動了一下，知道鎮靜劑藥效要退了，才要他配合治療，他下一步就是去扯呼吸管。

「哇！」她整個人過去壓制，對前來幫忙的同事說：「幫我問醫生要給什麼藥？」

周春福是他們加護病房的常客，不配合的態度始終如一，不用期待這次他會配合，她早就在旁邊盯著，才能那麼快反應。

要不是剛剛上來的另一個病人狀況不好，加護病房的醫師和大部分的人力都在搶救那個患者，注射的鎮靜藥物空了，也不會讓他有機會醒過來。

藥物注射下去，周春福又睡了。

他走在街道上，這個街道很熟悉，是他曾經住過的地方，可是不是他的家，那個房子已住了別的人。沒有錢以後，房東又讓他住了幾個月，他坐在屋子裡，眼睛發直，常常一整天動也不動。因為沒去洗腎，常常昏倒在家裡。

好幾次都是房東發現的，叫救護車送他到急診室，他成為急診室的常客。

有一次他出院以後，家當都被丟到路邊，他坐在那一堆東西裡頭，不知道怎麼辦，里長把他又送回急診室。

最後他被安置到老人之家。

周春福沒什麼牽掛，他想死很簡單，他有腎臟病，不洗腎就會死。很久很久以前，醫生勸他洗腎的時候，曾經這麼告訴他。

真要實行起來，事情就不簡單了。房東不要他死在屋子裡，三天兩頭來看，把他送到急診室。老人之家不讓他死在老人之家，也把他往急診室送。

急診室也不讓他死。沒有人願意放過他。

「學長，你覺得我會不會被告？」

幾個禮拜後的某一天，林耿明總算又遇到周承俊，他下白班，剛交班結束，而林耿明是剛來接班的夜班。雖然夜班的主治醫生是康永成，也是個和善的人，但是這件事林耿明不敢問別人。

「被誰告？」周承俊丈二金剛摸不著頭腦。

「這個病人、周春福。」林耿明指著醫囑電腦上的病人名字。上次在加護病房待了一個晚上，醒過來就辦理自動出院，這中間他又被送來兩次，加上今天是第三次，不過這幾次都不嚴重，在急診室等待洗腎室空位，臨時安插緊急洗腎。

「我不知道，你很在意嗎？」

林耿明點頭說：「他看我的眼神不友善，好像還記得上次的事。」

周承俊朝春福伯那邊看了一會兒，拍拍林耿明肩膀說：「你壓力太大，沒那回事。當時你不是說得很好嗎？他不是末期病患，不適用DNR。」

「可是……我後來越想越覺得，如果他真的想死，我好像做錯事了。」

這年頭死亡也不容易，機會稍縱即逝，只要急救回來，後悔也來不及。

「你確定他真的想死？」

「他……他是這麼說。」

「想死的話，為什麼每次都來急診室？」

「老人之家送他來，可能他沒有力氣抵抗。」

「他從來沒嘗試過別的方法。」

「什麼意思？」

周承俊打開電子病歷，說：「光是這個月，他就來了十次。要是你真的想死，失敗十次以後會不會用別的辦法？」

「會……」林耿明深吸一口氣，他的認知完全錯誤。

「有很多人因為自殺被送來急診室，有些人真的想死，有些人只是想求救。」

「學長意思是，他只是要求救？」

周承俊搖頭說：「我不知道，幸好我不是上帝，不必決定生死。我的工作很單純，就是急救。」

這一次科會江東彥報了一個病毒感染造成的心包膜填塞的病例，以危及性命的心律不整作為表現。他的口條流利、投影片簡潔扼要，要他談笑風生是不可能的，不過他將整份病例整理得非常有條理，一點也看不出有打混的痕跡，當然是因為他並沒有打混的緣故。

周承俊沒有發電，反而在江東彥報完病況經過以後，好心地拿起麥克風做了一點補充。

原來是周P的病人，這也是不錯的辦法，報他的病人他不就電不下去了嗎？江東彥好樣兒的，不愧是Best Intern，怎麼這麼聰明？

不過其他主治醫生也不是吃素的，沒有了周P雖然電力減弱不少，也有人平常科會不怎麼發言，因為是周承俊看過的病人，特別想出來電電看。

比如說鄭紹青。鄭紹青和周承俊不合，連他們這種剛進來的R1都感覺得到。每次他接周承俊的班，就讓住院醫師很心煩，鄭紹青總是酸溜溜肆意批判上一班的處置。沒有住院醫師膽敢陪他一起批評周P，但是不一起罵鄭紹青又會不爽，纏著你追問是不是對他有意見。

這種症頭每次遇到周承俊就會發作一次，住院醫師當夾心餅乾不堪其擾。

聽說他們是同期的，當年是一起進來的R1，從住院醫師結下的恩怨到現在，只有越滾越大。

「成人心肌炎造成心包膜積水甚至壓迫到心臟變成心包膜填塞並不多見，你有查過是哪些病毒株容易導致這個狀況嗎？」

「心包膜填塞引發心室纖維顫動的機轉是什麼？」

鄭紹青拿起麥克風連續兩次發言，即使是林耿明也聽得出鄭紹青電的問題水準不足，這種去翻書念就有的東西，哪難得倒江東彥？

他送給他的那幾份共筆，還有那些臨床指引的小冊子，可是被畫重點畫到書頁都爛透。他不敢去借他的教科書，很怕是一樣的狀況他會傻掉。醫學教科書都是磚塊書，每一本都可以拿來重訓沒問題。

果然江東彥逐一回答，毫無遲疑。鄭紹青雖然啞口無言仍一臉不爽，林耿明見到周承俊嘴角掛著冷笑。

「還是要多念書，不然連R1都電不到。」周承俊說話的音量雖然不大，雖然他沒有拿著麥克風，這句話還是連坐在後面三排的林耿明都聽見了，沒有人敢笑或者做出其他任何反應。鄭紹青則是氣炸到不行。幸好整間會議室為了播放投影片關燈一片黑暗，只剩螢幕折射出微弱的光，沒人看得到他的表情。

有些人電你，你如果答出來會得到他的肯定，另一些人你則會得到他的不爽。

江東彥現在得到了鄭紹青的不爽。

不過，林耿明想，就算江東彥知道鄭紹青會不高興，也不會勉強裝作答不出來，他不是那種人，被鄭紹青討厭是他命中註定。

報告總算結束，燈光亮起來。等住院醫生幾乎走光，江東彥收拾好東西，正要跟著林耿明一起走，林耿明找他到醫院附近吃早餐。

周承俊經過他們身邊對江東彥說：「你把這個病例整理成海報，我們拿去學會的年會發表。」

江東彥點頭說好，既沒有被周P看中的喜悅，也沒有莫名增加一份工作的壓力，只是淡淡地點了點頭。倒是正在走出門的另一個R1謝一城沒按捺住，他停下腳步，害後面的學長撞上他。林耿明在他臉上看見了羨慕嫉妒恨，雖然只有短短一瞬間他便堆起笑臉跟後頭撞到他的學長說對不起。

周承俊承認剛才說那句話嘲笑鄭紹青是衝動了點，不過他無意道歉。科會結束之後，他到茶水間泡了杯熱咖啡，在他的辦公桌上還放著幾篇待修改的論文。

每個主治醫師在辦公室裡面有自己固定的辦公桌。何宇華的辦公桌亮著燈，她一臉倦意對著一篇論文皺眉頭。

「妳不回家在這裡看什麼論文？」

「你知道鄭紹青什麼時候寫的這篇論文嗎?」
周承俊放下咖啡，低頭看了一個段落，搖頭說:「不知道，他沒找我幫忙。」
「這個是我的病人，我本來要寫來升等用。」
即使是醫院內的主治醫師，也要求有一定的論文量，將主治醫師依照論文數量分級，論文豐富的計算薪資能佔到優勢。
周承俊皺著眉問:「鄭紹青怎麼知道這個病人?」
「有一次他科會要報告，手上沒有病例，我借給他。我不知道他會寫成案例分析拿去投稿。」
「真不知道怎麼說妳。」周承俊靠著桌子沒好氣地說:「去跟他抗議，現在就去。」
「不要。」說起來也沒什麼好抗議，她處理的病人又不代表是她的，可是鄭紹青沒跟她提就去投了期刊，這個案例分析她也寫得差不多，已經進入修稿階段。
「妳不去我去。」周承俊要去理論的樣子很凶神惡煞，就是這種態度，很多人私底下說他囂張。
何宇華快速拉住他說:「不要啦。」她真的怕周承俊和鄭紹青為這件事吵起來。央大醫院很注重學術表現，寫不出論文的人就是理虧，現在她就是那個理虧的人。
妳想寫，那怎麼不趕快寫?別人光是堵這麼一句話就沒話說。
「那妳升等怎麼辦?」
「事情都發生了，我再找別的病人寫。」這時候就好希望被疑難奇怪的病人擊中，平常的時候一點都不想。
「我可以幫妳寫，讓妳掛名。」
「不要。」何宇華一口回絕他，「我自己會想辦法，你不要管我。」
整間辦公室靜悄悄的，科祕書已經下班，黃昭儀推門進來，只有一張辦公桌亮著燈。

她站了一會兒，她喜歡偷偷看著他的一舉一動，把要說的話在心中排練十遍，然後才走過去。

何宇華才離開不久，黃昭儀從診療區看見她走出急診的身影，她判斷周承俊還在辦公室，她知道他在陪誰。

「學長你還在忙？」

「在弄大學上課的東西，昭儀今天白班？」

「是啊。」黃昭儀說著，拿起一杯星巴克熱咖啡，放到周承俊桌上。

周承俊見著這杯星巴克就面有難色。

「學長不喝嗎？」黃昭儀直直對著他，周承俊一時詞窮想不到藉口，黃昭儀低著頭問：「因為是我送的，學長才不喝嗎？」

「妳怎麼會有這種想法？」

「不然……是因為學姊嗎?學姊會生氣?」

周承俊嘆了一口氣，很無奈地對著黃昭儀。「真拿妳沒辦法，下次買這家店的咖啡。」周承俊拿出手機地圖，找到醫院附近的一家咖啡館給黃昭儀。「也幫自己買一杯，我請妳。」

黃昭儀把咖啡館用手機照相下來，還不用去她也知道她會愛上那裡的咖啡。

「學長，卓副離職去藥廠，誰會當我們副主任？」

卓石城副主任算是周承俊上一輩的人，儘管是個優秀的急診醫師，日夜輪班的日子年紀大了再也吃不消，下個月開始轉換跑道，離開急診被藥廠聘請為醫藥顧問。

副主任這個主管職空缺下來，各路人馬躍躍欲試，年輕的醫師們也都很好奇接下來誰會擔任這個職位。當然，周承俊是個不讓人意外的人選。

「這種事你們小孩子不要管。」周承俊笑著警告她，雖說是警告，語氣卻很輕快。

「不是，今天我跟鄭紹青學長上班，我看見主任跟他說悄悄話，兩個人好像有什麼祕密。」

「就算是鄭紹青接副主任也不關你們的事。」

「我不要。」

「妳過來就為了告訴我這個？」

黃昭儀點頭。

「鄭紹青學長要當副主任，阻力一定很大，他升等都還沒過耶。」

「升等他已經過了。」說起這件事，周承俊的眼角餘光忍不住飄到何宇華的辦公桌，為什麼不找他幫忙，非要自己一個人吃力地做。

何宇華寫論文的能力他很清楚，不會比住院醫師高明多少，做起來一定事倍功半。讓一個適合上班看診的優秀醫生精力花在不擅長的論文，根本是愚蠢的浪費，周承俊不喜歡看見浪費。

黃昭儀很驚訝地問：「什麼時候的事？」

「這幾天吧。妳說的事我會好好想一想，妳先回去把班上好，這些事不是你們小鬼應該管的。」說起來，要是鄭紹青真的想當副主任，周承俊還不屑跟他搶。

黃昭儀回到診療區，再看了幾個來診的病人，心中有點悶悶的。黃昭儀可以肯定，他們相遇那一天的事，周承俊已經忘記了。

兩年前，她剛成為第一年急診住院醫師。九月，天氣還十分炎熱，那天下著雨。下班後，她到病歷室補完病歷，十點多才騎著機車從醫院離開。

雨很大，視線不佳。她忽然看見一個黑影，來不及煞車就連人帶車滑向路邊的行道樹。

當下便感到腳踝一陣劇痛，連站起來也不能夠。

那個黑影是一個老人，他也跌在地上。黃昭儀不敢肯定沒有撞到他。

她很緊張，也很害怕，才剛踏出校園的她根本不知道怎麼處理這種事情。

老人的兒子衝過來，對著她就是一頓痛罵。

「妳這年輕人怎麼騎車的?!」「我爸要是有個三長兩短，妳就死定了。」「妳根本就是闖紅燈！」「要賠我們醫藥費，還要精神賠償！」

黃昭儀連回嘴的勇氣都沒有，她腳踝很痛，連動也不能動。今天的力氣已經被工作耗盡，說她累得只剩魂魄也不為過，連剛剛的交通號誌是綠燈還是紅燈她都想不起來。

大雨打在臉上，黃昭儀在原地發抖，不知道該怎麼辦。

「小姐我幫妳報警了。」一張傘幫她擋住了臉上的雨，撐著傘的是一個男人，那時她還不認識周承俊。

「這種事讓警察來處理。」周承俊蹲下來對她說：「這個路口有監視器，妳不用害怕。」他把黃昭儀散落在柏油路上的聽診器撿起來，放回她的手提包給她。

那個發飆的兒子聽說警察要來，說話明顯發軟，剛剛盛氣凌人的樣子全不見了。

「我只是……叫她騎車小心一點，這種、這種事不用報警吧？」

「我已經報了。」周承俊說：「你帶伯伯去急診看受傷的狀況，大家走法律途徑，不要欺負年輕女生。」說完，他不再理會這對父子，低頭看黃昭儀的傷勢。

「腳踝看起來很腫，妳還能動嗎？」

黃昭儀搖頭，皺著眉。

「我們先等警察過來，然後我帶妳去急診。不要擔心，我不是壞人，我是這家急診室的醫生。」

真是巧。黃昭儀狐疑地打量周承俊，她也是這家醫院的急診醫生，可是她並不認識周承俊。

莫非遇到個騙子。

「學長？」那天晚上夜班是何宇華，她見到黃昭儀鼻青臉腫被周承俊拿輪椅推進來，擔心地問：「學妹怎麼了？」

「學妹？」這換周承俊詫異了。他看見黃昭儀掉在路邊的聽診器，知道可能是院內員工，但是沒料到是急診室的學妹。

「這我們剛進來的R1。」何宇華說：「你應該還不認識，學妹怎麼受傷的？」

「車禍，腳踝很腫。」周承俊說：「妳幫忙看一下，還有……這是妳的宵夜。」

黃昭儀這才注意到周承俊手上提著一袋東西，原來是他去買宵夜回來，剛好遇到她那一起車禍。

「真的很腫，學妹能站嗎？」何宇華蹲下來看黃昭儀的腳踝，周承俊也湊過來，黃昭儀不得不注意到他們兩個的肢體距離很近。

何宇華印出一張單子交給周承俊。

「麻煩學長推學妹去照X光片。」

周承俊盯著她瞪過去，不為所動說：「妳不能找傳送推她嗎？」

何宇華好整以暇地催促他說：「我現在很忙，傳送還有加護病房要送。」

周承俊讓步，推著黃昭儀去放射科照片子。

「原來……你真的是急診的學長？」

「妳本來不相信，以為我是騙子啊？」周承俊推著輪椅說。

「因為我剛好也是這家醫院的急診醫生，但是我不認識學長。」

「我是周承俊。」

「喔……」周承俊剛從國外進修回來，科會的時候主任有宣布這件事。

「這個喔聽起來不像是讚美。」

「也不是批評，只是一種原來如此的說法。」黃昭儀說：「我聽說過學長要回來，學長今天有班？」

來。

「我在寫研究計畫，不小心寫到現在。」

然後出去買宵夜，黃昭儀心中接著說，忍不住多看了他幾眼，科內少見這麼認真的學長。

為了照踝關節的放射片，周承俊扶黃昭儀起來，黃昭儀抓住他的手臂，對到他的視線，心中怦怦亂跳起來。

「沒有骨折，建議綁個彈繃，盡量冰敷讓腳踝消腫。」何宇華仔細地看過片子，稍作解說，護理師就將黃昭儀送去將踝關節打上彈性繃帶。

一切就緒被推出來，黃昭儀不自覺在診療區搜尋起周承俊的人影。周承俊就在何宇華旁邊，捲起衣袖，何宇華正試圖幫他抽血。

「你應該找素晴姊……」

「她很忙。」

「我也很忙。」何宇華說，垂著睫毛尋找周承俊手臂上的血管，幾綹髮絲因忙亂而垂下來。「不保證一次抽到，我很久沒幫人抽血了。」

「我知道。」

何宇華觸摸血管的彈性，取酒精棉消毒，然後周承俊便感覺到針頭刺入的疼痛，雖然說不介意沒一次抽中，看見鮮血注滿針筒，他還是鬆了一口氣。

這是復職要做的檢驗項目，他不想額外花時間來抽血，便要何宇華幫他。

很多年以前，周承俊當實習醫生需要練習抽血技術，是找何宇華的血管來練。輪到何宇華當實習醫生，周承俊就是她的練習對象。

何宇華身為主治醫生，最擅長抽的是動脈血，但是她不敢對周承俊嘗試。雖然她沒被抽過，很多病人的表情告訴她，被抽動脈血不是一個愉快的經驗。

「謝謝學長。」黃昭儀請護理師雅貞把她推到周承俊旁邊向他道謝，周承俊正好彎起手肘壓住抽血的地方。

「要我幫妳叫計程車嗎？」周承俊問。

「好……學姊我要診斷書。」只要周承俊對她說話，黃昭儀就無法控制地臉紅。

「學妹這麼晚搭計程車不安全，」何宇華問：「妳有家人可以來接妳嗎？」

這個答案是否定的。黃昭儀搖頭，想到可能會由周承俊送自己回家，就無法克制地心跳加速。果然她才低下頭看著地板，就聽見何宇華說：「麻煩學長送學妹回家，可以嗎？」

「可以啊。」周承俊湊近她耳朵挖苦說：「妳倒是滿信任我的嘛，讓我送個年輕女生回家。」

何宇華翻了個白眼給他。

「我相信你沒那麼蠢。」

「學長和宇華學姊感情很好？」黃昭儀坐在車子後座，受傷的那隻腳放在椅墊上，剛好足夠看見周承俊的側臉。

「我們是朋友。」

「好久沒聽見這個詞，」黃昭儀說：「我還以為職場不會有朋友。」

「我們大學就認識了。」周承俊輕鬆地說。

「你們在交往嗎？」黃昭儀以為何宇華的感情狀態應該是空白，不可能有男朋友之類的。她總是保持安全距離，對男性不假辭色，說話也是冷冷的。周承俊能和她這麼靠近，光是他們的肢體距離就很容易引發不適切的聯想。

「當然不是，」周承俊說：「我和宇華只是朋友，從來沒交往過。她是我的直屬學妹，我已經結婚了。」

黃昭儀聽了「啊」了一聲，內心不意外地冒出果然如此這個詞，好男人總是別人的。

到租屋的公寓，不好意思再麻煩周承俊，黃昭儀請住在一起的廖繡茹出來幫她，廖繡茹是急診護理師，開門見到周承俊驚呼了一聲。

「你是不是……哪個醫生？」她見過這個人，卻一時連結不起來。

「我是周承俊。」

「我是繡茹，周醫師應該不記得我了。」當年她還是新進護士，發生打破昂貴藥品的麻煩事件，是周承俊幫她上公文處理。

按照醫院規定，護理師打破藥劑要自掏腰包賠錢給醫院，那一瓶藥五千元，對年輕護理師是個不小的負擔。

「廖繡茹，我記得。下次急診見了，兩位。」周承俊原路開車回去，實驗室還有數據在跑。他的車子消失在巷子很久，黃昭儀還是看著那個方向。

「看太久了喔，黃昭儀，妳不是有男朋友？」

「我只是覺得他是個可以投資的對象。」黃昭儀這麼告訴廖繡茹，也這麼告訴自己。就算後來，她看男友越看越不順眼直到分手，她也這麼對自己說。

隔天一早，黃昭儀提早出門到周承俊指定的那間咖啡館買了兩杯黑咖啡。進到第一診療區，見到周承俊，把那杯咖啡慎重地放在他的桌上。

周承俊意味深長地看了她一眼，黃昭儀對到他的目光，一股難以言喻的感覺竄進心窩，像是一瞬間觸電。

「交班。」周承俊對夜班的康永成說，打斷黃昭儀的遐思，她用一個深呼吸把注意力重新放到診療區的病人身上。

「妳這個肖查某，幹你娘！一點用都沒有！幹！」康永成交班到一半，從第九床忽然冒出一個男人的辱罵，旁邊的家屬是一個女人，可能是他的妻子或妹妹，正在阻止他把點滴拔掉。

他不顧一切想爬下床，看起來想打人，唐希手足無措地在那個男人面前，臉色蒼白。

江東彥正要過去阻止唐希受到暴力對待的可能，夜班總醫師劉建浩已一個箭步越過他，趕到事發現場。

「建浩過去處理了，我們繼續交班。」周承俊對夜班的主治醫師康永成說，對診療區一角的喧鬧面不改色。

「先生，我警告你，不要在醫院罵人！」劉建浩擋在唐希前面，對她說：「妳先去聽交班，這個交給我。」

唐希臉上帶著委屈，時不時會遇到這種人，明明是來求助的病人，卻比誰都凶。她這輩子還沒有被這種粗魯的話語攻擊過。唐希是富家女，家庭環境優渥，從小家教嚴謹，這種粗話從來不曾出現在她的周遭，就算吵架也要講道理，她被教育要優雅地活著，也一直如此待人處事。

才來急診一個月，她聽到的粗話比過去看電影聽到的加起來還多。

江東彥說別理那種人，他說的話大半很有道理。於是唐希聽完交班在女更衣室裡靜靜地坐著等待情緒消失。所有的情緒都只是腦子裡的神經元分泌的激素作祟，只要時間夠久，終究會代謝掉。

她不住家裡，也不想打電話回家，這條路是她自己選的，她只能一個人消化情緒。

母親希望她去光鮮亮麗的科別，不用值夜班，壓力不要太大。成為醫生她已經是家庭的榮耀，不用煩惱賺錢，她們家沒有這方面的問題。以她的成績的確能進皮膚科，可是她不要，她倔強而好強地想站在生死關頭的第一線。

唐希走出更衣室，江東彥居然背靠著牆擋在更衣室走道，一點上班中的緊張感都沒有。

「借過！」唐希故意大聲地說。

「他只是想打嗎啡打不到，才故意罵妳。」

「我知道，」那是個藥癮患者，常常這邊痛那邊痛來急診，一查病歷就知道了。「你怎麼那麼閒，沒病人啊？」說完，連她自己都意識到有一點淚水從眼角滲出來。

除了委屈，淚水裡還有一點別的，被理解後卸下武裝軟弱的自己。

「所以……」江東彥對她問：「妳沒事吧？」

「不知道。」唐希看著天花板，把眼淚吞回去，盡量讓語調自然，「如果明天我還來上班，大概就沒事吧。」

唐希沿著醫院圍牆旁的公園人行道，漫無目的地讓許多東西滑進視線，再從視野範圍離去，在公園裡面打牌的人、喝酒的人、大聲談笑的人，唐希覺得他們都比她快樂。

她不知不覺走進一條巷子，等她回過神來，人在一家咖啡館裡。

於是她找了個位子，點了一份早餐。

拿起手機，看著臉書上的貼文，漫無目的地。

「妳的餐來了。」咖啡館的店員把她的餐點一樣樣在桌上擺好，唐希拿起咖啡，咖啡上的拉花是一個簡單的笑臉。

唐希驚訝地抬起頭，店員給她一個微笑，是一個笑容很清爽的男人。唐希會意過來，沒說什麼，拿起咖啡喝。

把笑臉喝掉，說不定就能笑了。

這時進來一個男人，看到唐希就過來坐在她面前。

「學妹也來這裡吃早餐？」

是劉建浩，央大急診室的總醫師。下班後遇見同事，唐希才稍微放鬆的心情一下子繃起來。

「別緊張，我也只是來吃個早餐。」劉建浩點完餐問：「妳好點了嗎？」

唐希點頭。

「下班就該把上班的事情忘了。明天又是全新的一天，有新的人來看病。我們急診的好處就在這裡，不管遇見什麼爛人，只有一期一會，不用每天見面。」

「可是……不管是什麼樣的人，我們都得替他看病。」唐希小聲地說。來到急診室，她才發現有形形色色的人，這些人，亂罵人不講理的人，不管是不是剛才用難聽的話侮辱過你，都是你的患者，無法逃避。

這根本不符合人性，才上班一個月，唐希就覺得心裡都壓抑到生病了。

「這也是沒辦法的事。」

「學長還是給那個人打嗎啡了吧？」

「不打他也是爬到其他醫院去打，這種人就是這樣，已經沒救了，不用為他們多花力氣。」

「其他學姊是怎麼應付他的呢？」

「那個人也只是看人欺負而已啦。妳那些學姊都不是吃素的，一個比一個凶，他哪敢作怪。」

「我只是覺得在那裡跟瘋狗吵架，自己也會成為瘋狗。」

她的優雅在這裡或許是弱點，但是她不想為了這些奇怪的人放棄優雅。

「這樣想是對的。」劉建浩說：「不要放在心上，那些人都是一些沒有明天的瘋子。」

趙襄君從留觀室奔出來，看到走道上的江東彥，便一把拉住他往留觀室去。

江東彥才剛跟唐希說完話，正要回診療區，就被趙襄君抓到，她一臉很急迫的樣子。

「江醫師，你趕快來看這個病人。」

江東彥快步跟過去，腦袋裡其餘的思緒瞬間歸零，不用多想，身體就自然而然地行動。

「發生什麼事？」

在病床上的那個男人全身都是冷汗，臉色蒼白，看起來十分痛苦，在床上不安定地躁動，一直想把氧氣拿掉。

看見他蒼白到發青的臉，江東彥被喚起了某些記憶。

他快死了。

再不做點什麼他會死。

他看過這張臉，快要死掉的臉。

「把監視器推過來，我要量測生命徵象、血氧濃度。媛婷，做一張十二導程心電圖。」江東彥拿起聽診器，仔細地聽了那個人的呼吸音，滿滿的肺囉音傳入耳中，意味著眼前這個人發生急性肺水腫！

江東彥立即動手把患者手邊的點滴關掉，以免惡化肺水腫。

江媛婷和趙襄君一起在這間留觀室受新人訓練，帶她們的學姊是廖繡茹，襄君負責的病人發生狀況，她也放下手邊的工作過來幫忙。

繡茹姊打院內分機給留觀室的負責醫生，鍾盛山主任本來應該在留觀，卻正好去開會，要她找診療區的主治醫生幫忙。

於是廖繡茹直接去診療區找人，而趙襄君抓到了正在走道的江東彥。

周承俊跟廖繡茹來留觀，見江東彥已在處理病人，手上拿著一張心電圖。

「心電圖長怎樣？」周承俊奪過來看，不用聽診器，他一眼就看出這個人不對勁之處，拿起心電圖答案就呈現在眼前。

前壁心肌梗塞，ST波段上升。

心肌梗塞是十分嚴重的疾病，裡面還是可以分為好幾個等級。ST波段上升的心肌梗塞意味著缺氧造成心肌壞死的範圍很大，必須馬上做緊急心導管打通塞住的血管。

43歲男性，江東彥垂視著病患，雖然兩個人毫無相像之處，但是他的父親也是在這個年紀，一模一樣的狀況死掉的。

「東彥你找心臟科過來，家屬在嗎？這個要衝導管室。」周承俊坐下來，在護理站的電腦開了緊急處置的藥物，硝化甘油吊上去，利尿劑打了一發，那個人的呼吸才慢慢平緩下來。

周承俊拿起他的病歷，不禁皺了皺眉。留觀的原因是因為全身無力，來掛急診是因為家人覺得他變瘦，食慾減退。

過去沒什麼病，檢驗報告都正常，然後在留觀室幾個小時後突發心肌梗塞？

一點道理也沒有。

「學長，為什麼他……發燒？」

趙襄君把量好的生命徵象拿給江東彥，他看見紙上的數字疑惑地問周承俊。

周承俊拿過來看，體溫40度，心跳很快，血壓高到兩百三十。

他過去翻開那個人的眼皮，觀測他的瞳孔大小。

「剛剛的事發經過再跟我說一遍。」

「我……」趙襄君很緊張，不知從何說起。

「學妹你慢慢說。」廖繡茹鼓勵她。

趙襄君說：「他剛剛回來忽然大叫，倒在床上……」

周承俊問：「從哪裡回來？」

趙襄君答不出來，手足無措地看著她的同伴和繡茹姊。

「廁所。」江媛婷補充說：「他說要去上廁所，我還幫他把點滴收好。」

周承俊問：「哪一間廁所？」

江東彥也聽出不對勁的地方，江媛婷一指出他去的廁所，他便快步過去一間間打開廁所門查看。

幾分鐘後，他回來了。

「找到了嗎？」周承俊問。

江東彥點頭說：「在第三間。」

「是安非他命？」

「是安非他命。」江東彥再度點頭。安非他命，也就是冰毒，裝在幾公分大小的夾鏈袋裡，散落在廁所的地上。

「好，把廁所先封鎖起來，我們報警。」周承俊指示廖繡茹去通報護理長，這時心臟內科總醫師也到了。

「這個？不只是心肌梗塞吧？你們要不要查查其他的病，這個表現怪怪的。」他一看見病人發燒，指著40度的體溫對江東彥說。

江東彥說：「他有吸安非他命。」

「這就對了，心臟不好還敢吸安，簡直不要命了。」他拿起院內分機就直撥心導管室，「急診這邊要加一台急導管……」

周承俊加上抑制安非他命毒性的藥物，那個中年男人逐漸穩定下來，因為藥物和毒品的關係，他顯得昏昏欲睡。導管室很快通知接導管，廖繡茹帶著趙襄君一起把人送過去，一個推床加上電擊器、氧氣鋼瓶、兩台滴注藥物的幫浦，聲勢非常浩大。

原來是安非他命，和父親不一樣，江東彥心想。父親是因為兼了兩份工作，過勞。

「唐希那邊還好嗎？」周承俊叫住江東彥，江東彥點了點頭。

周承俊說：「我上次跟你提的事情，我想我們就開始做。」

上次周承俊單獨叫他去辦公室，不是為了訓話，也不是江東彥哪裡做得不好，而是周承俊想要帶江東彥寫一篇小論文，投稿到醫學期刊。江東彥也有意願，他本來就喜歡讀書，寫論文往學術發展是自然而然的事。

周承俊已經想好了主題，想趁今天把執行的細節跟江東彥討論。

誰知，江東彥聽完周承俊的話就低下頭看著地板，不敢面對周承俊，顯然有話不知該如何說。

「怎麼了？」周承俊察覺他的不對勁。

「這件事……我不知道還能不能繼續下去。」江東彥費了很大的勁才敢說出來，他知道違逆周P會有什麼下場。

「有其他人找你？」周承俊舒一舒眉，這年頭人才人人要搶，有其他科的研究團隊看上江東彥也不是意外的事。

江東彥搖頭。

「你心中對學術這條路還有懷疑？」就算是央大醫院，學術之路也並非每個人的志向。但怎麼看在R1就能寫一篇小論文都不會是壞事，周承俊要帶他，這是一般人求之不得的機會，他想不出江東彥拒絕的理由。

「不，我沒有懷疑。」江東彥斬釘截鐵地說。

「那是怎麼回事？」周承俊對著他逼問，語氣嚴厲起來。

「學長對不起，我決定要從急診離職，我不能做這個研究。」

這句話說出口的同時，在留觀室一角的江媛婷，剛從導管室回來的廖繡茹和趙襄君，還有坐在護理站的周承俊全部都停下動作，一動也不動地看著他。

※ ※ ※

林耿明打開電腦，進入那個遊戲。

他選了一個任務。他的角色是魔劍士，是力量與靈力資質較為均衡的角色，他的等級很高，就算隨便在城鎮晃蕩也不會有危險。

【有盟友進入遊戲】

才剛去接下任務，遊戲忽然出現了這行字。

Erika23？林耿明想了五秒才記起這是江東彥。

怎麼？他有繼續在玩這個遊戲？Erika23 來到他身邊，林耿明查詢他的狀態居然已經四十級，看來這傢伙也是不眠不休在玩。

「等等，我拿點東西給你。」林耿明回到營地，把儲物箱裡的神裝丟給江東彥。

「Thx。」江東彥接受了。

江東彥關上電腦，肚子有些餓，一看時鐘才發現已超過吃飯時間。

從來沒有一件事讓他如此沉迷，這個電腦遊戲是第一個，在遊戲裡度過的時間可以讓他忘記自己，雖然他不知道這樣是好還是不好。

不要想太多，一天天地過，就可以順利存活下去嗎？他要怎麼辦，離開這裡可以去哪裡？到哪裡不都一樣嗎？

江東彥下樓到巷子口的拉麵店。

黑暗的夜晚，昏黃的燈光，巷子口騰騰冒著熱氣的小店。

不論是電腦遊戲，還是巷子口的拉麵店，都可以療癒人心。醫院也有這個功能嗎？

江東彥進去拉麵店，見到林耿明正在裡面捧著一碗熱騰騰的麵，雖然才剛剛在遊戲裡面說過話，江東彥突然看見他的面孔，反倒有不熟悉的感覺。

他去坐在他旁邊，也點了一碗拉麵。

兩個人心情都不好，各自很悶地吃著拉麵。

有些話在遊戲裡打字比較容易，面對面反而說不出口。

但是江東彥還是想問，他終於放下筷子。

「你為什麼要當醫生？」

他問完這句話，然後低頭吃麵。

「我想救人，真的。」林耿明對著拉麵說：「我的志願就是在一家平凡的醫院當一個平凡的急診醫生。雖然沒有你那麼厲害，不過我不會放棄。」

看著林耿明說他沒有放棄的臉孔，江東彥不知怎地感到羞愧，他的人生中難得湧現這一類的情緒。

「林耿明你知道嗎？你一點也不平凡。」

你沒放棄，可是我放棄了。

江東彥也希望能找到堅持留在這裡的理由，可是他找不到。他一路走到這裡，所追求的已在這裡破滅了。

第六章　販賣不存在的希望

急診室有個術語，OHCA和IHCA。簡單說，OHCA就是人死在外面任何地方，送來醫院急救，來的時候已經是個死人，不做任何處理就是個死人，急診醫生要用盡辦法努力復活死人。IHCA則是人死在醫院內，由於不會有醫生意圖謀殺他的病人，照理說IHCA是疾病造成的，疾病又往往是那個人的生活形態導致。一旦死亡的事發地點在醫院，害死人的變成是醫院，好像不來醫院就不會死掉一樣。所以一旦IHCA發生，醫生更是拚了命要把死人復活。

復活死人本來就不容易，在一個世紀以前還被認為是巫術，現在卻是家常便飯。

上個月央大急診室有三十五個OHCA，江東彥遇到十五個，救回來十個，可是有四個在他手上死亡，三個花了幾天的時間死在加護病房，另外兩個終身臥床，只有一個走出醫院，回到原本的生活。

央大急診室上個月還有八件IHCA，江東彥遇到四個，四個都沒有在他手上死亡，他在急診成功復活四個死人，賜予他們的壽命成功延長了幾天，每一個都死在加護病房。

這些事情一直讓江東彥想起小六那年的夏天。

那一天之前，他和一般的孩子沒有不同。顧著吃、顧著玩，空閒的時間都拿來打球和玩遊戲。小學的功課不難，他沒花多少心思在上面。那一天下午，頂著盛夏襖熱的太陽，他仍然和朋友約著去社區的球場打球，等到他滿身汗地回來，卻發現家中悶熱異常，而父親臉朝下倒在地上。

江東彥試著叫醒他，把他的臉翻過來，那時他還未看過這種整張紫青色的臉，就算是十二歲的孩子也知道狀況不對勁。江東彥先打了電話給媽媽，慌忙但不失條理地說完狀況，再按照媽媽的指示叫了救護車。

父親在半路就沒了心跳，他目睹了急救過程，那些血腥、忙亂的一幕幕，他至今都未能忘記。

「你先陪爸爸到醫院，我馬上趕回來。」媽媽說，事實上她趕到醫院的時候，父親已回天乏術。

「學弟，留觀室有個阿婆自拔鼻胃管，你去放一下。」林耿明才剛忙完一陣，正打算坐下來喘口氣，總醫師小邱好像見不得他閒著似的，又給他分配了任務。

那個阿婆他知道，幾個小時前他才去放過，現在又自拔。因為阿婆只能靠鼻胃管灌食，每次拔除家屬總是很緊張地催促著重放。林耿明很想跟小邱說那個阿婆那麼愛拔，一餐不吃也不會死，不過他很清楚自己的身份是微不足道的R1，給他天大膽子也不敢說這種話。

他到留觀室去，阿婆的鼻胃管已經洗好放在床頭，她的家人雖然一臉抱歉，不過最多只是這樣，阿婆能夠一再地自己拔除鼻胃管，起因是家人不忍心把阿婆的手綁起來。

失智的阿婆什麼都不記得，也無法明理，覺得鼻胃管不舒服就去拔掉，沒有鼻胃管又不能吃東西。沒有人能二十四小時看著防著，不約束雙手的後果就是一天到晚在重插鼻胃管。

「阿婆妳不要再拔了啦！」林耿明無力地勸說，他一拿起鼻胃管，阿婆的家人就帶著不捨的表情走出留觀室，好像林耿明要對他的母親做出十惡不赦的事情。

唉，這麼捨不得，就綁起來不要再讓她拔啊！

也只有醫生才能說這麼輕鬆的話。林耿明要到十年之後才能明白。

至親患有重病的家人，不管前進後退都是地獄，每天的生活承受苦難與折磨，脆弱的精神早已無所憑恃，才會做出許多種種讓人不明白的作為。

他很快放好鼻胃管，趙襄君過來幫他固定。

「學長，你有沒有聽說江東彥醫師的事？」

「江東彥？……什麼事？」他放了幾天假，今天是連五夜班的第一天。放假的頭一天是昏睡狀態，後面也過著不問世事的日子。江東彥發生什麼事，他當然完全不知道。

趙襄君說：「他要離開這裡了。」

「怎麼可能？」林耿明說：「他表現那麼好，一定是有心人的謠言，是不是那個什麼謝一城說的？他一直想把我們其他人都弄走。」

「不是，是江醫師自己說的。他親口對周醫師說他要離開急診，就在這裡說的，我和媛婷、繡茹姊都聽見了。」

「唐希，妳有聽說江東彥要離職的事嗎？」交班的時候，唐希來接他的班，等主治醫師交班完，林耿明不顧還有新的病人掛號進來，把唐希抓到一邊追問，雖然盡量放低聲量仍然無法掩蓋他的焦急。

「不知道，這不是正合你們的意嗎？」唐希不耐煩地說。她的眉宇間有一股剛烈的銳氣，被她惡狠狠地盯著並不好過。

「到底怎麼回事？他不是好好的？」臨床表現優秀得要命，科會報告也普遍受到好評，如果林耿明跟他一樣，那個身為神經外科教授的老爸大概會去冒青煙的祖墳痛哭個三天三夜。

「你覺得江東彥是會跟我訴苦的人嗎？我不知道，你別再問了。」唐希對著電腦，點出新掛號病人的檢傷資料。一個咳血，血氧偏低的女性，她不能再被林耿明糾纏下去，唐希站起來走向躺在病床上的新病人。

「我不想要這樣，我不要他離開。」林耿明說。

「那你最好快點，他今天會回家一趟，跟家人報告離職的事，回來就會遞出離職單。」唐希頭也不回地說，她的病人正捂著一團滿是鮮血的衛生紙。

林耿明在路上狂奔，他從來不知道自己可以跑這麼快。聽完唐希的話，他衝進更衣室，換下工作服抓起背包就跑。

天空不合作地飄起雨來，從綿綿細雨變成豆大的雨點打在他身上。從急診室門口到他的公寓即使是快馬加鞭也要六七分鐘，會經過兩個十字路口，而這兩個路口的紅燈特別長。

路人紛紛打起雨傘使林耿明更不容易，一邊跑一邊閃躲別人的雨傘，大雨使大段路途特別漫長，等到他打開公寓的大門，整個人都濕透，鞋底踩出一灘水窪。

他爬到五樓，沒有電梯的公寓五樓大概是極限，所以這裡的租金便宜。林耿明住的門牌是五樓之三，卻先去按了五樓之二的電鈴。

江東彥應門出來，看見林耿明淋成落湯雞反倒露出驚訝的樣子。

「你等等，我有話跟你說。」林耿明只差沒抓住他，他忍住，因為他的手都是雨水。

被別人身上的雨水沾到並不舒服，而他還打算勸江東彥浪子回頭，自然要極力避免這種會造成厭惡的情況。

「現在？」江東彥對著眼前這個從頭髮濕到鞋底的男人不可置信地說。

「等我十分鐘，可以嗎？」

江東彥看了看錶，林耿明更肯定他等等要趕車。他的家在南部，如果林耿明沒記錯的話。

「好。」江東彥話剛從他口中冒出來的同時，門已閉上。

林耿明以最快速度沖了個澡，套上乾淨的衣服，再度來到五樓之二，江東彥的門口。正要敲門的當下，江東彥搶先開了門。

「到上面去？」林耿明指著上方，也就是屋頂。雖然現在下著雨，他們可以坐在那片雨遮下面。外面的雨沒有減弱也沒有增強，雨水從雨遮不斷滴滴答答滑落到地面，江東彥和林耿明各自坐在凳子上。夏天的雨沒有文學性，很少人為了夏雨作詩，大概是太悶熱讓人失去興致。林耿明想著這些不相干的事，不知從何啟口。

江東彥率先打破沉默。

「找我什麼事？」

「你對這裡有不滿嗎？」

「沒有。」

「那為什麼……我聽說你要離職，是真的嗎？」

這下換江東彥沉默下來。

「為什麼？」林耿明激動地問。江東彥意外地瞪著他，這種事不是對他有利嗎？何必那麼不開心。

江東彥說：「這些日子，我不知道自己在做什麼事。」

「在做……急診醫生啊？」不是嗎？有問題嗎？林耿明很想拿塊石頭敲他腦袋。

「是嗎？病人從我們手上購買到的，究竟是幸福，還是通往苦痛的道路？我們能治癒每個疾病嗎？總是很有把握？大多數都不是吧。只有一部分的疾病我們能夠診斷，其中的一部分我們能夠治療，然後沒有了。有很多治療會使人更痛苦，更多時候我們無能為力，很多人離開以後都死了。死在加護病房、死在病房，只有我們在急診自以為救了他們，根本就沒有。」

林耿明張著嘴，江東彥說的這一番話，這種想法從來沒有在他腦袋出現過。他對現代醫學深信不疑，不曾批判。

「不、不是吧。對我來說，生病能看醫生，就是一件很幸運的事了。這個，沒有醫生病情不是會越來越糟嗎？」

「惡化得越快，痛苦的時間也越短。如果治療只是延長一個人的痛苦，我們究竟在治療，還是在販賣不存在的希望？」

「我們……來到這裡，救了不少人，雖然很多人後來還是死掉，你覺得這些都是沒有意義的嗎？」

江東彥的答案寫在他臉上。

林耿明給自己一個深呼吸。「如果我是病人，我曾經是一個病人，你知道嗎？我溺水過，被人救起來的。在那當下，我唯一的希望就是活下去，沒有別的，我會奮戰不懈，直到最後一刻，只要有一線希望，有活命的機會。或許你覺得我很蠢，覺得這些沒有意義。可是對我來說，這些延長的每一天，都是我能在這個世界上繼續生存的希望。你憑什麼替我決定這些時間是沒有意義的？你是醫生，沒有替我奮鬥到最後一刻，憑什麼告訴我活下去的希望不存在？」

江東彥站起來，咬著嘴唇說：「我要走了，要趕車回家。」

林耿明拉住他。「你良心過得去嗎？把那些人留給我們其他這樣的醫生。你看一眼就知道的疾病，我們要研究很久。我也是到這裡才知道自己很沒用，所以想要努力……我比以前更努力，不想犯錯……大家都是這樣，你這個人怎麼回事啊？」

江東彥推開他，頭也不回地下樓。

華燈初上，周承俊仍在他的研究室，這幾次實驗結果不如預期，對著這樣的結果，他抹一抹臉，低著頭。忽然有那麼一瞬間，放棄學術的念頭冒出來，身心頓時輕鬆不少，他這所有的一切都好疲憊而且毫無必要。

真的有人因為他的研究變得健康？增加了多少疾病的治癒？有影響到醫療準則嗎？如果答案都是否定的，他研究的東西可稱為微不足道。

這只是痴人說夢，說到放棄他自己就不容許。周承俊犧牲了多少才拿到今天的地位，一旦放棄，過去的心血如同泡影。

那是多少年以前的事，那時候的他仍相信虛幻的東西，他迷戀功成名就，崇拜光環，即使代價不菲他也堅信他能站在頂端。

然後他到了這裡。終日看著一個女人卻娶了另外一個，家庭只是功成名就的裝飾而不再具有功能。學術替他帶來掌聲，卻無法填補長時間燃燒過度的孤寂。

周承俊拿起手機，多年以來他只打給同一個人。

如果說她不知道他的心意那也只是裝傻，不過他們之間除了裝傻，所有其他的可能性早就被他毀了。

周承俊這次讓電話響了很久卻無人接聽，他等到最後終於把電話掛掉。

聽見窗外的雨，唐希在床上又滾了一圈，最近沒班的日子總是這樣，即使是過去的她也無法想像有一天她唐希會呈現這種邋遢樣。

穿著寬鬆的短褲和上衣，任憑窗外風吹雨打還是豔陽高照，都無法撼動她繼續賴在床上的肉體。

急診班的強度沒有經歷過實在很難想像。唐希想到她傻不隆咚，莫名其妙踏入這個地方，一股腦兒考進來。十二小時腦袋持續高速運轉，永遠處理不完的醫療狀況又總是被各種打斷，每個人都覺得自己最嚴重，不容出錯，甚至連態度都不能有瑕疵。生病的人態度不好是要被體諒的，醫生態度不好就是沒有醫德。一個班下來，唐希的靈魂彷彿被吸乾，三魂七魄都出了竅，只剩下沖個澡爬到床上的力氣。

昨天有吃晚餐嗎？她忘了。

這樣的日子要持續多久？唐希不禁想到江東彥，聽說他要離職，不管什麼原因，似乎不是壞事，或許她也該考慮這個選項。

江東彥這個人，她很小的時候就認識。那種認識不是真的認識，參加比賽的榜首總是被特定名字佔據，不管是英文演講、科展、作文比賽，以及後來的奧林匹亞競試，總是這個名字在跟她競爭。

第一次說話是江東彥跟她搭訕的，是高中時代的聯誼。雖然是女校，唐希所屬的資優班不是男生的熱門選項，最後只有對方男校的資優班對他們伸出友誼之手。江東彥對她說的第一句話是：「所以妳就是唐希？我是江東彥。」

唐希沉浸在往日的思緒被一通電話打斷，拿起手機看見醫院的號碼，雖然不甘願也只能接聽。

「學妹，妳怎麼沒來上班？」

電話那頭聽起來就像是總醫師劉建浩的聲音，什麼？上班？唐希呆了幾秒，猛然從床上驚彈起來，腦袋一片清醒。

「學長我今天沒班吧？」

「有喔，我剛剛確認過了，妳快來。」劉建浩草草說完就掛上，唐希彷彿從電話裡面聽見各種急救監視器的聲音，劉建浩是在百忙之中抽空通知她。

唐希撲到書桌上，雙手顫抖拿著班表，原來她把日期看錯了一天，她今天果然有班，而且她已經大遲到了。

外面是明媚的陽光，唐希硬闖好幾個紅燈，終於抵達央大急診。戴上口罩，換上工作服，唐希忐忑不安地到急救室，連呼吸的聲音都壓到最低，不發出多餘的聲響，劉建浩正在幫一個休克的男人做超音波。

劉建浩抬頭朝她看一眼，隨即又把目光回到黑白色的超音波螢幕。

「這是膿胸，妳來放胸管。」劉建浩說完，把檢查手套脫下來丟進垃圾桶，便逕自走出急救室。

膿胸，就是胸腔裡面積了滿滿的膿液，是很嚴重的疾病，必須放胸管引流膿液才行。胸管並不是什麼大手術，但也並非沒有危險，對一個第一年住院醫師算是很有挑戰的東西。劉建浩的臉色冷冷的，看不出是生氣還是不爽，唐希不敢多說話，請急救室的護理師雅貞幫她準備放胸管的器械。

上次是哪個學長帶她放過，好像就是劉建浩，至少他那天的心情和今天不同。整個急救室靜悄悄，只有監視器規律的聲音。唐希用刀片劃開皮膚，鮮血從皮膚的裂縫滲出來，她拿彎鉗撐開肋間，像破水一樣，唐希被膿噴了一身，味道很嗆，她不想去想裡面有多少細菌，伸手拿起胸管就要放進去。

「妳錯了。」

劉建浩的聲音從背後傳來，簡直像個背後靈。他什麼時候開始站在這裡？站了多久？唐希的手停住，胸管就這麼停在兩條肋骨中間的出口，一動也不敢動。

唐希自認每一個動作都沒錯，和上次一模一樣，但是她不敢頂嘴。

「妳覺得每個步驟都跟上次一樣，但是妳錯了，妳做得不一樣，只是沒有發現。妳可以試著放看看……不會成功的。」

唐希回頭看劉建浩，劉建浩朝她點頭，帶著那種很難說是善意但也沒有惡意的笑容。唐希當然不服，咬牙把胸管放進去，結果如劉建浩說的，放不進去。

肋間太窄，這根胸管太大，她選錯號數了。

「我要換小一號的管子。」

「不需要。」劉建浩戴上手套，穿上手術隔離衣。唐希覺得她像個蠢蛋，她很少，不，幾乎沒有這種感覺過。

沒有人可以令她表現得像個蠢蛋，從未。

即使是江東彥。

她和江東彥纏鬥至今，每場比賽戰績互有勝負，也從未像今天這麼狼狽過。

劉建浩過去動手將病人的手臂拉高越過頭頂，只是一個動作，唐希立即感覺到胸廓張開，肋間的洞口變大，幾乎毫不費力就把胸管放到定位。

「什麼是一個手術最關鍵的基本？」

「擺位。」唐希低著頭說，她一開始就錯了，放置胸管有規定的姿勢，幾乎每種手術都會提及病人該當在哪種姿勢下完成。而她忽略了這點，難怪劉建浩一看就知道她不會成功。

「錯誤的擺位註定帶來失敗。」

唐希慚愧地固定好管路，連接上胸瓶，不少腥臭的膿液流洩下去。唐希回頭對著劉建浩，不是很肯定地看著他。

劉建浩點頭，目光雖不是嘉許，至少也不是責怪。

「劉總今天吃了炸彈，妳就不要理他。」收拾的時候，劉雅貞把沾到血的紗布夾進汙染性的收集桶，一邊收拾器械，一邊安慰唐希。

唐希這個人雖然有點高傲，可是滿有正義感的，時常替她們護理人員出頭。聽說她脾氣很硬，說話也直，常把家屬氣到去寫投訴函。

「因為我今天遲到，是我的錯，也沒什麼好說的。」

「如果只是妳，劉總也不會不爽成這樣，鄭醫師一早就去開會，現在也還沒到。」

唐希一時呆住，鄭紹青是今天白班的主治醫師，如果他也沒來，豈不意味著今天早上只有劉建浩來接班。老的去開會，小的根本忘記要上班。

難怪他會像吃了十噸炸藥一樣。

唐希匆匆走出急救室，仍然有一些新掛號的病人沒有看診，她按照輕重緩急把檢傷最嚴重的先拿去看，處理完一個再繼續下一個。疾病的變化就像車輪一路推進，沒有喘息的空間。

「給我第五床的報告！」

「十二床的血輸上去了嗎?!」

「第八床血壓給我！」

「胃鏡怎麼還沒送？」

急診室是一個沒有寧靜的地方，尤其是第一診療區。各種忙亂、喧鬧，主事者穿梭在各個垂死者之間嘶吼，混雜著病人的呻吟和家屬的叫囂。

以上那團混亂不曾在劉建浩當班時出現。他總是不疾不徐，用平靜的節奏處理各種會讓人血壓飆升的問題，不管白天或黑夜，不論是十二小時的初始還是尾聲。就像一個強大孤獨的掌舵手，堅定而平穩地讓他的船在狂風暴雨中駛過。

「唐醫生，二診的康醫生有個縫合要麻煩妳。」

二診，也就是第二診療區，負責比較不緊急的三四五級病人。一般被刀割傷、短淺的撕裂傷較簡單的外傷處理，也會檢傷到第二診療區。

幫忙縫合簡單的傷口，也是第一診療區住院醫師的工作。當然，這事情不會落到總醫師身上。

唐希過去檢視傷口，只是個簡單的縫合，便拆開縫合包，準備好縫合的器械。

那是一個酒醉的男人，全身滿溢著酒臭味，吐出來的盡是汙言穢語，是唐希過去的生命中不曾見過的那種男人。

她幫助他，他卻不知好歹，才縫了兩針那男人的手就摸上來。

「先生，請不要破壞無菌面！」

唐希大聲喝斥，男人哪裡理會，摸著她的手一臉好色的模樣，什麼傷口會感染不在他考慮範圍內，像唐希這種氣質出眾的美人可不是他平時摸得到的。

唐希不吭一聲，平時雖然強悍，她也算是才剛出社會的新鮮人，不確定遇見這種事情處理的方式。反正傷口不大，她加快縫合速度。

那個男人見唐希沒有反抗，更加大膽起來，摸手不夠，時不時用手指去碰她的大腿。

唐希忍無可忍，「先生……」

「學妹妳到外面，這個我來縫。」劉建浩冷不防出現在身後，戴上無菌手套接手唐希的工作。

「可是，外面……」主治醫生還在開會，沒有劉建浩，外面只會一團亂，唐希有自知之明，她沒有能力守住第一診療區。

「學長，只剩五針，我縫快一點就好。」唐希不想增加麻煩，她比較習慣成為助力而非阻力。

「出去！」劉建浩簡短地說，帶著不容質疑的威嚴。

第一診療區還算平靜，唐希剛這麼想，忐忑不安地坐上她平常習慣看診的地方，一疊驗血報告降落到她面前。

「唐醫師，第三床高血鉀要處理嗎？」

唐希拿起來看，血鉀7.1，是非常危險的數字，而且那個人的心電圖已經呈現心律不整的初期症狀。

「當然要，你幫我抽藥……」唐希還沒把藥名說出來，另一邊響起著急的呼喚：「唐醫師快過來，這個病人吐血了！」

「這邊血壓量不到！」

「這個家屬問什麼時候可以辦住院?!」

各種危機四面八方如雪花飛來，到底剛才的平靜是怎麼辦到的。

劉建浩從縫合室出來，感覺到整個診療區都在燃燒。看了看錶，也不過花了十分鐘左右，外面怎麼恍如隔世。

「學長，第三床高血鉀，我先找腎臟科過來急洗腎……第五床吐血，我叫了四袋血來輸，等等腸胃科學長要過來止血。這個血壓量不到應該是敗血症，升壓劑掛上去了……」唐希一口氣說完，把整疊病歷放在劉建浩桌上，交代完短短十分鐘發生的事然後轉身便走。能把這些燙手山芋再交班給劉建浩，她肩上的壓力頓時輕鬆起來。

「妳去哪裡？」劉建浩問。

「幫……第五床放鼻胃管洗胃。」得把胃裡面的血水洗乾淨，才能有足夠清晰的可見度讓內視鏡來止血。

「妳想告他嗎？」

唐希很驚愕，劉建浩一出來，面對被她搞得一團糟的診療區，還沒拿起第一個病人的病歷，居然就問這件事。

「雅貞看到了，縫合室的監視器也拍得一清二楚。」劉建浩指著護理站那排小螢幕。

當然，他不是心血來潮忽然想重溫縫合的感覺，劉建浩是見到她被騷擾才拋下診療區過去。

唐希搖頭，她不想掀起這麼大的風波，急診室已經夠亂了，這個亂局她要負一半的責任，因為她沒有能力顧好第一診療區，還遇到那種事，害劉建浩得去幫她縫合。

就算警察過來，掛號的病人也不會停。很多人會被迫中斷臨床工作被叫去做筆錄，她不想成為大家的負擔。

「妳可以原諒他嗎？妳覺得無所謂嗎？」

「當然不是，我、我也很生氣，可是……大家都很忙，我不想為了這種事增加無謂的風波。」

「妳自己決定，我不覺得會增加什麼困擾。證據監視器都錄到了，大家只是忍受一些不便走法律程序，比起被騷擾的妳，這種事根本不算什麼。不過，決定權還是在妳，只有妳自己能決定這件事有多嚴重。」

唐希對著劉建浩一會兒，然後問他。「學長……希望我告那個人嗎？」

「無所謂希望不希望，這完全不干我的事。妳搞錯了，先去洗胃好了。」劉建浩說完，便拿起一份病歷，處理接踵而至的各種狀況。唐希默默拿著鼻胃管去床邊洗胃。

至少三年前，唐希從沒想過可以面不改色拿一根管子捅進去那麼深，六七十公分的長度直達胃的深處。把食鹽水打進去，把血水抽出來，重複這個動作直到乾淨，以確保內視鏡的視線不會被血水淹沒。

唐希討厭不潔的東西，雖然不到潔癖的程度，可以算是一個愛乾淨的女生。醫院雖然要求無菌，可是有很多醫療行為與潔淨攀不上關係，洗胃就是一項會讓血花四濺，甚至病人往妳身上吐血的項目。

所以唐希早有準備，在實習醫生年代，被混雜胃酸的血水洗過幾次臉以後，防水隔離衣和護目鏡成為她洗胃的標配。

洗完胃以後，唐希回到診療區，一直沒出現的主治醫師鄭紹青倒是來了，正在暢談他的升等報告。

劉建浩已經再度把診療區的混亂控制下來，他就坐在那兒，診療區那台電腦前面，鄭紹青朝他高談闊論，各自雲淡風輕，好像剛剛那些危機只是天邊偶然飄過的烏雲。

唐希滿肚子疑問看向劉建浩，那些病人怎麼了？血壓都好了嗎？劉建浩一派氣定神閒示意她坐下。升等報告離唐希還很遙遠，不過聽聽鄭紹青的經驗應該有幫助。唐希脫下一身的裝備，找了張椅子到劉建浩旁邊。

原來鄭紹青蹺班是為了去報他的升等。

「說到升等，建浩你應該開始準備了吧？小邱已經動手了喔。這檔事還是挺重要的，真的去做也沒啥大不了。提一口氣拚下去，頭過身就過。一想到平白被醫院扣錢那麼多年，我現在還是肉很痛！」

原來升等不過會被醫院扣錢，唐希還是第一次聽說。

鄭紹青說得很得意，劉建浩卻是淡淡的。就算主治醫師出現，診療區的護理人員還是把病歷和報告交到劉建浩手上，好像他才是實際的主治醫師，鄭紹青則是打醬油的。

鄭紹青本人也不以為忤，他對聊天的興趣比對病人大得多。

唐希總算明白劉建浩的用意，敢情是要她陪鄭紹青聊天，好讓他專心處理病人。

唐希狠狠瞪了劉建浩一眼，劉建浩還給她一個淡淡的微笑。

「你們知道嗎？我這次升等用的論文是何宇華給的。」

「宇華學姊？她不是也還沒升等？」劉建浩拿起一份報告，正要去解釋病情，順便替這個人辦好住院，聽鄭紹青這麼說，忍不住回了一句話。

「人家有周P靠啊！一篇升等算什麼，撒幾次嬌周P就送她了啦！唉喔！大人的事你們小朋友不懂，黃昭儀不也打算走這條路？」

「急救室內科一級！」

檢傷的廣播如喪鐘般響起，急救室大門如同地獄之門，一個垂死者被吞噬進來。

劉建浩放下手上的報告，不疾不徐走進急救室。唐希跟在他身後，而鄭紹青，這個最應該一馬當先的人仍坐在他的椅子上。

急救室大門自動滑上，在這個封閉的房間裡，死亡的陰影無所不在。

「賴皮蛋？」看清楚躺在床上的面孔，劉建浩不能說不意外，這傢伙上個月才剛因為車禍住院，這麼快又出院了？

有些人的復原能力真是不可思議地好。

「是賴皮蛋。」負責檢傷的徐素晴說：「他昨天才出院。酒友送他來的，我血壓量不到……」

賴皮蛋全身都是冷汗，意識不清醒，不知是不舒服還是喝醉酒，總之他無法表達。

「先給我上兩條 line，生理食鹽水先來個兩袋……」給予大量輸液矯正休克，是臨床上常用的手法，一條點滴不夠快，那就用兩條。

劉建浩戴上手套去摸賴皮蛋的肚子，馬上就發現不對勁的地方。

「肚子是硬的。」他說。唐希也過來摸了一下，執行所謂的觸診，果然如同劉建浩所說，腹部僵硬是典型的腹膜炎徵兆。

唐希說：「是急性胰臟炎嗎？」考量賴皮蛋是個酒鬼，胰臟炎是合理的推測。

「做完電腦斷層再說。他意識不清，要先保護呼吸道，唐希妳幫他插管。」

唐希點頭，到賴皮蛋的頭側替他插管。

像賴皮蛋這樣昏迷的人很容易因為嘔吐而嗆到，甚至有異物阻塞的可能，嗆進去的食物會腐爛在氣管裡面，造成厲害的肺炎，所以必須先幫昏迷的病人保護好呼吸道。

劉建浩雖然對著電腦，好像完全沒在意唐希這邊的動靜，唐希不敢因此鬆懈，老大沒出這個急救室以前，每一個動作都必須完美。

完美是唐希對自己的要求，雖然在急診室很難辦到。

她見過劉建浩插管，就像完美的協奏曲，不疾且不徐。

二十分鐘後，劉建浩盯著螢幕的電腦斷層，裡面的影像是賴皮蛋的腹部。當你進了斷層機，在醫生面前就毫無祕密。比裸體更赤裸，揭開一切隱藏在肚皮下的奧祕，而不需要真的剖開它。

唐希在他旁邊，看見所有的片子像動畫般播放一遍，她有了答案。

「ＰＰＵ？」唐希說，雖然是問句但她其實很肯定。

ＰＰＵ是一種疾病的簡稱，意味著胃部破裂穿孔，但不僅止於此。事實上斷層只能見到穿孔的結果，也就是大量本該待在腸胃道內的空氣洩漏到腹腔裡面，而非穿孔的部位。也就是說，破裂的有可能是胃、小腸或是大腸。

劉建浩就連點頭也很細微，好像一點也不覺得她Ｒ１就能判讀出來有什麼了不起。雖然唐希也知道事實上沒什麼了不起，這種事江東彥也辦得到，謝一城說不定也行，連那個林耿明應該都辦得到。

如果林耿明也辦得到，這件事的確不值得說嘴。

「我找外科，你找家屬。」劉建浩發派了工作，便拿起電話分機找外科值班醫生。

因為ＰＰＵ是一個需要緊急手術的疾病。

上個月賴皮蛋剛因為車禍住院，兩條腿多處骨折，事實上他昨天才剛出院，能跑去喝酒，恢復得很不錯。唐希找到昨天辦出院的資料，一下子查到賴皮蛋母親的電話。

真是得來不費功夫。

電話響了很久，唐希讓話筒掛在耳邊，百無聊賴地看著躺在那邊的賴皮蛋。

這是第三個電話號碼。出院資料上的手機是別人的，那個人根本不認識賴皮蛋，住家號碼已停用。她翻遍了病歷，總共找到十個不同的號碼，唐希一個個試著撥過去。

這期間劉建浩已經替賴皮蛋打好中央靜脈導管，幾袋血源源不絕地輸進去，賴皮蛋的血壓好得不得了，唐希彷彿可以聽見他心臟重新用力搏動的聲音。

我找外科，妳找家屬。

劉建浩分派的時候一定算計過了，他早有經驗，賴皮蛋這個人是找不到家屬的。

唐希瞪著他，劉建浩一點也不感到有什麼不對。把難做又煩人的事務丟給她，事實上也沒什麼不對，醫生的世界階級分明，老大不管交代什麼事，小的都要負責完成。

第六個號碼總算有人接，唐希一句話還沒說，電話那頭是一個老邁的婦人。「我們沒錢，沒錢啦。」

「等、等等……」唐希阻止將要被掛上的電話，開什麼玩笑，她可是費了九牛二虎之力才打通這支電話。

「我這邊是醫院。」

「不就是醫院嗎？央大啊？昨天出院就說我們沒錢……」難怪給的號碼沒一個打得通。

唐希沒好氣說：「賴皮……不是，賴必達先生又在我們醫院急診……」

「喝醉酒你們不要理他啦！也不要掛號，我們沒錢付給你們。」

「不是喝醉酒，他胃破掉了，要動手術……」唐希一口氣說完，電話那頭卻比她更快，砰地結束了他們的通話。

唐希再打，變成無人接聽。

第七個號碼，接起來的是個年輕女人，唐希才剛報上央大急診室的名號就被直接掛掉。原來央大急診室的電話屬於不受歡迎的那種。

唐希不抱希望把後面幾個號碼撥完，果然不是空號就是不認識打錯了。

她悶悶地出去跟劉建浩回報狀況，賴皮蛋的手術同意書可能不會有人來簽。劉建浩告訴她已經找了社工，社工會找出辦法。

「遇到這種人，就要靠社工才能殺出一條血路。」

「為什麼不告訴我，讓我一直打電話？」

「妳很努力打電話，我不想打斷。」

唐希覺得劉建浩的樣子很欠揍，不過她也只敢在心中偷想，萬不敢付諸實行，更不能顯露一絲不悅。

賴皮蛋是社工那邊登記有案的，不只是賴皮蛋家裡電話，連鄰居里長都有掌握到。果然不用多久，賴皮蛋的母親來了。

看見這個白髮蒼蒼的婦人痀僂的身軀，無聲望著插管的兒子賴皮蛋，一句話也不說。不知她想什麼？是兒子又添了麻煩，還是母親看見孩子受苦的不捨。

唐希有些許不忍，偷偷問社工：「他好像有個妹妹，怎麼不找他妹妹來？」

「他妹是不會來的……」社工說到一半忽然停住，問唐希：「唐醫師怎麼知道他有妹妹？」

「病歷上有寫啊。我剛剛還打過去，不過被掛掉了。」

「這可不好。」社工的臉龐顯出憂慮，「希望他妹不要出事。」

「怎麼了？」

「我不能說，他們這個家庭很複雜，我們還是處理醫療部分就好了。你們記住，如果他妹妹過來，一定不可以讓他們獨處。」

唐希答應社工的要求，她可以理解這種家庭多少有不足為外人道的故事，能不參與這種故事，做一個全然的無知者。她不會為了滿足好奇心去揭開一切，去問每一個為什麼。

說穿了她只是個醫生，而那些事與醫療無關。

劉建浩又把一個人送進急救室，敗血症休克的那個。

只是個尿路感染，在老人家身上確會發展成危及生命的敗血症，人一老什麼都輕忽不得。

劉建浩掃超音波，放中央靜脈導管，給升壓劑和生理食鹽水。所有該做的事情順暢地完成，他沒有想讓唐希插手的意思。

「其實你很不耐煩在外面聽鄭紹青學長說那些話吧？」唐希嘆口氣說，劉建浩根本是想在急救室瘋狂地處理這些快死掉的人，也不想坐在外面陪鄭紹青聊天。

「我以為表現得不明顯。」

「學長知道哪裡露出馬腳嗎？」

劉建浩對著唐希看，唐希被他炯炯的目光盯到有點招架不住。「聽見急救室有危急病人，學長本來繃住的臉才放鬆下來。比起聽那些言不及義的話，你更想在急救室。看到賴皮蛋，你心情反而變好。說不定你在祈禱最好來一打要急救插管的人……」

「我不會祈禱這種事，」劉建浩正色說。「尤其是今天，只有我一個人。」

「我不算人力嗎？」唐希抗議。

「幫賴皮蛋放好尿管鼻胃管，等等刀房要接刀了。」劉建浩丟下這麼一句話，沒理唐希的抗議。還有下一個人要拉進來，吐血的那個，腸胃科內視鏡沒止住，他又吐了兩千CC的鮮血，血壓又到達鬼門關管轄的範圍。

急診醫生的辦公室裡面，只剩兩盞燈光。每張桌子一格格以辦公隔間的形式排列在這個空間裡面，現在有十五張，明年會有十七張，劉建浩希望如此。

不用再跟其他同事共用一張桌子，有自己獨立的空間，到那一天，他才能夠放手去做一件事。

亮著的是左邊後方的桌子，和距離兩個辦公位的另一張桌子。

劉建浩不用過去也知道是誰。她的升等論文被鄭紹青搶走，如果不想被扣錢遭受無謂的損失，只能盡快另起爐灶。

畢竟被扣升等的錢，可不只是財務的損失而已，學弟妹也會看不起，這是尊嚴的問題。

劉建浩恰好是少數知道何宇華論文被搶的人，那個怪異的病人來到急診那一天，是他和何宇華一起搶救，找到真正的原因。

病因揭曉的那一刻，何宇華喜孜孜告訴他，要拿去投稿寫升等論文。即使是學姊，她的喜怒哀樂還是寫在臉上，劉建浩甚至深沉得多。

當他看見鄭紹青的升等論文，就知道發生了什麼事，裡面的診斷情節是他熟悉的，檢驗數據是他看過處理過的，最後的診斷也是他們那天絞盡腦汁才想到的。

何宇華給他的？聽鄭紹青這麼說，劉建浩很努力才能面不改色聽下去。

搶走別人的論文再加以詆毀，就算何宇華後來順利報上升等也會招來閒話。一定是周承俊幫她的，姑且不論周承俊幫過多少院內醫生升等，他們之間一直有讓人說不清的關係。

可是……劉建浩看向另一張亮著的辦公桌，他還是會幫她吧。

何宇華揉著太陽穴，腦袋裡是各種英文單字的排列組合，她起來拆開茶包，拿著茶杯到茶水間，剛好遇見在那邊泡咖啡的劉建浩。

「今天上班還好？」何宇華問，一邊倒了熱水，花草茶的香味飄散出來。

為了讓上班的人有地方放鬆，茶水間並不明亮，設計成工業風，還放了一張沙發。

「鄭紹青今天去報了升等。」劉建浩說，拿起手上的咖啡，但是沒有喝。「他說是妳送他的升等論文。」

「我知道。」何宇華心煩地喝下花草茶，卻因為太燙口而嗆到灑出來。劉建浩先放下手中的咖啡，接過何宇華那杯過燙的茶，迅速抽取旁邊的衛生紙給她擦拭身上被潑到的茶水。

「妳沒事吧？」劉建浩問。

「沒事。」何宇華把茶又拿回手中，現在應該不燙了。

劉建浩看向辦公室方向問她：「論文……進行得還順利嗎？」

「總會寫完的。」

「學姊，讓學長幫妳不是什麼罪惡的事。」

劉建浩拿起咖啡，話說完就頭也不回地走出茶水間，何宇華連想板起臉孔訓斥他都說不出口。就算是學弟，就算是旁觀者都能看出她的極限，只有她自己還執迷不悟。

就連劉建浩寫論文的能力說不定已勝過她這個學術白痴。

辦公室裡還有另一盞燈。這幾天，何宇華趁著難得的假日來醫院寫論文，那盞燈總是亮著，亮在那兒等她求救，何宇華卻像是一頭驢子，硬是無視於他。

她走向那盞燈，把茶放在他桌上。

「你怎麼了？」何宇華看到周承俊皺著眉一臉不舒服，知道他又犯了頭痛。

「沒事，吃點藥就好。」周承俊拉出抽屜，從裡面的藥罐拿出一粒藥。

「你這個頭痛有去檢查過嗎？」

「沒必要，老問題了。」周承俊把藥吞進去，何宇華回到茶水間倒了杯水給他。

「找我什麼事？」周承俊問。

「沒事。」看見他犯著頭痛，何宇華想麻煩他的念頭又煙消雲散。

「別走。」周承俊拉住她說：「幫我驗算這份數據，我頭很痛，今天一定要完成。」

何宇華拉了椅子過來，對著周承俊電腦螢幕上的資料看了一會兒，那些數字每一個她都認識，旁邊的符號也知道，加在一起就完全看不懂。

「我不會。」不用一分鐘，何宇華放棄，舉起雙手投降。

「我教妳。」

「你說認真的？」何宇華很想笑，但如果周承俊是認真的她會想哭。

「妳以前統計不錯。」

都十幾年前的事了，周承俊居然記得。

何宇華揉著頭說：「我現在也開始頭痛了。」

「妳到底找我什麼事？」

「沒事啦……」何宇華喪氣地說，不會搞學術在這家醫院好沒用。

「妳不用跟我客氣知道嗎？」

在這家醫院，妳是唯一一個可以無條件利用我的人，想要我做什麼?就說吧，我照辦。

他對她說過這句話，在寒冷的夜裡，在醫院的天台，在他的車裡。每一次，他得到的回應只有靜默，她轉身就走，她面無表情離開，她不屑於他，輕視他說的那些話。

只有這一次何宇華沒走，她仍站在那兒，並且說了一句話。

「我的論文已經寫完了。」

周承俊驚訝地望著她，不是因為她論文已經寫完了，而是她沒有掉頭就走。她繼續說：「我沒有把握，不知道該投什麼期刊，也不知道怎麼修改比較好，你有沒有建議？」

「拿給我，我幫妳投。」

何宇華對著他看，這些遲疑並非在考慮，而是在重新習慣自己就為了一篇論文。

劉建浩交完班，總算結束這十二個小時的輪值。他提起背包往更衣室的方向，預備換下藍色工作服，卻被唐希在走道攔住。

「學長，你會為我作證嗎？」

劉建浩頓了一會兒會意過來，唐希這才發現他很高，唐希本人接近一米七，而劉建浩還高她一個頭。她很少需要用這麼大的角度抬頭看一個人。

以往他們說話的時候，多半是討論病人的狀況，劉建浩常常坐在椅子上，唐希沒有意會到這一點。

「妳改變主意了？」

「如果我姑息，就不能告訴別人我是不好惹的女人。」

「學妹想當不好惹的女人喔？」

「不行嗎？」

「好，我們來報警。」

劉建浩放下背包回到診療區，拿起電話撥出報案號碼。他還沒吃晚餐，即使現在已經是八點鐘，身為急診總醫師，無法在正常時間吃到飯是很平常的。警方的筆錄蒐證一向耗時，他再度拿起話筒，撥進醫師辦公室的分機，如果要訂外送的話，裡面還有兩個人。

第七章　再次相逢的患者

江東彥全場奔跑，舉起手套接住飛過來的球。他回到高中的社團，老師讓他以學長的身份加入今天的練球。

父親過世以後，他整個國中都活在叛逆期。即使是唐希也沒有察覺，那時他就知道這名字，交情僅止於在同一個台上領獎。他的課業維持得很好，唐希並不知道江東彥的人生正經歷著風暴。

他的父親為了給他們更好的生活，為了房貸猝死。父親死後，母親一肩扛起重擔，那時的江東彥並不明白，如今也依然不明白，母親怎麼可以在半年後就交了男朋友。

她忘記父親了嗎？

江東彥很畏懼這個問題的答案，因為就連他自己也想不起父親的容貌了。

「江東彥、江東彥，你是江東彥對吧？」

江東彥脫下手套，叫住他的是一個坐在看台上的女人。江東彥想不起她的名字，但是這張臉孔很熟悉。

「我是陳佳芸，你的國中同學。」

陳佳芸這個名字一點也沒喚起江東彥的記憶。

「聽說你上了醫學院，過得怎樣？怎會回來？」

過得怎樣這個問題算是一言難盡。江東彥直接說：「我不記得妳。」

「這是一定的。」陳佳芸說：「你是好學生，雖然不是那種傳統的好學生，你會蹺課，不過功課還是很好，是無法超越的第一名，大家都傳說你蹺課是因為老師上課太無聊。」

這是天大的誤會，江東彥自己明白，他那時不穩定是因為家裡的事情。

「怎麼樣，你還跟唐希在交往嗎？」

「我們沒有交往。」

「大家都這樣說，而且你們又上了同一個醫學院，那是在哪裡？」

「央大。」

「現在工作呢？」

「也在那裡。」

「所以……你真的成為一個醫生。嘩！」

一個男孩子脫下手套走到他們面前。江東彥記得剛剛老師介紹過，這是他們社團現在的王牌。

陳佳芸拍拍那個男孩子的肩膀說：「我放假回來接我弟下社團，沒想到會遇見你。他念這間高中，算是你學弟，只不過功課跟你天差地遠。我工作的地方離央大不遠，現在是小學老師，以後可以約出來吃個飯。」陳佳芸遞出了名片，江東彥才想到他根本沒有習慣帶這種東西。身為一個急診室的R1當然也沒有印製名片的需求。

「我寫給妳。」江東彥借了一張陳佳芸的名片，把聯絡方式寫在後面。

傍晚五點鐘。

廖繡茹在留觀室看趙襄君和江媛婷寫的紀錄，皺著眉，帶著不甚滿意的表情。

白班應該是四點下班，距離下班時間已超過一個小時。對新進護理師而言，準時下班是不可有的奢望，對於負責帶她們的學姊也是如此。

這時候，先在四點把下班卡打好，再繼續完成做不完的工作是常識。帶新人的資深護理師不但要負責自己的區域，也要注意新人照顧的病人，每當新人報到這幾個月，總是累到人仰馬翻。

剛從學校畢業的學生無法達到臨床照護的需求，很多事自己做比較快，但是不讓新人做永遠也學不會。所以得耐著性子，一步步讓他們上手。

廖繡茹抬頭看時間，計算著今天或許能在八點回到家。

就在這時候，周承俊走進留觀室。

不論何時能在這個地方看見周承俊，就會讓人覺得加班沒那麼悲慘，他擁有那種力量，光是看到他的臉，就足以抵銷一天發生的所有不快。

他穿著白袍，像是在醫院工作了一整天。廖繡茹記得他沒班，那就是在實驗室，周承俊醫師是央大急診少數擁有研究團隊的醫生。

他站在護理站，往整個觀察室看了一圈。

「何醫師不在嗎？」

「可能在別的觀察室，周醫師找她嗎？」

今天觀察室的負責醫師是何宇華，觀察室開到第六觀察室，每間觀察室有二十五到三十個病人，六間觀察室就是一百六十個病人左右，媲美一個小型醫院。

這裡是第二觀察室，護理站的後方就是醫師值班室。周承俊望著醫師值班室，似乎在猶豫要不要直接過去敲門。

最終他拿起分機，撥了何宇華的手機簡碼。

「是我，妳現在有事嗎？我在二觀，妳過來一趟。」

周承俊放下電話以後大約等了五分鐘，何宇華來到第二觀察室的護理站，臉上就是上過一天班該有的樣子，帶著些微疲倦，紮起來的馬尾垂散下來。

「找我有什麼事？」

「我覺得頭昏喉嚨很痛，肚子也不舒服，妳幫我看一下。」

「你不會自己買藥吃嗎？」何宇華皺著眉瞪他，她今天一點也不輕鬆，脾氣也好不到哪裡去。

「我想看醫生。」

「你自己不是醫生嗎？」

「我看不到自己的喉嚨。」

周承俊可能因為不舒服，看起來更憂鬱，被他深邃的眼眸注視著做這種要求，廖繡茹實在很難想像有哪個女人有辦法拒絕。

光是坐在護理站聽他們對話，心跳就快到不行。兩個新人學妹的臉都紅起來，無法寫出像樣的紀錄，因為她們的腦袋一片空白。

何宇華一臉拿他沒辦法的樣子，要周承俊坐在護理站的椅子上。

何宇華拿出壓舌板，抽出筆狀手電筒調亮，低下頭看他的咽喉。

「喉嚨有紅腫，扁桃腺沒事，你有咳嗽嗎？有痰嗎？」

「我下午開始乾咳。」周承俊忙不迭報告。

何宇華戴上聽診器，手上拿起聽筒放在周承俊的胸前，她的手壓著聽筒在周承俊的胸前移動，隨著呼吸起伏，聽他的兩邊的呼吸音。

只是隔著衣服做很一般的聽診，這個動作廖繡茹不知道看何宇華做過幾千次，在不同的人身上，男人女人都有，只是對象換成周承俊就讓人覺得空氣都異樣起來。

何宇華側著臉很仔細地聽，要聽出呼吸裡面細微的雜音不容分心。雖然看起來就什麼事也沒有，對象是周承俊，她並沒有馬虎行事，把該聽的幾個部位都檢查完。

周承俊注視著她，直到她收起聽診器。

「妳這樣有聽清楚嗎？不用解開幾個扣子讓妳伸進去聽？」周承俊順手拉開領帶，何宇華阻止他。

「不用了，你不要說話我就聽得很清楚。只是一般感冒，不想拿藥的話回家多喝水休息也會好。」

何宇華站起來，一臉要繼續去忙的樣子，周承俊拉住不讓她走。

「我……還有肚子也不舒服。」

何宇華看了周承俊一眼，「你說肚子哪裡不舒服？」

「這裡、這裡、還有這裡。」周承俊指了幾個地方。何宇華沒多說什麼，再度坐下來檢查他的肚子。

做了觸診、扣診，那些不舒服的部位都沒有明顯的壓痛。

「應該只是感冒病毒造成的腸胃症狀而已，學長有發燒嗎？我看應該沒有。」

「體溫是用看的嗎？」

何宇華暗自嘆了口氣，拿起護理站的耳溫槍，體溫是39度。

「我發燒了。」

「對，」何宇華說：「你要去掛號嗎？自己開個退燒藥，還是去藥局買藥吃？」

「我不要自己開藥，也不要買藥。我會去掛號，要把我怎麼辦妳決定。」周承俊任性地說。

想到他發燒到39度，何宇華心裡那句不要浪費醫療資源就罵不出來。這個體溫會很不舒服，周承俊精神還可以純粹是硬撐而已。

算了。

「你去值班室躺好，我幫你掛號，打個點滴會舒服一點。」

周承俊這才聽話地進值班室找了床躺上去。

「周醫師點滴要找誰打？」

廖繡茹幫他量血壓，輸完檢傷資料，直接問周承俊要讓誰打血管。雖然周承俊血管不會難找，不管誰來打都壓力巨大，不如直接讓他指定。

「都可以。」

都可以等於都不可以，這個說了等於沒說。

「繡茹妳要打嗎？還是我來？」何宇華不知何時到值班室，周承俊躺在床上，看起來倒是很有病人的樣子。

可見剛剛真的是硬撐。

「何醫師要打？」

「嗯，我來好了。」

雖然實驗臨床兩頭燒，周承俊還是有把握時間做重訓，手臂的肌肉還算結實。不過他不得不承認，比起當年還是退化不少。

何宇華挽起他的袖子，用酒精消毒過皮膚，觸摸他的靜脈，忽然瞥見周承俊專注地看著她。

「你很緊張嗎？後悔還來得及，我好幾年沒打過了，要不要叫繡茹來打？」

「不要。」

「如果我打好幾針沒上……」

「妳可以打到打上為止，我沒關係。」

何宇華皺著眉，即使生病他還是有力氣說笑話。她認準血管走向持針刺入，幸好第一針就打上，拿取檢驗試管留了一些血，然後接上生理食鹽水。

何宇華看見周承俊帶著難以察覺的笑容，說：「你很高興吧，我一針就打上了。」

「嗯，對啊，我很高興。」

何宇華貼好固定軟針的膠帶，發現周承俊的笑容還在。「你高興過份了喔，我技術有那麼差嗎？雖然很久沒打了，好歹我實習也是常常一針打上。」

「謝謝妳，我現在覺得好多了。」

「所以你現在的笑容是因為覺得好多了？」

周承俊點頭。何宇華稍覺得寬慰，把周承俊的手機放在他手邊。

「你今天生病，我不跟你計較。這裡沒有呼叫鈴，有什麼事你直接用手機打我的簡碼。」何宇華才剛說完話，她的手機好像知道她忙完似的就接著響起。

「我何宇華，怎麼了？」

電話那頭是第三觀察室，病人的病情又有變化，何宇華對周承俊比了個睡覺手勢，要他好好休息。

周承俊點頭，指了指放在他手邊的手機，意思是有問題會打給她。

何宇華才走出值班室，出去的瞬間，立刻被各式各樣的問題淹沒。

等到八點她交完班，才終於想起周承俊還在值班室。周承俊一次也沒有打給她，何宇華擔心起來，她甚至連他的驗血報告也沒空去看。

回到值班室，留觀室夜班的康永成在裡面，周承俊已經不見了。

「學姊，有什麼事嗎？」

「沒、沒事。」何宇華驚慌失措地退出來。

何宇華到護理站電腦，查詢到周承俊的檢驗報告，看起來應該無大礙。

可是他怎麼一聲不響就走了。

就在這時候，她手機響起簡訊，是周承俊傳過來的。

「宇華，今天謝謝妳，我已經好多了。看妳在忙，我就自己開藥走了。應該下班了吧?吃飯了嗎?我買了餐盒，放在辦公室妳的桌上。如果妳吃過了，送給別人也可以。」

醫院附近的巷子有一個特別安靜的咖啡館。雖然在醫院附近，並沒有門庭若市，裡面客人總是只有小貓兩三隻，和外面街道的喧囂彷彿是兩個世界，拿本書就可以在裡面坐一個下午。

即使因為念書在央大待了七年，唐希仍然不知道這個咖啡館。央大校區就在醫院後面，因為是國立大學才能在城市精華地段占據那麼大一片校區。醫院和學校附近的商業區都是學生的活動範圍，這七年來，唐希從未注意到這條巷子，隱沒在普通的民宅之間，而且是一般人買不起的那種。

上次進來是誤打誤撞，在這裡遇見劉建浩，而這次是劉建浩把她約在這兒。

唐希來的時候，劉建浩已經到了。即使外面下著雨，秋天這時節常常都是這樣，唐希並沒有遲到，劉建浩的咖啡卻已喝了一半，唯一的解釋是劉建浩提早來這個地方，而且待了一點時間。

「學長。」唐希坐下來，劉建浩把菜單遞給她。「今天我請客，那天謝謝你，為了做筆錄延遲那麼久才下班。」唐希說。

那天回到家都已經十點多，幸好他叫了外送。

「學長常來這裡嗎？」

「算是。」

「有什麼推薦的東西？」

「我推薦的妳不會喜歡。」

唐希抬頭看劉建浩，聰明的男人都很拙於應付女人，江東彥是，這個劉建浩也是。

唐希有多年和江東彥相處的經驗，這個劉建浩擊不倒她。

唐希按著自己的主意點餐，劉建浩只喝一杯咖啡沒有食物，看來他不打算在這裡用餐。

「報警那件事，學長有聽到科內的說法嗎？」

「妳說的科內指誰？」

「大家、其他人……」

「妳在意其他人的想法做什麼，這整件事該在意的只有妳這個人的想法。受到騷擾的是妳，不是其他人，如果其他人覺得不該報警，難道妳就要勉強自己不在意這件事嗎？」

「可是那個人現在反告我們，說他的鑽戒被偷了，事情可能會很麻煩。」

「他當然會這麼做，那種人是無賴。」

「我們以後可以拒絕他掛號嗎？」

「當然不行。」

「為什麼？」唐希不服氣。

「因為我們不是無賴。」劉建浩的語調很平靜，可見在他眼中這就是一件沒得說的定律。

「對付爛人難道我們一點辦法也沒有？」

「妳報警了，這就是辦法。還是妳喜歡私刑正義？」

唐希對著奶泡一點點消失的熱咖啡，過了一會兒，總算把嘟起的嘴舒展開來。「我明白學長的意思。」

唐希抬起頭來，茫然的眼睛正對著窗外，雖然有幾串松蘿阻隔，玻璃窗外迎面過來的那個人還是好熟悉。痀僂的身軀，佈滿皺紋的臉龐，推著沉重回收車的老婦人，和玻璃窗裡面的他們是兩個世界。

「學長，那個好像是賴皮蛋的母親？」

「對，她在醫院附近做回收。」

劉建浩一點也不意外，唐希反倒奇怪他的反應。仔細想才恍然大悟，賴皮蛋作為央大急診的常客不是一朝一夕的事，學長一定跟他們家交手過好幾次了。

她如今走過的路，也就是學長姊他們以前走過的。

至於賴皮蛋日復一日，作為他的家人只剩無奈，反正再壞也是這樣，再好也是這樣。

「學長，賴皮蛋的妹妹是怎麼回事？社工為什麼不想讓她來。」
「不用問，有一天妳會見到她的。」
唐希覺得劉建浩此時的笑容特別神祕。
江東彥走進第一診療區，就算頂著一頭沒睡飽的亂髮鳥窩頭，還是難以掩蓋他的氣質。
林耿明滿腹疑問看著他。
他決定好了嗎？不走了？
林耿明還沒問出口，何宇華已找到康永成，開始了急診白夜班主治醫師的交接，他們巡視到每個病床旁邊，由康永成述說病情交給何宇華，住院醫師們跟在他們身後，陣仗看起來也不小。
「第一床腦出血等神外來看。」
「第二床肺炎等住院。」
「第三床右上腹痛，懷疑膽囊炎，等電腦斷層。」
「第五床胸痛冒冷汗，心電圖正常，等驗血……」
「第六床……」
「第七床……」
「……」
每到接班時間，就是急診室陣容最龐大也最混亂的時刻。上一班的主治醫師帶著接班的醫生把留下來的病人交接一遍。林耿明剛來時根本記不住那麼多病況，第五個以後他就搞不清楚，交完班腦袋一片空白。
夜幕低垂，他站在江東彥旁邊。雖然住院醫師不需要負責交接，大家還是會將看過的病人交給同職級的醫師，於是林耿明把手上的病人給了江東彥。
把病人給江東彥，感覺毫無問題，每個人一定都能得到適切的處置。

「你還沒丟離職單嗎？」

「還沒。」

林耿明以為事情有了一點轉機而在臉上露出一線陽光，沒想到江東彥接著說：「我還沒找到要去的地方。」

離央大不遠的住宅區，五層樓公寓裡的三樓，這裡是一層四戶的老公寓，住在這裡的一般都是小家庭，住戶並不複雜，是個很普通的住宅區。

見柔不安地看著丈夫陳家豪，他才出院沒幾天。公司那邊雖然給了病假，也沒有催促他復職，而是很慷慨地讓他把身體養好再決定回去上班的時間。

這幾天看著丈夫一舉一動，見柔有種既陌生又熟悉的感覺。只是個小感冒卻住進加護病房，休克過也插了管。好一陣子連吞嚥功能都喪失，放上鼻胃管，那時候她和婆婆眼淚幾乎流乾。後來，吞嚥功能慢慢訓練回來，說話也從一兩個字變成完整的句子，只是有點粗啞，據說是插過管的後遺症。

「家豪，你休息一下。」

「……我想動一動。」

妻子目不轉睛看著他，反而給他帶來壓力。

陳家豪問：「你不是……要帶君彥去學校？」

君彥是他們唯一的孩子，小學三年級，因為家豪生病的關係，最近也缺課缺得厲害。

「我再待一下，你知道嗎？君彥他們班上有個小朋友請長假，好像也是生病的關係。我在想……三年級以後拆班給這個老師帶，我們家就不太穩定，你覺得要不要乾脆轉學？」

「別想這些……有的沒的……你快帶他去學校……要遲到了。」家豪閉上眼不耐煩地說。

見柔家裡是從小拜拜到大的，雖然外觀像個新時代女性，對於傳統信仰深信不疑。每逢初一十五，家裡一定要點香，孩子的姓名也是算過筆畫的。

家豪一開始認識她的時候，只覺得這個女孩乖巧，看起來順眼，是個好太太的人選。當然他們也有過交往初期的熱戀時光，因為是相親認識的，談得來就一路談到結婚，兩人都不覺得有什麼缺憾。

只有一件事讓家豪受不了，就是見柔落實在生活各處的迷信。談結婚的時候就有跡象，她對時辰和八字這些事特別執著。

當時家豪不在意，覺得慎重點不是壞事。卻沒想到日後事事問神，必須跟命理宜忌相處一輩子。

見柔帶著孩子出門，家豪才鬆了口氣。他泡了杯咖啡，靠在沙發上，漫無目的地轉著電視頻道。醫生警告過不能抽菸，他為了提神喝咖啡。每天早上報到的頭痛使他不敢掉以輕心，他還未從幾乎在醫院喪命的恐懼回復過來。

只是個小感冒就搞成那樣。這幾天的頭痛不會有問題吧？

不，除了頭痛，還有那件事也要處理一下。

是從出院的前一天開始的，那一天大半夜住在他隔壁床的老男人急救無效走了。那天早上見柔來看他的時候，他幾乎從床上跳起來。

他看不見見柔的臉，她的臉變成漆黑的一團黑洞。

見柔問他怎麼了，他不敢說，心中默念好幾次阿彌陀佛。以前一直恥笑見柔迷信的事，怎麼這次偏偏是自己被纏上了呢。

怕見柔過度反應，家豪一直忍著沒說，只能避免去看妻子的臉。後來醫生來了，還有路上遇到的人，甚至是君彥，不只是妻子，大家的臉看起來都是一團團的黑洞。

他當然不能這樣去上班，得避開見柔，找間靈驗的宮廟處理一下。不過家裡這種事都是見柔在處理，家豪一時間也找不出頭緒，真的不行還是只能問她，但是讓見柔處理這種事，要有做三天三夜法事的心理準備。說不定這幾天的頭痛就是煩惱造成的。

家豪啜飲手上的咖啡，頭實在痛到受不了，以前都不覺得頭痛這麼難過，好像整顆頭要炸開一樣。家豪隨便找了以前剩下的止痛藥配著吃。他不打算提早回診，如果為了頭痛去醫院，結果又被診斷出不得了的疾病怎麼辦？

吃完藥，他想走回臥房睡覺，卻在半途倒下去，整個人不省人事。

「升等弄好了嗎？」手上的事情告一段落，劉建浩逮到空檔不經意問起何宇華。

何宇華常常有錯覺，她和劉建浩像是與現實相反，劉建浩對她說話的語氣並沒把她當成學姊。

「差不多了，倒是你，以後有什麼打算，小邱可是開始動作了喔。」

「不走學術不行嗎？我會達到最低要求。」

「我最近覺得行不通。沒學術就沒地位，上再多班也沒價值，偏偏我是學術白痴。」

劉建浩還沒說話，徐素晴急忙從檢傷區進來對何宇華說：「何醫師，內科昏迷患者，三分鐘到。好像是個年輕人，剛出院沒幾天。」

檢傷區的護理師徐素晴已經在這個急診室工作了二十多年，不論多資深的主治醫師，就算是主任，她都是看著他們從住院醫師一路成長起來的。

救護車出勤到醫院前會以無線電呼叫醫院，使醫院可以事先準備，雖然是事先通知，所得到的時間也僅僅只有幾分鐘而已。

何宇華進入急救室，劉建浩也是，最後一個進來的是江東彥，他和患者同時抵達，他關上急救室往診療區的門同時，另一邊從檢傷進來的門正好開啟，一個男人躺在救護床上，從急診大門直接被推進來。

「患者沒有意識，我們準備插管！」何宇華發現患者的瞳孔呈現左右不等大，對於疾病已有了診斷。這個男人究竟發生什麼事，對她而言已不是祕密，所有的檢查都只是證實她的想法而已。

「瞳孔不等大？」劉建浩也看見了。

「對，你來插管，我去開斷層檢查。」這麼年輕的生命，何宇華希望她猜錯，瞳孔不等大意味著腦部病灶，這個年輕人的人生將遭受無情的衝擊。

有可能是出血，或者是中風，甚至是腫瘤。不管是哪一種，就算有機會開刀，腦部也不會恢復原狀。腦部是少數一個只要缺少一片，就會影響到一個人的生活功能的器官，而且我們對它的理解還不夠全面，有些人的缺損只是一小塊，卻嚴重影響到肢體行動能力。有時候會復原，卻變成另一個人。

「何醫師，有點奇怪，發燒到39度。」徐素晴拿著耳溫槍量了兩遍。

發燒？何宇華皺著眉端詳那個昏迷的年輕人。典型的腦部出血或是中風都不太會發燒，發燒不是這些疾病的典型症狀。

「給我血壓和心跳。」劉建浩站在病患頭側，手扣著氧氣面罩，他已做好準備，得到血壓和心跳的數值就可以使用麻醉藥物進行插管。

「陳家豪？」徐素晴將病人檢傷進來，何宇華心中默念一遍，這個名字有種說不出的熟悉感。點進電腦裡他的病歷，那一天的事情從記憶裡湧現。是林耿明第一天上班，切除脾臟後被鏈球菌感染那個患者，肺炎造成休克的陳家豪。

何宇華手指飛快地動起來，雖然開單的速度不代表實際執行檢查的速度，但是她還是逼自己盡快把單子開出去。

再次相逢的患者，她一定要把他從死神手上搶回來。

「脾臟切除敗血性休克？林耿明晨會要報的那個病人？」劉建浩聽何宇華說起，他也對這個病人有印象。

「不是才出院，怎麼會這麼快又回來？」

「一定是有什麼事，有什麼東西是我們沒注意到的。」何宇華表情凝重地說。

腦部斷層的結果是多發性腦出血，整個腦部腫起來，腦壓很高，中線偏移，必須立即執行減壓手術。

可是……

「這一圈一圈的東西是什麼？」何宇華顫抖地問，不願意面對他的診斷，腦出血已經夠慘了，再加上這個？劉建浩沉重地看著那幾張片子，無聲地用滑鼠滑動畫面，他知道何宇華的心情不會好，所以他選擇不說出答案。

「多發性腦膿瘍。」一直在他們背後的江東彥把診斷說出口，幾乎是不帶感情的。

劉建浩挑了挑眉毛，這傻小子真以為他們不知道啊？

「你們看他上次肺炎的樣子。」何宇華打開兩個禮拜前同一個人的片子，幾乎瀰漫整個肺部的感染，那時他的狀況很不好，說是出不了院也不意外。

劉建浩想到一件事，或許是那樣，或許整個病情都和這個有關，不會無緣無故發生腦膿瘍，也不會無緣無故鏈球菌感染。他直視著何宇華，何宇華給了他一個肯定的眼神。

江東彥奔進急救室，他們知道他也想到了。

醫療上有個假設，假設我們所見的病症都是同一個疾病造成的。雖然這個假設不一定是真的，但是適用於大多數狀況。

陳家豪這個年輕人上次鏈球菌感染造成嚴重肺炎，幾乎每個肺葉都有感染，這一次則是多發性腦膿瘍。一圈一圈細菌圍成的病灶散播在整個腦部，兩邊大腦半球很多區域都被感染。這樣的情況要懷疑是心臟有細菌性血塊打到肺部和腦部才造成感染。

但是心臟的細菌性血塊又是怎麼來的？鏈球菌是表皮常見的細菌，不會無端侵入體內，一定有什麼原因，傷口……或者是針孔。

江東彥把陳家豪翻了一遍，沒找到他臆測的東西。

「有找到嗎？」何宇華問。

「沒有，他身上沒有針孔。」

鏈球菌是表皮菌。最可能的途徑來源是不潔的針具，也就是吸毒，應該會在皮膚看見許多針孔。不是吸毒，那是什麼原因造成這麼嚴重的鏈球菌感染，難道真是感冒從呼吸道來的嗎？

劉建浩推來超音波，在心臟瓣膜上有一塊血塊贅生物清晰可見。

「至少我們找到這個。」

何宇華盯著那塊隨著心跳擺動的血塊，連呼吸都不順暢，這麼大的血塊帶著細菌，隨時有可能剝落，打到哪個器官都是一場災難。

「也找心血管外科過來看看這個要怎麼辦。」何宇華說。她走出急救室，很訝異看到一個氣質高雅的女人站在診療區。

何宇華下意識知道她不是病人，病人因為生病的關係顯得狼狽，通常無法維持高雅的氣質。出現在這個地方，不是病人，只能是家屬。但是她想不起這是哪個病人的家屬。

何宇華的記憶力過人，她是靠著超強的記憶力，才能一路到了央大。

「我想問我哥哥的情況。」

「你哥哥叫什麼名字？」

「高宗佑。」

「急診沒有這個人。」診療區沒有這個名字的病人。何宇華頭也不抬，指示這個女人去外面的櫃台詢問。

三天兩頭就會出現這種事，要找的可能是上一班甚至是昨天前天來過的人，她沒有多餘的時間給不在現場的病患的家人。

「我知道他不在，一個多月前他從你們面前那座天橋跳下來，警察說當場死亡，應該是送你們這邊吧？」

何宇華當然記得這件事，她抬起頭重新審視眼前這個女人。

「妳是他……的家人？」

「他妹妹，妳是替我哥哥急救的醫師嗎？」

嚴格來說，並沒有發生急救這回事。他已當場死亡，沒有活命的可能。而且當時他們忙著救另一個瀕死的人。後來，那個人也死了。

「他當場死亡。」何宇華直言。

那個女人嘆了一口氣。「我想他死意堅決，那天是他的婚禮。」

「他要跟不愛的女人結婚嗎？」何宇華只想到這個理由會在婚禮當天自殺。

「算是吧。是男人……」那女人沙啞地說：「他愛的是男人。」

周承俊在留觀室。

如果說今天診療室的班還算井然有序，觀察室則可說是天翻地覆。他從一早踏入這個地方，就忙到焦頭爛額，好不容易搶到最後一張加護病房，再把兩個人送入手術室，四五個不穩的血壓穩定下來，一個突發的心肌梗塞送去導管室通血管。

他終於可以喘口氣，倚著護理站，喝手上那杯冷掉的咖啡，一看牆上的時鐘已經下午三點。

他沒有吃午飯，他甚至沒有飢餓感。

沒人敢跟周承俊交談，趙襄君不敢，江媛婷也不敢。他就站在護理站前面，她們連望著他的背影也不敢。她們才剛獨立照顧留觀室的病人，有多兵荒馬亂犯過多少錯就不用說。要不是繡茹姊過來幫她們，她們倆會死在留觀室。

死在周承俊盛怒的目光之下。

兩個人低著頭狂寫紀錄，不時還要注意周承俊的視線，提心吊膽聽著是不是哪個監視器在響。

今天第一場混亂就是這麼來的。病人把他手上監測血氧的夾子甩掉，因為這個人時常這麼做，所以他的監視器被關上靜音。

周承俊查房路過覺得他臉色不對勁，把掉落在地上的血氧檢測器夾回去發現他正在缺氧……

赫然響起的鈴聲讓趙襄君和江媛婷同時一跳，她們兩個現在是驚弓之鳥，幸好是周承俊的手機。

是何宇華，周承俊把它接起來。

「什麼事？」

「學長，那個跳天橋的家屬來拿診斷書了。」何宇華正在第一診療區，距離不過二十公尺的地方，她卻選擇打電話而不是過來說。從背景聽起來，她那邊比這邊平靜多了。

這是當然的。一個小小的第一診療區，不但有何宇華，還有劉建浩和江東彥，根本是人力浪費。有劉建浩陪她，難怪到現在才想起他這個學長。

「妳找社工了嗎？」

「你猜錯了。」何宇華說：「不是經濟問題，是感情。他喜歡男人，卻被迫要與女人結婚。那天，是他的婚禮。」

「為了這種理由，真不值得。」

何宇華說：「和沒有感情的人生活在一起，整天都要戴著面具強顏歡笑，他只是不想被迫這樣過一輩子。」

「不會是一輩子，過幾年可能就愛上了。」

「會嗎？」

「不會，如果妳非要聽我說出口。」周承俊冷冷地說，然後掛上電話。

何宇華深吸氣，把手機放入醫師袍口袋。才剛放進去，手機又響起來，何宇華拿起來發現是周承俊打來的。

「什麼事？」何宇華問。

「剛剛忘記告訴妳，妳的論文投稿通過了。」

「學長，誰的論文通過了？」黃昭儀拿著外帶的熱咖啡放在周承俊手上，周承俊說完那句話，直接掛掉何宇華的電話。

「沒什麼。」周承俊拿起咖啡喝了一口才問：「妳怎麼會來？我有話跟妳說。」

什麼事……？黃昭儀沒有問出口，她不需要問已知道答案，周承俊實驗室的人選有了結果，她再度輸給小邱，她知道的。因為周承俊的眼神已經說明一切，要拒絕人的時候，他的眼神總是這個模樣，讓人沒法責怪他，黃昭儀靜靜地聽他說完。

「……等妳考完專科想做研究的話，我可以把妳推薦給陳P。」

黃昭儀面色微變，周承俊這話說明他永遠不會讓她到他的實驗室。

是因為學姊嗎？她想問的只有這句話。

是因為學姊不喜歡女生在你身邊嗎？

可是她問不出口。

黃昭儀想不到自己這麼膽小。

「學長，你要我去陳P那裡，我會去。」

周承俊看向她，想不到黃昭儀輕易就接受他的安排，頗出乎他的意料。

「我願意為你做的事……你只要說就可以了。」

黃昭儀刻意帶著微笑說完，直接轉身跑走，離開他們說話的辦公室。

周承俊閉上眼，剛剛黃昭儀說的那句話，他也說過不只一次，對另一個女人。

第八章　無法逃脫的死亡

林耿明剛換上急診工作服從更衣室出來，一個病床被推進通向手術室的電梯，在病床後頭的家人看起來既焦慮又無助。

這樣的場景是急診室的日常，林耿明沒有多看一眼，反倒那個家屬忽然看向他，一臉欲言又止的模樣。

林耿明這才認出他們是誰。

他曾報告的主角，因為多年前一次死亡車禍，切除脾臟，造成鏈球菌感染的陳家豪。

林耿明三步併作兩步跑向診療區，找到江東彥抓著問：「那個病人，剛剛送手術室的，他怎麼了？」林耿明手指著病床去的方向，剛好看見正關上的電梯門。

「你是說陳家豪？多發性腦膿瘍合併出血，神外抓去開刀了。」

「怎、怎麼會這樣……？」林耿明猛烈搖頭，不敢相信才出院幾天的人會發生這種事。因為做報告的關係，他一直追蹤他，做過不少病史訪問，出院那天他還去看過他們。

林耿明說：「你又想告訴我，我們無能為力，所謂的治療只是延長他們的痛苦？你怎麼能接受？那樣好好的一個人，看起來很健全的生命忽然就倒下去，你能接受自己不去救他們？」

江東彥一句話不說，只是拍拍林耿明的肩膀說：「要交班了。」

林耿明拉住他。

「你們找到原因了嗎？為什麼會發生多發性腦膿瘍？一定是別的地方打出去的。」

「心臟裡面有細菌造成的栓塞，但是說不通。」

「他是毒癮？身上有針孔？」林耿明立即想到的和江東彥一樣，和當時的劉建浩、何宇華一樣。

「沒有，我們找過了。而且發現細菌血栓的地方在右心的瓣膜，打出去應該是肺部而不是腦部，所以完全說不通。」

「下班後我要去看他，可以跟我一起去嗎？」林耿明說：「這實在太奇怪了。人可以這樣一直產生細菌，一直在體內蔓延嗎？一定有什麼原因，說不定我們可以找到線索。」

醫療的難題在於，疾病的答案就在人體裡面卻無法被找到。**教科書上列出許多致病原因，但是對病人重要的只有他體內的那一個。**

林耿明以為他不會來，接近下班的時候江東彥卻很聽話地出現，讓他鬆了一口氣。

說找線索什麼的只是衝動的大話，江東彥找不到，劉建浩和何宇華也找不到，就憑他林耿明有什麼本事，他知道自己的斤兩。

加護病房正好接近會客時間。林耿明看了一遍病歷，看不出所以然來，細菌培養是和上次同一隻鏈球菌，很快就有報告說明體內的細菌很多。

他的血液根本是這隻鏈球菌的培養皿。

「為什麼？林醫師你說為什麼？他出院的時候明明好好的！」陳家豪的妻子，林耿明忘記她的名字，一進來就對他崩潰大哭。

他出院之前已經好幾天沒有發燒，精神很好，檢驗數據也很完美。感染已經控制下來，林耿明肯定。

陳家豪的妻子哭著說：「如果不出院，如果那時候沒有出院就好了，為什麼急著要我們出院？」

這是真的嗎？不，就算留在醫院也沒用，該發生的還是會發生，因為沒有找到原因。

眼前這個躺著的人和一個星期前的陳家豪大相徑庭。為了腦部減壓，他的頭蓋骨被移除了一部分，纏著白色的繃帶，他會怎麼樣？這個家庭以後會怎麼樣？

這就是江東彥看到的嗎？不是每個被救起來的人都跟他一樣健康地活著，沒有留下後遺症。

「妳有吃飯嗎……？」林耿明抬起頭來問陳家豪的妻子。她的臉頰都凹陷進去，跟她第一次陪著丈夫來急診，要林耿明幫忙打點滴的樣子完全變了一個人。

人是瞬間變老的。

本來是個年輕小姐，幾個月過去，變成一個憔悴的婦人，白髮也長出來不少。

那一天是他在急診室的第一個班，他根本什麼也不懂。

只是個感冒，打完點滴就可以回家。林耿明為自己感到羞愧。

「什麼……？」家豪的妻子張著憔悴的黑眼圈。

在極度的壓力下她早已忘記飢餓的感覺。她今天有吃飯嗎？她記不得了。

「妳想吃什麼？」林耿明問。

見柔第一個想到的食物居然是醫院地下街的簡餐。那個簡餐是連鎖店，從南部做起來的，因為家豪是南部孩子，對這家簡餐有獨特的感情。

他說，以前考完試，父母會帶他們到這邊吃飯，如果他考得好，就可以點湯圓冰來吃。

所以這家簡餐在醫院地下街開張以後，家豪來過好幾次，就是為了吃一碗湯圓冰。

「妳不要吃點其他的嗎？只吃湯圓冰？」林耿明看見見柔面前只有一碗湯圓冰，訝異地問。

反觀他和江東彥都是主菜加三樣小菜的中式簡餐。

見柔搖著頭說：「這個湯圓冰是家豪愛的。因為是開在醫院的店，我嫌不吉利，不喜歡他來吃。可是以後……」見柔眼中蓄滿淚水，家豪這樣子，以後怕是再也不能吃這碗湯圓冰了。

人生就是這樣吧？不會知道這一次吃的是最後一碗湯圓冰，不知道哪一頓是最後一頓飯，有太多疾病讓張口吃飯變成一種奢侈。

「不要這樣想，以後他復原，你們可以一起來吃。」林耿明很努力擠出安慰的話，又覺得自己很虛假。那麼嚴重的病，復原之路當然不容易。到底是讓人抱著一線希望比較殘忍，還是徹底的絕望？

「謝謝醫生，我……其實家豪也有一陣子沒來吃了，去年夏天他每隔幾天就買一次，我真覺得受不了。」

「有一陣子沒來了嗎？為什麼？」

「為什麼……？」見柔皺著眉頭，她沒注意到，如果不是家豪病倒，她根本不會想起這裡的湯圓冰，這麼說來，今年夏天他幾乎沒買來吃，一次也沒有。

那個時候她似乎問過他，因為今年夏天很熱，連見柔都動了吃冰的念頭。

「我想起來了。他說他牙痛，吃冰會敏感。」

牙痛?!林耿明猛然抬起頭，本來自顧低頭吃飯的江東彥也停下筷子。

「他說他牙痛嗎？」江東彥慎重地跟家豪的妻子再確認一次。

林耿明看著江東彥，兩個人想到同一件事，眼神逐漸變得銳利。

不會吧……

「不好意思，我們要再去一趟加護病房。妳慢慢吃，我們一下子就下來。」他們再度搭上通往加護病房的電梯。

剛開完刀的陳家豪住在神經外科加護病房。江東彥一馬當先刷員工證進入病房的兩道隔離門，找到陳家豪。

他雙眼閉著，仍然在沉睡。

林耿明拿起筆燈，扳開他的牙齒，燈光照進口腔深處。

「請問你們是……」照顧陳家豪的護理師本來在另一床做治療，正打算回來記錄一下生命徵象，卻看見行動怪異的兩人。

「我們是急診住院醫師，我是江東彥，這位是林耿明，請問妳是照顧陳家豪的主護嗎？」

「你們有什麼事嗎？我找主治醫生過來。」

「請問……」林耿明說：「我想請你們幫他會診牙科。」

「……也就是說，這個人是齒髓炎造成鏈球菌感染，第一次表現是鏈球菌肺炎合併敗血症；因為感染源一直沒有移除，短暫出院後又併發多發性腦膿瘍以及心臟瓣膜細菌性血栓。」

林耿明站在晨會報告的台上，台風穩健地拿著麥克風，何宇華恍然大悟地看著投影片。

原來是這個原因。

他們能看到他牙齒的機會，只有在插管的當下，那種時候注意力都在深處的氣管入口，沒有人會看著牙齒。

第一次見到他，他因為休克而神志不清，後來治療好轉到了病房，為什麼這時候沒提起牙痛呢？因為用了廣效的強力抗生素，暫時把他牙髓發炎的狀況抑制住了吧。而且他的神智當時並不清楚，表達能力是出院前幾天才慢慢恢復的。

可是感染源沒移除，所以才有第二次。

如果這次沒發現，會有第三次第四次也不奇怪。而他是無法正確表達的，再也無法說出自己牙齒的問題，因為他腦部出血動了手術，至今仍未清醒。

「學姊在笑什麼？」劉建浩問何宇華，因為是她經手過的病人，何宇華少見地坐在前排。

「原來是蛀牙，加護病房醫生真細心，我們沒有發現呢。」

「不是加護病房的醫生，」周承俊聽見，從前方回頭過來說：「是林耿明，家屬無意間對他說出牙痛的事，是他要求加護病房會診牙科。」

「這樣的話，我們收了個不得了的R1。」何宇華說：「雖然他和我們都不一樣。」

「下次林教授問起兒子在我們科的狀況，我會把這句話轉達過去。」周承俊帶著微妙的笑容說。

「學長、小邱學長！」

晨會結束，總醫師小邱負責收拾電腦麥克風等器材，每當這種時刻，他就覺得總醫師只是值日生的美好說法。當然能在這家醫院當總醫師還是一項榮耀，意味著至少拿到晉陞主治醫師的入場券。今年R1進來，他看著他們，想到自己四年前來到這裡的蠢樣，恍如隔世。

他也不是一般的那種醫生。他和他的同事都不一樣。不是說他成績不好，像他這種人能進央大成績都是頂尖的。

他是跟這裡的書卷氣息格格不入。

十四歲就會抽菸，十五歲就嚼過檳榔，打工的地方不是釣蝦場就是柏青哥，都是聲色場所，喝酒更是家常便飯。

他怎麼沒長歪自己也想不透。

「小邱學長！」

邱志誠抬起頭來，黃昭儀堆著滿臉笑容看著他。他心中不由得一抖，因為周承俊實驗室的關係，他們成為競爭對手，現在黃昭儀笑得這麼詭異，不知這女的葫蘆裡賣什麼藥。

「學長，恭喜你加入周P的實驗室。」黃昭儀伸出手，邱志誠雖然滿腦子疑惑，也只好伸手接受她的善意。

這裡是央大，不是街頭，就算討厭得要死也要裝得很愉快的樣子。

「啊這件事，原來妳已經知道了。」小邱搔搔頭笑得很尷尬。
「學長親自告訴我的。」黃昭儀低聲說：「學長最近陷入低潮，你會幫他的吧？」
「什麼?!」小邱還以為聽錯了，這個黃昭儀不就是個心機女，怎麼會說這種話。
「我們找個沒人的地方說吧？」黃昭儀張望四周，顯然怕隔牆有耳，雖然晨會的人已經散光，難保沒有人偷聽。

而且，這就是當總醫師的好處。央大急診室布滿了監視器，而這個會議室裡也有一個。只有笨蛋才會在這裡商討事情。

「……等我十分鐘。」

央大附近很難找到沒有人的地方，黃昭儀卻找到了一個，醫院後方實驗大樓的天台。周P的實驗室在五樓，小邱當然來過，但是正常人不會上去天台。

「學長最近很煩惱，我也希望能幫忙。不過想起來，你才是最佳人選。我的能力還不夠成熟，還要考專科，不算是即戰力。學長做了合理的選擇，也親自向我說明過了。希望小邱學長知道，我對這個結果，一點也沒有羨慕嫉妒恨，我是接受的。」

小邱聽完黃昭儀這一番告白，不由得張口無言。這……周P不愧是真男人，妹子被他吃得死死的。
「妳說低潮是怎麼回事？」
「你不是知道的嗎？醫院那些人……」黃昭儀一臉不屑說：「你知道腫瘤科黃P嗎？」
當然，哪有不知道的。黃P是內科系的台柱，年紀輕輕就發表了很多霸王級的研究，都在首屈一指的期刊，是整個大內科的學術希望。
但是黃P門戶之見很重，他的實驗室只收內科的人，也只要央大出來的。
「黃P和我們急診一直井水不犯河水。」

「小邱學長說話真客氣，不是井水不犯河水，是不理不睬，用鼻孔看著我們吧。」黃昭儀手放在欄杆上，望著天邊那團烏雲說：「黃P的研究和周P的衝到，他們看上同一顆藥，在搶同一個計畫。還有放射科陳副教授……」

「陳副也是院長的人馬，跟周P算是系出同門。」

「說是這麼說，可是陳副是副教授，周P還只是助理教授，周P能動用的資源還比陳副多，陳副心裡會怎麼想？」

「妳是怎麼知道這些的？都是周P跟妳說的？」

「當然不是，他怎麼可能說這些。」黃昭儀笑著說：「你不知道嗎？女人只要笑一笑，張著無辜的眼睛，男人不小心就會說出很多祕密。」

「周P的低潮和黃P和陳副有關？」

「這不是很明顯的事嗎？小邱學長，你既然擊敗我進入實驗室，你會盡力幫助學長吧？」

何宇華在主任辦公室裡。她一早查詢這次升等通過的名單，發現沒有她。她的論文已經在期刊上登出來，相關的資料已經附上，也去做過報告，她查詢過最新的規章，沒有不符規定的地方。

可是沒有她的名字。

何宇華進辦公室已經好一陣子，主任沒有抬頭起來，一直忙於手上的公文，把她晾在那兒。

她不好意思打擾，只能盯著牆上那幅畫，不著邊際地想著不相干的事。這幅畫掛在這兒多久了？一直以來都是同一幅嗎？她沒特別注意。進來主任辦公室的次數每年用手指頭都數得出來，像這樣一直看著牆壁的經驗倒是頭一遭。

主任總算咳嗽一聲，把何宇華的注意力抓向他。

「何醫師找我是為了今天出爐的升等名單？」

「因為我升等報告已經提交一陣子了，所以……」
「沒看見自己的名字在上面，妳一定覺得很奇怪，不過……我這麼做是有原因的。」
何宇華等他說明。一直以來她是個安份的主治醫師，學術上當然沒有表現，可是她很認真上班、治療病人，不管是醫療糾紛、病人投訴都很少見，在兵荒馬亂的急診很少人能像她一樣。
所以她很少需要跟主任談話。
「有一些謠言，我想妳也知道，有人說妳的論文是周醫師幫忙完成的。」
「這不是實情。」何宇華斷然否認，雖然最後周承俊幫她做了修改，可是所有的主體都是她寫的，如果這樣都不行，那麼那些請期刊公司幫忙處理的論文要怎麼算。
「我知道妳的個性，這些謠言當然不是真的。不過我想謹慎點，剛好最近事情多，很多院內計畫要在期限完成，我是科主管，當然要以科的利益為先。等我把這些弄好，再好好看妳的升等。」
何宇華沒有抗辯的立場。總不能叫主任把科務拋開，先處理她的升等，這種話她說不出來。
「不過，」就在何宇華想告退時，鍾主任忽然又說了一段話。「我覺得妳要好好替自己想，升等是不是真的有益？我算是看著妳一路到現在，在醫學中心真的是妳喜歡的工作模式嗎？學弟妹會成長，妳沒有學術加持，賣肝的青春有限，妳在科內的地位可能會越來越低。」
何宇華踏著沉重的步伐離開主任辦公室。那些事她不是沒想過，總想著是以後的事，至少在央大急診的生涯開心就好。
可是在這裡，沒有教職傍身並非長久之計。想要有地位就要付出，現在她付出的代價是體力，等到以後她體力不好，上不了那些班，又沒有教職護體，每個學弟妹都是教授副教授，只有她是數十年如一日的光桿子主治醫生，屆時她又該何去何從？
如果答案是去區域醫院、是開業，何不現在就去，至少她現在還有體力可以燃燒。

科會劉建浩的座位在何宇華附近，看到何宇華去找主任，故意在急診大辦公室多待了一會兒。總醫師的辦公位子只有他和小邱兩個人用，想當年他還是個菜鳥R1，他們那一屆可是招了六個人。結果第一年就陣亡三個，不適應日夜輪班生活的，不想每天跟酒鬼打打罵罵的，都在第一年過完後走了。一個去了放射科，一個到神經內科，還有一個復健科，R3離開的那位如願以償去了皮膚科。能夠一直留在這個地方，大概都要有某些人格上的異常。

何宇華為什麼會成為急診醫生？劉建浩沒聽她說過，雖然女醫生的人數比起二十年前多了許多，因為急診室這樣的環境，女性成為急診醫生還是少數。

何宇華從主任辦公室出來，做了一個深呼吸，鎮定地走向自己的位子。她的臉色蒼白，一句話不說，迅速在收拾桌上的信件，她一封封拆開那些信件，把文件打開又闔上，然後全部塞進包包裡面。

劉建浩肯定她沒看那些文件的內容，她的心思不在上面，不在這個辦公室裡面，所以她連劉建浩站在她面前都沒發現。

劉建浩問：「發生什麼事？」他不習慣稱她學姊，何宇華倒也沒糾正他過。

「沒什麼。」何宇華低著頭，聲音帶著些微狼狽。

「有我幫得上忙的地方嗎？還是……我也可以只聽妳說，如果說出來會讓妳好一點。」

「沒事，你忙你的。」何宇華抬起頭對著劉建浩，本來想做一個倔強的微笑，淚水卻不受控地滑下來。

何宇華伸手想把眼淚擦掉，劉建浩直接抓住她的手，一路拉她到醫生值班室關門上鎖。

「到底發生什麼事？」劉建浩問她，他在這裡也三年了，不管遇到什麼困難，遇到多不講理的病人，從沒見過何宇華掉眼淚。「就讓我關心妳不行嗎？我是沒用，只是住院醫師，不過旁觀者清，至少能出點意見。」

「主任要我考慮升等的必要性。」何宇華給自己一個深呼吸，好不容易才能平靜地說出口。

「什麼意思？每個人不都要升等嗎？」

「我想主任的意思是要我走。」

「什麼？」

「因為我不會做研究，對科裡沒有價值。」

「不，他說的不對！主任怎麼可以這樣說！」劉建浩太驚訝，雖然學術能力在央大醫院很重要，光靠那些做研究的醫生也撐不起這家醫院。這裡的病人從四面八方過來，帶著各式各樣其他醫院處理不了的疑難雜症，沒有臨床醫療能力，怎麼治療這些患者。

「主任這麼說無可厚非，我氣的不是他，是我自己，被人家這樣奚落卻無話可說。我太天真，白白在這個地方待了六年，今天才知道不會做研究的醫生在這裡一無是處！」

何宇華一口氣說完，她不知道為什麼對劉建浩說這些，說完以後，一個想法卻在心中逐漸明朗起來。於是她越過劉建浩，他還來不及說句話，她就直接打開值班室的門出去。因為她已知道該怎麼做，其實一直以來她都知道，只是不願意接受那個選項。她已習慣這裡的空氣、這裡的人，明知道前方是條死路還是堅持留在這裡，明知道困獸之鬥總會有力氣用盡的那一天。

那一天，力氣用盡的那一天無聲無息地降臨了。

「唐希，等等有空嗎？要不要去吃下午茶？」

唐希在科會結束後，到桌子收信件時，謝一城忽然接近她。

「你找我去下午茶？有沒有吃錯藥？」通常謝一城邀約的對象都是漂亮的護理師妹妹，這種聚會沒有唐希的份兒。

「我有點事想問妳。」

不知怎麼，唐希腦中浮現那家巷子裡的咖啡館，可是她私心不願告訴謝一城這家咖啡館的存在。要是謝一城常常約妹去那裡，唐希也會倒胃口。

所以她隨便google了一個地方。
「要喝點什麼?」
「你有什麼事?」
「那件性騷擾的官司妳進行得怎麼樣了?」
原來是這件事。她知道背地裡有些人的傳言不友善,雖然劉建浩支持她,這件事她不願意在科內多談。
「你問這個做什麼?你也害怕被性騷擾嗎?」
「我想知道提告會發生什麼事,廣義來說男性也會被騷擾,唐希的觀念過時了喔!」
「那只是廣義來說,事實上性犯罪的受害者還是女性居多。」
「也就是說那個人會判刑嗎?聽說麻煩的是他還告我們急診竊取物品。」
「監視器畫面都錄到了,他進急診時就沒戴他聲稱的戒指。性騷擾這件事也都在監視畫面,這件案子沒什麼問題。」
這件案子沒有問題是她的律師說的,事實上唐希的母親知道當醫生還得遇見這種事,被那種像野狗一樣的無賴偷摸,氣得要唐希辭職。
唐希花了好幾天才安撫住家人,這算是意外的風波。
「其實我聽到一些傳言,從護士那邊傳出來的。妳知道一個護理師叫趙襄君嗎?」
「是新進的護理師,怎麼了?」
「她和林耿明是同一個學校的,他們以前就認識,妳知道吧?」
「不知道。」
「那我告訴妳,林耿明在散播對妳不利的傳言。說是會被性騷擾,妳本身要負一部分責任。這種男性主義的話是反潮流,我本來也不相信他會這麼說。可是……妳覺得他科會報得如何?」
「很好啊。」

「是，他報得非常好，我都看見周P讚許的目光了。這樣的話他說不定會留得下來，妳不會不甘心嗎？他可是靠教授老爸走後門進來的。被這種人擊敗，妳不會不甘心嗎？不，說不定他散播這種流言就是想利用職場霸凌把妳逼走！」

一張推床十萬火急被推進急救室。

只要是有眼睛的人都看得出來躺在上面的人不妙，更何況是江東彥。

那個江東彥。

當實習醫生的時候很有名，每一科都想要他，他選擇急診室卻在這裡找到幻滅。

即使還沒決定，即使對於成為一個急診醫生存有疑惑，江東彥當班的每一天仍然奮力扮演一個稱職急診醫生的角色。

躺在推床上被送進來的是個衰老的老人，一張臉布滿乾癟的皺紋，很不幸地江東彥認得這個人。

他當然不可能記得治療過的每個病人，他會認得這個老人的原因無它，他才剛剛讓他出院回家，不過是半個小時以前，這個老人才拄著拐杖離開。

有句俗諺說，棺材是裝死人不是裝老人，這個人既是死人也是老人。

不……還沒有，還沒有死。

江東彥的手在他胸膛的心臟按摩，奮力地一下接著一下，彷彿要把剩餘的生命用力從夾縫擠出來那般，只要他還繼續這麼做，這個人就不會死。

至少暫時不算在死亡名單內。

小邱正忙得焦頭爛額，沒空管急救室。並不是每個人都那麼奢侈能夠讓兩三個醫生同時為他急救。他手上有一些休克的要搶救，還有另一些狀況也不穩定。

周承俊進入急救室，對江東彥說：「我去問家屬的意思。」

他幾乎只看了一眼就做了決定。這個人很衰老了，就算救起來也撐不過幾天。

送老爺爺過來的是病人的兒子媳婦，九十六歲老人的兒子也七十幾歲了，映入周承俊眼簾的是一對七十幾歲的老人跪在急救室門前。

「醫生、醫生，一定要救我爸，剛剛來放尿管還好好的。」

半個小時前，老先生是因為解尿困難放了尿管，病情沒有疑惑。人有旦夕禍福，九十六歲的老人哪時候忽然倒下來都是可能的。

說起來很合理，人老了就會死，沒有什麼死因比衰老更單純。

「老先生已經很老了，對藥物的反應不好，你們要有心理準備，有時候要考慮放手……」

「學長，他恢復脈搏了！」周承俊話還沒說完，江東彥從急救室奔出來。就像聽見好消息的所有家人，笑容像春日的陽光在那對老夫婦的臉上擴散開來。

一邊笑，一邊流著淚，一邊頻頻對醫生道謝。

周承俊衝進急救室，以氣急敗壞來形容也不為過。

「你幫他插管了？為什麼不等我解釋完？」

「不插管就來不及了，我只是按照醫療準則，事實證明他還有一線生機不是嗎？」江東彥也不甘示弱。

急救室的護理人員低著頭做自己的事，泡升壓劑的泡升壓劑，備管路的備管路。周承俊發飆總是讓人膽顫心驚，更可怕的是這個R1居然敢頂嘴。

大家都很胃痛，整個急救室上空有一團低氣壓。周承俊瞪著江東彥，然後看了躺在床上的病人一眼。

「你想搶救的只是虛幻的妄想，你所謂的希望根本就不存在。他已經九十六歲，人命不是讓我們滿足私慾的工具。」

江東彥沒說話，那個床上的老人彷彿應和著周承俊的話語，又開始跳起了心律不整，心跳越來越慢。

「周醫師脈搏摸不到！」

只是兩步的距離，江東彥依然用最快速度奔過去，把手掌按在他的心窩，繼續做心臟按摩。

就如同對其他的病人一樣奮力，他用同樣的力道來搶救年輕人和老人。

周承俊看著這一幕，明白說任何話對此時的江東彥都是徒勞無功，他想救每一個人，不管是二十歲還是九十歲。

周承俊出去急救室找到那一對老夫婦，病人的兒子和媳婦，還沒開口，兒子已握住他的手說：「醫生啊，你一定要救他，我爸這一輩子過得苦，不能這樣就走啊！」

「他狀況不好，又再度急救了……」

「你們一定能救他的，對不對，一定能的！」這對老夫婦不知是沒聽懂他的意思，還是不願意聽懂。

周承俊再度走進急救室。

已經九十六歲，因為失去脈搏而再度急救已經過了五分鐘，江東彥仍在執行心肺復甦術，壓胸按摩、電擊、各種急救藥物打進這個衰老的身體。

周承俊努力不讓心底的嘆息發出來，走到江東彥對側的急救位置，手掌按到病人的胸前，對江東彥說：「你沒力了，換手！」

江東彥離開急救位置，疑惑地觀察周承俊的行動。因為年紀的關係，打從這個老人被送進來，周承俊就沒有要積極搶救的意思。

「我沒有能力說服你，沒有能力說服家屬，是我的錯。」周承俊說：「那就救吧！」

「病人恢復脈搏了！」周承俊給予一個循環的壓胸以後，江東彥再度感覺到頸動脈的搏動，喜悅從他的語調透露出來。

「掛上升壓劑，泡 Bosmin line，給我一張心電圖，找心臟科來做急導管。」

Bosmin 是腎上腺素的商品名，是效果最強的升壓劑，通常不會這樣使用。如果一個人需要用到 Bosmin 才能維持住血壓，他的死亡幾乎是註定的。

Bosmin 可以維持血壓，但是它也很傷身體，會讓重要的器官缺氧，有可能造成致命的心律不整。

這是個骯髒的手段，目的只是替他買時間，把賭注壓在心肌梗塞這個病上面。因為如果這個老人不是心肌梗塞，而是其他疾病進展到這麼嚴重的階段，不管多少醫療措施，死亡是不可避免的。

江東彥得到周承俊的支援，這一次沒有再失去病人，至少沒有在急救室裡面發生。他們順利地把人送去做心導管，在導管室又短暫急救過一次，不過總之是疏通了血管，入住加護病房時人還是活著的。

不管是以什麼狀態活著，只要活著就有希望，但是對一個九十六歲的老人而言，他的希望又是什麼？

來接班的林耿明連續上了六個夜班上到面有菜色，但是他覺得江東彥的臉色比他還差。

他有沒有睡覺？有沒有吃飯？為什麼好好的不想做？你到底在想什麼？

林耿明很想晃動他的身體，強迫他回答他的每個問題，可惜沒有人能對另一個人這麼做，他只能默默看著他一言不發地走掉。

江東彥還是有在玩那個遊戲。林耿明下班回到家馬上登入遊戲，不是為了玩，而是要看江東彥的動態。登入後看見 Erika23 八個小時前曾上線的訊息，想到他們一起在遊戲裡度過的時光，林耿明發了會兒呆才關掉遊戲。

手機毫不留情地響起，把躺在床上昏睡等於昏迷的林耿明弄醒，他張開眼睛才發現天色是暗的，他一覺睡到晚上快九點，一天就這麼糊裡糊塗不知不覺不見，日夜輪值的日子總是過得莫名其妙。

手機來電顯示是江東彥，林耿明跳了起來。

江東彥曾經很期待休假。他不明白現在的自己是怎麼回事，休假並不讓他興奮，上班的日子則更是痛苦。他已經沒有剛踏入急診負有的使命感，很多時候他不知道自己做的醫療是不是有幫助。

如果有用，那些病人為什麼會日復一日出現在這裡？

如果沒用，那些人又為什麼一直浪費時間過來？

江東彥木然地回到家，打開電腦遊戲卻連玩的興致都消失了。該去吃點飯，可是他懶得動，甚至覺得如果現在就躺在床上死掉也不會有遺憾。

一直以來支撐著他努力到現在的夢想和成為醫生的動力一併消失。他甚至無法訴說，別人知道只會說他是不知好歹的混蛋，既然有能力，有一份這麼好的工作，為什麼不用這雙手幫助別人？

問題在於他伸出雙手以後怎麼了？那些人得救了嗎？他們重返健康，還是日復一日陷入病痛的輪迴？

江東彥坐在桌前，遲遲無法下定決心印出辭呈。長久以來他想當醫生，從他父親死去的那天，這個信念支撐著他。雖然過去無法逆轉，可是只要他能救活被推到他面前的人，就像是回到過去救了父親，失去這個信念他不知道還能做什麼。

可能是太久沒有進食，陣陣的胃痛逐漸侵襲而來。

他去吞了顆胃藥卻沒有用。強烈的疼痛使他無法忽略，也做不了任何事，連躺下來休息都辦不到。

他感覺到每一吋肌膚都在滲出冷汗，眼前出現大大小小黑色的影子，江東彥站不住，覺得很難受。他抓起手機，隨便看到一個號碼按下撥號鍵，然後就失去了知覺。

「江東彥！江東彥！」林耿明用力拍著門，裡面卻毫無回應。

剛剛他接起電話，喂喂好幾聲江東彥卻不說話，然後他聽見東西被撞倒的聲音，立刻套上一件外套過來拍門。

林耿明去拿江東彥的備用鑰匙。有一天他們一起在屋頂喝酒，林耿明打趣地把放備用鑰匙的地方告訴江東彥，說是以免有什麼突發事故，江東彥也告訴他，沒想到這時候派上用場。

這裡的隔局和林耿明的房間一樣，門一開，就看見江東彥臉色慘白倒在地上，林耿明腦袋一片空白。

「江東彥，你醒一醒！」雖然經過醫學院的淬鍊，雖然當了幾個月的急診醫生，雖然領有國家發下的醫生執照。面對出事的是江東彥，林耿明仍像個不專業的路人，只會演出像連續劇一樣驚慌的戲碼。什麼評估反應、測量脈搏？所有急救指引被他拋諸腦後，所謂的醫生只有冷靜的時候才是。

「如果我失去脈搏……你就打算這樣救我嗎……？」

江東彥有氣無力地說，皺著眉，像是十分難受。

「你……你怎麼樣？要不要去急診？」

「不用，我這老問題……以前就常常胃痛，只是從來沒有昏過去，給我一點胃藥就好。」

江東彥用泛白的嘴唇說著，林耿明倒是不疑有他，江東彥的診斷不會錯，他連忙回自己那邊拿了一罐胃藥。

這個胃藥和江東彥自己備用的是同一種，不過江東彥沒有選擇，如果他不想去急診，只能再吞一顆藥。

這一粒藥倒發揮了作用，江東彥逐漸恢復血色。

林耿明不安地問他：「你……還好吧？」

江東彥點點頭，拿起林耿明那個胃藥的罐子盯著看。

林耿明問：「怎麼了？」

「明明是同一顆藥，你的胃藥有效，我自己的卻沒什麼用。」

「是不是放過期了？我這個是新買的。」

「大概是吧。」江東彥隨便打發過去，心裡卻知道不是這麼回事。

會不會只是因為林耿明出現在這裡？他不用一個人面對。

那些治不好的病人也是這樣的嗎？雖然醫療沒辦法提供他們有效的治療，可是來到醫院至少不用一個人面對。

那些他救起來的、沒救起來的、救得半死不活的，後悔來到醫院嗎？

江東彥沒機會問。

他們能怎麼辦呢?發生那種事情,除了到醫院還能怎麼做?

或許不能救起全部的人,只要能多救活一個就算是有幫上忙吧?

只要這個世界能多一個人站著走出醫院……

江東彥忽然發現一直以來的問題是他太貪心,他面對的本來就是一場勝少敗多的戰役,如果醫生常常把人救活,這個世界就不會有死人了。

那一天,江東彥上完一個夜班,到醫院的地下街解決早餐。要回急診更衣室的時候,從電梯口出來一個蓋著白布的病床。電梯口對面通往醫院的太平間,蓋著白布意味著躺在上面的人已經死亡。

旁邊的家人哭哭啼啼的,是那一對老夫婦。江東彥還記得人,卻不記得是多久前發生的事。他後來又上了幾個班,每一班都不是清閒度過。急救那個九十六歲老人的那一天想起來已恍如隔世。對他來說,把人送到導管室他的責任就結束了。可是家人不是,病人的家人持續面對他的病況直到死亡的那一天。

「等一下……江醫生,江醫生!」病人的兒子,也就是那位老先生看見江東彥,急忙叫住他,過來對他行了一個禮。

「我父親……今天過世了,很謝謝、謝謝你救他。」老先生哭出來,江東彥很困窘地握他的手,卻說不出什麼像樣的話。他只是個毛頭小子,像老先生這樣的長者會這麼感激,是因為他曾是他父親的醫生,在他父親最後一段路陪他們奮鬥過。

就像林耿明說過的,醫生沒有奮戰到最後一刻,就不會知道那個人的最後一段路還有多長。

周承俊在實驗室看見敲門進來的是江東彥,雖然訝異還是請他坐下。

「來找我什麼事？」

「我剛剛遇見那個老人的家人，就是九十六歲那個……」

「我知道，我還記得。」

「他今天過世了。」

周承俊只是抬起眉毛，並沒有驚訝的表情。

「家屬還能接受嗎？」

「他們很感激我們救老先生。」

「那就好。」

「學長並不驚訝，你早就覺得他會死？」

「他已經九十六歲了……」周承俊淡淡地說：「不是這次也是下次，不是今天也是明天。」

「可是我們沒有救到最後一刻的話，怎麼知道這段路有多長？」

「你想像一下，」周承俊放下手邊的工作，正視江東彥的臉。「今天你九十六歲了，你的過去可能很順遂，可能很苦，那些都不重要。用了九十六年的身體已經衰老，很多事都做不來，吃得少，很多毛病，能互動的朋友也越來越少，因為大家都死了。某天你斷氣被送進醫院，你最希望能得到什麼樣的治療？」

「不要治療，讓我輕鬆地死亡。」

「但是我們的急救過程摧毀了這個希望。我們中斷死亡，把他叫回來，插上呼吸管，讓他進加護病房多躺了十天。」

「可是他的家人希望我們救到底。」

「家人的希望和病人的意願在這種狀況常常是互相衝突的。你要遵從家人的意思不放手，還是替病人考慮？」

「所以我做錯了？」

「我不會這麼說。」周承俊說：「每個主治醫生會做的決定也不一樣，即使這個人的死亡不可避免，中間仍然有許多困難的抉擇要做。我們無法做到最好，也無法面面俱到，只能按照每次遇到的狀況來處理，可是我希望你記得一件事……」

「生命只有一次，死亡也只有一次。如果挽救生命成為不可能，選擇死亡的方式也是對生命的尊重。」

江東彥呆然以對，他聽到從未想過的事。死亡只有一次？選擇死亡的方式也是對生命的尊重？他驚訝地直視著周承俊，周承俊毫不退避地對著他，看見他目光裡的雜質逐漸隱去，變得澄澈而純粹。

江東彥覺得自己懂了。

送走江東彥以後，周承俊泡了杯茶才有精神回到論文上。最近他的研究並不順利，考慮不要投那麼重要的期刊，先把不重要的部分寫出來，投幾個小期刊把積分拿到再說。

可是這個實驗他投注許多心力，如果結果只是那些不起眼的期刊，又覺得太浪費。

猶豫之間，他的手機響起，是不認識的號碼。

「你好，我周承俊。」

「周醫師你好，我是魏昌平。」

「是是，魏主任好，有什麼需要我的地方嗎？」

魏昌平是附近一家區域醫院的主任，在學會曾見過幾次面，應該是那時候交換了名片。

「這個……周醫師也知道，我們現在缺人，有在學會網站徵急診醫生。」

「是的，我會跟我們總醫師提，如果有意願過去，再麻煩主任照顧。」

「不、我不是這個意思。應徵的人是已經有了，只是想跟周醫師打聽一下這個人的能力風評。如果有周醫師背書，我們應該會錄取。」

「是央大急診的人嗎？」周承俊皺起眉頭，沒聽說有誰要離開，就算是邱志誠和劉建浩也都預定要留下來升主治醫師，剛剛他跟魏昌平講的純粹是客套話。

「是的，是央大現職的急診醫生，還希望周醫師能保密。」

「好，我不會告訴我們主任。」

「想請問周醫師，何宇華醫師這個人能力怎麼樣？當然我們區域醫院看重的是醫療而不是學術能力……」後面的話周承俊幾乎沒聽見，他的腦袋一片空白，這是假的吧，何宇華要走他怎會不知道？

※※※

江東彥進去拉麵店，坐在林耿明旁邊拿起菜單。

林耿明忽然想到他的房間，那時候不覺得，現在仔細一想才發現裡面除了房東提供的家具，只有筆記型電腦、一床棉被和幾件衣服，剩下的就是醫學書籍。整個房間冷冰冰的，他像是帶著行李搬進來，感覺不是個家，只是落腳的地方。

這麼想起來，林耿明從未遇見江東彥的家人過來探訪，他也絕口不提家裡的情況。倒是林耿明的母親每個禮拜會固定過來打掃，把他的髒衣服帶回去洗乾淨，因此他無法想像江東彥獨自一人在那個房間怎麼過活。

林耿明看向他，覺得他有話要說，而且不是「我要一碗叉燒拉麵」這種話。

果然江東彥迅速放下菜單，問他：

「如果死亡只有一次，讓人始終抱著希望到最後一刻，還是一開始就告訴他真相，哪個比較殘忍？」

「這個問題……我頭都痛起來，我不知道，你能不能問點簡單的？」林耿明意猶未盡看著剩下的半碗拉麵，但是面對江東彥熾熱的目光，林耿明知道不給出一個答案他休想繼續吃剩下的麵。

「我猜每個人要的都不一樣，我們只能看著辦？」

江東彥笑了一笑，這個答案雖然簡單卻十分符合道理。「一碗叉燒拉麵。」他回過頭對點餐阿姨招手。

第九章　理想與現實的差距

腫瘤科黃佑昶助理教授的門診跳到十六號，後面還有三十幾個病人。早上十點多，謝一城手上那張回診單的號碼是五十一號。他的母親坐在他旁邊，枯瘦的手握著一團手帕，每當咳嗽就把手帕拿起來擋住。

黃佑昶醫生是肺癌的權威醫生，病人非常多，診次很難掛到，每次開放掛號的日子總是一下子額滿，現場號要凌晨三點多來排。謝一城是直接到腫瘤科病房找黃P拜託，才得以加號掛進來。

母親被診斷肺腺癌是最近的事，經歷一團混亂的診斷檢查，確定是第三期肺腺癌。就在這時謝一城做了個決定，將母親從南部的醫院轉診到央大。

央大進了一個新藥，經過試驗，即使是後期的肺腺癌反應也不錯，他想給母親用這個藥。國內醫院引進這個藥物的不多，患者都集中到央大醫院，黃P對這個藥擁有最豐富的經驗。

候診燈號又跳了一號，每個人都企盼地望過去。雖然一次只會跳一號，看著也不會加快，仍然有許多人一直盯著燈號。

謝一城沒閒著，他一再整理外院給的病歷摘要，希望能在短短的看診時間替母親爭取到使用新藥的機會。

「請問醫生可以讓我母親加入臨床試驗，使用這個新藥嗎？」

「雖然國外的結果非常好，不代表在國內的試驗也會有同樣結果。」

「是的，我明白。但是考量到我母親的情況，如果用這個藥可能會控制得下來。」

「你說得沒錯，謝醫師你是我們急診室的住院醫生？」黃佑昶醫生打量著謝一城。
「是的。」
「好，就讓你們加入臨床試驗，這樣我們案子也收完了，等等有一些同意書讓你們簽署。」
謝一城連連道謝，原來他母親是最後一個收案的病人。幸好他即時決定去拜託加號。如果他不是央大急診的住院醫生，母親可能會錯失良機。
「一城，那個藥很貴嗎？很貴我不要治療了。」
一出去診間，母親立即拉著他說。他們家務農，家境不是很寬裕，親戚朋友都是所謂的鄉下人。像央大醫院這種地方是不敢踏進來的，他們天生就懼怕這種地方，醫生護士都說著聽不懂的話，他們在這裡一點安全感也沒有。
剛剛也是。黃佑昶醫生的助理跟母親解釋治療流程，母親只是無助地望著謝一城。
他是他們家族第一個，也是唯一的一個醫生。
為了母親的病、為了家人的未來，他一定要穩穩地站在央大急診室。
唐希從辦公室出來，看見謝一城陪著一個婦人走過去。那個婦人看起來不健康，不知有什麼疾病，也不知是謝一城的什麼人。
謝一城沒發現唐希，逕自與那名婦人進入通往停車場的電梯。
謝一城從未談過他的家人，不過唐希和他也沒有熟悉到能談論家人的程度。
她快速走過走道，回到第一診療區，要進去的當下，她的視線不經意瞥見一個人。
一個尋常人，對所有人都應是如此，一個再平常不過的人。
這樣的男人，每天在急診室都可以抓到一把。被酒色財氣掏空體力，一身熊腰和鬆弛的啤酒肚，明明沒什麼了不起，卻喜歡大小聲欺負比他弱勢的人。

來到急診室以後，唐希不同情弱勢，這算是急診室的職業創傷。她在這兒面對的人並不善良，特別惡劣倒也說不上，所有的表現都不過是人性，是社會的日常。弱勢會找到更弱勢的人來欺負，所謂的弱弱相殘總是一直發生。

急診室只是讓她走出象牙塔，看見這個世界的真實樣貌而已。

經歷一連串的訴訟以後，唐希當然記得這個男人。上次在縫合室裡面，他對她性騷擾。她在法院面對他，被他誣告，聽他若無其事地說謊，說那枚遺失的戒指對他多有紀念意義。這次他又來到央大急診室，帶著滿臉的血和一身酒味。

唐希給自己一個深呼吸，走進第一診療區。

唐希很鎮定地拿起掛號病歷，果然是那個名字。她當然想要看診，她想做一個堅強的人，在發生那麼多事情以後，能夠若無其事治療對方。可是她的情緒在阻撓她。

「學妹，」小邱看見電腦上的名字叫住唐希，「這不是那個人嗎？病歷給我好了。」

本來她在猶豫，小邱一說，唐希反而硬抱住病歷說：「學長我可以。」

「病歷香的是不是？不要抱那麼緊。」小邱說話總是帶著江湖習氣。「我不跟妳搶，不過妳要小心，那種人只會挑軟柿子欺負。」

「所以我就是那種人眼中好欺負的軟柿子？」唐希不滿地回嘴說：「我有告他，他應該知道我不是好欺負的了吧？」

「好啦妳不好欺負，妳快去看他什麼鳥毛生病，狀況不對要記得喊救命。」

小邱說話真的很粗魯，動輒鳥毛雞巴毛連發，唐希第一次跟他說話也是被他嚇到連退三步，看旁邊的人很鎮定，才知道他不是有意的，只是說話語助詞。聽說他就是改不過來，R1時還差點因為這件事升不上去。

「我不要給這個查某看！」那個男人看見唐希馬上跳起來，不顧滿臉的血只想逃。

「你給我坐下！」

唐希這次不甘示弱，說：「既然敢掛號就要面對，你這次又怎麼了？」

「妳真的不會故意亂搞我？」男人用懷疑的眼神看唐希，其實是心裡有鬼。

「我會對得起我的專業，你今天清醒多了，沒喝酒？」

「繳完那些罰金哪還有錢去喝，還不都是妳害的。」

「先生你搞清楚，我是受害者欸。」

唐希音量大起來，四周的人都望向他們，那男人垂下頭去。「好啦，麻煩妳小聲一點，不要說這麼難聽。」

「今天到底什麼事？頭上有個撕裂傷？」

「還不就……跌倒嘛，不要問那麼多，趕快幫我縫一縫，對了，我很怕痛，麻藥幫我下重一點。妳上次麻藥是不是不夠？」

你上次根本喝醉精神都不清楚最好麻藥會不夠。唐希沉著一張臉進縫合室準備，她一進這個地方還是覺得不自在，如果是其他病人還可以忍耐，這次偏偏是同一個人。

一遍遍在法院上重訴被偷摸的經過實在是很煩又不愉快，彷彿把深處的情緒全部剝出來，赤裸裸供人觀看，被當成辯論的題材，被審判評估，最後被寫成判決書，然後這件事就會成為定論。

訴訟過程中，唐希曾經不止一次後悔，當初應該讓這件事輕輕滑過。正義並不重要，讓這個人得到教訓也不會改變什麼。經過漫長的對決後唐希明白，他根本是社會的渣滓，不會認為自己有錯，因為這就是他習慣對待女性的方式。

唐希站在同一個縫合室裡，感受到自己的恐懼，負面的情緒干擾她的理智，忽然理解到當初劉建浩支持她報案的用意。急診醫生不能拒絕病人，如果讓這件事成為陰影，如果她跟男性待在縫合室是個障礙，她無法成為一個合格的急診醫生。

藉由訴訟的過程，雖然不能改變犯罪的對方，卻可以改變唐希。她更理解這些人的背景，她不用懼怕，因為她知道處理的方法。如果沒有那些過程，她只能選擇掩埋，一樣的人掛號做出一樣的事，她無從反抗，她只能退縮逃避，而不是像現在敢於面對、敢於對抗那個人帶來的負面情緒，像個若無其事的旁觀者譴責那件事情。

她是受害者，不是加害人，有罪的不是她。

準備好縫合器具和紗布，唐希讓那個男人躺上治療床，負責縫合室的護理師雅貞協助她抽完局部麻藥後卻沒有像日常那樣退出去忙自己的事。

治療一區的護理師每天上班就像打仗，沒時間喝水是正常現象，她們常挖苦說沒喝水是好事，因為也不會有時間上廁所。八個小時的班過去，下班就在更衣室倒成一排放空是很常見的。

所以唐希見到雅貞待在縫合室裡，就對她說：「我沒事，妳先去忙。」

「小邱醫師要我在裡面。」

「可是外面也很忙，沒關係的，我可以。」

雅貞給她一個笑容說：「可是我也想待在裡面。組長有過來我的區了，唐醫師就讓我在這兒打混一下好了。」

唐希當然知道雅貞說的只是讓她放心的藉口，就算有組長幫忙，只是危急的醫囑而已，紀錄還是要自己寫，尿布點滴都要自己換，還有很多藥物要給。待在這裡面一點也不是打混，而是空耗時間，出去有更多做不完的事。

唐希能做的就是趕快縫完，趕快結束這一切，所以她特意加快了速度。

「妳們是不是……有些人覺得我小題大作？」

「有些學姊可能是這樣，可是我們也有一些人很感激醫生這次挺身而出。我們做護理工作，其實也常常被不當碰觸，可是都不敢說，也不知道怎麼反映。可是這次唐醫生報案，督導說我們以後也可以，我們不用每次都忍耐下來了。」

簡單說，就是唐希做了出頭鳥，讓醫院正視這件事。

「喂！妳們要聊天可以在別的地方嗎？這裡還有病人欸，吵死了。」被縫合的那個男人本來想裝死忍耐過去，誰知道她們越聊越起勁，忍不住發作起來。「我已經被罰錢還要去上什麼課，妳們不要再說了好不好？」

「好了。」唐希結束最後一針，那男人飛快把臉上的無菌縫合布扒下來，是一個急著落跑的節奏。

「等等。」唐希看見他手臂怎麼腫那麼一大包，問他：「你的手怎麼那麼腫？要照X光。」

「不用啦，我跌倒而已，妳看還能動。」男人故意左右移動那隻手表示健康，誰知唐希朝那塊瘀腫的地方捏下去，男人馬上哇哇大叫起來。

「幹！啥小朋友～靠北妳不要再壓了！」

「你這是被打吧？」

「誰誰誰說的，我怎麼會被打？」這一定是被打，唐希看見他的表情更加肯定，他心虛的樣子在法庭見多了。

「我讓你去照個X光。」唐希邊收拾器械邊說。

「我才不要，我要出院了。」

「先生你搞清楚，」唐希脫下無菌手套，踢開水龍頭洗手。「既然掛號進來，這裡就是我作主，不是你作主。」

果然是近端尺骨骨折，唐希看著電腦螢幕冷笑，等等看那男人還有什麼話說。

幾分鐘後，那個人垂頭喪氣地回來，坐在候診椅上無精打采，像是等著被宣判的嫌疑犯。

「骨頭斷掉了要打石膏。」唐希猝不及防說，可以的話她不想跟這個人多說話。
「等等等一下，是骨裂還是骨頭斷掉？」
「有差別嗎？反正都要打石膏。」
「我不要打石膏！妳讓我出院就好了啦！反正我就是不要打石膏……」他喃喃地說。
「理由呢？有什麼理由？」
「打石膏我手怎麼拿東西？」
「你這隻手有骨折本來就不能拿東西。」
「我……可是我打上石膏，他們就會知道我又去喝酒打架，就不會讓我看女兒。我明天……不然石膏我過幾天再來打？」那人抱著頭說。
唐希總算從他的話裡拼湊出一個大概，這個人因為喝酒，前妻已經跟他離婚，女兒跟著前妻生活，一週跟他見一次面。明天就是跟女兒見面的寶貴日子，如果打著石膏過去，前妻就會知道他又喝酒鬧事，就不會讓他跟女兒見面了。
醫療需要和人類的慾望常常背道而馳，過幾天再來打的石膏這誰也不敢保證，更何況醫療資源不是這樣使用的。
小邱邱志誠一直在監聽這傢伙的一舉一動，聽到這裡再也受不了，沒等唐希反應，直接過去抓住他的衣服說：「先生你給我搞清楚，這裡每個人都很忙，沒時間在那邊跟你五四三，你沒辦法看女兒是你的事。你看這裡有個阿婆喘得快死掉，那邊那個腦袋瓜出血也快爆了。既然敢喝酒鬧事，那就去面對去懺悔啊，我們還要救別人，你快把石膏打好滾出去！你聽懂了沒？啊？」
小邱說完，現場一片靜默，只剩那個很喘的阿婆監視器規律地響。
那個人默默地低著頭像個聽話的孩子被唐希打上石膏。
「學妹，這個阿婆要插管了，妳隨便包一包過來急救室了！」

阿婆被推進急救室，唐希加快速度，總算趕上阿婆的插管，順利搶救她的呼吸。照理說，那麼粗的一根管子在氣管裡面一定很不舒服，可是當一個人喘到瀕臨衰竭，放完管子以後每個人看起來都好多了。再加上放置過程使用鎮靜成為常態，甚至有許多嚴重氣喘的人會主動要求插管接上呼吸器好讓他休息。

這個阿婆就是個嚴重氣喘的人，過去是個老煙槍，患有阻塞性肺病，發作起來總是很可怕，十次有六七次需要這根管子。

「學長，謝謝你。」

護理師幫忙固定管路時，唐希對邱志誠說，要不是他幫忙解圍，唐希還不知道要被盧多久。

「我跟你說不要跟那種人客氣，他們說話就是放屁！」

「是，我明白了。」

林耿明好不容易把堆積一個禮拜的垃圾裝進垃圾袋捆起來，下樓去攔截垃圾車。垃圾車的音樂已在兩個街口距離的地方，身為輪班人，處理垃圾實在是件苦惱的事情。

江東彥也提著一袋垃圾出門。他們兩人對看一眼，不用說也知道彼此的企圖。

垃圾車在他們面前停下來，左鄰右舍蜂湧而出，把手上的垃圾袋以拋物線投進車子裡。林耿明這時才發現天空微微飄著雨。

江東彥打開雨傘，他的傘和他本人一樣走低調路線。

「江東彥你要出去？」

「對。」

「吃飯嗎？這附近新開一家燒臘店，要不要一起去？」

「這不太方便。」
林耿明明白了。
「是女生？」
江東彥點頭。這可稀奇，江東彥居然跟女生約會。
「喔，那你……我們改天再去？」林耿明尷尬地搔著頭說。
「我還沒告訴你我不離職了。」
「真的，為什麼？」林耿明差點跳起來。
「沒有特別的原因，只是找到可以繼續做下去的理由。」
「那就好，我看找個時間我們這些人吃個飯，慶祝你重回急診室。」
江東彥對林耿明的提議給予肯定的眼神，雖然他很懷疑他所謂的「我們這些人」裡面有誰。

江東彥撐著傘，步行到央大急診室的門口，除了這裡，他也想不到約什麼地點方便。
這並不是正式的約會。
從南部回來以後，昔日的國中同學打過幾次電話給他，諮詢一個孩子的醫療問題。
她當班導帶的班級有個孩子生病，那個孩子本來很活潑聰明，生病之後就請假在家。
「所以我想問你，神經母細胞瘤是怎麼回事？」
「神經母細胞瘤？」
「請假的診斷書是這樣寫的，這個病嚴不嚴重？」
江東彥沉默了一會兒，然後將教科書上關於神經母細胞瘤這個疾病的描述說出來，治療效果差，預後不好，五年存活率只有百分之五。
即使是這麼冷門的癌症，江東彥還是記得，宛若從資料庫搜尋出來般準確。

「你說的我聽不懂，所以這個病不會好嗎？」

「可以這麼說。」雖然實情遠比「不會好」嚴重得多。

陳佳芸一身輕便的裝扮，撐著一把素色傘，濕冷的天氣讓她穿上風衣，她手上提著一個大包，裡面鼓鼓地裝滿了東西。

「這是什麼？」江東彥問。

「等下就知道。」陳佳芸做了一個深呼吸，她的心情非但不愉快，還帶點沉重。這並不是約會。

她代表班級來探望罹病的學生。自從一個多月前的某一天，這個學生就不再來上課。她拿到請假的診斷書，上面寫著「神經母細胞瘤」這個診斷，雖然查詢過資料，她還是難以想像這是個什麼樣的疾病。

她才進學校沒幾年，第一次擔任導師，出了這樣的事她也不知道怎麼辦，可是她覺得應該能為這孩子做點什麼。

一輛救護車停在他們面前，上面推下來一個滿頭是血的傷者，江東彥看起來稀鬆平常的事，陳佳芸卻感到驚慌。

今天負責檢傷的是廖繡茹，她從檢傷區出來把這個危急傷患接進去。看見江東彥站在急診室門口和一個女生說話，覺得有點稀奇。

「走這邊。」江東彥替陳佳芸指出方向，轉移她的注意力，他們要去的地方是兒童醫院。

電梯要搭到九樓，小朋友住的病房在兒童腫瘤科。

「江東彥，你看到剛剛那樣的人，也不怎麼害怕。」

「那樣的傷患在急診是很平常的。」

「所以……你能救那樣的人？他看起來很嚴重。」

昔日的國中同學忽然變成不一樣的角色，即使那個人是江東彥，陳佳芸也需要花一點時間習慣。

雖然算起來已經是十年前，實際上感覺就在不久前，他們還在同一間教室上課。陳佳芸苦惱地準備著大考，而江東彥早就保送當地高中的資優班，到學校變成例行公事。

因為有江東彥的存在，陳佳芸提早認知到她並不聰明。

「如果我有上班的話，我會救他。」江東彥的話讓陳佳芸錯愕，如果他有上班的話……如果他沒上班，即使這個人出現在他面前，他不一定會伸出援手？

還好這電梯裡面只有他們兩個人，而江東彥並沒有穿上他的醫師袍。

「怎樣？醫生一定很有愛心，一定滿腔熱血？我想大部分醫生都跟我一樣，糊裡糊塗就選了這份工作，後來才發現救人是這麼回事。」

「哪一份工作不是這樣？」陳佳芸說：「老師也沒有都很喜歡小朋友。我們進入社會以前，哪一個人知道自己的工作是怎麼回事？根本不可能，你沒做過怎麼會知道工作的實際面貌。」

「妳的意思是這是常態，每個人都這樣？」

「哪有人在寫考卷時就知道正確答案？」陳佳芸看著江東彥疑惑的眼神忽然笑出來，「好吧，你是個例外，你當然知道正確答案，八成還能知道分數。」

江東彥說：「我曾經以為多數人都跟我一樣，這個世界是以邏輯和理性為原則運作起來，沒想到混亂才是社會的基礎。」

「還記得我們生物老師說過的嗎？大自然創造萬物運用的原則是錯誤，遺傳突變也就是錯誤造就了演化，既然人是一連串偉大錯誤的產物，變得一團混亂也是正常的。」

「唯一確定的真理就是不確定性。我時常不確定我給病患的治療會帶來怎樣的後果。醫療沒有百分之百，花了我一些時間才能對這事情釋懷。」

「如果沒辦法確定對你應該很痛苦，不過我也是，我現在來到這個地方，也不確定要做的事會帶來什麼結果。可是不做的話，就一點機會也沒有了。」

「對，妳說得對。」江東彥說：「不做就一點機會也沒有。」

九二五號房，醫院的門房號誌總是予人不祥之感，陳佳芸一個深呼吸後敲了門。

江東彥在她的身後，沒穿醫生袍，純粹以一個朋友的身份陪她來看望這個病人。

小朋友只有九歲，三年級上了一個月的課就因為生病沒再去學校。陳佳芸才剛帶這個班，和學生以及家長都不熟悉，好幾次想過來探望，都被家長以各種理由婉拒。

大概是拒絕太多次，這次蕭晨曄的媽媽終於答應她。

印象中的蕭晨曄是個活潑的孩子。運動好，人也開朗活潑，是風雲人物那一類型，病床上的孩子無法與她記憶中的蕭晨曄連結起來。

江東彥說過，這是個很不好的疾病，陳佳芸沒想過所謂不好的疾病能把一個孩子折磨成這個樣子。因為她青春正盛，身旁的人都很健康，她沒見過重病的人，也沒想過重病的人原本也都是健康的人變成的。

「蕭晨曄，我是佳芸老師。」

笑容在蕭晨曄蒼白瘦弱的臉龐出現，即使生了重病，小朋友的笑容還是很讓人窩心。

「佳芸老師好，對不起我沒去上課。」

「沒關係，等你有力氣再來上課就可以了。班上的同學知道我要來，拜託我帶這些禮物給你。」

陳佳芸把手上的大提包打開，裡面有很多東西，蕭晨曄很好奇地一個個拿去看。

主要是一張大卡片，寫滿了同學要對蕭晨曄說的話。國小三年級的學生寫不出什麼有深度的話，主要都是一些「加油！」「你一定會好起來！」「我們約好要再一起玩！」卡片畫了很多愛心，還有同學折了紙鶴要送給他，有的同學畫了圖畫。

蕭晨曄媽媽陪他一個個讀過去，忍不住哽咽起來。

「其實……小朋友都很想晨曄，是不是……不知道晨曄媽媽有沒有考慮，在治療中間體力比較好的時間，讓晨曄去學校？」

「我有跟他父親討論過，正要跟老師說。」蕭晨曄母親擦乾淚水，輕聲對蕭晨曄說：「我跟老師有話要說，你在這裡看小朋友給你的東西。」

出了病房，到病房區的會客空間。裡面有幾張沙發椅，還有飲水機，蕭晨曄母親熟悉地坐在其中一張椅子，陳佳芸有些緊張，她猜到有些話晨曄母親不想在他面前說。

江東彥也找了張椅子坐，雖然他在這個醫院實習，也在這個病房值過班，但是沒有來過交誼廳。這裡對他是全新區域。

「很謝謝老師這次過來，還帶小朋友的禮物，晨曄很高興，我看得出來。」蕭晨曄母親首先說。

「這是我可以做的，我會告訴小朋友晨曄很喜歡他們的禮物。」

「佳芸老師，我們不打算讓晨曄再去學校了。醫生說，最樂觀的狀況也只剩下一年，我……我會找時間去辦休學。」

「就算只有一年，一直要待在家裡和醫院，不考慮讓他去學校嗎？他在學校有很多朋友。」

「沒錯，可是那些朋友不知道他現在的樣子，他連站都站不起來，去學校要包尿布，同學會笑他，無心的話都可以是傷害，你敢說他不會被霸凌？」

「我不敢保證，沒錯，我不敢保證他不會被欺負。可是這個年紀的孩子有同儕需求，就算只有一年，體力允許的狀況下，他跟朋友在一起，在學校上課，或許可以讓他忘記生病的事情，讓他短暫擁有其他孩子的生活，對他也是很重要的一件事。」

「他在家裡是孤獨的，家裡的空氣也是悲苦不快樂的，我是媽媽，取代不了朋友，這些我都明白。可是我要保護他。時間已經不多了，我不要他嚐到跌落谷底的痛苦。下個禮拜，我們就會找時間去辦休學。」

蕭晨曄母親說完話站起來，朝著兒子的病房過去，沒有再招呼陳佳芸。陳佳芸是識趣的人，知道這是請她離開。

「晨曄媽媽！」陳佳芸叫住她，「就算辦了休學，我還是會保留晨曄的座位，如果哪一天，他隨時想來學校都可以。」

蕭晨曄母親聽完，頭也不回地走進病房。

「你們在醫院看見健康的人一天天變成那個樣子，一定很痛苦。」

「看多就習慣了，不習慣的人是不夠資格當醫生的，面對這種事最痛苦的還是他的家人。」

「你覺得他會去學校嗎？」

江東彥說：「沒有人知道會發生什麼事，我們只能看著辦，一個朋友教我的，只要不後悔就好。」

江東彥從電梯出來，習慣性走向急診室。身為急診醫生，就算沒班，也是習慣從急診室大門出入。

「我去拿個文件，在這裡等我一下。」江東彥對陳佳芸說完，進急診辦公室，到他們R1的桌子上，打開他的信件匣。

裡面有很多其他醫院寄來的住院醫師申請資料，還有一些是央大醫院的其他科的住院醫生申請表。江東彥把這些文件全部拆封，然後丟進紙類回收區。

林耿明約的飯局在幾天後，江東彥好奇的是誰在林耿明所謂的「我們這些人」裡面，誰又會赴他的邀約。

周承俊臨下班前接到何宇華的電話。

「學長，後天林耿明約吃飯，你會去嗎？」

何宇華劈頭這麼問，周承俊不得不評估她這個問題的意義。

這幾天何宇華躲著他。

自從周承俊接到外院魏主任的那通電話，何宇華疑似預謀離職，周承俊一直沒機會好好跟她談過。上個星期周承俊答應林耿明去吃這頓飯。他在央大急診這麼多年，從沒有一個住院醫生為了另一個住院醫生決定留下來而慶祝過，大多數的人對於多了一個競爭者，尤其是江東彥這種人，只會困擾不已。

「妳希望我去，還是不去？」

「先問問題的人是我。」

「我會去，妳呢？」

「我還在考慮。」

「我讓林耿明幫妳留個位子。」

「這是要我去的意思嗎？」

「妳知道我想見妳。」

「我們見面的機會還不夠多？」

「不夠。」周承俊斬釘截鐵地說，帶著挑釁意味。

何宇華結束這通電話，她的陽台有很美麗的夜景，當初購買時建商還以此為噱頭，可是她很少佇足。其實她也不知道為什麼要打去問周承俊，是暗示他嗎？希望他去聚餐還是不要？她難道不想逃避他？他只會讓她動搖。

隔壁桌的酒客熱鬧地歡呼，牆上的螢幕播放球賽，店裡的音樂炒熱了週五夜晚的氣氛。

江東彥喝起手上的調酒，他半小時前就吃飽了。

「江醫師不再吃一些嗎？」趙襄君跑來他旁邊空著的位子坐下來。那個位子本來是小邱的，小邱現在抱著林耿明興高采烈說起上班發生的事。

醫生的話題總是離不開醫療和病人，就算在星期五的夜晚。他們這些人都過著沒有規律，不知今天星期幾的日子。

不是每個人都想在下班的時間繼續沉浸在醫院那些事情，何宇華拿著手上那杯酒到陽台透氣，她靠著欄杆，下面就是她住許多年的都市夜景，遠方有個建築，依稀可以見到央大醫院。

「妳又買了新包包？」周承俊站在她旁邊，也拿著一杯酒。

「你覺得我一直過這種日子可以嗎？壓力大就想花錢，花了錢，又得上更多班賺錢。」

「剛剛江東彥告訴我一件很有趣的事。」周承俊意思性地喝一口酒，彷彿是幫他說的句子加一個逗點。

「妳還記得有一次我們去露營，遇到一個溺水的高中生嗎？」

「記得又怎麼樣？」

「那個高中生原來是林耿明。」

「原來你沒認出來？我早就知道了。所以，他走上這條路是受你影響？」

「我不認為，如果是受我影響，功課應該要再好一點。」

周承俊是有說這句話的資格，何宇華笑了，「你到底要說什麼？」

「妳還記得我們那一天為什麼去山上露營嗎？」

「我忘記了。」何宇華果斷地說。

「我也不記得。」周承俊說：「不過那一天之後，我們就很少一起做什麼事，當然在急診室一起幫病人CPR不算。」

「因為我忙著準備醫生國考，實習醫生也要值班，剛進臨床有一堆東西要學，壓力很大。而你是住院醫生，才剛進央大急診，正是R1忙到昏天暗地的時候，大家放假只想補眠，哪有什麼辦法想到要出去玩？而且……幾個月後見到你，你已經有了女朋友，後來變成你的老婆，怎麼可能再約你？」

「是誰到急診實習跟我說她交了新男友？是外科那個誰，還被我抓到在值班室接吻，後來你們怎麼分手的？」

「我們都很忙，他劈腿。」何宇華說：「現在說這些過去的事有什麼意義？」

「妳還記得妳為什麼來央大急診嗎？當初剛畢業的何宇華為什麼做這個決定，妳還想得起來嗎？」

「我想救人，只是這個簡單的理由。」

「救人很多地方都可以去，很多其他科別，為什麼是央大，為什麼來急診室？」

何宇華別過臉，看著遠方的夜空。

「何宇華，我問妳，為什麼？」周承俊拉住她逼問。

「我忘記了。」

周承俊一字字地說：「她想當一個與眾不同的醫生，不是內科，也不是外科，她想站在所有醫生的前面，面對急重症的第一線。因為最嚴重的病人會送來這個地方，所以必須是這裡，必須是央大急診室……我有沒有說錯……？那個何宇華哪裡去了？」

「那個何宇華已經死了。」

「就因為一次升等沒過？」

「那個何宇華是慢慢死掉的，升等這件事只是讓她明白理想與現實的差距。」

「好，既然如此，我跟妳一起去。」

「你？」周承俊說得輕描淡寫，何宇華卻嚇了一大跳，「周承俊你不要亂搞！你在這裡前途一片光明，去那邊做什麼？」

「光明嗎？我倒覺得很黑暗。不斷鬥爭、踩下別人往上爬，做這些事的終點是什麼，多幾個頭銜把自己累得半死？我當醫生結果花最多時間不是在替人看病。妳看到的沒錯，其實在這裡會不會看病不重要，會不會做學術也不是那麼重要，重要的是有沒有手段、會不會鬥爭！」

「你喜歡做學術，央大才有資源，去區域醫院不行的，你不要衝動。」

「原來妳也會關心我。」周承俊一口喝完手上那杯酒，裡面的冰塊都融化，酒味變得很淡。「宇華，我需要盟友，算是我拜託妳。妳也不要衝動，看在我們這麼多年的交情，讓我先去問清楚妳的升等到底怎麼回事。」

林耿明坐在趙襄君旁邊，手中的飲料喝了一口停在嘴邊，直直看著陽台的方向揉了揉眼睛。

江東彥順著他的視線看過去，陽台風很大，夜景很美，所以這一幕讓人移不開視線，幾乎忘記呼吸。

何宇華從背後抱著周承俊。

趙襄君跟著江東彥的視線，而小邱跟著他們的，華麗的夜景只剩下陪襯的功能，從視線範圍逐漸淡去，小邱無意識地喊了聲「幹」，每個人看著他，再順著他的方向看見陽台外面。

他們沒聽見何宇華說的話。

「我當然關心你。學長，不用麻煩了，讓我走，我還是在這個城市，有需要還是見得到面。你的麻煩還不夠多嗎？實驗結果不如預期，同一顆藥，黃P的研究在你前面，結果也比較好。放射科陳P等著拉你下來，還有我們主任，他壓下我的升等當然不是為了對付我。」

周承俊握起她的手，這隻手就跟其他女生的手一樣纖秀而細白，難以想像這樣柔弱的手能跟死神拉鋸，一次次搶下病人的生命。

她畢業的時候說要走急診，眼神帶著一股倔強。她說那個何宇華已經死去，那為什麼多年來，他從未見到那股倔強從她的眼眸裡消退。

只要她往急救室一站，周承俊就知道送進來的這個人是幸運的，她會為他奮戰，不到最後一刻不放手。

「實驗結果不好可以從頭做，論文可以重寫，教職晚幾年升也不會死。可是妳如果走了，就不可能再回來。那我就再也看不到妳走進急救室奮戰的模樣。看不到這個，我就不知道為什麼要往上爬。妳相信我一次，可以嗎？」

何宇華沒有說話，沒有說好或不好，只是攏緊抱他的手。因為這裡很冷很冷，兩個孤單的靈魂只能互相取暖。她閉上眼，把臉埋在他背後，如果可以的話，她只想一直待在這裡，把時間永遠留在這一刻。

第十章　菜鳥的一廂情願

鍾盛山拿起手邊這份公文研究，央大醫院最新的考核辦法要求所有科部的主任都必須有教授職。如果像他只是副教授，就必須在一年的寬限期達成，否則只能是代理主任。

一年要從副教授升教授？簡直是吃人不吐骨頭。

在央大醫院能夠爬到主任的位子，要不就是自己很會做研究，要不就是有得力的盟友，鍾盛山當然是後者。

他和生理所的吳教授在大學就認識，吳教授不是醫學生，卻對研究很有興趣。他們一直保持聯絡，互相扶持，吳教授提供論文，鍾主任提供臨床資源。在早期倫理審核沒那麼嚴謹，受試者不用同意書，大部分研究也就是多抽一管血的事，他們輕易地利用病人寫出很多論文。

可是他們畢竟也到了這個年紀。

就在去年初，吳教授突發腦中風，連說話也不流利，只能勉強拄著拐杖到實驗室，實務操作全部交給學生打理。

央大還給了他一個榮譽職作為顧問，鍾主任就沒那麼幸運。實驗室的主持人是生理所的年輕教授，過去一直跟在吳教授身後拿公事包，吳教授倒下後，他接管了實驗室和基金會，判斷鍾盛山沒有利用價值就把他甩開了。

現在那個實驗室和腫瘤科黃P走得很近。

實驗室也就算了，但是那個基金會鍾盛山絕對不放棄，多年來他們吃香喝辣就靠著基金會裡面的金流。裡面的廠商捐贈都是他出力弄來的，他絕對要把基金會拿回來。

壓下何宇華的升等只是第一步棋子。

周承俊推門進來那一刻，鍾盛山一點也不意外，事實上他來得還比預期的遲了幾天。多上現場班還是有好處，這也就是為何他爬到急診主任這個位子，還是每個月維持一定班數的輪值。許多事沒有親眼觀察只會判斷錯誤，就如同他要是只聽鄭紹青的話，把周承俊視為威脅，就不會帶來今日的局面。

周承俊雖然是院長的女婿，要對付他卻意外地簡單。他看著這些人長大，知道他們的軟肋在哪裡。

「承俊，有一陣子沒過來辦公室了，研究進行得還順利嗎？」

「進度還在掌握中。」周承俊皮笑肉不笑地說。

「這麼說，我從放射科陳P那邊聽到的都是謠言？對了，這個月你班比較少，應該也是實驗室那邊想緊鑼密鼓地進行才對。」

「主任對科內研究的支持，周承俊一直很感激。」

「我們科還要靠你寫論文，不支持怎麼行。你也知道，那些內外科的老頭，對我們科一直沒好臉色。」

「時代已經不一樣了，也不用跟他們一般見識。」

「對啊，你這個大忙人抽空來我辦公室，我一直跟你抱怨怎麼行，你有什麼事就直接說好了。」鍾盛山語調輕鬆自在，所有事情都在他的算計裡面。區域醫院有缺，是他透露給何宇華的，言下之意就是要她走。何宇華是個好強的人，她自然不會戀棧。

「請問何醫師的升等資料是哪裡出了問題？」

「資格不符。」

「怎麼可能？」周承俊直接頂回去，他幫許多人弄過升等，符不符合資格，他恐怕比鍾盛山還清楚。

「周醫師怎麼這麼清楚，難不成這個傳言也是真的，何醫師的升等論文是你寫出來的？」

「當然不是，是她自己寫的，但是我幫忙看過，幫忙看過論文並不能說就是我寫的。」很多人的論文甚至花錢找論文公司修改，周承俊只是在投稿前幫忙修改，如果連這樣都不行，院內升等制度早就不用玩了。

「原來如此，但是外面說的並不是這樣。你知道嗎？何宇華的升等若沒有過，傳言就會越來越難聽，這種事只要升等通過就可以解決了。」鍾盛山繪聲繪影地說。

周承俊按捺住火氣說：「所以我來問主任能不能幫這個忙？」

「我很願意，身為主管我很欣賞何醫師的能力，不過我最近很忙，沒空重新看她的資料。你看這個，前幾個禮拜剛發的公文，我最近都在煩惱這件事。」

鍾盛山把一個公文夾放在周承俊面前，周承俊冷冷望著他，不用看他也能猜到這裡面的內容。

這件事不是新聞。已經是好幾個禮拜前的事，醫院要整頓人事，把幾個主任的位子空缺出來，讓更有能力的人上去。

上次聚餐，陳毅誠和黃佑昶在包廂外面竊竊私語，謀劃的就是這件事。周承俊後來知道並沒有反對，他不想把政治力量耗費在不相關的事務上。

鍾盛山不是主要目標，只是遭受池魚之殃，不過他一直沒有有力的靠山，對醫院和大學那邊幾個主要派系來說，本來就是可有可無的人。

「你不看嗎？」

「這件事我幫不上忙。」

「那何醫師的升等我也沒辦法，很可憐哪，不知道會被說得多難聽。」

「你……！」

「你還是拿去研究一下，看看有沒有辦法幫上忙。」鍾主任把公文推過去，這次周承俊拿起來翻看，寒著一張臉。

「要在一年內升到教授是不可能的，但是可以爭取讓主任留在留任的保障名單內。」

「想成為保障名單，有什麼條件？」

「需要院長同意。」

「那就麻煩周P跟院長引薦一下了。」鍾盛山呵呵笑著說。

「主任應該知道這件事沒那麼容易，我需要一點時間，說不定不會成功。」

「就是不容易才要請你辦。」鍾盛山老奸巨猾地笑，彷彿在提醒周承俊急診室的老闆還是他，想要在急診安身立命，保護想保護的人，就不能目中無人，還是必須和他合作，時常記得老闆的利益才行。

早上剛交完班，周承俊就去主任辦公室，趁沒什麼病人，把第一診療區暫時交給黃昭儀。黃昭儀很高興被周承俊如此信任，雖然今天她的搭檔林耿明一早就很奇怪。

「學弟偷笑什麼？」

「沒、沒有，我沒笑。」

黃昭儀狐疑地盯著他，雖然診療區現在病人不多，也不用把高興表現得這麼明顯。

昨天聚餐的事情，黃昭儀聽廖繡茹說過了。雖然黃昭儀因為上班的關係不能參加，她的死黨廖繡茹和繡茹的男友康永成都有去。他們也都看見那一幕，何宇華從後面抱著周承俊，而周承俊握住她的手。

周承俊從主任辦公室出來，臉色就不好看，不是生病，而是心情不好那種。黃昭儀就納悶，昨晚發生那種事心情有什麼不好的。

周承俊不說一句話，獨自處理手上的病人。

黃昭儀從保溫袋拿出熱咖啡放在他桌上，雖然知道那種事，黃昭儀還是記得幫他買一杯熱咖啡。

「學長，你的咖啡。」

「噢，謝謝。」周承俊對黃昭儀說，視線在她臉上停留了幾秒。

黃昭儀覺得自己是膽小鬼，很想問又不敢，看著周承俊的背後，心想什麼時候她也能有這個勇氣抱住他。不知道那是什麼感覺。

「昭儀有事嗎？」周承俊再度抬頭，不解地看她。

「沒、沒事。」黃昭儀不好意思地後退，周承俊給她一本病歷。「這個人報告出來了，是肺炎，妳去解釋一下把人收住院。」

「好。」黃昭儀接過照做，帶著一本病歷離開他，走向一個咳嗽不止的老人。

林耿明接了一通電話走向留觀區。何宇華還在查房，資深的專科護理師文芳姊用推車推著一大疊病歷跟查房，身後還跟著一串實習醫生，看起來就像一個接著一個的葡萄。

林耿明走向趙襄君，剛剛是趙襄君找他過來，有個上消化道出血的人需要洗胃。洗胃的過程包括放置鼻胃管，以大量的食鹽水灌入，然後再抽洗出來。

趙襄君已經備好東西帶著林耿明到留觀室第五床，一看這個人的樣子就知道是個酒鬼，鼓脹的肚子都是腹水，眼白是黃疸的顏色。

林耿明不禁想起賴皮蛋，為什麼同樣是酒鬼，有些人就得了肝硬化，有些人像賴皮蛋，就好好地整天喝酒逍遙。

咦，這能不能做研究？說不定可以寫論文。

「學長，放太深了！」

林耿明邊沉浸在酒鬼的論文世界，邊放置鼻胃管，沒注意一股腦兒一直塞進去，趙襄君趕快制止他。

說起來，在這個急診室會叫他學長的只有趙襄君。不知道是哪邊傳出來的，說他是靠走後門才進來央大急診，周P還特別把他面試的分數灌飽，才以吊車尾的姿態考上這裡。

因為這樣的傳言，那些實習醫生沒有人把他當學長看，從眼神就能看出來，畢竟會來央大實習的醫學生都是眼高於頂的。

「妳現在也很厲害，鼻胃管深度都知道。」林耿明重新調整鼻胃管深度，把管子拉出來一些，固定在適切的刻度，他對於能面不改色做這種事還頗自豪，為了讓許多維生的管子在人體內出出入入，他念了七年書。

「我已經上線幾個月，看很多醫生放過。」趙襄君協助將食鹽水放入灌食空針，讓林耿明可以順暢地執行洗胃。

「怎麼樣，還順利嗎？最近都沒有什麼時間找妳說話，如果過得不好可以找我吐苦水。」

「我很好啊，只是明天就要上治療區，有點緊張。」

「明天喔？明天我沒班，我等等看班表是誰。」

「是江東彥醫師，」趙襄君低下頭，小聲地問：「學長可以拜託江醫師……照顧我嗎？」

「當然可以，沒問題的。江東彥人很好，別看他那樣整天不說話，其實是個好人。能力好，判斷力又強，我去拜託他，別怕！」

「那就謝謝學長……」趙襄君話還沒說完，林耿明的手機又響起來，電話那頭是另一間留觀室的分機。他接起來是文芳姊，她不是正在跟何宇華查房嗎？

「我林耿明，文芳姊有事嗎？」

「我們這邊有個人需要做腰椎穿刺，你有空嗎？」

「有有，當然有。」林耿明加快洗胃的速度，說起腰椎穿刺他被學長姊帶著做過幾次，機會可遇而不可求。

第一年住院醫生還能得到寬容，如果到了第二年還不能自行操作各種常做的技術，恐怕就會再度被烙上不成材的標籤。

畢竟不能期待每天都有腦膜炎的患者等著讓你做腰椎穿刺。

不到一分鐘手機再度響起，林耿明來不及脫下手套就把它接起來，沾染著病人咖啡色胃液的手套拿著手機放到耳邊。

還是文芳姊，留觀室查房一波三折嗎？

「林醫師，不用了，有一位實習醫生想做，何醫師要帶他做。」

什麼？這裡的實習醫生也太不像話，居然跟學長搶腰椎穿刺。這幾個月下來，他發現這家醫院的實習醫生超有侵略性，不注意就會把他想做的技術搶走，和他以前無憂無慮、世界和平的實習生活截然不同。

這種有風險的事情有學長姊操作不好嗎？為什麼不乖乖在旁邊休息？果然這裡的每個人都不正常。

林耿明提不起勁回到診療區，那個要被抽取脊髓液檢查的人已經躺在縫合室裡，旁邊圍著的實習醫生活像迅猛龍小獸等著一聲令下就要撲過去。

文芳姊在外面開檢查單，對林耿明說：「這一梯實習醫生很積極，何醫師說有幾個說不定有機會明年來當我們R1。」

是嗎？這不是積極，是凶惡吧？有沒有考慮過學長也想練技術啊？你們以後走眼科皮膚科外科的，哪個會需要做這個？

林耿明內心雖有一把火，臉上仍然笑瞇瞇的很慈祥，把那批實習醫生記過一輪，哪個明年來當R1就電死他。

「林耿明，我這裡有個病人要縫合，快去！」黃昭儀丟一本病歷到他面前，他點開電子病歷看，是個喝酒又吞安眠藥的女人。

這種人在急診室要多少有多少，早已見怪不怪。不過現在時間早了一點，通常都是大半夜發作，跟季節也有相關，陰雨綿綿的日子鬧自殺的特別多。

之所以說是「鬧自殺」，原因在於他們不是真正想殺死自己，只是心情不好，想利用急診室的資源大鬧一場，找到自己生命的意義。

所以他們一定會叫救護車到醫院，不到醫院，他們吞藥的意義也就失去大半。以他們的劑量，就算吞一把安眠藥最嚴重的症狀也不過只是在家裡睡個覺，沒有被醫院處理過就不像吞藥自殺，心情無法得到紓解。

「賴怡玟有躁鬱症病史，有多次吞藥自殺來急診治療的紀錄，這次也一樣……還喝了酒，酒精濃度我看看，學姊果然有抽，兩百六十，這比她吞的四顆安眠藥嚴重，這傢伙現在昏迷不醒根本是酒醉吧！」

搞什麼，現在是早上十點多，你們出沒的時辰還沒到啊！

「學姊這個不用洗胃嗎？」

「她這麼昏，你洗胃是想嗆死她嗎？」

「等等我們要通報社工嗎？讓她去看精神科……」

「不用了啦，她只是喝醉酒，你不要隨便增加社工的工作量，趕快把傷口縫一縫，找個地方讓她躺到醒！反正她不會付錢的。」

對，過去的紀錄都是不告而別，欠費欠了三萬多。這個賴怡玟手掌的確有個五公分左右的割傷，林耿明看著這道傷，雖然她手腕密密麻麻都是自殘的疤痕，也就是俗稱的「提琴手」，但是他從來沒見過自殘割手掌心，是割手腕已經沒感覺了嗎？

林耿明將那個女人推進縫合治療室，她張著一雙無神的大眼睛，傻傻地笑，就像在嘲笑林耿明的徒勞無功。

幫她縫合是徒勞無功，她下次還會有別的傷口。

每一次吞藥得到的治療也是徒勞無功，她回去又吞其他的藥。

她的人生只有重複做這些才能得到存在感。

縫合室有兩張床位，另一邊正在執行腰椎穿刺，看起來很順利，透明的脊髓液一滴滴流入試管。這些搜集起來的脊髓液會送去化驗，有些會做細菌培養和病毒檢測，檢查是否有腦膜炎的狀況。這項操作只需要一個人，除了執行的那位學弟，旁邊還有三四個實習醫生圍觀。

「這裡有個病患需要縫合，有沒有學弟妹想做？」林耿明問他們，偶爾也想展現一點學長風範。實習醫生們同時後退一步，你看著我，我看著你。「縫合我練習過了。」「我想繼續看腰椎穿刺。」「你不是沒縫過？」「我才剛去過外科都縫到快吐了。」大家三言兩語互相推託。

看來人家對縫合這麼簡單的技術沒興趣。林耿明坐下來，抽好麻醉藥，戴上無菌手套清理傷口旁的髒汙。

真的有人會割手掌自殘嗎？

林耿明打完麻醉藥，低下頭觀察這割傷，就像是不小心拿刀子割到的那種，真的是自己割的嗎？手掌的疼痛比手腕多好幾倍，果然是喝完酒又吞下安眠藥才割得下去。

還好沒傷到重要的韌帶。林耿明仔細檢查完就一針針縫起傷口，不用幾分鐘就把傷口縫合好回到診療區。

「學姊，傷口我縫合好了，要簽進留觀室嗎？」

在留觀室給她一個床位，不要干擾到診療區「真正」的病人，黃昭儀幾乎就要做這個決定，但是最後她把病歷交給周承俊。

「學長，賴怡玟可以進留觀室嗎？」

「當然可以，為什麼要問？」周承俊微笑地說。

「不會給學姊添麻煩嗎？上次她借酒裝瘋，才砸過我們護理站。」

「這種事何宇華處理不來嗎？」周承俊簽了病歷，丟回給黃昭儀。黃昭儀接下病歷，默默回到電腦前，幫賴怡玟在第五留觀室找了個床位簽入。

所謂的第五留觀室只是好聽的說法。第五觀就是走道，只要是醫院任何角落，擺上一張治療桌，架上電腦，推一些推床過去放著，就可以成為留觀室。

黃昭儀把病歷給林耿明說：「讓她進五觀。」語氣並沒有很和善。她暗罵自己多事，太在意周承俊的想法，判斷出了差錯，幹嘛幫他考慮怎麼討好何宇華。

林耿明回到縫合室，低頭看著眼前的女人，說不出她是更醉還是更醒一點。曾經的濃妝在眼周變成一團煙燻，乍看之下很像被揍過的熊貓眼，林耿明根本看不出她本來的樣貌，這個賴怡玟是他們急診的常客，可是他今天才第一次遇到她。

也有這種事，雖然是每天都過來的常客，大家都知道的病人，但是就有某些人當班從沒遇見過。這種事也講求緣份。

才二十九歲，她第一次掛急診是十四年前的事，拜電子病歷所賜，林耿明查詢到那一次她是性侵的受害者。

十四年前，才十五歲。林耿明還記得十五歲的他只會打電動和偷看隔壁學校的女生，這個女人卻經歷過那樣的事，難怪會變成這個模樣。

學長學姊他們沒看過這份病歷嗎？為什麼要把她丟去五觀？五觀不是個好地方。

萬一她又吞藥，又用其他辦法自我傷害怎麼辦？五觀兩個護理師要應付那麼多人根本看不住。他想到拒絕洗腎的春福阿伯。

同樣的邏輯，她吞藥自殺那麼多次都沒死，也沒換個其他有效的辦法，說明她根本不想死，但是在這裡他也見過不少失手殺死自己的人。

「地上怎麼是濕的？」

他踩到地上一灘水，這水是從床單滴下去的。

「唉啊，妳、妳是不是尿尿了？唉啊～」

林耿明大喊，隔著兩張床的拉簾忽然被用力拉開，何宇華拉開簾子，先見到地上那灘黃色液體，皺著眉對林耿明說：

「林耿明你別動她，找清潔人員和警衛過來！」

「喔好。」林耿明後退一步，那個賴怡玟卻伸手拉他的衣角。

林耿明問她：「妳、妳怎麼了？要不要幫妳找家人？」

她搖頭不說話，只顧著拉住他。

林耿明說：「我找妳的家人過來照顧妳好不好？妳這樣，妳知道要被送去五觀了嗎？知道那是什麼地方嗎？那是走道！旁邊躺的都是一些無理取鬧的人，妳還是不要過去，我找家人來帶妳回家好不好？」

「好，找我家的人過來……」

賴怡玟跌跌撞撞從皮包裡翻出手機，因為酒醉還沒退，手指發著抖，始終按不出手機正確的解鎖密碼。

林耿明忍不住搶過她的手機，「妳的密碼是什麼我幫妳……」

何宇華讓實習醫生把做完腰椎穿刺的病人推回留觀室，她坐在縫合室的電腦前，開出腦脊髓液的檢查單，聽到林耿明和賴怡玟的對話，不安地皺起了眉頭。

林耿明順利解開手機密碼，滑出手機的聯絡人清單，交還給賴怡玟。「好了，妳快打電話找朋友來帶妳。」

賴怡玟發抖的手在手機螢幕指著那些聯絡人的名字，卻遲遲不撥號，林耿明忍不住催促她說：「快點，我也很忙，不能一直在這裡。」

他不小心瞥見賴怡玟指著的那個名字「賴必達」，覺得頗為熟悉。
賴怡玟動作太大，碰到放在她旁邊的皮包，裡面的東西散落出來，掉出一把水果刀。
「妳、妳帶著一把刀做什麼？」林耿明驚慌失措地問，那把刀的刃口還沾著血，她就是用這把刀自殘嗎？
不，不是自殘。
就如同她現在做的一樣，她把刀拿起來對著林耿明，握刀的手不穩，劃傷她的手掌。
「妳、妳冷靜點！」
林耿明想試圖安撫賴怡玟的情緒，賴怡玟的表情卻越來越猙獰，看來她酒還沒醒，把林耿明當成了其他人。
「林耿明退後！」
何宇華過來拉林耿明。
林耿明沒想過她真的會揮刀，完全不知如何反應，直到以狼狽的姿態摔在電腦上，才明白是何宇華救他。
何宇華旋即按下桌邊的緊急按鈕。

比警衛先衝進縫合室的是周承俊，他不是聽見緊急鈴才動作，而是林耿明摔在電腦上的聲響引起他的注意。畢竟縫合室就在急救室旁邊，在他看診的位子前方。
周承俊看見賴怡玟拿刀，不假思索過去抓住她的手，把她握刀的手壓在牆邊，阻止她進一步失控傷人，在這急診室交手這麼多年，他很明白賴怡玟會做出什麼事。
直到駐院警衛湧入，周承俊才鬆開賴怡玟讓警衛接手。他擋在何宇華身前，剛剛為了壓制賴怡玟用了很大力氣。
「Dormicum 打一整支，I M。」周承俊說。
廖繡茹立即去抽藥，在警衛幫忙壓制下，將 dormicum 這個強效鎮靜藥注射入賴怡玟的肌肉，幾分鐘後賴怡玟便陷入沉睡。

「學長，你受傷了。」何宇華拉起他的手看。

周承俊只穿著急診的短袖工作服，在接近手腕的地方有一道割傷，一些鮮血滴到地板，周承俊才感到手心有黏稠的觸感。

「還好不深，沒傷到肌肉韌帶，縫起來就好了。」周承俊回頭對一旁的廖繡茹說：「幫我備縫線和縫合包。」

周承俊坐在縫合室的床上，何宇華用鑷子夾著優碘棉球幫他把那道割傷周圍的皮膚消毒乾淨，看完傷口問他：「我幫你縫可以嗎？應該不用找整形外科。」

「我有說不要嗎？」

周承俊躺上治療床，如同一般的病人，何宇華將無菌洞巾鋪開，製造出一個無菌區。

雖然這個動作他見過無數次，從未躺在病床以病人的角度看著何宇華這麼做，對他很有新鮮感。

縫合這種小事，他也未曾盯著何宇華做，即使在她實習醫生的階段，他以學長的身分指導，也只是看著她縫過一兩針，原來何宇華幫人縫合的神情是這個模樣。

「壓制病人這種事應該讓警衛處理，你不應該進來的。」

「我知道，但是辦不到。」

何宇華首度把頭抬起來瞪著他，「你是現場的主治醫生，有職責在身，你受傷會讓大家很困擾，你手這樣怎麼插管？萬一有人要急救呢？」

「沒傷到韌帶肌肉，過幾天就沒事了，今天有急救就讓黃昭儀去做，又不是沒有住院醫生。」

何宇華無法反駁，低頭將局部麻醉藥施打進去，拿紗布按著打麻藥的地方，等上一會兒麻藥才會作用。

「我喜歡看妳生氣的樣子。」周承俊笑了一下說出這種話。

「你忘記自己有老婆了，敢對別的女人這樣說話？」何宇華拿起持針器縫下第一針，刺入皮膚再穿出來，打上幾個結，就算是閉著眼睛何宇華都能準確無誤地操作。

「既然我有老婆，昨晚是誰抱著我不放？」

「我錯了，請你忘記這件事。」

「不要。」

「周承俊先生，請你記得你的傷口現在掌握在我手裡，這道傷疤可以很美，也可以醜得要命，一直在縫合時激怒我沒有好處。」

「那我們聊別的，明知道那個賴怡玟有暴力傾向，妳留在縫合室做什麼？觀察室沒電腦開檢查單嗎？」

「你認為讓林耿明跟賴怡玟獨處安全嗎？」

「我就不理解了，妳怎麼老是對學弟那麼好，對學長又那麼壞？」

「我對你很壞嗎？現在不正在幫你縫傷口，沒有丟給實習醫生嗎？」

「實習醫生才不敢縫我。」

「實習醫生不敢，那個林耿明一定敢，還剩下幾針就讓他來好了。」

「林耿明要是敢進來，我下次科會電死他。」周承俊胸有成竹地說。

何宇華操作持針器縫合，只剩最後一針，沒想到這針下去，周承俊皺眉唉唉叫起來。何宇華連忙將針收回，放在器械盤上。

「你怎麼了？有其他地方不舒服嗎？」她怪自己太糊塗，忘記處理外傷病患的準則，賴怡玟那一刀說不定還刺中其他地方。

「剛才那針很痛，麻醉好像退了。」周承俊這麼說，何宇華才放心下來。

「你真的沒有其他地方受傷？」

「沒有，妳在替我擔心嗎？」

何宇華不正面回答，放下器械。

「我叫繡茹過來抽麻藥補給你，你先別動。」

周承俊忽然伸手拉住她，整條鋪在傷口上的無菌洞巾滑落地板。

「周承俊先生請不要破壞無菌面。」周承俊的手就抓著她戴無菌手套的手腕，破壞了整個無菌區域，真不敢相信這是央大急診的主治醫生。

「妳明明很關心我為什麼嘴硬？」

「我沒有，誰關心你？」

何宇華依舊倔強地否認，周承俊沒她的辦法。

「妳繼續縫，剩一針而已，就把它縫完，我可以忍受。」

何宇華給了他一個白眼，再度去拆了無菌洞巾，再做一次消毒，重新鋪好無菌面。

她拿起持針器，穿過皮膚，再從另一邊的皮膚出來，優雅地打一個結。

她戴著外科口罩，有一雙專注的眼眸，秀氣的睫毛垂下來，周承俊目不轉睛地瞧著。

「好了。」何宇華迅速結束縫合，把藥膏塗上再用紗布覆蓋貼起來，最後用網套套住。「學長手不方便，我們等下交換，你去觀察室，我去顧診療區好了。」

周承俊沒有回答。

「學長……？」何宇華回頭才發現周承俊的臉與她距離很近，眼神注視著她。

何宇華這才醒覺，她為了套網套，背對著坐起來的周承俊，這個角度正好像是被周承俊攬著。雖然實際上沒有，但是周承俊要的話，手一勾就可以抱她過去。

她用力推開他的手，卻被周承俊反握住。

這麼近距離讓他克制力大減，雖然這個縫合室並不是適當的場所。

適當的場合、適當的時機，那個時候他就是一直在等待這些，始終不敢大膽對她做什麼，結果就是為了一些現在想也想不起來的小事意見不合，幾個月沒有聯絡。

再見面她已經是實習醫生，輪訓到急診，她在外科實習的時候交了新男友。

周承俊不勉強，身邊對他示好的女人也很多，那時候他真的不在意。
周承俊握著她的手不放，何宇華很怕他真的把她抱進懷裡。
「這裡有監視器。」她提醒他。
「我知道。」周承俊在她耳邊低聲問：「在沒有監視器的地方就可以嗎？」
何宇華一句話都沒說，對著周承俊看，周承俊看著她的眼睛慢慢發紅，裡面有氤氳的淚水。
他放手，周承俊很少這麼慌亂，他從未見過何宇華掉眼淚。
「我開玩笑的，妳不要哭，對不起。」
「我知道你是開玩笑的。」
何宇華退到縫合室那台被林耿明撞過的電腦前，和周承俊保持安全距離。
「學長想去留觀區嗎？」
「不想。」
「很好，我也不想去診療區。」何宇華走出縫合室，關上門那一刻，眼淚還是不聽話地掉下來。

何宇華紅著眼眶從縫合室出來，黃昭儀不禁懷疑他們在裡面做過什麼。
真的只是縫傷口嗎？
雖然裡面有監視器，也不可能做什麼超乎想像的事，可是光讓周承俊和何宇華獨處一室，黃昭儀就覺得不安。
周承俊拿了病歷就開始看診，除了右手前臂那個白色繃帶，一點也沒有受傷的樣子。「學長，你沒事嗎？」
「沒事，手上的病人有問題嗎？」
「你要報警嗎？」黃昭儀不死心地問。
「當然不要。」
「可是……你不是受傷了嗎？」

「賴怡玟是有牌的，我報警浪費時間跑法院能得到什麼？」「有牌的」意指嚴重的精神科病患，經過精神科醫生看診且確立診斷，甚至多次住院治療。

「既然學長也知道，去制伏她不是很危險嗎？」

「妳說得沒錯，何宇華也把我罵了一頓。」

何宇華……罵他？要不是賴怡玟拿刀對著何宇華，周承俊也不會這麼快衝進去，縫合室警報器響起那一瞬間，不，是縫合室傳來巨大聲響的時候，周承俊放下所有事過去就是因為何宇華在裡面。

「學長難道不是因為學姊才會挨刀嗎？」

「妳說得太誇張，只是一點割傷，已經處理好了。手上病人怎麼樣，有危急的嗎？」

周承俊只要遇到不想回答的事就會用病人搪塞她，黃昭儀習慣了卻不能怎麼辦，只好把診療區的病人報告一遍。

「下次我叫你把人送去觀察室，你可以照我說的做嗎？不要節外生枝可以嗎？」林耿明才剛忙完一輪，坐在看診的電腦前，黃昭儀就過來念了他一頓。

「我只是覺得……學姊，這個賴怡玟和賴皮蛋什麼關係？她手機裡面有賴皮蛋的聯絡方式。」

林耿明終於想起「賴必達」就是常客賴皮蛋的本名。

「那是他妹妹，賴怡玟會變成這樣，也是賴皮蛋害的。」

「學姊是指……？」

「你應該有看見賴怡玟第一次來急診的病歷。」

「病歷被鎖起來，可是診斷碼好像是性侵？」

「因為是性侵案件，所以詳細的病歷被鎖住，這個賴怡玟在十五歲的時候，被賴皮蛋用一瓶高粱的代價賣給朋友。」

「什麼？」

「不但這樣，因為賴怡玟報警，賴皮蛋被朋友毆打，結果他們的母親還埋怨賴怡玟害哥哥被打。因為這整件事賴怡玟承受不住，才變成現在這個樣子。」

「這樣……學姊不覺得這個賴怡玟很可憐嗎？」

黃昭儀冷笑，「起先我們每個人都會覺得她可憐，想同情她。可是你知道她那把刀就是為賴皮蛋準備的，她想殺死她哥哥，更糟的是她一旦喝醉酒，就會把每個人都看成賴皮蛋。」

「所、所以她才……」林耿明驚訝莫名，「她想殺我？」事後才發現自己有生命危險是很可怕的驚嚇。

「對啊，因為你在她眼中就是賴皮蛋，她在我們急診鬧過很多次了。」

「所以宇華學姊才要我別接近她，學姊留在縫合室，是怕我不安全……」林耿明恍然大悟，「可是這樣的人去五觀不是很危險嗎？」

「你一定沒去五觀好好看過，五觀第十床是賴怡玟的VIP保留位，她現在也在那邊，你去看過再下結論。」

五觀第十床？林耿明的確不熟悉觀察室，他被叫去觀察室大部分就是幫忙開藥、放尿管鼻胃管之類的事情。第五觀察室就是走廊，人來人往的，只用臨時圍簾保留病人基本的隱私。

推床上的編號是掛上去的，林耿明走到第十床，賴怡玟就躺在第十床上。

他明白了這個床位果然是最適合賴怡玟的地方。

五觀第十床旁邊就是急診警衛室。

唐希看見江東彥從醫院的方向過來。

就算是約見面的地方，也只會約在急診室門口，唐希懷疑江東彥平常有什麼娛樂。

雖然認識很久，他們私生活沒有交集，江東彥不是那種能隨便約出去玩的人。他們之所以是朋友，全然因為常常在圖書館見面的關係。

他們每天在圖書館坐到關門。

一開始當然不是這樣，唐希到圖書館只是想轉換念書的心情，可是看見江東彥也在那裡拿著分子生物狂K，唐希就不由自主很有動力讀書，至少不能輸在這裡。

之後分子生物的課本換成免疫學、生理學，再變成解剖學、病理學，然後是內外科學，接著他們進入醫院，忽然就畢業了。

唐希發現大半的大學生活，她都耗在圖書館。雖然拿到書卷獎，也成功在畢業總成績贏過江東彥，可是面臨選科的時候，她不知道自己要做什麼。

她只是想贏，懷著這樣的心情迎戰了內外科的實習醫生黑暗無止盡的值班，她曾經喜歡過哪一科嗎？不記得了。

母親要她走皮膚科、眼科，可是她對皮膚科的印象實在很薄弱，更討厭把人們的眼睛翻來翻去做手術。

她去問江東彥，至少要知道他走什麼科，或許他們還要繼續競爭下去。

「急診。」江東彥毫不猶豫地回答。

「為什麼？」

「我想要站在第一線，把不該死的人都救回來。」

唐希也去拿了急診的報考簡章，和江東彥一起參加考試也順利錄取。真的想做急診嗎？唐希一直不肯定，這裡有那麼多無理取鬧的人。可是她絕不容許江東彥在同一家醫院救急救命的同時，她在看香港腳。

這種事絕不能發生。

「我看見你從醫院出來，去補病歷嗎？」唐希能想到休假日進醫院的理由只有這個，補病歷或做報告，但是江東彥的科會報告已經做完了。

「我去病房看一個小朋友。」

「你治療過的病人？」

「不算是。」

「江東彥你越來越林耿明了。」

「林耿明是一種形容詞嗎？」

唐希朝江東彥特別看了一眼，從他臉上看見不高興。以前的江東彥只會埋首於圖書館，根本可以用不食人間煙火形容，今天該怎麼說，唐希覺得他多了人味。

他居然會關心別人，撥出額外的時間去探訪病人，這已經不是以前的他，而且他和林耿明兩個八竿子打不到一起的人什麼時候這麼好。

好到唐希諷刺林耿明，江東彥會說這種話反擊。

江東彥真的不是一個會在乎別人感受的人。他一向活在自己的世界，為什麼走出來了？

一樣的咖啡館，唐希和江東彥坐在對面，唐希拿著熱咖啡，思索要不要把事情跟江東彥說。

換做是以前那個江東彥，唐希有十足把握拉他站在同一陣線，才進入急診短短幾個月，她已經不太確定這件事。

「找我什麼事？」

江東彥的語調一樣溫和，聽在唐希耳裡卻和以前有截然不同的感覺。

那份距離感不見了。

「你真認真，放假還跑來看病人。」

「我只是來找他們聊天而已。」

「你休假日跑來跟病人聊天？」唐希越來越難理解，江東彥不是個好聊的人，他們認識那麼久，說話內容從不脫離課業考試的範疇。

「妳找我有什麼事？」他把話題帶開，直視唐希的眼睛。

「你有聽到那個傳言嗎？」

「妳是指哪一個傳言？」雖然江東彥不是人家會跟他傳播小道消息的對象，要說到最近的熱門傳言，當然是他昨天晚上目擊到的那一幕。

不過唐希再無聊，也不至於跟他議論起周承俊和何宇華的感情狀態。

「你有沒有聽說，林耿明是靠著走後門進來的？」

原來是這件事。

「那又怎樣？」

「你不會覺得不甘心嗎？我們付出那麼多努力，那些被他排擠掉的落選者不冤枉嗎？」

「我只知道我不是被他擠下去的人，那些人的心情我無從得知，林耿明進來以後的表現沒有對不起錄取他的人。」

「我明白你的意思了。」

唐希認為沒有繼續談論林耿明的必要了，江東彥難得說那麼多話，他說得已經很清楚。

「你剛才到醫院到底是看誰？」唐希喝過一口咖啡後問，順便把話題從林耿明身上繞開。

「妳不認識，是我國中同學的學生。」江東彥看著窗外緩慢地說：「他已經快死了。」

「咦，她還在啊？」

林耿明經過五觀第十床發現賴怡玟還躺在上面，不禁嚇了一跳。精神科不是要把她收住院嗎？因為持刀傷人，符合強制住院的標準。

「請問……」林耿明找到負責五觀的護理師，是和趙襄君一起進來的新人江媛婷，她的頭髮按照規定綁成包頭，現在那個包子已經散得不成形狀，可見她今天過得不輕鬆。

「媛婷，妳們第十床怎麼還沒上去？不是有床號了嗎？」

「家屬不肯來辦住院手續，我在等社工，但是值班社工正在處理一個性侵個案，要等他處理完那個才能來辦。」

社工手上的案子也不少，要等他過來不知何時，這賴怡玟精神不穩定，留在急診就是個未爆彈。

「電話號碼給我，我來聯絡看看。」

賴怡玟的聯絡人填的是母親的號碼，林耿明看見這個名字不禁很有熟悉感。就賴皮蛋的媽媽嘛，整天為賴皮蛋在急診呼天搶地，也算是個熟人。

每次賴皮蛋有醫療問題需要住院，母親雖然嘴硬說不管，每次都會來醫院顧他。林耿明見過她在醫院附近撿回收，偶爾會拿一些回收給她。

「您好，請問是賴怡玟的母親嗎？我這裡是……」撥通以後，林耿明還沒說完一句話，就被掛斷電話。

他再度撥出號碼，這次是語音信箱。

「怎麼這樣？差別待遇也太大了。」

「我媽媽不會來的，她只會管我哥，不會管我。」賴怡玟忽然發出聲音，把林耿明嚇一跳，不過她的眼神看起來頗清醒。

「因為、妳是女兒？」林耿明說完就非常後悔，萬一刺激到她害她病情加重怎麼辦，要是賴怡玟再鬧一次，何宇華絕對不會放過他。

賴怡玟搖頭，看起來沒有要發作的樣子。

「因為她恨我，因為我害她痛苦二十幾年，你知道嗎？二十幾年幾乎就是一個人的人生。」

林耿明把「怎麼回事」四個字強行忍住，雖然他很好奇，可是讓賴怡玟述說以前的恩怨糾葛似乎不是什麼好的發展。

但是賴怡玟並不是你沒反應就會乖乖閉嘴不說話的人。

「我四歲那一年，父親工作不順利失業了。他每天只會喝酒，喝完酒就打我媽媽。我媽被打得受不了，想逃走，可是我哭著求她跟她說不要走，我希望爸爸媽媽在一起。她為了我留下來，被打了二十幾年，直到我爸酒喝太多吐血死掉。」

「妳真的有那麼說？」

賴怡玟搖頭說：「我根本不記得了。可是我媽一直埋怨我，說我毀了她的人生，她不應該為了我留下來。到這個年紀，我覺得可以理解。如果我當時真的有那樣說，真的有哭著求她，真的很不應該，我什麼都不懂。」賴怡玟流下眼淚，在病床上像個無助的孩子。

「這件事不該怪妳。當時妳只是個孩子，什麼事都不懂。就算妳有這樣說過，只是一個孩子不希望失去母親的正常反應。」

這種事在急診屢見不鮮，家暴受害者為了孩子勉強維繫家庭。就算只工作了幾個月，林耿明已經開過不少家暴驗傷單，很多人都是一驗再驗，為了孩子挨打完依然回到原本的家。

為了孩子？

能怪孩子嗎？身為成年人的判斷力呢？

還是孩子只是懦弱的藉口？

如果真的有那麼多勇敢逃離的人，急診也就不會有那麼多家暴通報。受害的一方為了孩子留在家庭彷彿是個神聖的犧牲，讓人可以忍受各種痛楚。

早已不復記憶的過去，賴怡玟卻要承擔母親的怨恨。讓賴怡玟變成如今這個樣貌的，到底是那椿令人髮指的性侵事件，還是來自母親經年累月的壓力。
能夠傷一個人最深的，往往是最愛的家人。
「我知道，所以我要殺了賴皮蛋！」聽見這句話，林耿明立刻彈起來，果然賴怡玟又目露凶光，幸好綁在她手腳的約束帶還固定住。
「媛、媛婷……快，她又發作了！」林耿明慌張地後退，喚來在別床換尿布的江媛婷。
「何醫師有醫囑，我幫她打鎮靜劑。」江媛婷才上線幾個月，看起來卻超沉穩，把手上的尿布捆起來丟進專用垃圾桶，然後去抽藥，甚至抽藥前還去洗了手。
這期間賴怡玟不住敲打床欄，路人紛紛側目，林耿明快扛不住了。
「賴皮蛋、賴皮蛋，你給我過來！」賴怡玟大呼小叫，推床快被她拆散，約束帶也快被突破，眼看她要掙脫束縛。
「媛婷！」林耿明忍不住催促，雖然他看見江媛婷已經在抽藥，真的不行他只能撲過去，為什麼人類精神出問題時力氣總是異乎尋常地大。
江媛婷拿著一管藥，警衛室裡的警衛過來幫忙壓制，把鎮靜劑注射進去，過沒幾分鐘，賴怡玟再度陷入沉睡。
「媛婷妳救了我，如果讓她再鬧大，我就死定了。」看見賴怡玟睡著，林耿明才鬆了一口氣。
「林醫師，她剛剛是不是說賴皮蛋？」
「對耶！」林耿明一拍腦袋，笑著說：「原來她也知道賴皮蛋這個外號！」
「喵嗚嗚嗚～」
一隻黑白毛色的貓慌張地在分隔島上，這條路是主要幹道，車流繁忙，尤其在華燈初上的傍晚，如果不是牠害怕到發出喵叫，唐希根本不會看見那兒躲著一隻貓。
牠誤入分隔島，卻無法判斷出過馬路的時機，被困在分隔島上不知道多久。

「欸，那裡有隻貓，看起來很可憐。」唐希拉著江東彥指向那隻貓的藏身地。

「等等紅燈的時候，我去抓牠，你等我一下。」

唐希這樣提議，江東彥皺著眉。「妳會抓貓嗎？」

「當然，我大學是流浪動物社的耶。這隻貓不會過馬路，如果讓牠一直在分隔島，不是餓死就是被車撞死……外套借我。」

唐希大學是流浪動物社，江東彥是第一次聽說，他連自己大學是哪個社團的都想不起來。他就是那種入社那天出現過一次，後來就再也不見人影的社團邊緣人。

紅燈亮起，行人這邊則是綠燈，唐希拿著江東彥的外套緩緩逼近分隔島。

那隻貓並沒有接收到唐希的善意，牠拱起背，背毛豎起，一臉壓力很大，又緊張又害怕的模樣。

唐希知道牠只是在虛張聲勢，以前她也救援過流浪貓，每次都雞飛狗跳。能在街頭存活下來的浪貓都是又凶又敏感，不信任人類的個體。

紅燈變成綠燈，旁邊停止的車子啟動，似乎觸動那隻貓的敏感神經，唐希快要用外套罩住牠的剎那，那隻貓跳進車流之中。

「唉啊，危險！」唐希想阻止牠，卻不知被什麼東西絆到失去平衡，貓平安落地，但是唐希沒有。唐希落地之前，被一輛疾駛而來的休旅車撞上。

失去意識之前，唐希只聽見車子輪胎急煞發出的聲音。

江東彥在分隔島上，看到唐希如同一道完美的拋物線降落在馬路的中央。在車子的大燈前，整個世界像是靜止在這一瞬間。

江東彥腦袋一片空白。

第十一章　所謂的醫生，只有冷靜的時候才是

唐希躺在馬路中央，後方的車子緊急煞車，輪胎距離唐希不遠。撞上唐希的車子也停在原路，一下子堵住兩線道。

本來就不暢通的路口因此亂成一團。

江東彥奔到唐希身邊，想查看她的傷勢卻不知從何下手。這裡是真正的事故現場，不是急診室，這裡什麼都沒有。

沒有護理師幫忙量血壓，他所習慣的各種武器都不在手邊。

怎麼辦？鮮血失控地冒出來，一眨眼整片視野都是殷紅色的血，若不快點處理失血只會更多。於是他打開手機的手電筒，找到腿上冒血的洞口，血液帶著節律性的搏動噴射出來，因此可以研判是動脈出血，江東彥不顧上面露出白森森一段骨頭，朝那搏動的地方用力壓下去。

沒有手套，沒有紗布，這裡什麼都沒有。徒手壓迫骨頭和血管的感覺很詭異，江東彥真切感覺到他的掌心下流逝的是一個人的生命，不是血壓的數字、不是檢驗報告，而是血與肉生命的搏動。

「啊！這個小姐很嚴重，我來叫救護車！」一個路人從後面過來，看見狀況馬上拿起手機撥號，他的左手還打著石膏，看起來是剛從醫院看完門診的人。

「一一九嗎？對，有車禍，央大急診室前面的路口，不是我啦，是別人，你們快一點，別問那麼多！」撞到唐希的那輛車子的駕駛是個二十初頭的年輕人，見到唐希傷勢嚴重，手足無措頹然呆坐在安全島。

「央大急診！央大急診！北區派遣中心呼叫。」在檢傷區的一角，本來幾乎已經成為固定的無線電台詞忽然有了變化。

「央大急診收到，北區請說。」正在檢傷的資深護理師徐素晴趁著量血壓的空檔回覆無線電。

「央大急診，我們接獲一通車禍報案，現場距離你們急診很近，我們已經派車出勤，可是傷患好像很嚴重，可能已經休克，你們有沒有人可以先過去救治？」

就在幾個月前，也是醫院前面的天橋，有人跳天橋自殺，當時的景況仍歷歷在目。

「周P怎麼辦？我們有人可以去嗎？」

診療一區滿坑滿谷的患者。雖然急診室以嚴重的優先，搶救有生命危險的人，輕症的擺後面，乍聽之下非常合理。這個規則的缺點在於醫療資源不能無限擴張，在這個全國最大最重症的醫學中心急診室診療一區，似乎所有重症都慕名而來，每個月總有幾天，眼前的每個病人都有某種生命危險，沒有一個能讓人放心。

就是俗稱的滿手爛牌。

現在周承俊的手上滿手爛牌。

周承俊說：「問何宇華能不能去？」手上這份檢驗報告的血紅素只剩下二，以正常人來說這個數字為十三，這麼嚴重的貧血，不知道是怎麼活過來的。

診療一區的檢驗數值總是在挑戰人體的極限，看見這些數字，都會懷疑這個人還活著嗎？

徐素晴見他神色凝重，黃昭儀和林耿明也各自忙得分不開身，黃昭儀手上有看不完的病人，林耿明則是做不完的處置，各種尿管、鼻胃管、動脈血，還要幫忙消化病情較輕微的人，這裡說的較輕微，僅僅是入院沒有休克跡象而已。

徐素晴只好撥去留觀室問：「何醫師，急診室前面路口有一起車禍，北區救護派遣中心請我們支援，周醫師問妳能不能去一趟？」

「沒問題。」

何宇華說完不到半分鐘，就帶著手套出現在檢傷區。她按下無線電詢問：「央大急診呼叫北區中心，請問車禍地點在哪裡？」

北區中心給的地點的確在急診室附近，何宇華一確定位置，跟她在留觀查房的專科護理師謝文芳揹著創傷急救包，兩人就從急診室出去救援。

隨著時間過去，唐希的臉色越來越蒼白，反應越來越微弱，雖然只過去五分鐘，理智上明白救護車不會這麼快到，江東彥從不知道五分鐘會那麼漫長。

他從未這麼期待聽見救護車鳴笛的聲音。

何宇華從幾個人中間穿出來，大叫：「傷患在哪裡？你們讓開，我是央大急診的醫生！是什麼狀況？傷患還醒著嗎？」

「大腿開放性骨折，傷到動脈血流很多……」江東彥壓著冒血的洞說，沒發覺眼眶有淚水悄悄流下來。得救了。

何宇華正在察看傷勢，聽見他說話的聲音抬頭看他一眼，雖然這裡很昏暗，還是足夠認出他。「你是江東彥？」

江東彥說：「對，學姊，受傷的是唐希。」

何宇華深吸口氣，她根本認不出這個人是唐希，當下加快速度，將創傷急救包拉開，和江東彥一起用紗布和綳帶壓迫住骨折出血的地方，然後把充氣夾板打氣起來固定骨折。經過這一番處理，出血有減緩下來。

文芳已經將一條大號點滴打在手肘，在她固定點滴的同時，何宇華也打上另一條點滴。

兩條生理食鹽水全速灌注以後，唐希居然慢慢睜開眼睛。

何宇華評估她的傷勢，胸部摸起來有皮下氣腫，可能肋骨斷裂好幾根，戳到肺部造成氣胸。腹壁也有壓痛點，要考慮內出血的可能性。

何宇華大喊：「唐希，我是何宇華，聽得到我說話嗎？」

唐希細微而緩慢地點頭。

「什麼？這個是唐希？那個凶巴巴的女醫生？」幫忙報案的那個打著石膏的路人忽然大聲起來。

「你認識唐希？」何宇華一回頭看，那個路人就往後退，人高馬大滿臉橫肉的樣子，一看就知道不是善類。

何宇華好歹也打滾了這麼多年，一下就猜到怎麼回事。那個人正要揮手否認，何宇華已把點滴袋往他手上一放。

「唐醫師現在需要你的幫忙，盡量把點滴拿高。」

點滴越高，流速越快，這是簡單的物理學。

那個男人雖然一臉不想幫忙的樣子，還是把兩袋點滴都接過來，用他僅剩可以活動的那隻手高高拿起兩包點滴，充當人形點滴架。

不管是何宇華、江東彥，還是那個路人，唐希都覺得很遙遠，像是另一個平行世界。

唐希的視線只看得到閃爍的紅綠燈，有時是模糊不清的光點，有時清晰，一會兒又像是浸在霧裡。

很多時候，她的眼前只有一片黑暗。

向。

診療一區的風暴忽然平息。

林耿明得以喘息，坐在診療椅的電腦前，整理剛剛病人的檢驗報告，做出每個人的診斷，安排他們的動向。

住院、出院或是留在觀察室。

急診室的生活充滿不確定性，危急的狀況彷彿會傳染一樣，總是一個接一個出現。急診醫師能做的就是冷靜地一個個把炸彈拆除，一個個面對，挽救他的重症病人。

該去手術的手術，該急做心導管的去導管，要洗腎的去洗腎。

然後會在某一個瞬間，所有病人都平穩地接受治療，事情被做完了，該等待的報告還在等待，終於能喘一口氣，剛剛的忙亂像是上輩子的事。

林耿明在電腦叫出第五觀察室的畫面，上面有第一床到十五床的姓名列表，經過剛剛一番衝刺，第五觀察室現在是滿的。

「人怎麼還在？還沒辦到住院嗎？」林耿明看見賴怡玟的名字還在上面，動向欄也沒有顯示床號。

「林耿明，你真的很愛多管閒事，你不忙嗎？不要整天去管賴怡玟，這裡還有一個鼻胃管要放。」黃昭儀邊說，邊在他手臂貼了一張貼紙，上面有病人的姓名和病歷號。

又是鼻胃管？林耿明說：「這種事不是有實習醫生嗎？」

黃昭儀說：「他們下班了，難不成要我做嗎？」

「當然不是。」林耿明不敢違抗，這種雜務當然是資淺的去做，實習醫生不在，全場最菜的醫生就是他。

「我只是覺得賴怡玟真的很可憐，她母親把被家暴的事情也怪到她身上，她變成這樣也不是她願意的，應該要好好治療她。」

黃昭儀說：「林耿明你太投入了喔，她對每個人都說過這個故事。」

林耿明問：「難道她說的是假的嗎？」

「是真的。那又怎樣，誰也幫不了她。我們只是醫生，不要管太多醫療以外的事。」

林耿明拿著一支鼻胃管走向他的病人，檢傷護理師徐素晴忽然快速衝進診療一區。她的臉色不是一般的凝重。

「周醫師，車禍外傷病患，意識不清，三十秒到！」

「是何醫師去看的那個外傷嗎？」周承俊頭也不抬地問，他才剛把診療一區的狀況控制下來，喝了幾口冷掉的咖啡而已。

徐素晴說：「周醫師，何醫師說傷患是唐希醫生！」

周承俊抬起頭直對著徐素晴看，直到徐素晴給他一個肯定的眼神。每個字他都有聽到，但是他一瞬間無法組合起來，意識到徐素晴口中的唐希就是他們的唐希。

救護車不祥的鳴笛越來越近，抵達急診室門口。

徐素晴衝出去，按下診療區廣播。

「一區急救室 trauma blue！」

Trauma blue 是個代號，意思是有嚴重的一級外傷患者抵達。周承俊直接到急診大門口，用最快速度和何宇華把唐希一起推進急救室。

林耿明丟下手中的鼻胃管過去，卻在急救室前停下腳步。

看到唐希渾身是血送進來，林耿明幾乎認不出她。原來意外離我們這麼近，雖然他平常和唐希說不上話，看見這一幕還是腦袋一片空白。

林耿明傻住了。除了看著急救室、聽著裡面的聲音，什麼也動彈不得，直到江東彥滿手的血從外面踉蹌進來。

「江東彥，你受傷了？」林耿明飛奔過去。

江東彥對他搖搖頭，林耿明忽然明白那是唐希的血。江東彥一句話沒說，低頭坐在急救室外面的等候區，沮喪地捂著臉。幾分鐘前經歷過的事仍在他腦海裡重演，而他仍然是一樣的無能為力。

原來認識的人受傷是這種感覺。不確定該怎麼做才對，很怕一個差錯就造成無法挽回的後果。而這還不是他的親人、不是朋友，只是個不太熟悉的同事。

平常能不假思索救人只是因為他不認識那些人而已。

從唐希被送進急救室那一刻，就像無法倒帶的電影。

叫血、輸血，打上兩條中央靜脈導管。確認氣胸放上胸管，超音波找到內出血，輸更多的血袋。第三條中央靜脈導管，插管接上呼吸器，絕急刀送入手術室。

周承俊和何宇華像兩個互相嵌合的齒輪，少了一個都無法那麼完美地運作。他們懷著相同的目的作戰，知道自己該做什麼，對方需要怎樣的協助，交換過眼神就能一個動作接著一個。

林耿明進去急救室以後，就沒一刻停止。周承俊像是輪軸，理所當然是發號施令的人，何宇華是第二個齒輪，林耿明就是被他們驅動的機器。

用完的血袋只能丟在地上，唐希的衣服褲子都要全部剪開，染血的橡膠手套堆積在垃圾桶，電話不停地響起，負責領急血的輸送人員穿梭在血庫和急救室間，一袋又一袋地送來，一袋又一袋地奮力打入唐希體內。

監視器上的血壓似乎代表她的生命，把血壓維持住，她還活著，血壓量不到，她就即將死亡。

一個人的生命在這個房間簡化成幾個數字。

「把氧氣管接上去，我們要送去手術室了。」何宇華大叫，急救室所有的人過來一起把唐希送出去。要手術了，手術後妳會重新活過來。

林耿明把管子接上輸送的氧氣鋼瓶，才剛後退，何宇華已經跟雅貞、文芳和繡茹一起推著推床，以百米速度衝向通往手術室的電梯。

前方有警衛開道，電梯早已按好等在那兒。

這就是外科的絕急刀。

這麼嚴重的外傷病人，時間就是他的生命。

江東彥在急救室外面，沒有踏進去一步。

唐希全身是血送進急救室，又全身是血進去手術房，不同的是身上多了許多管子，各式各樣的管子。

時間過了三十分鐘。

這三十分鐘裡面，她是變得更好還是更糟糕？

江東彥看起來很疲憊，林耿明過去拍他的肩膀。

「你怎麼了？」

「我什麼也做不了。」

「什麼？」林耿明根本聽不懂江東彥說的話。

「唐希被撞到以後，我在她旁邊，腦袋卻一片空白，什麼也做不了。急診室那些家屬都經歷過這些嗎？出事之前，我們還在講話。我現在可是醫生，卻跟當年那個小孩子沒有兩樣，眼睜睜看著爸爸死掉什麼都做不了。」江東彥抱住頭，對自我的厭惡再度達到極點。

「躺在地上的感覺我現在還記得。」林耿明說：「那時候被救回來以後，我有一段時間不能動彈，我很害怕，卻什麼都做不了。只能躺在那裡，等待自己活過來或是慢慢死掉。那種感覺……很可怕。」

江東彥看著他。

林耿明繼續說：「我做了很久的惡夢，常常回到那裡。好幾次我都怕自己沒有被救起來，我很害怕，很無助，不知道要怎麼辦。每個人一定都是這樣的，每個病人，每個家人生重病的人都是這樣。江東彥你很正常，正常得不得了。」

這算是安慰嗎？聽起來不太像。

江東彥沒好氣地說：「知道我是個正常人，好像真的有好一點。」

「你就是常常要求自己做正常人辦不到的事，才搞得壓力那麼大。」

林耿明話才說完，就見到黃昭儀朝他過來，拿著一份病歷丟到他手上。

「你不要顧著聊天，現在很忙沒看到嗎？這床點滴打不上，你去打一根CVC。」CVC就是中央靜脈導管，如果點滴打不上，常常會需要從頸部或鼠蹊部打一根CVC。

「學姊，剛剛才在急救室打完一場硬仗，等我喘一下。」

黃昭儀冷冷說：「你看學長有在喘氣嗎？」

周承俊從急救室出來，好像什麼事都沒發生過，就拿起下一本病歷，彷彿剛才在急救室處理的只是個小感冒。

「學長體力真的很好。對了，學姊剛剛怎麼沒進去。」林耿明不禁佩服。

黃昭儀翻起白眼問他：「我進去外面誰顧？你嗎？」

「外面這些不是都可以等嗎？」

「如果沒有人在外面，你要怎麼確定外面這些病人都可以等？沒有病人會忽然惡化？這裡可是一區，進來的都是二級以上的病患。如果不是診療一區被我控制得很好，哪來那麼多護理師可以進急救室幫忙？」

「原來如此。」林耿明恍然大悟。

「不是……讓你打一根CVC哪來那麼多廢話！」黃昭儀不可思議地瞪著他，林耿明知道他再不動作接下來就不好過了。

「請問唐希醫生送進手術室了嗎？」

一個滿臉橫肉左手打著石膏的男人探頭進診療一區，江東彥、林耿明和黃昭儀同時看過去。

「請問，你是她的家人嗎？」林耿明走過去問。

黃昭儀忍不住翻白眼，這傢伙真的很愛多管閒事，明明自己事情都做不完了。

「不是，這支手機掉在剛剛那裡。」那個男人指了指外面，林耿明理解他說的是車禍現場。

「咦，你不是上次被唐醫師告的那個？」雅貞上次陪唐希在縫合室裡面，一下子就把男人指認出來。

「那、那又怎樣！」那男人被認出來，馬上惱羞成怒。

「雅貞，沒關係，剛剛車禍他也有幫忙。」江東彥起來對那男人說：「謝謝你叫救護車，又當人工點滴架。如果不是你，唐希不會那麼快得救，手機給我，我會拿給唐希。」

「那個……」男人把手機給江東彥，然後搔著頭，對他來說，在急診室被醫生感謝倒是生平第一次。「叫救護車我是專門的啦，常常喝醉酒讓你們照顧嘛，這樣說我都不好意思起來。所以那個凶巴巴的女醫生有救起來嗎？」

「已經去開刀了，雖然傷得很重，終究會沒事吧。」其實江東彥也不確定，但他想這麼說。

「這樣就好，這樣就好。」那個人彷彿鬆了一口氣。

下班後周承俊坐在辦公室，桌上擺著一張急診大班表，他用橘色螢光筆把唐希的班劃記出來。急診主治醫師和住院醫師的班都是他排的，唐希剛去動手術，短期內無法上班，這份班表得做一番調整。

下個月要把輪訓到內外科的R2調一個回來頂唐希的缺，這個月唐希還剩十個班，這十個班會少一個住院醫生。

「學長你在調班表？」何宇華觀察室交接完進辦公室拿東西，看見周承俊的位子亮著燈。「唐希還剩幾班？」

「十個班。」

何宇華走向他，低頭看那份班表。

「下個月應該可以讓一個R2回來。」

「我跟主任通過電話，一般外科願意放人，蘇可勳會回來急診，不過這個月我們還是得撐過去。」

「所以就是這十個班……」何宇華的手在班表上比劃移動，很快找出唐希缺的這十個班的主治醫師。何宇華有三個，周承俊一個，另外六班是其他人。

「這些人不會高興的，尤其是這個週末連假。」何宇華說：「班好硬。」

週末連假的央大急診室只能用滿坑滿谷的病人來形容，又少了唐希一個人力，光用想像都知道是一場血戰。

「連假就算了，妳看這三個班。」周承俊用筆在三個地方指過去，這三個班的主治醫生分別是鍾主任和鄭紹青，當班的總醫師都是小邱，而住院醫師則是唐希。

「鍾主任不會在，鄭紹青不管事，唐希又不能來上班，這三個班小邱扛不起來。」

「所以我想調班，把主任和鄭紹青調走。小邱也算是我的人，不能讓他吃這種虧，而且這樣很危險，人力不足的班容易出事。」

「誰願意讓你調過去上這種班？」

「有，我自己。」

「你又在做傻事了。」

「剩下幾個班我也打算吃下來。」

「因為你動了主任和鄭紹青的班，不管另外幾個就是差別待遇，我們周P不喜歡被人說這種閒話。」

「明明我是為大局著想，怎麼被你說得我很小家子氣。」周承俊不以為然地抗議。

「大局？這個？」

何宇華把班表拿起來，帶著不以為然的表情。

「對啊。」

周承俊若無其事地說。何宇華放下班表對他看過去，確認他要這麼做？周承俊的眼神毫無猶豫。
她知道他真的要做。
何宇華說：「算了，我們一人一半，你一個人根本吃不下來。」
「妳不用管我。」周承俊面不改色，把班表拿回去。
「你不要倔強。」何宇華也沒有退讓的意思。
周承俊說：「不過是少一個R1，以前也上過這種班，沒什麼大不了。」
周承俊指的是當總醫師的時候，跟主任上班，主任常常去開會不在診療區現場。少了主治醫師，手邊只有一個R1，卻要扛下整個診療一區，是真正的硬仗。
何宇華也經歷過那種日子。
算是每個總醫師都有的痛苦回憶。
何宇華說：「沒什麼大不了、沒事、我可以，你總是說這種話，總是把事情一個人承擔，你是不是瞧不起我？」
「我沒有瞧不起妳。」
周承俊不知道這結論是怎麼推出來的。
何宇華帶著挖苦地說：「沒有實際行動，光用嘴巴說說我是不會相信的。」
「好，」周承俊拿她沒辦法，把班表送到她面前，一臉無可奈何沒好氣。「妳先挑，不要後悔，不知道的人還以為我們在分什麼好東西。」
周承俊交完班以後，又在辦公室待了一個多小時才把調班的事聯絡完。小邱這天休假，正在家裡準備升等的東西。因為醫院發佈了一些新規定，各科部主任職必須由教授擔任，副主任也要有助理教授以上的教職。除了以上那些，小邱還從其他科的同學那邊聽說明年會有新的升等辦法。

不知道詳情是什麼，小邱都不知道自己聽見的是第幾手消息，總之這種事有個不變的道理，從來只會變得更嚴格，不會更寬鬆。

所以小邱不打算等考完專科再來處理，雖然專科考試是眼前最重要的事，升等也必須一口氣通過才行。

他跟周承俊談過，周P也贊成他儘快動作，所以這天他休假在家也沒閒著，正在整理升等所需要的病人案例分析的資料。

然後他接到周承俊的電話，知道唐希出了車禍，正在手術，還不知道以後能不能回來。

小邱馬上看到自己有三個班，下面是唐希，上面是主任和鄭紹青。

幹！最近是犯太歲嗎？是不是忘記去點光明燈，怎麼這麼不順！這個會死人，絕對會死人！小邱說會死人在這裡不只是要形容自身遭遇的慘烈，而是擁有實際上的意義。那幾天病人真的會死很多個，他只要一個差錯就會跟著死。

醫療人力不足跟死亡率有正相關，很多研究論文都做出來了。

雖然這種事不用啥論文也知道。

「我把班調整過了。」周承俊接下來的這句話用悅耳還不足以形容，根本就是天降甘霖。小邱把新的班填上去，身心一下子放鬆下來，腦海中除了「得救」兩個字再無他想。

才放下手機，把班表改好，去冰箱拿一罐啤酒，打算用啤酒稍微平復一下受驚的心情，手機又自顧自響起來。

「小邱，你知道了嗎？」電話那頭是劉建浩。

「你說唐希的事？」

「她怎麼會出這種事。」劉建浩埋怨地說。

「幹！我哪知，你要不要去醫院一趟？」
「我？去幹嘛？」
「不然你打電話給我做什麼？」
「我要調班啦幹！」
「幹！你幹嘛學我，你不是走這個路線好不好。」
「我沒有學，是被你傳染的啦！幹！」
「你要調哪幾班？」小邱再度拿起手邊的班表，上面已經被他塗得花花綠綠。「先說好，唐希是你罩的，我是不會大發慈悲把你那幾班沒R1的班吃下來。」
「你不用吃我的班，我還要你把班給我。」劉建浩氣定神閒地說。

周承俊剛才說，他們兩個R4要把唐希缺班的這幾天頂下來，上面的主治醫師會是他或何宇華，聽得小邱陣陣熱血沸騰。

這是鐵了心打一場殊死戰的陣勢，排出最強的陣容迎接最困難的戰役。

不只住院醫師，主治醫生也有強弱之別。老是偷懶的那些就不提，上班久了都知道跟哪些主治這個班就像無頭蒼蠅，而另一種人再亂的現場也井然有序，兵來將擋水來土淹而已。

「沒問題，我會當成過年班來上，守住急診大門！」小邱一口熱氣上來，就這麼答應過去。結果現在劉建浩找他換班，把三個班拿走，換給他的是有R1的正常班。

本來他和劉建浩是五五波，忽然變成劉建浩八個班，他只剩兩個。
「幹，你真的要這麼犧牲喔？周P說過我們兩個平均分配。」
「沒關係。」
「不然，其他天我是不行，你把二十到二十二號的夜班換給我，這三天也沒有R1。」

「不用了。」

「什麼不用……」小邱那個幹差點又要下去，忽然他多看了一眼班表，發現劉建浩一定要跟他換這些班的原因。

劉建浩跟他要的，主治醫生都是同一個人，不願意給他的，主治醫生也是那個人。

「你就把班給我就好。」劉建浩再重複一次。

「欸，劉建浩，我可是親眼看見他們抱在一起。」

「那又怎樣？」劉建浩說：「要公平是嗎？不然十七號後面這三個白班給你。」

果然，這三個白班都是周P的，小邱閉上眼，他這個同事明明不是笨蛋，為什麼要幹這種蠢事。

「我那幾天有事。」小邱說。

「我知道，如果你沒事，周P會排跟你上。」

「我覺得周P沒有跟你不對盤。」

「以前沒有，以後就不知道了。」劉建浩淡淡地說。

周承俊人在書房，手機不間斷地響起來，這次動到班的人太多，雖然他與何宇華把沒有R1的班數都吃下來，還是有人抱怨動班影響到他們的休假計畫。

周承俊出去廚房倒了杯水，整個家裡是昏暗的，張嘉歆留張紙條告訴他，今晚去參加醫生太太的聚會。

央大的醫生太太有幾個小團體，組成各種名目不一的讀書會，張嘉歆是院長女兒，自然是團體裡的焦點人物。

根據周承俊的觀察，名為讀書會的團體沒有真的一起讀過什麼書，只是找個理由社交而已。

他回到書房，這個家裡唯一真正屬於他的空間。裡面的單人床本來只是為了值夜班後白天用來睡覺的地方，不知從何時開始，他晚上也睡在這裡。

手機又響了，是劉建浩，周承俊接起來。

「我周承俊，有什麼事？」大概是班表的問題，今晚所有來電都是班表的問題。

「學長，我跟小邱換過班，跟您報告一下。」

「好，」周承俊拿起班表，「你們換了什麼班？」明天早上他就會公布改好的版本，寄到每個人的院內電子信箱。

劉建浩如實說完，周承俊改到第三個班時看出了端倪。這三個班他都在何宇華的名字下面把小邱劃掉，寫上劉建浩。

「你跟小邱換的這幾個班都沒有R1，確定要這麼做？」

「我確定。」

周承俊沉默了一會兒。

「這幾班的主治都是何宇華，我可以知道原因嗎？」

「周P猜不到嗎？」

周承俊一句話也沒說，按下結束通話，對著這份班表看了很久，很多事只要不說破就有轉圜餘地。

至少，他相信如此。

周承俊沒想到的是那天她的妻子張嘉歆並沒有去參加讀書會，而是去見了一個人。

張嘉歆已經很久沒來這個地方。

那個時候她還是大學生，常常和當時的男朋友來這個地方喝下午茶，下午茶不是男生會喜歡的東西，當時的男友自然是迎合她的喜好才來的。

後來，換成她遷就別人的喜好，她很久沒吃過下午茶，也很久沒有跟男性友人單獨出來。

她怎麼也沒想到，這麼多年以後她會再度來這家店，和當年的同一個男人。

張嘉歆找到位子坐下來，她面前的男人看著她。

「我幫妳點了可麗露。」那個男人說。聽說他一直沒結婚，是醫院裡的黃金單身漢。黃金單身漢或許不假，但是比起當年那個時候，他已老了許多。

張嘉歆問：「黃佑昶，你約我出來有什麼事？」

「沒事，就想看看妳。」

張嘉歆立刻站起來，拿起手提包說：「現在看過了，我可以走了。」

黃佑昶攔住她說：「別這樣，嘉歆……」

「嘉歆這兩個字不是你可以叫的。」

「好好好，」黃佑昶舉起雙手投降，「先坐下來，我只想知道妳過得怎麼樣，周承俊他一天到晚在醫院，不常回家吧？」

「這不關你的事。」

「妳當初為什麼要嫁給他？」

「因為我愛他，這個理由不夠充分嗎？」

「妳愛他？現在還是嗎？他有給妳幸福嗎？」

張嘉歆說不出話。她很想理直氣壯地反擊，可是她每天獨自在臥房醒來，都痛苦到想落淚。即使她現在用盡力氣，也只能夠撐著不讓眼淚在前男友面前掉下來而已。

「為什麼妳要選擇他？那時候我是妳的男友，可是妳背著我跟他見面，一知道他要跟妳交往，就轉身把我拋開。」

「你現在是要翻舊帳嗎？」

「只是想談一談，我一直想不透，我們在一起那幾年，我沒感覺到有什麼問題。」

「好，我欠你一個解釋。」張嘉歆爽快地說：「希望你聽完，不要再沒事找周承俊麻煩。我認識他很久了，我本來就喜歡他。」

「你們不是不認識嗎？」黃佑昶說：「妳記得嗎？我們在學校約會遇到他，我還有介紹妳是我女友，他一臉初次見面的樣子。」

「我父親和周承俊爸媽是同學，我們一起吃過幾次飯，可是他完全沒有印象，他不記得我。對他來說，我只是他父親某個朋友的女兒。」

「既然妳喜歡他，為什麼還要跟我交往？」

「你會因為那種遙遠的單戀對象就不談戀愛嗎？」

「我懂了，因為周承俊進入央大醫院，他的父母覺得該讓他跟院長的女兒認識。周承俊沒有反對，妳就順理成章把我甩掉跟他在一起。」

「你如果要怪就怪我。」

「現在呢？妳還一樣愛他嗎？妳知不知道周承俊快完蛋了，他論文寫不出來，很快會被鬥走。」

「他每天都在研究室，怎麼會寫不出來？」

「妳確定他每天在研究室是為了寫論文？」

「黃佑昶你說這話什麼意思？」

「意思是妳相信周承俊嗎？妳如果有再一次選擇的機會，要一樣把幸福押在他身上，還是換成我？」

黃佑昶的話讓張嘉歆驚訝到說不出話，啞口無言地皺著眉。

黃佑昶笑了，把手上的氣泡飲料喝掉。

「妳沒有掉頭就走呢。」

張嘉歆狼狽地閉上眼，冷冷地說：「我不會背叛周承俊。」

「是嗎？那妳有沒有聽過何宇華這個女人？妳一定沒看過周承俊是怎樣看著何宇華的。」

張嘉歆張著那雙大眼睛不知所措，她當然不會對這個名字沒印象，那一次飯局周承俊和她在包廂裡發生的事，她假裝不在意只是不想讓周承俊反感。

事後她做了一些調查，知道她是周承俊的直屬學妹，也知道他們是認識很久的朋友。

不過她沒有證據，找不到證據，這兩個人似乎沒真的發生過什麼。

但是黃佑昶現在的神情就像是這兩個人有過什麼事。

張嘉歆很不安，除了勉強自己坐著不要亂，不知道該怎麼辦。

黃佑昶滿意地笑了出來。

謝一城接班的時候，最驚訝的就是在離開急診的病人欄位看見唐希這個名字。

這個名字並不常見，謝一城只認識一個人叫唐希。打開電子病歷，年紀相符，病歷端也有院內員工的特殊標示。

所以是他認識的那個唐希。

唐希出了什麼事？

「學長，唐希怎麼了？」

這一班的學長是R3鍾世通，不算是周承俊那個派系，因為很聽話，上面都很喜歡他。

人就是這樣，從小老師就教我們要做個有用的人，有用的人會有很多不必要的堅持，腰不夠彎身段不夠柔軟，這樣的人沒辦法留到最後。

謝一城一進來就看出鍾世通和他是同一類人，家境不好，當醫生最大目的就是錢和權，沒有稀奇古怪的救人包袱。

性格相投的人上班自然會多聊幾句，感情就是這麼來的，小團體也是這樣形成的。

「她發生車禍，現在還在手術中。」

「很嚴重嗎？」謝一城被他的話嚇了一跳，鍾世通表情凝重地點頭，他說：「聽說她跟江東彥在咖啡館談事情，過馬路的時候執意要救一隻貓，結果貓沒事，她被車撞得很慘，推進來的時候血壓幾乎沒量到。幸好，算她命大，當班的是周承俊和何宇華。」

有些主治醫生就是比較積極，在他們手上的病人存活率高，住院醫師都心知肚明。當然，沒有人敢真的把這種主題拿來做研究，也不會公開討論，又不是不要命了。

自己知道出事要拜託誰就好。

謝一城大約知道唐希找江東彥談什麼，他一直很積極拉攏唐希說林耿明走後門的問題，唐希也很憤慨，像她那種心高氣傲的人當然不認同林耿明可以和她站在同一個基準點。

好不容易法院的事告一個段落，唐希這幾天嚷嚷著要找江東彥，大家一起對付林耿明。

沒想到江東彥還沒拉到，她自己就先出了車禍。

幹嘛去救一隻野貓？

謝一城怎樣也沒料想到他們四個人裡面最先出局的是唐希，而且是以這種方式出局。

「謝醫師、謝醫師，三觀有病人不太對勁，可以麻煩你過來看嗎？」

謝一城接起手機，電話那頭是趙襄君，是和他們一起進來的那一批護理師妹妹，雖然倖存者不多，現在都已經實際上線處理病人了。

謝一城才覺得奇怪，他有注意趙襄君的班表，她今天是白班，照理說下午四點下班，現在都晚上八點多，她怎麼還在？

三觀就是第三觀察室的簡稱，就在他們更衣室旁邊，謝一城從診療一區的後門穿出去，直達第三觀察室。

「現在是什麼狀況？」

第三觀察室有三十個病人，小夜班下午四點到晚上十二點的時段有三個護理師負責照顧，現在有五個人在那個人的床邊，除了小夜的三個護理師以外，還有白班留下來的江媛婷和趙襄君。

「謝醫師來了。」趙襄君先抬頭看見他，謝一城對她點了個頭，問：「妳怎麼還沒下班？」

「因為護理紀錄還沒寫完……謝醫師，這個病人忽然喘起來，狀況不對勁，你趕快看他。」

床上那個人很躁動，臉上的氧氣面罩明明可以幫助他不缺氧，他卻一直把面罩拿掉，讓自己的血氧濃度一路往下掉。

他神智不清冒著冷汗，甚至還想爬下床。

許多的護理師圍在床邊阻止他下床，趙襄君焦急地望著謝一城。

「病歷給我！」謝一城接過病歷急切地翻起來，這是一個反覆發生肺炎的人，這次也是因為肺炎入院，在留觀室等病房已經兩天了。

檢驗報告看起來沒特別的地方，白血球升高、血糖略高都是肺炎會出現的典型表現，看起來沒有很嚴重，是那種打抗生素打個十天就可以出院的病人。

看病歷看不出個所以然，謝一城看他那麼喘，拿起聽診器想聽個呼吸音，卻因為他太躁動而無法把聽診器放到他胸前。

「謝醫師，小心！」那個病人還朝他揮拳，真的是瘋了！

這麼亂，看起來已經瀕臨呼吸衰竭，不然先抓去插管好了。謝一城剛動這個念頭，忽然瞥見他頸部有一根中央靜脈導管，也就是CVC。

「那根CVC什麼時候放的？」謝一城指著問。

「就在剛剛林耿明醫生下班前。」

「我看過你們今天下午的紀錄，這個病人本來都沒有什麼狀況吧？快推超音波過來，我知道怎麼回事了。」

在超音波的螢幕上，可見到這個人右邊的胸壁和肺中間有一層厚厚十幾公分的液體，肺葉被這層水壓迫住，無法隨著每次呼吸伸展開。謝一城拿出空針在超音波下抽這層水，出來的卻是滿滿一管的血！

「張力性血胸！」謝一城說：「那根CVC把血管捅破，大量積血壓迫肺葉，難怪病人會那麼喘，剛剛林耿明放完有確認過位置嗎？」

「有、有啊，我還有問他X光片CVC位置可以嗎？」小夜班的護理師雅晴說。

「等等再找他算帳。先推進急救室，我要幫這個人放胸管，還要叫血來輸，這裡面的出血量不少！」

病人十萬火急，從三觀被推進急救室，幾乎是以跑百米的速度，陣仗驚動了主治醫生康永成和R3鍾世通。

聽說是留觀室的病人，康永成第一個從急救室退出來。今天觀察室是鄭紹青，出了名的會推卸責任，看起來狀況不單純，還是別多管閒事比較好。

急救室的護理師是資深的護理師廖繡茹，馬上把胸管包拿出來，胸管、刀片上進器械盤裡，消毒液倒進去，一字排開，就等著謝一城放這根胸管。

「消毒棉枝！」

「Local！」

Local即是局部麻醉藥的簡稱。

謝一城戴好無菌手套以後，廖繡茹按照謝一城的指令把棉枝打開，讓他拿取無菌棉枝消毒，消毒病人胸前的大片範圍，然後廖繡茹拿起局部麻醉藥瓶給謝一城抽局部麻醉藥。

謝一城打完麻醉接著劃刀，大彎鉗順著肋骨捅進去，彷彿聽見骨頭撐開的聲音，然後一道血色的弧線從洞口噴射出來。

謝一城沒能避開被噴了滿身，幸好他特地穿上防水材質的隔離衣，整個胸前血跡斑斑。

胸管放好以後，仍然不斷有血水從胸管出來，連接的胸瓶一下子被七百CC的血水淹沒。

謝一城動作很快，整個過程十分鐘不到，以一個R1來說非常有水準。

「快夾起來，血流太多，等等要休克了！」鍾世通一邊說，一邊拿起大彎鉗把胸管夾死，免得胸腔裡面的血水肆無忌憚流出去。原本裡面出血的部位，可能靠著胸腔的壓力減緩出血的狀況，現在一下子減壓出來，出血量會比原來更驚人。

光胸瓶裡面就有七百CC，加上謝一城捅進去那一刻冒出來的那些，恐怕有一千CC也不止。

「鍾醫師、謝醫師，血壓七十五、四十！」

果然撐不住休克了。

不過胸腔裡面排出一千CC的血水，壓迫的狀況得到紓解，現在這個病人既不喘也不躁動，血氧濃度還達到令人滿意的95。

但是這只是暫時的。

也就是說，如果繼續保持胸管夾死的這個狀態，出血雖然會因為胸腔的壓力減緩，不久後就會壓迫到肺部甚至心臟造成呼吸衰竭。

如果把夾死胸管的彎鉗脫開，那麼胸腔裡的血水會全部流出來，出血會比原來更難以控制。

「趕快把血給我掛上去輸，再叫六袋血過來，也要血漿、全血都送過來！」

鍾世通能在央大急診室存活到R3，實力還是非常的雄厚，急救室一下子動起來，找血管的找血管，對血的對血，掛血袋的掛血袋，可是這個人的血管並不好打。

就是因為這樣，才會打上脖子那根該死的CVC。

「謝一城，這是怎麼回事？你怎麼會去留觀室撿回一個張力性血胸？」鍾世通看起來活像要把謝一城釘在牆壁上一樣逼問，守留觀室的鄭紹青本來就是個八風吹不動的人，現在變成這樣，他果然裝作不知道，沒有要過來的打算。

所以鍾世通壓力很大。

「還不就那根林耿明打的CVC，八成捅破血管打進胸腔裡面。」謝一城冷冷說，其實心裡很得意，總算抓到林耿明的小辮子了。

「那你還不把那根CVC拔掉？放在那裡是要供奉起來嗎？」廖繡茹拚命也只能在病人的腿上打上一根微弱的24號的針頭，血輸進去的速度很緩慢，一點也不足以抵擋這個人胸腔內出血源源不絕的攻勢，而且看起來隨時會堵塞。

鍾世通搖搖頭，這渾水他是蹚定了，又不能見死不救。

「幫我再備兩根CVC，我要打他兩邊大腿，至少要把血壓拉起來。謝一城，你把舊的那根拔掉以後，會診心臟血管外科，這個要趕快進去開刀。」

「爸說你昨天去找過他？」

張嘉歆整天都在外面，結束下午跟黃佑昶那個不愉快的會面以後，她去購物中心大買了一場，然後又回去家裡一趟。

家裡，指的是她的娘家，那邊才有家的感覺。這邊總是空蕩蕩的，她常常獨自一個人，就算跟周承俊說話也是很簡短就結束了。

他有興趣的醫療、急診和那些研究，張嘉歆一樣也聽不懂，而且有些話題她覺得很血腥，聽完都會想吐。回到這個「家」，發現周承俊居然在，她很努力才沒讓自己的雀躍表現出來。

她沒去記他的班表，他有班的時候固然不在，沒班的時候也總是不在家，那份班表對張嘉歆不具參考價值。

「你去找爸談些什麼？」

「科內的事，我們主任拜託我一件事。」

張嘉歆坐在他旁邊，這張乳白色的沙發是義大利進口的家具，當初特別選了暖色調，因為她喜歡溫暖的家庭氛圍。

後來她才明白，一個家溫不溫暖和沙發沒什麼關係。

「這樣喔，你們談得還順利嗎？」

周承俊點頭說：「還可以。」

「如果有我可以幫忙的地方……」

「應該沒有，妳不用操心。」

總是這樣，張嘉歆想我話還沒說完呢。不過周承俊的事她大部分都幫不上忙也是真的，可是難道夫妻之間就是這樣，他都不想跟她說今天過得怎樣嗎？

不只是今天，昨天還有前天，她都不知道周承俊過得好不好。

才說沒兩句話，張嘉歆如果進房，這次談話也就結束了。可是她下午才見過黃佑昶，被前男友嘲笑了一番，她不甘願就這樣道晚安進去獨自睡那張雙人床。

至少今天晚上，她要把周承俊弄進臥房，就算光躺著什麼都不做也好。

「你的手……怎麼回事？」

周承俊被賴怡玟割到的傷口套著一層網套，從袖口露出一截，張嘉歆看見很驚慌，把他整個袖口都捲起來。

「周承俊你怎麼受傷了？」

「被病人割到的，已經縫過處理好了。」

「縫？」張嘉歆聽見「縫」這個字根本眼前一黑，「傷口很深嗎？你怎麼沒告訴我？我應該要過去一趟。」

「我在醫院自己處理好了，妳來也不會有什麼改變。」

「那我幫你擦藥。」張嘉歆站起來，思索家裡的醫藥箱放在哪兒。

「妳會嗎？」周承俊冷不防說的這句話讓張嘉歆停下腳步。

「我、我不會，但是你可以教我吧？」

「不用了。我在醫院換過藥了，剩下的我自己看著辦就好。」周承俊把張嘉歆挽起的袖子拉直，蓋住整個網套和下面的紗布。

「我……也好。」張嘉歆坐下來，看著沙發前方只是裝飾品的電視，周承俊根本沒空看什麼電視節目。

「反正我本來就怕這些血啊傷啊，你能自己擦藥那最好。我……我有其他話要跟你說。」

周承俊看著她，納悶她想說什麼。「前幾天我去找我哥的時候遇見媽。」

張嘉歆的哥哥是周承俊的大學同學，考到醫生執照後就去醫美診所，張嘉歆固定會去那邊做療程，而那個醫美診所是周承俊的家族事業，擁有十幾家連鎖分店，總執行長是周承俊的母親，也就是張嘉歆口中的媽。

「她很關心我們結婚那麼久，都沒有消息。」張嘉歆吞吞吐吐地說，小心地觀察周承俊的表情。為什麼這張臉是她喜歡的類型，明明帥到她過這麼多年還是會臉紅心跳，明明是她的丈夫，她卻沒有勇氣撲過去。

「她對妳說這些做什麼？妳放心，我會去跟她說，妳不用有壓力。」

「不，不是壓力。我是想說，我們可以不要過得像是住在一個屋簷下的室友嗎？」

周承俊抬頭望著她，好像在思考她打什麼主意。

張嘉歆說完停頓了幾秒才緩過來，過去坐在他旁邊。

「我一直記得我們第一次在一起，你看著我的樣子，那天晚上我到你住的地方，你正在喝酒，你大概都忘記了。」

「不，我記得。」周承俊把桌上的水杯倒滿，然後拿起來一口氣喝掉，他那一天也是這樣喝酒，喝的酒他也還記得，是韓國的燒酎。

「你……今晚也想喝酒嗎？我去拿過來。」

「不、不用了，我不喝酒。」接下來周承俊的話，使張嘉歆力氣全失，「嘉歆，我要離婚。」

第十二章　不一樣的抉擇成為不一樣的人

江東彥上班之前到加護病房去了一趟。唐希還接著呼吸器，聽說她手術後曾經有短暫的意識恢復。蒼白而腫脹的臉龐安靜地沉睡。江東彥幾乎無法認出她，若不是病歷上就印著她的名字，他一定找不到她。

他就站在唐希的床邊看著，體溫心跳血壓都穩定，手術後的狀況不錯。

當了幾個月的急診醫生以後，他明白了一件事。現在狀況好，就是好的，不要想太遠的事，因為很多時候能做的就只是走一步算一步。

「江醫師，這個病人發燒。」交接班以後，江東彥在治療一區的電腦前，正想去幫掛號進來的新病人看診，趙襄君忽然拿了一份病歷給他。

是個肝膿瘍病人，也就是肝臟裡面有細菌感染，這樣的人發燒是很正常的。

「三十八度五，要處理嗎？」

「再觀察就好。」

江東彥想起來了，趙襄君是林耿明同校的學妹，昨天林耿明傳訊給他，說趙襄君今天第一次上治療一區的班，希望江東彥多多照顧。

後來唐希出事，他亂成一團，現在才忽然想起來。不過他不覺得他有什麼辦法照顧趙襄君，雖然都在治療一區工作，醫生和護理師的工作內容畢竟大不相同。

「小邱醫師，春福阿伯又來了，這次好喘！」

春福被檢傷護理師素芳推進來，今天當班的主治醫師馬永鑫正在掃一個超音波，小邱和江東彥幾乎同時進入急救室。

春福阿伯是個不聽話的洗腎病人，明明應該規則洗腎，卻老是不聽從安排，等到喘得受不了那天才到急診室。

每個急診醫生都認識他，江東彥和小邱也不例外。

他還替自己簽了不急救的同意書，一心求死，可是每次都不如願。

今天他一樣很喘。

上次被林耿明插管，還威脅要告他，讓那個傢伙擔心了好一陣子。

小邱對他沒有好感，直接問他：「春福阿伯，你這次太喘了，要插管嗎？」

沒想到春福竟伸出手抓住他。「要、要，幫我插管，我不想死，不要死……求你們……求求你們……」

小邱嚇了一跳，基本上對春福伯來說，問他只是個過場，不管他同意不同意，該做的醫療處置都會做。因為他不是末期病人，不符合引用不急救同意書的狀況。

這件事科內開會討論過了。

每隔兩三天春福伯就會來一次的頻率，沒有一次他的回答是肯定的，只有這次。

「阿伯，你怎麼了？」江東彥忍不住問他。

「我……我要活著，我要活……」他邊說邊哭，看起來又更喘了。

「江東彥，不要跟他廢話，既然他同意就趕快插管送他去洗腎！」

江東彥一點頭，立即付諸行動，反正他們已經取得春福伯的同意，不用管那一紙「不急救同意書」。

春福伯並不是什麼困難插管，等麻醉鎮靜藥物發生作用，江東彥很迅速就將氣管內管放入喉頭，接著接上呼吸器。

接下來，只要聯絡加護病房，讓他趕快去洗腎就解決了。

雖然是個檢傷一級，也有小菜一碟和世界大戰的差別，像春福伯就是小菜一碟。剛剛如果不是檢傷叫得很緊急，小邱還不想進來急救室，覺得交給江東彥就可以了。

小邱打完電話，替春福伯搶了一張加護病房下來，要不是他早了幾分鐘，這張床差點被腸胃內科病房訂走。

江東彥確認完春福伯的狀況，正要跟小邱一起出去診療區，忽然背後的生理監視器響聲大作。

生理監視器連接在病人身上，可以即時告知病人的血壓、呼吸以及血氧的狀況，也就是所謂的生命徵象。當一切正常的時候，它會跟著每一次心跳發出規律性的聲音，即使不用眼睛確認，也可以知道這個病人的生命徵象沒有問題。

反之當它響聲大作，就是出現了危急狀況。

像小邱這樣已經在急診室四年的總醫師，急救過的人不計其數，生理監視器就是他最熟悉的朋友，光聽它發出的聲音就可以知道出了什麼事。

他和江東彥同時回頭看，一看那上面的心電圖果然如他所料。

「江東彥，VF，趕快電擊！」VF就是心室纖維顫動，是最危急的心律不整，如果不在幾分鐘內處理，馬上就會死亡。

江東彥離春福伯最近，立刻奔向電擊器抓起電擊板，充電完成給了第一次電擊。

「Clear！」電！

電擊完江東彥跳上病床，直接對春福伯壓胸CPR。

居然演變成這個局勢！這不是春福伯嗎？不是洗腎就好了嗎？

小邱走向急救室的廣播，這個廣播器只為了一個用途設置，也就是它的存在只為了傳達一個消息。小邱按下廣播按鈕。

「急救室CPR！」

CPR並不是兩個人或三個人就可以完成的，壓胸的那個人會沒力，要有人輪替，要有人給藥，有人記錄發生了什麼事。

最重要的是要有人找到真正的原因，否則CPR也只是一路邁向死亡的終點而已。

「是春福伯?!」

「春福伯CPR?!」

聽到廣播放下手邊事情過來幫忙的每個人一看到是春福伯都很訝異，他們實在跟他太熟了，每個人都認得那張臉孔，那張在江東彥手下因為缺氧而發紺的臉孔。

「我不要洗腎啦！」

「我發生問題你們不要救我！」

「不要！我不要治療！」

春福伯那些倔強的話，每個人都聽過，每個人都勸過他，或者是沒勸他，視當時忙碌的程度來決定。

「春福伯不是不要急救嗎？」一個人小小聲地說。

「剛剛插管之前，他請我們救他，他不想死！」小邱很沉重地說出剛剛的經過，在大家還沒消化完這個訊息，他立即說出一連串處置。

「好了，雅貞幫我給他一支 epinephrine ！繡茹接替江東彥上去CPR！春福伯是洗腎患者，剛剛發生VF，可能是高血鉀，來打降鉀藥物。」

「Sodium bicarbonate 六支！」

「Calcium gluconate一支！」

「D50W三支加RI六單位！」

如果用傳統的血液檢驗來確認血中鉀濃度需要一個小時，就算是用動脈氣體分析去做也只能縮短到二十分鐘。

春福伯沒有二十分鐘可以等，發生VF隨著每一分鐘過去，急救回來的機會就少百分之十。洗腎病人很容易有高血鉀，高血鉀又會引起VF，因此小邱決定直接當成高血鉀治療。

「Amiodarone 300mg！」剛剛那三種藥還沒打完，江東彥又電擊了一次，依然是VF，小邱決定用上抗心律不整的藥物。

這是急救的第二線用藥，用到這個藥還沒回來，意味著可能會急救失敗。

隨著時間流逝，大家的士氣越來越低落，小邱的心不斷往下沉。

「Clear！」電！

「Clear！」電！

「小邱學長！」電了那麼多次還是VF，江東彥拿電擊板的手都發軟起來，他和小邱對望著，這一天到了嗎？他們可能會失去春福伯。

小邱說：「他不是求我們救他嗎？既然要救，就要救到最後！」

江東彥再給予一次電擊，大家奮力地替春福伯壓胸急救，像是無聲的電影，很沒有真實感。

「嗶……」生理監視器一聲長鳴將江東彥的注意力喚回，不用看他也知道發生什麼事。

心電圖呈現一條直線。

江東彥拋下電擊板，跳上病床，賣力地一次次按摩春福伯的心臟。

一次又一次。

「江東彥，時間到了，停止急救。」

江東彥抬頭看著小邱，一臉茫然，這麼快？

他整張臉都是汗水。

「時間到了，停止吧。」小邱說：「死亡時間十二月二十日，上午十點十八分。」說完，小邱將呼吸器撤除，拔掉口腔裡的氣管內管，再替春福伯戴上氧氣面罩。

春福伯歷經六次電擊，沒有急救回來，他的心電圖直接成為一條直線。

真正的終點。

他們失去了春福伯。

沒有家人在急救室前等待，他的身後事只能仰賴社工。

江東彥放手時，他還有一點體溫。他怎麼也沒想過春福伯會是這樣走的。他想死的時候，一次次被救回來；今天他終於想要活著，卻怎麼樣也救不活。

「春福伯……他沒有家人吧？靈堂會設在哪裡？我想去致意，畢竟我們都認識那麼久了。」江東彥對社工說。

「對，我也想去。每次他來的時候，我都一直罵他，他也常常罵我，我還以為每次、每次都會一樣，我們還會互相叫罵很久。」急救室的護理師雅貞說。

「我也要去。」廖繡茹說：「春福伯每次都想吃甜的，血糖根本都超標，現在他可以放心吃了，我想帶點甜的給他。」

「他沒有家人，也沒有朋友，沒想到你們急診室的人還滿關心他的。」社工訝異地說。

「因為他兩三天就會過來一趟啊，在這裡他走急救室跟灶腳一樣，超級不配合，只會一直叫罵，說他不想活了。」雅貞說：「我沒想到春福伯會這樣走掉，雖然他不洗腎，血糖也控制得很差，可是他一直都很有力氣，罵人也很精神……我一直以為他會在很久很久以後，OHCA 被送進來，然後安詳地死去……」

「不知道為什麼他今天忽然說要急救？」江東彥算是自言自語，社工卻說：「這個原因我大概知道。」

他說：「我是院內負責周春福的社工，跟他談過好幾次，也做過家訪。以前他的態度一直不積極，不肯接受治療，也不願意被援助。可是上次住院以後，他心態改變了。上一次他住院中發生心肌梗塞，去做了心導管打通才撿回一條命。據說，他是這麼跟我說的，他去了一趟鬼門關，他不想再回去那個地方。」

「鬼門關？」

「春福伯說，那不是什麼好地方，他很害怕，不想再去一次。」

「所以他才會求我們救他？那為什麼不規則接受洗腎呢？」江東彥不明白。

「我勸過他，也不知道為什麼，大概是覺得害怕死掉這個念頭對不起先走一步的妻子吧。」

「原來如此。」江東彥看著春福伯一會兒，然後整理好心情，走出急救室，回到診療一區。

「江醫師，春福伯真的離開了嗎？」趙襄君忙完手邊的事，見到江東彥出來，便過去問他。

她今天是診療一區的第一班，光是做完手上病人的醫囑就很吃力，上得戰戰兢兢，所以剛剛沒有進急救室。

江東彥點頭，周春福，這個急診的老病人，抬頭不見低頭見的，真的走了，不會再來了。

「怎麼這樣？你還好嗎？」

「嗯，我現在明白，人真的是很複雜的生物。」

「複雜？」

「嗯，真的很複雜。」

不管春福伯是生是死都是幸福的，他現在不用再害怕死亡，也可以跟妻子在一起。事情有壞的一面，就會有好的一面。就像人們會決定一件事，卻一直朝著相反的方向去做。

春福伯簽下DNR，卻每次都來急診；等到他不想死的時候，又不接受規則洗腎。人類很複雜也很矛盾，會一直跟自己作對，大概是還沒想清楚要的是什麼吧？

「江東彥醫師，你晚上有空嗎？要不要一起去吃個飯？我的意思是，今天是我第一次上診療一區，很感激你的幫忙。」趙襄君鼓起勇氣問江東彥。

「不，我沒有做什麼。」江東彥忽然問：「也會找林耿明去嗎？」

「喔嗯，當、當然囉。」趙襄君忙不迭說：「江醫師想吃什麼？我來訂餐廳。」

「讓林耿明決定吧，我會晚點到，要去看一個病人。」

比起純白的、帶著濃厚藥水味的成人病房，兒童病房總是佈置得很溫馨，希望能為生病的孩子帶來愉快的氣氛。

江東彥帶著背包到兒童病房裡的一間病室，裡面的女人看到他，很愉快地讓他進去。

「晨曄，江東彥醫生來了。」那個女人對病床上的孩子說，那個孩子則露出高興的表情。

「我帶了一些新書，還有上次你要我去圖書館借的。」

江東彥拉開背包，從裡面拿了六七本書出來。有故事書、圖畫書，還有一些習作評量。

蕭晨曄雖然沒有去學校，還是對課程很感興趣，有一次江東彥問他有沒有想看的書，他忽然不說話。

「怎麼了？」江東彥低下來問他。

「真的什麼都可以嗎？」

「什麼都可以。」

「我想要課本。」

「課本？」江東彥很奇怪他為什麼要課本。

「不可以嗎？」

「可以，我帶課本給你。」

江東彥哪找得到國小三年級的課本，當然去找陳佳芸幫忙，陳佳芸把各科課本給他，還有一些習作評量。
「他真的有做那些評量嗎？」有一次，江東彥偷偷問蕭晨曄的母親，晨曄母親點點頭，「他真的有做，我也很訝異。我感覺到他做這些評量好像是一種讓他、讓他覺得自己只是請一段長假，總有一天會回去上課。」

「醫生哥哥，謝謝你常常來看我，又買書給我看。」蕭晨曄趁他母親到護理站拿東西，偷偷對江東彥說。
「你評量做得很認真。」
「可是有很多地方寫錯，因為我沒有去上課嘛。」
「那有什麼關係，你知道嗎?書裡的世界是自由的。在書裡面，你可以去任何地方，有很多意想不到的朋友。看書也是一種上課。」
「醫生哥哥以前也交過書裡的這種朋友嗎?」
「有一段時間，我搬去一個不熟悉的地方，每天都很寂寞。我爸爸死了，媽媽變得和以前不一樣，新的弟弟妹妹和我處不來，我只剩自己。這時候，我就看書，什麼問題書裡面都有答案。」
「我覺得……書裡的朋友和實際上的朋友還是不一樣，他們不會陪我玩。其實我也想去學校，可是我不可以，因為爸爸媽媽會難過。」
「你會擔心爸爸媽媽嗎?」
蕭晨曄點點頭，江東彥不由得出了神。
原來就算是生病的當事人也會顧慮到其他人。這麼小的年紀，承擔那麼多病痛，卻還是會顧慮到家人的心情。
江東彥猛然想到他這輩子從未想過的一個問題。
死去的父親臨死前想著什麼，也在擔心他嗎?

周承俊推開辦公室的門，偌大的辦公室裡面，雖然有十幾個醫生辦公的位子，很多都被堆滿雜物，周承俊往裡面的主任辦公室走去，忽然看見鄭紹青也在位子上。

這倒是很稀奇。

除了主任之外，周承俊算是最常使用這個辦公室的醫生，很少在這邊看到鄭紹青。周承俊不動聲色先去確認班表，確認今天沒有鄭紹青的班。

他真的是特地過來一趟，他來做什麼？

他是不做研究的，主任應該交付給他什麼行政職務，對了，副主任的位子延宕這麼久，主任都還沒公布。大家從一開始的議論紛紛到現在話題完全退燒。

根據這個月初發佈的規定，主任要有教授職，副主任則是助理教授。急診部的醫生裡面只有他達到這個位子的規定。鍾主任之所以遲遲不決定副主任人選，除了他現在自身難保以外，某方面來說，也是把這個位子拿來當作和周承俊交易的籌碼。

但是鄭紹青來辦公室做什麼，周承俊太清楚這個人，他無事不登三寶殿。

周承俊對科祕書說明來意，然後進入主任辦公室。

他站在主任的辦公桌前等了一會兒。

這是鍾盛山特有的架子，周承俊並不反對或厭惡，因為這樣他可以在說話前有更多時間觀察這個人。他桌上擺著什麼東西，最近看什麼書，正在批閱哪個行政單位送來的公文。

鍾盛山當然也是為了說話前觀察一下周承俊，才讓他等那麼一下子。他是焦急的還是胸有成竹，有沒有不耐煩還是一臉驕傲。

雖然他可以猜到他的來意，卻讀不出他的情緒。

「承俊，坐。」鍾盛山招呼他在旁邊的沙發坐下來，科祕書送過來一杯咖啡。

「那件事……有進展嗎？你有找院長談過嗎？」鍾盛山現在最關切的就是他主任的位子會不會有變動。

「我談過了。」周承俊說完這句話就安靜下來，急得鍾盛山連忙問：「那、那怎麼樣？」

「我會投稿一篇論文，上面由您掛第一作者，期刊的分數不高，主任是體系外的人，要進入圈子只能用這個辦法。」

所謂體系外的人，就是沒有從住院醫師年代就進入他們的實驗室，成為他們論文產出工廠的一環。在那些大老的年代，會送來急診的都是內外科不要的人，急診醫生他們看不上眼，鍾盛山就算想去做研究也去不了。現在風水輪流轉，內外科沒落，優秀的人才往急診跑，才漸漸有急診醫生進去他們的研究圈子。周承俊是一個，後面小邱、黃昭儀眼看著要接棒。

不進那個圈子，如果只是在醫院當個主治醫生完全不會有問題，要弄到升等論文的方法多得是，但是鍾盛山的野心不止於此。他要往上爬，要那個基金會。

「送我一篇論文，這可多謝了。」鍾盛山當然知道天上掉下來的禮物都是有代價的。

這個論文恐怕有問題。

果然周承俊接著說：「這篇論文是造假的，裡面的數據會有問題。」他看著鍾盛山說：「所以我不會寫。」

「什、什麼？」

「我不寫造假的論文，更不會讓這種東西成為控制我的利器，這次我幫不上忙。」

「那、那何宇華醫師的升等……？」

「要不要讓她升等，就按照主任的意思。」

「你知道明年升等辦法要改嗎？」

「我有聽說。」要從案例報告改成原創論文，意味著不能只是找個有趣的案例分析，必須要有完整的實驗設計，門檻一下子拉高很多。

周承俊不意外黃P想這麼做。一般專注於臨床的醫生根本無法完成這樣的升等報告，只能依附在擁有研究室的醫生底下，才有完成升等的可能，各個研究山頭的勢力也會跟著壯大。

「所以，這次是何宇華最後的機會了吧？」鍾盛山知道，周承俊也知道，何宇華絕對寫不出任何原創論文。

「雖然如此，我還是無法幫上主任的忙。」

周承俊行了一禮，走出主任辦公室。

周承俊離開以後，鄭紹青被叫進主任辦公室，他一進去馬上問鍾盛山。

「周承俊怎麼說？」

「他說他幫不上忙。」

「什麼？那怎麼辦？」

「這件事裡面有玄機，他不是院長的女婿嗎？這一家人，那篇假論文為什麼非要周承俊寫，讓人寫假論文，以後不聽話就用黑函控制，院長那邊是這麼玩沒錯，但是有必要這樣對付自己的女婿嗎？他們最近關係不好嗎？」

「是不是為了何宇華？我聽到消息，他們最近打得火熱，都公開抱在一起了。」

「不，周承俊這個人不簡單，如果是為何宇華可以鬧這麼大，他早幾年就離婚了。一定有更大的事情，你在黃P那邊有打聽到什麼嗎？」

「我只聽說他跟黃P的實驗對象是同一顆藥，可是周承俊的結果不對。」

「結果不對？那是什麼意思？」

「我也不清楚，我是找學弟喝酒打聽的，他不肯再說更多。」

林耿明找了一家遠離醫院的燒烤店，他、江東彥、趙襄君和江媛婷四個人圍在爐子邊。趙襄君負責烤肉，其他三個人負責吃。

雖然乍看之下，這個分配有不公平的地方，但是讓不會烤肉的人烤肉也只是白白浪費食材而已。剛剛林耿明就烤焦了幾塊肉，江東彥則是還生的就放進嘴裡。

「你們這些醫生除了念書以外什麼也不會。」江媛婷忍不住說他們，心中覺得很爽，因為她在醫院可是常常挨醫生的罵。

「好，我就看妳烤這條香腸。」林耿明不服氣，跟江媛婷叫陣，結果江媛婷的香腸整條直接燒起來。

「啊！失火了！趕快趕快！」江媛婷很緊張地跳起來，她的香腸在架子上冒著火。

「怎麼辦！」她拍打林耿明。

林耿明拿起裝茶的水壺，往香腸淋下去，好不容易才滅了火。

整個烤爐的火都滅了，冒起陣陣白煙，整個烤架上的食物都是灰。

「……」

「……叫服務生來換烤爐好了。」江東彥默默地說，舉手喚服務生過來。

「我們要再、再加點一些東西。」林耿明拿起菜單擋住自己的臉，把剛剛泡湯的食材又點了一份交給服務生。

於是重起爐灶後，由最不出錯的趙襄君負責烤肉。

「林醫師，你怎麼不吃東西？」江媛婷注意到林耿明碗裡的肉都快滿出來，他卻沒吃幾口，那些肉多半是江東彥挾進他碗裡的。

「我……沒事啦，只是沒什麼胃口。」林耿明悶悶地說。

「學長已經知道昨天那根CVC的事了？」趙襄君夾著幾塊新的牛肉上烤架，一邊問林耿明。

「老早就有人打給我了，我被鍾世通學長臭罵一頓。」

江媛婷問：「聽說、我是聽謝醫師說的，他說從胸部X光片就可以看出那根CVC有問題。是真的嗎？」

「大概吧。鍾世通學長也是對我大罵，問我到底有沒有看那張X光片，我明明記得我看了，沒什麼問題。

可是我趕去急診打開那張X光片一看，就是刺破血管在肺裡面沒錯，我的記憶完全不對了。」

「怎麼會這樣？」

林耿明一臉愁苦說：「那時候唐希出了車禍，那張X光片我應該有看過，可是我根本想不起來。這根CVC是我放的，它在肺裡面造成大出血。我很後悔，不知道該怎麼辦。為什麼會出這種事，我怎麼可以讓這種事在我手上發生？」他很懊惱，想到這件事他就一點食慾也沒有。為什麼人會犯錯？為什麼犯錯的人是他？

江東彥說：「病人的狀況不是很好，你最好小心謝一城。」

一個多小時前。

謝一城在辦公室裡面住院醫生專用的電腦，對著螢幕不斷地用手機拍照。

為了做這件事，他特別提早半個小時到醫院。晚上七點多科祕書已經下班，整個辦公室沒有人，他連燈也不敢開，躲在暗處，把那個病人的所有紀錄拍照存在手機裡。

這麼一來，林耿明即使想來修改病歷也沒有辦法。

多虧了這個病人，他剛剛去外科加護病房看過他，雖然動完手術，破掉的血管已經修補起來，人卻還沒恢復意識。

由於第一時間他在急診告知家屬病情時，就沒有迴避那條CVC的責任，後續照護的醫生口徑也與他一致。也就是說，照這個態勢發展下來，明年七月升R2的時候，他不會再看見林耿明。

謝一城看手錶，再五分鐘八點，也就是央大急診室的交接班時間。他從辦公室出來走向診療一區，他今天是夜班，要在急診室度過漫長的十二小時。

「學弟，那個病人你先去看一下！」

他才剛走到診療一區，夜班的總醫師劉建浩就把一本病歷丟給他。「剛剛被推進來，好像很喘，你先去看，不用聽交班了。」

謝一城拿起急診病歷過去，這個人很枯瘦，瘦到不像話，呼吸很費力，感覺光是呼吸就可以把他的力氣耗盡。

「什麼時候開始喘？」

「很、很久了……」才說一句話，他的額頭就冒出汗來，謝一城只能先打住，去拿了一個氧氣面罩過來給他戴上。

「好點了嗎？」

那個人點點頭，謝一城對站在旁邊的太太說：「他說話很辛苦，我問妳吧。有發燒嗎？最近有咳嗽還是痰嗎？」

之所以這樣問，是這個人看起來就一臉肺炎的樣子。在急診室裡病人看得多，病人生什麼病幾乎一見面就心裡有數。

「發燒？他有發燒嗎？」病人的太太一臉莫名其妙，伸手去摸那個病人的額頭。

「現在是我問妳，不是妳問我。」謝一城煩躁起來，就是有抓不到重點的病人，又遇見抓不到重點的醫生才會釀成悲劇。

「是、是……對不起……」道歉完，又光是看著謝一城不說話，看來這個人完全沒在聽他剛剛詢問的內容。

好，一次問一個問題。

「我問他有沒有咳嗽？」

「他、他有那個重大……」

什麼重大？謝一城皺著眉，接過病人太太硬塞過來那張破舊的小卡片，原來是重大傷病卡，上面寫著肺腺癌。

「肺癌？」謝一城看了那個人一眼，想起他自己的母親也是肺癌。

「我們很窮，沒有錢。」

很窮沒有錢和這個人目前的病情有什麼關係？謝一城才問了幾句就只想打哈欠，看來她講話屬於沒有重點的那一型。謝一城決定放棄，不能把希望寄託在她身上，回來問戴上氧氣面罩已經可以正常說話的先生。

「現在講的是這一次病情，你說喘很久是多久？一個月是久，一年也是久。」

「大概是這一波寒流開始，因為我們一直在外面擺攤……」

「等等，這麼冷的寒流，你有肺癌還在外面擺攤賺錢？」謝一城完全無法理解，「你是想害死自己嗎？」

謝一城因為太憤慨，音量忽然變大，那個人嚇了一跳，立即用顫抖的手握著謝一城，哀求說：「不，我不能死。醫生你聽我說，我小孩還很小，我要趕快賺多一點錢存下來，要多存一點。請醫生趕快治療我，要做什麼都可以，只要可以讓我趕快出去賺錢……」

「你、你不要急，總之我先幫你做一些檢查。」

謝一城回到一區的電腦前，他首度第一次真的很想幫助這個病人，幸好這個人遇到的是他。

江東彥進辦公室到住院醫師他們R1專用的位子拿信，看見電腦的電源亮著。他把電腦螢幕打開，移動滑鼠取消螢幕保護程式，回頭忽然看到另一個螢幕上展示著一張X光片。辦公室和診療區的電腦一樣，一個主機會連接兩個螢幕，一般螢幕用來處理醫囑打病歷，直立式螢幕則是用來看影像，比如說病人的X光片或電腦斷層。

江東彥看見一張不尋常的X光片，這張X光片在右頸有一根CVC，這根CVC沒有在頸靜脈裡面，而是直接進到肺裡面。

江東彥把病歷號寫下來，打開醫療系統，查詢這個病歷號，發現這個人正在外科加護病房。是林耿明出事的那根CVC，謝一城把X光片打開來做什麼？不，他只開了X光嗎？謝一城為什麼要在這裡查閱病人，躲在這個黑暗的角落而不在診療區，江東彥只能想到一個理由，他要做的事情不能被看見。

江東彥看見畫面上的醫療紀錄，忽然理解謝一城在這裡可能做了什麼事。

百貨公司的空氣總是帶著歡愉的氣味。

何宇華從停車場搭電梯上到二樓，她不是喜歡花很多時間購物的人，總是有特定目的才會到特定的地方購物。

今天來到這裡，為的是已經斷貨兩個月的洗髮精，馬鞭草口味，何宇華用了很多年，家裡的最後一罐只剩一公分不到的高度。

她不喜歡頭髮混雜其他味道，多年來只用這一罐。

之前斷貨兩個月，她遲遲不能補貨，其他地方的專櫃也是一樣，眼見最後一瓶只剩下幾次的用量。昨天收到簡訊通知到貨，何宇華立刻在今天的休假日過來。

專櫃小姐奉上甜美的笑容。

「小姐，我想購買馬鞭草洗髮液。」何宇華說完，看到一個女人從專櫃結帳離去，而她認識那個女人。是周承俊的妻子。婚禮的時候見過，之前相親也遇過一次。

「不好意思，馬鞭草洗髮液已經賣光了，還是要參考新出的迷迭香……」

「賣完了？不是今天才到貨嗎？」何宇華非常震驚。

「這次到貨的數量不多，剛剛那位小姐都買走了，真的很對不起。」

「剛、剛剛……」何宇華指著周承俊太太離去的方向，腦袋還一片混亂。「她都買走了，一罐也沒留給我？」

「是的。」專櫃小姐的笑容依然維持得很甜美。

「能不能從其他地方的專櫃幫我調貨？」

「要三四個工作天，小姐能接受嗎？」

「當、當然。」不然還能怎樣。專櫃小姐幫她填完調貨單，讓何宇華留下聯絡資料，忽然問她：「這個馬鞭草洗髮液對小姐也有特殊意義嗎？」

「什麼特殊意義？哪有那種事，只不過是一罐洗髮液而已。」何宇華被逗笑了，這專櫃小姐真有趣。

「剛剛那個小姐在斷貨期間也問過好幾次，說她一定要買到，因為她第一次用這罐洗髮液的那天，她的先生跟她求婚，所以這次到貨我們第一個通知她。」

她的先生跟她求婚？周承俊？有這種事？何宇華心想，這罐她從大學洗到現在，怎麼一點效果都沒有？

就在這時她的手機響了，居然就是周承俊打來的。

「是我，妳在哪裡？」

「百貨公司。」

「我有事找妳，到醫院一趟。」他的語氣和平常不同，何宇華問：「什麼事？聽起來很嚴重。」

「嗯。」周承俊沒有否認，「妳過來一趟，我在實驗大樓天台。」

何宇華從百貨公司回到醫院，直接開到實驗大樓的停車場。爬上最後一個階梯，推開安全門來到天台，一個男人一身灰大衣站在欄杆前，光看背影她也認得出這是周承俊，即使是在黑暗的夜裡。

「他們要我寫一篇造假的論文，掛給鍾主任。」周承俊說。

「你做了嗎？」

「我不願意違背自己的原則。所以跟妳說一聲，對不起，妳的升等可能不會過。」

「這樣啊。」

「這幾天我一直在思考，想要做一個怎麼樣的人，成為怎樣的醫生？我最想要的到底是當一個救人的醫生、在實驗室裡做研究，還是擁抱權力？三個裡面如果只能選一個，我要的是哪一個？」

何宇華拉著周承俊的袖子，周承俊側過身對著她看。

何宇華說：「沒關係，沒什麼大不了，既然這麼苦惱就算了。我本來就不希望你為了升等這種小事去做什麼。」

「對不起，答應妳的事沒做到。」

「我沒事的。不，我很感激學長。至少我明白這個地方了，這個地方原來是這樣。認真上班不寫論文的要被趕走，認真寫論文的要幫別人寫假論文。學長，升等沒過有什麼關係，我不稀罕這個地方。我要走，我決定好了，我留在這裡不會有什麼結果的。」

何宇華沒有流淚，可是她真的很傷心。不為自己，而是為了付出那麼多的周承俊。

「我跟妳一起走。」

何宇華苦笑說：「魏主任不會收留你的，你這種人過去區域醫院，要佔的是主任缺，這不是叫他搬石頭砸自己的腳？」

「那妳找一個願意收留我的地方，不，我來找好了。」

「周承俊你是認真的，還是開玩笑？」

「認真的怎麼樣？」

「你走做什麼？你跟我不一樣，研究資源都在這裡。你有沒有想過未來？」

「我就是想過未來，才會和妳一起站在這裡。妳知道嗎？我這幾天一直在想，我們的過去到底是做了哪些選擇，現在才會變成這樣。」

「周承俊，過去的事就該讓它留在過去。」

「是嗎？」周承俊逼近，直直看著何宇華那雙黑色眸子。

「要是過去一直都沒過去呢？」

說完，周承俊拉近何宇華抱起她，一個吻落在她的唇上。

空氣很冷，何宇華沒有推開他。

周承俊吻了很久，他們第一次像一對正常的情侶，擁抱著彼此，感受到對方的溫度，心中有個缺口逐漸被填補起來。

長吻過後，周承俊仍抱著她，看著她略帶失措的樣子，捨不得把目光移開，他要把這一幕牢牢記起來。

何宇華猛然推開他，掙脫他的懷抱。吸了幾口冷空氣，強迫自己冷靜。

周承俊看著她的背影，聽見她生硬地說：

「剛剛……不代表什麼，你不要會錯意，我們都那麼熟了。我看過你跟很多女人接吻，你也看過我跟很多男人接吻，所以這不代表什麼。」

「妳跟很多男人接吻？」

「這不是重點。」何宇華反過來面對他，「我是想說，有時候親吻只是一種友善的表現。我們心情都不好，你想安慰我，我也想安慰你，因為我們是朋友……」

「是這樣嗎？」

「對，就是這樣。這裡很冷，我要走了，總之你不用替我擔心。」

周承俊不可置信地輕輕一笑，這種鬼話也說得出來，他把大衣脫下披在何宇華身上。

「不冷了，再陪我一會兒。」

何宇華不知道周承俊今晚怎麼了，看起來心事重重。在醫院裡面有多少人欣羨他的際遇，可是何宇華也知道他並不快樂。

他心情不好的時候，就算是休假也會一個人到研究室，大家都說他是工作狂，可是她以前認識的周承俊不是這樣的。

「妳真的很會說違心之論，我以前應該一個字也不要相信。」

「我不知道你在說什麼。」

何宇華不知道自己為什麼沒有拒絕，就真的披著他的大衣留下來。站在那兒，實驗大樓天台的欄杆前，和周承俊保持一定的安全距離。

「大家都傳我這次的論文寫不出來。其實，我實驗已經做完了，只是一直不知道要不要把論文投出去。」

「怎麼了？」何宇華側著看向他。

「妳知道 Ezobril 這個藥吧，我們用來控制血壓，不過最新發現它可以殺死癌細胞，也就是治療癌症。這個藥是我的研究主題。可是，我做出來的結果與假設不符，我發現它沒有用。」

「沒有用？」

「比安慰劑好不了多少，根本不具統計意義。」

何宇華說：「這個不是藥廠樂見的結果吧？」

「雖然說實驗假說被推翻是會發生的事，藥廠失去大筆利潤，當然會有壓力，但是藥物沒效也沒辦法。可是，你知道黃P跟我做同一個藥吧？」

「Ezobril？」

周承俊點頭。「他的結果是有效，已經搶先我一步投稿了。」

「如果這樣，你的結果發表出來，不只要承受藥廠的壓力，黃P也不會放過你的。」

「因為黃P的結果，我岳父的基金會已經投注了一大筆資金到藥廠的股票，不，應該說他全部投進去了，我的這個結果會讓他賠個精光。」

「難怪他一直要拉攏黃P。」

「宇華，妳覺得我的論文可以發表嗎？」

「但是你如果不發表，不就會有人用沒效的藥來治療嗎？」

周承俊直視著何宇華因為寒冷而顯得蒼白的臉，何宇華也望向他，她現在知道這些日子周承俊悶悶不樂的原因。這就是人生。不管爬到多高，不管際遇多麼讓人羨慕，總是有一些困難的抉擇要使人違背初衷，違背自己的良心。

人最終成為什麼模樣，很大一部分取決於每個關頭的決定。如果做了不一樣的選擇，就會成為不一樣的人。不管多麼身不由己，不管原來的自己有多麼鄙視那種人。

何宇華沒有繼續說下去，只過去握緊他的手，只能這麼做而已。

第十三章　事情是從哪裡開始出錯的？

第一診療區。

早上何宇華接班面對的是一場硬仗。

「何醫師，這個人請妳出來看一下！」

一早的大交班才剛進行到一半，康永成還未把留在診療一區的病人情況說完，檢傷的徐素晴帶著驚恐的眼神進來一區對她這麼說。

徐素晴鎮守檢傷區已有十幾年的資歷，什麼大風大浪沒見過，能讓她出現這個表情，可見外面的狀況非比尋常。

何宇華當機立斷對劉建浩說：「建浩你幫我聽交班，我出去看一下！」

徐素晴把她拉到檢傷區，何宇華一看到眼前的狀況，也必須承認在急診工作這麼多年，世上光怪陸離的事情看多了，自認沒什麼能嚇得倒她，眼前的景象還是讓她張大了嘴巴。

這是一個人，正在哀號的男人，他連哀號都是無聲無息，並不是演默劇，而是任何身體的震動都會給他帶來劇烈的疼痛。

這個男人重傷的地方顯而易見在會陰部，更準確來說是肛門。

他的肛門插著一個石膏像，一個人等身大小的自由女神的石膏像，高舉的火炬部分深深沒入男人的肛門裡面。

男人的朋友們七手八腳扶著石膏像以減輕男人的疼痛，看起來是做粗工的一群粗壯的男人。

何宇華第一個疑問只想到這個男人如何和自由女神像一起乘坐救護車來到急診室？很快她就發現他們並沒有使用救護車，載著他們的小貨卡正停在急診入口，駐院警衛正在指導他們移車以免擋到救護車出入。

「何醫師這要怎麼辦？」徐素晴著急地問她，帶著這尊自由女神，既進不去急救室，也無法通過診療一區的門。簡而言之，高大的自由女神把這個人困在檢傷區動彈不得。

「血壓多少？」何宇華望著自由女神問。

「82／45。」徐素晴報了兩個數字，分別是血壓的收縮壓和舒張壓，有休克的狀況。

「先給他兩條十八號點滴，抽兩管血，備血……」何宇華過去檢視，只看得到自由女神的手腕部分，也就是說整個火炬和手都在直腸裡面。「怎麼會受傷的？」

「我們幫一個店做裝潢，他從馬椅掉下來，插到這個上面……」他的朋友說。

「馬椅」也就是A字梯，若不是做急診，何宇華絕不知道A字梯那麼危險，從A字梯掉下來受傷骨折的人不計其數，只是這個人運氣不好，掉在旁邊作為擺設的自由女神石膏像，很準確地從屁股插了進去。

一區的護理師們出來把兩條十八號點滴打上，推了止痛藥，也把要抽的血液檢驗送出去。由於自由女神無法進到診療一區，大家很忙碌地穿梭在檢傷和一區之間，劉建浩聽完交班，也出來啞口無言地看著自由女神。

那個男人趴在推床上，全身的衣服褲子都被剪開脫下來，因為真的很痛，在檢傷區這樣的大庭廣眾下露出屁股的羞恥已經不算什麼。

劉建浩看著說：「這個應該要進手術室處理吧？」他只看得到自由女神的手腕，由於大家都知道手腕上還有一個火炬，因此事態十分嚴重。

「他無法以這樣的狀態進入手術室。」手術室在二樓，他起碼要能進入電梯才行。

急診室要應付的狀況千奇百怪，因為人類真的是很不可預料的生物，各種很離譜的，絕對無法想像的怪事都會發生。

急診有本教科書稱為急診界的《聖經》，是一本磚頭般厚重的書籍，急專考試就是考裡面的內容。劉建浩很確定，《聖經》再神通廣大，也沒提及自由女神插進肛門該怎麼處理。

「我們要在這裡解決自由女神！」何宇華問：「進去的深度不少，應該有內出血，我們有石膏鋸嗎？」

「可以跟手術房借。」徐素晴答。石膏鋸是骨科常用的器械，用來鋸開固定骨折的石膏。

「好，跟他們借一把過來，我們鋸開自由女神！」

這天的白班就在那個男人的哀號和石膏鋸震耳欲聾的嗡嗡聲響之下拉開了序幕……

急診室的工作就是如此，很多時候你是個醫生，有些時候更像個鋸工。

那個人屁股帶著自由的火炬順利在半個小時後進入手術室，何宇華站在推床上鋸斷石膏手腕的一瞬間，那個人痛哭流涕，趴在床上哭到不能自已。

失去一隻手的自由女神並沒有替急診室帶來好運。幾個小時過去，這裡依然是個戰場。呼吸喘的人一個接著一個，胸悶、肚子劇痛胃穿孔、休克、中風昏迷、肝硬化合併大吐血，幾乎所有的重症都來報到，更要命的是診療一區今天少了一個唐希。

劉建浩接到消息，他當骨科總醫師的同學傳訊給他，唐希今天轉到普通病房，他還來不及告知何宇華這件事就瞬間被病人淹沒。

不是一個接一個的掛號，也不是兩個接著兩個進來，而是一次五個、六個、七個地湧入，而且每一個臉色都很差，看起來都快要不行的樣子。

這時又接到那種肚子痛好幾天的，就很恨他為什麼偏要今天來急診，偏偏在他們少了一個人力的日子，偏偏血壓又那麼差，他媽的是不會早一天來嗎？早一個班也好。

這種話當然不能說出口，只能默默吞進肚子裡。不關病人的事，他們也是不知情的人，但是又不能說真的完全不關他們的事，把事情拖到今天，讓病情加重的始作俑者就是他們。

劉建浩能做的，只有臉很臭，動作盡量加快而已。

他們換過很多方式。

一開始讓劉建浩接所有湧進來的病人，先做初步的處置爭取時間，何宇華再仔細研究每個人的狀況。後來，光是要初步把病人穩定下來，就要耗費不少時間，那些危急的人被送進來，卻沒有人先去看過，何宇華根本沒辦法靜下來思考後續的處置。

最後形成的作戰方式是一種混合型態。

劉建浩在前線，何宇華在後線，但是前線有漏網之魚後線就往前線推進，以被送進來的人都先被看過一次為優先。如果前線已經清空，劉建浩就回到後線，把曾經處理過的病人解決掉。

「何醫師，這個先看，血壓量不到！」

「劉醫師，這個發燒意識不清楚！」

「何醫師，這個疑似中風！」

「劉醫師，這個心跳只有二十下！」

「……」「……」

一些生命徵象很誇張的人不斷被推進來，何宇華和劉建浩像兩個陀螺全場繞，到了下班前一個小時，不知道是誰受不了，在何宇華的看診電腦前放了一包乖乖。

那瞬間空氣被淨化了。

沒有人掛號，病人也紛紛各自奔向該去的地方。

開刀的去開刀，去導管室的去導管，要上加護病房的也被送上去。

何宇華首度坐下來，全身都是打完一場圍城戰的虛脫感。

「這包乖乖……」何宇華癱在椅子上，一動也不想動。「是誰放的？怎麼不早點放！」

「總算撐過來了。」劉建浩坐在旁邊。「下一次我一定一上班就在每個角落放一包乖乖。」

「麻煩你了，務必要把結界做起來。」何宇華誠摯地說，這麼操的班短期內她不想再來一次。

「學姊，我們今天沒有失去任何一個人。」

「對，沒有人CPR，幹得好！」

何宇華握拳與劉建浩相擊。

「只剩四十分鐘，交給我就好了，妳要不要先去吃晚餐？」劉建浩說。

「我不餓。」因為太累的緣故，即使已經是七點多，何宇華沒什麼胃口。

「我也不餓。」劉建浩說：「不然我們就坐在這裡，等時間慢慢過去好了。」

何宇華不禁笑出來。「你會不會想得太美。」

「人總是要有些夢想才能活下去。」劉建浩笑著說，上了一個如此慘烈的班，卻還能笑得出來，他也滿佩服自己的。

因為是跟她一起，跟她一起才不會那麼痛苦。

可惜的是有些夢想，雖然很小，卻也很容易被摧毀。夢想能不能實現，和它的規模無關。平靜地度過接下來的四十分鐘，就像是個泡泡一樣，在診療一區是個一戳就破的夢。

「何醫師，這個槍擊外傷血壓只有七十！」檢傷的護理師把那個人送進急救室，劉建浩差點沒學小邱喊出那個「幹」字！

就剩下二十分鐘，連二十分鐘都不肯給他是不是。

何宇華要過去，劉建浩攔住她。「學姊，這個我處理，妳在這裡坐好。」

劉建浩站起來，忽然看見林耿明走進診療一區。

「你怎麼這麼早來？」

「因、因為白班沒有R1，我就想早一點來。」林耿明說，臉上帶著無辜感。

「好，你跟我進去。」劉建浩對他一招手，林耿明立即放下背包跟著進入急救室。

林耿明一進去就看見一灘血，順著床單一路往下流到地上的一灘血。

他現在看到血已經沒有任何感覺，不管再慘烈的傷都不能令他多動一下眉毛。

其實他今天提早過來上班，除了因為白班沒有R1以外，就是為了他犯錯的那根CVC。

不是為了在病歷上補充什麼，那張X光片擺在眼前就是鐵證，病歷再怎麼修改也沒用，更何況，按照江東彥的推測，病歷紀錄早就被謝一城複製一份，這件事他只剩下承擔錯誤這個選擇。

他終究還是犯下錯誤，不僅沒有幫助到病人，還害他白白挨了一次手術，甚至差點死掉，林耿明這幾天都活在自責的愧疚裡，如果說有什麼事能讓他覺得好一些，那就是回到急診室。

這些形形色色的病人，如果他救了一個，能不能抵銷犯過的錯？一個不夠的話兩個呢？他不是故意的，真的不知道為什麼會變成這樣。

在他內心深處也有一個聲音害怕再回到這個地方。同事會怎麼看他？學長姊怎麼說？大家是不是覺得他是個不夠格的害人精，一路靠著走後門才成為醫生。

他假裝若無其事進來，抱著不管被嘲諷到多慘也要撐下來的決心。沒想到劉建浩完全沒提那件事，一招手就要他進急救室。

「槍傷啊！」劉建浩嘆氣說：「今天真的什麼病人都有。」這種病人不是應該是小邱的嗎？怎麼會找上他。

今天急救室的護理師是新來的妹妹，雖然說是新來的，能站在這裡當然已經在觀察室歷練過好幾個月，光是沒有離職逃跑，就已經證明能力不凡。

聽說這是她第一班急救室，因為剛剛實在太忙亂，診療一區的護理師組長廖繡茹進來幫她。

「襄君是嗎？我們一起把他衣服脫掉，找看看有幾個彈孔，病人生命徵象不穩定，繡茹妳先幫我打上點滴，要滴到簌簌叫的那種，林耿明你準備在脖子打一根CVC。」

「我？打CVC？」林耿明大驚，怎麼今天第一個卡司就是這個，劉建浩沒聽說嗎？

「你不會打嗎？不是打過好幾次？」劉建浩皺眉，哪來那麼多問題。

「可是我……前幾天才剛把一個病人的CVC打到肺裡面。」

「那又怎樣？你每一根都打進肺裡面嗎？」

「這倒是沒有。」

「所以你這輩子是打算不再碰CVC？是不是這樣？是這樣的話我來打。」

林耿明望著劉建浩，他看起來毫無猶豫，真心覺得這根CVC可以由他這個剛犯過錯的人來打。

趙襄君把CVC的器械盤展開，林耿明穿上防水隔離衣，戴上無菌手套。

這時，劉建浩已經把他的衣服扒光，確認彈孔只有一個，也就是左側的大腿。兩條大號點滴打上去，一千CC生理食鹽水迅速進入血管裡面，他的血壓漸漸有起色，人似乎也比較清醒。

「先生，我現在要在脖子幫你打一根大針，你先不要動。」約略跟他說明過以後，林耿明先用超音波確認位置，找到頸靜脈的主要走向。

如果這次我又打進肺裡面……林耿明顫抖地對抗最害怕的夢魘，拿著CVC的硬針遲遲無法下定決心。

「馬的林耿明你現在是在繡花嗎？」劉建浩對他的速度很不滿意，他再十分鐘就要下班，為了林耿明打這根CVC晚下班的話他就該死。

「不會的，學長你這次一定會打上。」趙襄君小聲地說。

一定、這次一定要打上，否則他恐怕無法再站在這個地方。

他強迫自己腦袋一片空白，順著步驟一步步做下去，不要讓失敗的念頭占據。他做過好多次，沒問題、沒問題的。

成功放入的那一刻，林耿明心情實在無法言喻，像是跨越了一座不可攀登的高山。

「我成功了。」

「我知道你可以打上的。」

趙襄君固定好剛打上的CVC，把剛送來的血袋接上去。

「還有五分鐘，剛好可以把portable叫來。」劉建浩看著手錶說。

Portable就是移動式X光機的簡稱，極度不穩定的患者如果要照X光片，會選擇讓portable來病人所在的地方照相，而非讓患者移動過去放射科照X光。

這張胸部X光林耿明看了十幾次，還拉著劉建浩確認CVC的位置在該在的地方，也就是頸靜脈裡面。

「就告訴你位置OK了。」劉建浩不耐煩地說，他還要找骨科醫生，另一張X光片顯示射中他的那顆子彈還卡在大腿骨上，應該是射穿大腿動脈出血量才會那麼大。

「真的嗎？真的OK嗎？」林耿明一再纏著劉建浩不放。

「林耿明你給我冷靜點，我要去交班了。」劉建浩給了他一個大白眼。「打上一根CVC就開心成這樣，幼稚到不行。」

「他應該壓力很大吧，才出過那種事。」何宇華把一切都看在眼裡，對劉建浩說：「我該說你狠心呢，還是做得好？一來就硬逼他打這根CVC。」

「Now or never！」劉建浩說：「現在不做，以後就做不了。這種事就該這樣解決！」

「先生你大腿骨裡有一顆子彈，要給你開刀拿出來，配合一點給我家屬的電話。」交完班後，小邱直接到急救室跟那個挨子彈的男人正面對決。

他說自己沒有家人，也不願給任何聯絡電話。

「一定要動手術嗎？不能在這裡直接拿出來？」他現在血壓升到一百一十，多虧林耿明那條CVC，回起嘴來中氣十足。

小邱也不跟他廢話，直接戴手套從他彈孔戳下去。

「你是說要這樣拿嗎？」

「啊啊啊不不要！痛死我了！」那男人痛到呼天搶地，不斷哀號打滾。

「現在我們已經有初步共識，給我家屬的電話。」

「我媽媽在南部……沒辦法來，請你們不要告訴她，她年紀大身體又不好，我怕她會受不了……」

男人雙手合十，很誠懇地拜託小邱。

「學長，還是我們讓他自己簽同意書？」林耿明覺得病人說的有道理，老媽媽既然沒辦法過來，也沒必要特別通知。

小邱不理會林耿明，對著那個男人就罵：「幹啥小朋友！男子漢敢做敢當，同意書你已簽，我們不能電話解釋病情，但是你要開刀還是要通知家人。看是你要自己打這通電話，還是我來幫你說。幹！」

林耿明在後面看得目瞪口呆，小邱完全是以氣勢決勝負，暢秋的樣子簡直就是黑道跟黑道在談判，流氓跟流氓在對話，那個男人瞬間輸掉，默默拿起手機撥電話給家人。

「學長學長，這個我們要報警嗎？」林耿明追著小邱出急救室，忽然覺得這個狀況好像找警察來一趟比較好。

「幹！你滿血復活了喔？小聲點啦報什麼警，幹！去守住診療區的乖乖比較重要！他死掉我們才要報警！」

「他沒死掉的話呢？」

「沒死掉就只是個受害者，警察要來自然會來，我們管好醫療就好，不要多事，弄不好你也想吃子彈喔？」

「不不不，我不想。」林耿明嚇了一跳，原來當急診醫生這麼危險，社會上的事要考慮的環節果然很多。

「不過，我看他是個四號仔，這一刀開下去，以後我們麻煩了。」小邱語重心長地說。

何宇華回到家猶豫了一下，才下定決心似的打開電腦，進入院內的電子信箱。

今天是這一次升等名單公布的日子。

說真的她不期待，所以才拖到這麼晚，上完一整個兵荒馬亂的班之後。

她怕會影響上班心情。所以也不能說她真的無所期待，若不是存有那麼一點希望，怎麼會讓它影響到心情。

她甚至先看了其他信件。把所有其他無關緊要的信件都點完，就剩下升等名單那封信。

她猶豫了一會兒才把滑鼠移動過去，死就死吧，一咬牙點開也不過幾秒鐘的事。

她看見自己的名字。

何宇華三個字在通過名單上，她如釋重負，先到冰箱去拿了一罐啤酒，才拿起手機撥了一通電話。

「學長，我升等通過了。」

「找個地方慶祝吧？」

「我家路口的小酒館？」

「不要，」周承俊居然拒絕，跟她說：「去遠一點的地方。」

「去哪裡？」

「到樓下等我。」

何宇華對著手機結束通話的畫面，周承俊憑什麼肯定她一定會下樓？

她上完一天班累得要命。

他說的遠一點的地方又是哪裡？

現在她又在做什麼，為什麼把好好的啤酒冰回去，穿起衣服準備出門了？

何宇華不知道為什麼她要等在這裡。好幾次她叫自己上樓，醒一醒，兩條腿卻一動也不動，直到那輛熟悉的車停在面前。

他坐在裡面對著她笑，知道他開過半個城市來找她。何宇華這次沒管住自己，坐上副駕駛座。

然後他開上路，沒說目的地。重要的並不是要去的地方，從來都不是。

相親這麼多次，最後還是跟別人的老公坐在車裡。光想到這點，何宇華就覺得很可笑，好幾次想叫他停車，卻終究沒說出口。

周承俊拿出一份精緻的禮物，包裝很有氣質，灰紫色的緞帶印著名牌的logo，這牌子以價格昂貴著稱，何宇華沒有捨得買過，只有開玩笑時拿來許願，記得是去年生日的願望吧，還是前年的？

「什麼啊？給我的嗎？」何宇華看到這個禮物反而不知所措。

「慶祝妳升等成功。」

「你早就知道了？」……還去買了禮物。

「妳不是喜歡這牌子？反正是買給妳的。下個禮拜就是聖誕節，也可以當成聖誕節禮物。」

何宇華先拆上面的灰紫色緞帶蝴蝶結，然後將袋子打開，裡面的包包果然就是她說過的那款。

「如果妳不喜歡，可以拿去換貨。」

「不，我很喜歡。可是你送我這種東西不要緊嗎？」

周承俊忽然笑了一下，何宇華看向他。

「有什麼好笑？」

「那一天在湖邊露營，我本來想問妳要不要交往看看。」

「如果是那一天，我有機會答應你，真的。」

周承俊又是一笑，這算是遲來的告白成功嗎？

「學長，有件事我一直想問，你當初還只是個R1，為什麼有那麼大膽子救林耿明？」

「不就是傻嗎？看見人快死，什麼也沒考慮，也沒想到萬一沒救活會怎樣。」

「你知道嗎？那個時候學長你超帥。」何宇華一臉認真說這件事。

「妳到現在才說不覺得太慢嗎？」

「是有一點。」

周承俊把車停下來，停在一個河堤邊的空地，河上有許多船，船上亮著燈，不遠處就是碼頭。

他們來過這個地方，很多年以前。

周承俊看著那些船，何宇華也是。船屋上有幾家餐廳還亮著營業燈，但是周承俊沒有下去吃喝的興致，何宇華也是。

「妳今天跟劉建浩一起上班？」

「怎麼了？」

何宇華看向周承俊，周承俊被看得不自在起來，悶悶地說：「沒什麼。」

何宇華一會兒對他說：「我今天超忙，根本沒有機會跟學弟說什麼話。」

周承俊這才出現了一點笑容。

「該不會我很忙，你很開心吧？」

「沒有。」

才怪。何宇華心裡想，到底是誰愛說違心之論。

「我把論文投出去了。」周承俊平靜得像是在說別人的事情。

「你還好嗎？」

何宇華明白周承俊這麼做的壓力有多大。院長基金會的利潤、黃P的論文，更別提他和院長的關係，來自家人的背叛是最不可原諒的。

「還不知道，過幾天才會刊登出來。」

何宇華看著窗外說：「我很擔心你。」
「擔心什麼？」周承俊問。
「我也不知道。」何宇華低下頭，嘆了口氣問他：「學長，我擔心你是錯的嗎？」
「如果是錯的妳就不擔心了嗎？」周承俊反問她。
何宇華說：「我會把魏主任那邊拒絕掉，我會留下來……要是有我可以幫忙的地方，你千萬不要一個人悶在心裡。」
周承俊笑著說：「這樣不好，萬一我被趕走怎麼辦？」
「反正魏主任不可能順便收留你，你再找個我們兩個都能去的地方好了。」
「順便？」他周承俊有教職護體，好歹是個助理教授，別的醫院不重金禮聘就算了，居然說順便？「為什麼是我去找？」
「你不是學長嗎？」何宇華故作輕鬆笑著，周承俊也笑了。
「周承俊，我知道這個環境讓你很灰心。」何宇華笑了一會兒，忽然正色說：「我承認醫院跟我想的不一樣。在這裡，救人只是醫療工作的一小部分，甚至在某些人心中是最不重要的那個部分。可是我很慶幸當初選了這一行，來到這個地方。沒有什麼經歷是無關緊要的。你的論文是這樣，我的升等也是。有一天我們會看著未來的自己，我一直希望那個時候我能對自己說的一句話是妳做得很好，而不是妳怎麼變成這個樣子，事情是從哪裡開始出錯的。」
「我常常問自己那些話，妳剛說的那些。」周承俊說：「我厭倦了。我不知道以後會不會覺得自己做得好，可是我不想再總是問事情是從哪裡開始出錯的。」
他們坐在車裡，終究沒有下去吃什麼東西。兩個人上次這樣坐在一起是好幾年以前的事。人生就是不知道何時會是最後一次。說不定是明天，說不定是好久以後，也說不定就是今天。懷著這樣的心情，有些決定該怎麼做顯而易見，而有些問題變得不值得思考。

事情是從哪裡開始出錯的。這句話的反義詞則是，事情是從哪裡開始做對的。

唐希睜開眼睛，只見到一團白色的光。不是柔和使人愉悅放鬆下來的那種白光，而是帶著慘然，看久了會昏眩的那種。後來唐希才知道，這團光是加護病房天花板的燈光。

喉嚨塞著東西，一點聲音都發不出來。不只是發不出聲音，那條管子塞在喉頭她覺得很痛苦，不斷地嗆咳、掙扎，她甩著頭想把管子甩掉。

「陳醫師，唐醫師醒了。」外科加護病房的護理師見狀趕快叫醫生過來，幸好有先將她四肢綁上約束帶，不然管子就要被她扯掉了。

「好，我立刻過來拔管。」加護病房的醫生戴好手套，護理師拿空針將氣管內管的氣囊抽掉，陳醫生就把整根管子從唐希喉嚨裡拉出來。

就是為了拔管，才會將她的鎮靜藥物關掉，確定她呼吸功能正常，不需要呼吸器的幫助。

唐希還在不斷嗆咳，很多口沫、唾液在她嘴裡翻湧。

「學妹，妳慢慢呼吸，不要緊張。」加護病房的醫生鼓勵她，一邊把氧氣面罩替她戴上。「再觀察幾個小時，說不定今天就可以轉到普通病房。」

唐希躺在床上，慢慢恢復記憶，逐漸想起發生了什麼事。

「妳現在覺得怎麼樣？」劉建浩在單人病房裡，下班後他特地去探望唐希。

「我覺得人生完蛋了。」唐希看著自己被撞斷的那條腿，現在她只想哭，這條腿沒一兩個月絕對好不了。少了這兩個月，她的專科考試可能會延遲一年。

劉建浩皺起眉頭笑了一下，「妳的人生聽起來很脆弱。」

「你懂什麼？我可能會比別人慢一年！」

「很多人重考過啊！」

「那不一樣，而且我又沒有重考過。」唐希捂住臉，眼淚就不聽話掉下來。「你有沒有想過，我以後可能要叫林耿明學長耶……嗚嗚嗚……」

「我們R2能力很差，妳也是叫他們學長。」

「那不一樣！」唐希大聲說，要不是這裡沒枕頭，她絕對會拿起枕頭丟過去。

唐希大哭起來，流著滿臉的淚。她真的很難過，從小那麼認真過日子，最大的挫敗居然來自一場莫名其妙的車禍。

劉建浩說：「唐希，這些都不重要。」

「嗚嗚嗚，那你告訴我，什麼重要？」

「妳活下來了，重要的是妳還活著，其他都不重要，其他事情對妳的人生來說都只是一場插曲，相信我。」

唐希對著他瞪過去，劉建浩的話她並不買帳。她抓著枕頭，指節都因用力而發白。她不知道要怎麼訴說此刻的感覺，她的人生從未如此不照計畫，走上一條不知道前方的岔路。她從未像今天這麼挫敗過，她很委屈很後悔，沒想到唐希也有今天，唐希不適合當個失敗者。

別提江東彥，此後她的人生連林耿明都追不上。

江東彥沒有班，整天待在家裡，經過幾天急診室的摧殘，這一整天他只剩躺平的力氣，彷彿怎麼睡也不夠。他自認體力不錯，卻沒想過某天會在飢餓和睡眠之間拉鋸，因為他整天沒吃東西肚子很餓，同時也想繼續睡覺。最後是門鈴逼得他不得不起床，很意外站在門外的居然是趙襄君。

「我來還你這支筆。」

趙襄君手上那支筆的確是江東彥的，昨天一個家屬簽同意書沒帶筆，江東彥借給他，後來一忙就忘記這件事。

「妳怎麼知道我住在這裡？」

「我聽林耿明學長說的。」趙襄君笑著對他說，手上還拿著那支筆。

江東彥恍然大悟說：「謝謝，下次放在急診就好，不用特地過來一趟。」這不是有什麼特別意義的筆，只是一支普通的原子筆，江東彥其實不理解趙襄君一定要拿來給他的理由，不過因為確實是他的筆，他還是收下來道謝。

然後他要關上門，趙襄君卻擋住他。

「江醫師，我和林耿明學長沒有在交往。」

那又怎麼樣？江東彥不解地問：「這件事和我有關嗎？」

「我有話想對你說。」趙襄君鼓起勇氣問：「江醫師能不能……和我出去走一走？」

林耿明在房裡，聽到江東彥關門的聲音，心想原來他在家，想問他要不要出去吃個宵夜，開門看到趙襄君和他兩個人一起走下樓梯的背影。

林耿明默默回到房裡，坐在椅子上發著愣。

什麼時候開始的？他怎麼不知道？

江東彥沒告訴他，不過江東彥也沒有必要告訴他就是。

原來趙襄君喜歡的是他啊！這也挺合理的，他又帥又聰明，應該是女生心目中理想的對象。

正想到冰箱去拿一罐啤酒解悶，忽然隔壁又響起關門的聲音。

這也太快回來了吧！

江東彥才回到家又有人敲門，林耿明拿了兩罐啤酒，他們一起到頂樓喝酒。

「我們很久沒在這裡喝酒了。」林耿明說。

「因為班很多，我們有各自的事情，都很忙。」江東彥說得理所當然。

林耿明問：「你和趙襄君在交往嗎？」
江東彥看著他，「剛剛被你看見了？」
「嗯。」林耿明覺得很尷尬，他和江東彥的交情好像沒有到追問這種事的程度。
「沒有，我拒絕她了。」江東彥說：「不是因為你喜歡她，當然我知道你喜歡她。」
「那是為什麼？」林耿明很難想像有人可以拒絕趙襄君，她那麼可愛。
「我還沒弄清楚在這裡會怎樣，所以現在女人讓我覺得煩。」
「這裡？」
「急診室。」江東彥喝了一口啤酒，「你覺得我們會變成怎樣的急診醫生？我們想要變成怎樣？學長姊他們又是怎麼各自變成那樣的？這個地方、這裡的人每天都在給我挑戰，我根本沒空顧到其他事情。」
「也對，我根本也不知道自己會變成怎樣。」他們就像一團不成形的黏土，每天在這個地方被又捏又揉又扁的。
林耿明靜默了一會兒，看著天空的星星。
「我的初戀剛剛結束了。」
「什麼？」江東彥皺著眉看他。
「我也不知道，突然在剛剛就結束了。」
「你有開始過嗎？」江東彥忍不住笑了一下。
「你再笑，我要像小邱學長一樣罵你了喔。」
江東彥沒有再說話，他也看著天空的星星。他看見的不是星星，而是此刻的這份寧靜，自從他踏入央大成為急診醫生以來，從未有過的這份寧靜。
謝一城記得那個病人叫做吳明金。他排了一些檢查診斷出肺炎以後，就把他簽住院。後來一陣忙亂，謝一城直到隔天的夜班才有空想起這個人。

已經過了二十四小時，不知道他住院上去了嗎，還是在留觀室等病床？

謝一城搜尋了一下病人資料，發現他還在留觀室。

說起來是個沒啥大不了的病人，病況也不特別。只是個在寒流期間感冒併發肺炎的肺癌病人，所以謝一城查到他在留觀室以後，沒有做什麼事情，直到留觀室找他去看一個病人。

第一留觀室，和走道邊的第五留觀室相反，裡面每一床都是需要氧氣的病人，大多都是需要住院，在留觀室等待住院病床。

雖然住院醫師在診療一區，整個急診室的病人發生問題都可能找上門，尤其是一些雞毛蒜皮的小事，護理師判斷不用找主治醫師，就會找一區的住院醫生過去處理。

像現在這個，半夜兩點主訴睡不著。

雖然睡不著是件很痛苦的事，在三更半夜，自己很想睡卻不能睡的時候，去幫別人處理睡不著的問題是更痛苦的事。

謝一城用幾個深呼吸平緩心情，告訴自己就是開個安眠藥的小事，然後才動身過去。

他用兩分鐘開完安眠藥，甚至不想多看這個人一眼，反正整個觀察室裡面眼珠子最亮的那個就是，結果在回去的路上絆到一張椅子。

「這是怎……」謝一城差點跌倒，椅子的主人睡眼惺忪跟他說了對不起，把椅子挪旁邊一點就倒頭繼續趴著睡覺。謝一城才看見躺在這張病床上戴著氧氣面罩的那個人是吳明金。

趴在他身上的是一個少年，和他一樣很瘦，應該是國中生，因為他的腿上擺著一本國一的參考書。

觀察室的燈光很昏暗，他在這裡複習功課嗎？一邊複習功課，一邊照顧生病的父親。

謝一城拿起參考書，課後評量十題錯了八題，看來這個孩子並不擅長數學。

在謝一城的記憶裡也有一個這樣的孩子。他的家在一個偏僻的山區，離最近的城市開車也要兩個小時。家裡務農，常常天沒亮就起床，跟著到田裡做事。他的功課常常都是在田梗上寫完的，小燈泡接旁邊的發電機，和這個觀察室一樣燈光不足。

謝一城拿手機把課後評量的題目照下來，再把參考書放回少年的腿上。

「第五床那個人有床號了嗎？」謝一城找到留觀室的護理師問，如果有床號天亮就能去病房，在病房做功課起碼比較寬敞。

「沒有，他等的是三人房，這個病人每次都在觀察室等好幾天。」

這樣啊。這麼簡單的道理他怎麼沒想到，他口口聲聲說要把錢省下來，要趕快去賺錢，當然不會住要多付費的差額病房。

不用再多負擔費用的三人房在這家醫院一直是最搶手的，許多人甚至等了十幾天，連病房也沒等到，就在觀察室完成治療出院了。

錢買不到的東西很多，但是錢可以買到的東西也不少。

比如說病房。

謝一城回到診療一區拿了一張空白病歷紙，有空的時候就寫他照下來的那個評量題。等到這個班上完，他差不多也寫完了。

能夠在田中間複習功課，沒有錢補習，參考書也是撿學長用過的，仍然能考上醫學系，最後在央大成為一個急診醫生。

這十題評量對他來說不算什麼。

看見一抹清晨的陽光射進急診大門，謝一城趕著在留觀室護理師早上第一班量血壓之前到第一觀察室，把寫好解題方法的那張病歷紙夾進那個少年腿上的參考書，小心地沒有弄醒他。

謝一城不知道為何要這麼做，在他的記憶裡有個少年，遇到不會的題目只能靠自己，因為沒參加老師的補習班什麼都不知道，靠著偷看同學的補習講義一路闖到這裡。

他絕對不容許有人什麼苦都沒受過，就站在和他平等的位置上。

周承俊的論文一刊登出來，黃佑昶立即得到消息。整個實驗大樓交頭接耳，不少流言立即製造出來。

那個藥到底有沒有效？

周P實驗數據是不是有問題？

造假吧，應該是造假，為了鬥黃P弄出來的。

聽說股價大跌，基金會賠錢賠到脫褲，院長快跑路了？

在實驗大樓各個研究室的訊息群組，周承俊都成為頭條消息，隨函附上他剛出爐的論文。

黃佑昶沒想到周承俊有這個膽子投稿，他還是太小看他了。甚至周承俊投稿的期刊分數還在他前面，這是擺明了要給他難看。

他的電話響起來，一看上面顯示的分機號碼，是院長室的號碼。

黃佑昶立刻接起來。

「黃醫師，院長請您立刻過來院長室。」

黃佑昶從來沒有看過院長的臉色這麼難看，看來周承俊投稿前都沒有知會過他。

「這一篇文章你看過了吧？」張院長把一疊紙扔到黃佑昶面前，黃佑昶看標題就知道這是周承俊的那篇論文。

「你給我看看，裡面有沒有可以拿來攻擊的地方？」

「攻擊周承俊？」黃佑昶特地重複一次作為確認。「周醫師不是院長的家人嗎？」

「哼！這小子不知天高地厚，要給他點苦頭嚐嚐！」

「我明白了。」黃佑昶撿起那篇論文說：「裡面的確有一些不夠嚴謹的地方可以拿來作文章。」

張院長揮揮手，黃佑昶行了一個禮出去。

黃佑昶踩著志得意滿的步伐，要很努力克制才不會哼出歌來。

打從瞄準 Ezobril 這顆藥，他知道周承俊也受託做這個研究，也知道院長基金會的財務很有空間。能賺錢誰不喜歡，**Ezobril** 他的研究走在前面，再放一些消息過去，基金會自然會加碼投資。

他的要求就是快。

對整個研究團隊以速度為最高考量。

只要衝在最前面，這個局就拿下來了。周承俊的實驗結果要是跟他的有出入，因為基金會已經大舉投資，也只能啞巴吃黃連當作沒發生過。

黃佑昶唯一沒料到的是他居然有膽量把那樣的研究結果投出去，是他太低估周承俊，還是他從根本上就看錯了這個人。

他跟放射科的陳毅誠副教授約在地下街飲料店的包廂裡，這個飲料店販賣的是一般百貨公司常見的鮮榨蔬果汁，裝潢走寬敞明亮的風格，包廂並不是正式的包廂，只是一個玻璃屏風隔成的小區域，在裡面可以看見外面的人。

這種店一般的大老都不愛，被撞見的機會很低。

「院長怎麼說？」陳毅誠問。

黃佑昶笑了「從沒看過他那麼生氣。」

「周承俊這次慘了。」

「不過，」黃佑昶問：「你不是說他沒做出結果嗎？」

「現在這樣不是更好？」

「也對，這次老頭鐵了心劃清界線。」

「他股票賠了不少，心很痛。」陳毅誠說：「這次算是讓他看清楚周承俊不是做事的材料。不過再怎麼樣他們也是一家人，老頭不一定會下重手，我們還要再想辦法。」

「你再看著好了，我會狠狠修理周承俊一頓。」黃佑昶胸有成竹地笑，陳毅誠看他這樣子，忽然警覺起來，是不是有什麼他不知道的事？

「對了，你上次說那個急診的R叫什麼名字？」

「黃昭儀。」陳毅誠說：「這次多虧了她，不少周承俊實驗室的事都是她帶出來的。」

「周承俊終究要敗在女人手上。你跟那個黃昭儀說，讓她來我的實驗室，我會把她帶上去，在急診走學術不一定要跟周承俊。」

周承俊來到急診主任辦公室。

論文登出來後沒有人恭賀他，明明是分數很高的期刊，這篇論文卻像不存在一樣。

看來大家都很會揣摩上意。

那麼當初有多少恭喜他的人是揣摩上意來的呢？

今天唯一的一通電話來自周承俊沒料到的人，就是鍾盛山主任。不是向他道賀，而是要他過來辦公室一趟。

「以後排班的事就交給鄭紹青。」這次周承俊沒有咖啡喝，鍾主任沒有說明直接要他移交行政事務。

「我可以請問原因嗎？」

「看來你還不知道，」鍾主任把電腦螢幕轉過來給周承俊，對他說：「有人說你的實驗造假、論文也是偽造的。主管決議要暫停你急診醫生的職務，直到調查結果出來。從現在開始，你不需要再到急診上班，對了，實驗室的感應卡也要交出來。」

周承俊沒想到他們會做到這個程度，這些攻擊他的消息應該就是直接從院長室發出來的吧。他輕蔑地笑一笑，從口袋掏出兩張感應卡放在鍾主任的辦公桌上。

第十四章　不容犯錯的地方，不容延遲的生命

寒冬的暖陽灑在柏油路上，小邱還讚歎今天天氣不錯，重症的病人應該可以少一點。每當寒流發威，各種肺炎的、心肌梗塞腦中風的、消化道出血的傾巢而出，像是要考驗急診室的最大吞吐量一樣，一個接著一個。

所以在冬天看見閃耀的陽光，金黃色的光芒照亮每一處陰暗的角落，小邱對這一天充滿著希望。才交完班，主治醫生就要他去辦公室一趟，主任找他。

和周P一樣，他被迫交出研究室感應卡，如果有私人物品要取回的話，找祕書陪同去拿。

今天早上那個太陽是錯覺，小邱從辦公室出來一臉烏雲，甚至沒有人肯告訴他怎麼回事，只說周承俊的實驗室解散了。

「那周P呢？」這個感應卡是周P給他的，要收回也應該是周P來收。

「他正在接受調查。」

調查？什麼調查？小邱還想追問，主任只淡淡地叫他出去。「如果還想在這裡升主治醫生的話，不要跟周承俊走太近，也不要問任何事情。」

就算是總醫師，終究也只是個住院醫師，主任不需要對他多做解釋。

小邱回到一區接了幾個病人，卻始終無法讓心情安定下來。等到忙碌告一個段落，小邱再也按捺不住拿起

分機，撥了何宇華的簡碼。

「學姊妳有空嗎？我有事找妳。」

何宇華是留觀室的班，查房到一半就接到小邱的電話。雖然她還有很多病人沒有查完，當下就把查房行程暫停，和小邱約在留觀值班室。

周承俊不在，急診室沒有任何改變。她還是做一樣的事，病人一樣地來，本來就沒有什麼地方非誰不可。

表面上如此。

實際上呢？

大家都不說話的背後，還是有什麼事物改變了吧？

「學姊到底發生什麼事？周P怎麼了？主任說醫院要調查他。」小邱說得很急，他一定很不好過，而且診療一區的班，他能過來的時間很有限。

「他寫了一篇不討喜的論文，被暫停急診醫生的職務。」

「暫停……急診醫生的職務？」小邱差點說不出話。「那班怎麼辦？」

「班也被暫停了，調查結果出來以前，就這麼想好了，就當作他被封班，相關職務都移交給鄭紹青了。」

「不讓他來上班……？」急診醫生沒有班上，可是生活會出問題的。「上個月唐希車禍缺班，學姊和周P一口氣把所有班頂下來，結果醫院還這樣對你們。這樣趕盡殺絕，到底是什麼樣的論文？」

「Ezobril，你去搜尋一下，熱騰騰地剛出來。小邱，聽學姊一句話。」何宇華說：「周P的事不要跟其他任何人討論。總醫師最重要的任務就是考專科和升主治，周承俊這件事和你沒有什麼關係，你不要因為這樣去做什麼或在診療區發表言論，診療區是公開場所，說主管的壞話會有人很好心幫你傳出去的。這件事不是你能插手的，你只需要當個旁觀者。」

「旁觀者？」小邱無法這麼消極對待這件事，何宇華說：「對，看著。看誰在這個時候做什麼事，看誰說風涼話，誰落井下石，然後記起來。沒有什麼經歷是徒勞無功的，除非你視而不見。這次的事情可以讓我們更清楚知道這家醫院的本質，這樣一來，不管是要繼續待在這裡，或是另謀他就，都能夠對你的未來有幫助，對我也是，我們大家都是。」

小邱雖然無法全盤接受何宇華的言論，他也明白路就走到這兒。如果連周承俊都扛不住，他一個總醫師多說幾句話也不會有幫助，還會招來殺身之禍。

畢竟他的未來還掌握在別人手裡。

什麼人命關天、什麼正義公理，是與非、對與錯，要在這裡升主治就要學著對這些視而不見。

一個人不會一夕之間忽然變得唯利是圖。那些主任和院長們也都是從住院醫師一步步上去，在他們成長的過程學會妥協、學會背叛、知道把握最重要的利益對其他視而不見。

不是當權者的問題。不是他們本質壞，如果他們不變成那樣，在上面的就不會是他們，而是另一批壞蛋。

小邱豁然開朗，卻發覺央大急診主治醫師這個位子對他不再具有那麼大的吸引力了。

唐希一口氣握住助行器站起來。

她可以感覺到腿上的肌肉緊縮，把用足了力正在顫抖的腿倔強地伸直。她向前邁出一步，只是一步，就再也支撐不下去，像洩氣的皮球倒在病床上。

「我這樣要多久才能回急診？」唐希流著淚抱怨。

「就算要花上半年一年又怎麼樣？」劉建浩靠在牆邊冷冷地說。

「我不知道，我好想死……」唐希繼續痛哭。

劉建浩耐心等唐希崩潰完，問她：「妳知道周P出事了嗎？」

「什麼？」唐希太震驚以至於忘記剛剛的崩潰。「出什麼事？也是車禍嗎？」

「不是車禍，他被暫停急診職務。」

「他犯了什麼錯嗎？」

「不見得需要犯錯才會被這樣對待，更有可能的是他不願意犯什麼錯吧。唐希，現在妳不過是車禍斷了條腿，又沒說不讓妳回去。妳想想如果妳是周P，投注那麼多年的心力，幫科內衝研究積分，缺人上班就頂班，根本沒有自己的生活。忽然有天不合上面的意把妳說趕走就趕走，妳是不是要哭到眼睛瞎掉？妳要考慮清楚喔，因為這種事以後會不會發生沒人知道。」

唐希點點頭，紅著的眼眶慢慢收乾淚水。

「照這樣說，我的確是沒什麼好哭的。學長，你真的很會安慰人。」

「我不是來安慰妳的。」劉建浩雙手抱著胸，靠在病房的牆壁上。「我是來看妳走路的，休息夠了吧？」

謝一城把周承俊投稿的論文看了三遍，確定母親使用的不是這個藥物。聽到消息的時候，他整個人都在顫抖，雖然人在一區卻無心上班，一下班就立刻衝到醫院圖書館把周承俊那篇論文找出來，看到 Ezobril 這個藥名還確認好幾次，才終於鬆了一口氣。

Ezobril 這個藥針對的也不是肺癌。

至少今天打電話回家不用告訴母親，花大錢自費的藥沒有用。

每天謝一城都要跟母親打一通電話，母親上次做完標靶一直很倦怠，除了身體上的不適，情緒也是一個因素。大概是第一次認知到身體已經跟年輕的時候不一樣，死亡變成一個迫切要面對、可能會發生的問題。

母親每天都在等著這通電話，等著跟他抱怨生活中的大小事，述說過去的遺憾，誰沒良心、誰欺負她、誰又不夠愛她。

家裡的田只剩父親一個做不來，醫生收入高，能不能幫忙家裡？弟弟去工作要買車，你看要買哪一台比較好？

過去的遺憾、跟家人鄰里的爭執就算抱怨也無法改變，未來的開銷全數要他支付，因為他是家裡那個有出息的孩子。當醫生，可是附近整個家族，十幾個鄰里都沒聽說過的事。

所以他們並不知道，醫生的收入其實跟他們的想像不一樣，比一般上班族好是事實，但是養一個家庭也會累。那種當了醫生就可以買下整條街是古時候才會發生的事。

何況他還只是個住院醫生。

他住在醫院的單身宿舍。在醫院裡面，上下鋪和其他房間共用衛浴的那種，每個月他的薪水支付完家裡的開銷和弟弟的車貸以後就所剩無幾。他最大的奢侈就是買了一個人頭當室友，這樣他起碼可以一個人使用房間。

他住不起外面的公寓。

謝一城講完電話決定出去走一走，讓自己冷靜下來。醫院附近有一個小夜市，他到夜市去想買點熱食，讓心情好一點。

他一個人漫無目的在夜市繞，碳烤玉米、臭豆腐、蚵仔煎的香味在空氣中，他小時候最大的願望就是能在夜市裡自由吃愛吃的東西，現在他有這個能力卻失去了食慾。

那輛發財車在攤位的末段，附近人潮很少，生意不好，看起來很寂寥。

他站在發財車前面。

「先生，肉圓雞蛋糕～」攤子的主人操著台語招呼他，謝一城這才發現這個攤子賣的是肉圓，一邊擺著烤雞蛋糕的烤爐。

那個少年坐在昏黃的燈光下寫評量，有些客人在這裡吃，用完的餐具他會去收拾。

「先生……？」老闆的聲音很粗啞，帶著不嚴重的痰音。這是當然的，因為他有肺癌。沒想到吳明金這麼早就出院，如他所願趕著出來賺錢。

「喔，買一個肉圓和一份雞蛋糕。」

老闆熟練地把肉圓叉起來，滾進油鍋再炸一次，一個滑溜溜的肉圓滑進碗裡，剪刀剪了幾刀，加了蒜泥和辣醬進去，還有香菜末的香氣。

一旁的雞蛋糕剛好在這時候出爐，老闆娘用竹籤一塊塊叉進紙袋，兩邊配合得剛剛好。

「一個肉圓和一份雞蛋糕七十五元。」吳明金說，老闆娘把肉圓和雞蛋糕裝好拿給他，袋子裡面蒸騰的熱氣溫暖了謝一城原本受寒的手。

他硬塞過去一張百元鈔票說：「不用找了。」丟下這句話謝一城回頭就跑，怕被他們追上來。他不想被認出來，也不想跟他們有什麼交集，更不想假裝自己是什麼好人被感謝。

街道上燈火通明，週末的夜晚，央大醫院如同平常的日子，每間病房都亮著燈，醫療人員們穿梭在每個門裡門外，不分晝夜，因為病人的變化也不會專挑白天或晚上發生。

住院醫生這種生物對時間的感知特別弱，他們不會知道今天是星期幾，週末和平常日對他們也沒有不同，他們的生活就是工作睡覺和睡覺工作而已。

林耿明伸了個懶腰。伸懶腰這個舉動對急診室沒有特別禁忌，只是林耿明個人的注意事項。

每當他伸完懶腰，就如同向掌管急診室的神祇宣告今天病人太少一樣，後續掛號總是源源不絕讓他忙到腿軟。

偏偏這又是他的一個獨特習慣。

有時候只是剛剛舒展身體，有在半路警覺硬生生忍住，仍然阻止不了洶湧而來的病人，這時他又會埋怨自己為什麼不把那個懶腰伸完。

在週末的夜晚，他沒能去體驗都市的夜生活，困守在急診面對呻吟患病的人們，幫一個老人家看完診後，不自覺伸了個懶腰。

等他意識到已經來不及，四處張望還好沒人看見，剛把提著的一顆心放下來，檢傷就推進來一個翻來滾去的男人。

周承俊被停職，林耿明今天搭檔的主治醫師是鄭紹青。雖然他也想很沒良心地說急診室少一個人沒差，日子照過班照上，那些來掛號的病人也不會知道央大急診少了一個主治醫師。

可是他莫名地覺得不安，急診室每個人都是，未來的道路不再那麼有秩序地呈現在眼前，總覺得壞事隨時會發生。

他用力壓下心中的情緒。在發生CVC打進肺部，害得一個人差點死掉以後，林耿明發誓不再讓任何情緒影響自己工作時的專注。

他不會再分心。

林耿明快步走向被推進來的男人，趁著移動，快速瀏覽了手上的病歷。

五十二歲男性，主訴喝了一晚上的酒後腹痛。這是怎麼回事，林耿明打從心底嘖了一下，這個阿伯是星期五晚上狂歡，然後來掛急診嘲笑週末也要上班不能去玩的單身住院醫生狗嗎？

看他在推床翻滾的模樣，八成酒還沒退。

「阿伯，你是哪裡痛？」不爽歸不爽，林耿明還是得面對現實把工作完成。

他的主治醫師鄭紹青沒在管他，但是今天上面的資深住院醫生是黃昭儀，打從周承俊出事，黃昭儀的心情就不太好。

聽說她投奔敵營，算是替自己鋪了條康莊大道，林耿明不懂她從一早就在不爽什麼。

「啥米阿伯，我大你幾歲叫我阿伯！有沒有搞錯？」那個倒在急診推床上的男人更不爽地說。

雖然痛到翻來覆去全身都是冷汗，還有力氣在意這種枝微末節的小事，喝醉酒的阿伯就是奇妙的生物。

「你是哪裡痛？」林耿明不耐煩，只想快速結束這個回合。

「那個……凶巴巴女醫生還沒上班嗎？」阿伯左顧右盼，林耿明真不知道他是真的肚子很痛還是演戲的。

「什麼凶巴巴女醫生?!」現場是有一個，林耿明向天借膽也不敢把這個醉鬼領到黃昭儀面前去。

「沒、沒事……我肚子好痛，哎喲！哎喲！」這會兒又痛起來了，真是收放自如。

「好好好，我先幫你抽血打止痛針。」

酒後腹痛，八成是個急性胰臟炎，他把抽血單和藥物都開出來。問完病史就能推測出來的疾病不少，結果常常八九不離十，也算是在急診歷練過幾個月訓練出來的本事。

「林醫師，你先看這個胸痛的心電圖……」

林耿明才剛把那個酒醉大叔的抽血單丟出去，一回頭怎麼治療一區多了幾個病人？這些生面孔是剛剛掛號進來的嗎？就在他問診的短短十分鐘？

「這個是STEMI，病人在哪裡？」林耿明目光觸到那張心電圖，就像被電流瞬間電擊，整個人彈起來，以最快速度找到那個人。

因為STEMI是急性心肌梗塞裡面最嚴重的一種，必須立刻馬上施以心導管把血管打通。

急診室人一多起來就像原始叢林，不是很容易找到要找的人，而且路上還會不斷冒出奇怪的人攔住你。

「醫生點滴滴完了。」

「我媽媽要枕頭……」

「可不可以再要一個棉被……」

「我爸大便大不出來……」

「床怎麼調高？」

「我肚子餓……」

「我想出院……」

來到醫院各種吃喝拉撒睡都要跟醫生報告似乎成為基本常識，林耿明費盡力氣才能越過重重阻礙來到那個STEMI的男人旁邊。

看見他還活著，林耿明感到一切有了回報，就算剛剛一路臭臉會讓他多幾張投訴單也不足惜。

「電擊器推過來備在旁邊！你這是急性心肌梗塞，有生命危險，要立刻執行心導管手術！」林耿明告訴男人這個不幸的消息。

「手術？我不能動手術！」那個男人從床上跳起來，一邊說一邊動手要把剛打上的點滴拔掉。即使非常難受，剛站起來就支持不住，他依然固執地趴在床邊。

「先生你不能起來，不要任性，我們要救你的命！」林耿明死命要把他拉回床上，這個人就算下一秒直接倒地死掉也不奇怪，怎麼可以站在床邊。

「我不要，給我吃幾顆藥就好。」那男人臉色鐵青，一邊說一邊喘氣。

林耿明說：「你是想死嗎?!」

「有……有這麼嚴重嗎？」男人囁嚅著問，他臉上都是汗，嘴唇發灰。

「看看你的樣子，你覺得不嚴重嗎？」

沒有人想拿性命開玩笑，即使再倔強的人面臨生死關頭都會軟化。

「你回去躺好，我來找心臟科醫生。」林耿明看著他說。

「醫生我報告出來了嗎？可以出院了嗎？」前面那個喝酒腹痛的大叔酒已醒了大半，就想急著出院。

林耿明才放下跟心臟科總醫師的會診電話，啟動緊急心導管，就被喝酒大叔追著問報告，只好一邊在電腦點開這個人的報告，發現他的驗血正常，胰臟炎的兩個數值都沒有升高。

所以……只是一般酒精性胃炎？

「先生你過來我看一下。」林耿明朝他招手，大叔吃力地過來，一隻手還抱著肚子。

林耿明朝他腹部按下去，大叔痛到彎腰。

「你這樣怎麼出院？還要再做檢查。」

「林醫師，那個第十床不肯簽心導管同意書。」

第十床就是心肌梗塞STEMI那位，明明都安排好了，現在是在演哪齣？

「怎麼回事？心臟科醫師不說都跟你解釋好了嗎？」

「這個……」那個男人指著同意書上面緊急聯絡人的欄位。「我不要你們聯絡家人。」

林耿明看到在男人身邊陪同他來就醫的妙齡女人，心中冒出很大的疑惑。

「請問小姐是這位先生的什麼人？」

「朋、朋友。」那位妙齡女子說，臉上不太好看。

喔……林耿明瞬間懂得，他在急診至少也打滾過幾個月，不是剛出道的菜鳥，這點人情世故的判斷力還算有。

有一種朋友關係非常親密，卻又不可言說，大概就是那種。

林耿明不想說破，以免加重心肌梗塞的病情，只淡淡地說：

「先生你隨時有生命危險，我們至少要聯絡一個家人趕過來。」

「那……就找我媽好了。」那個男人為難地說。

「醫生醫生，拜託先幫我看，我先生一直流血……」林耿明正想坐回電腦前把那個喝酒卻沒有胰臟炎的大叔該做的電腦斷層單開出來，一個婦人忽然帶著一個滿手都是血的男人攔住他的去路。

黃昭儀在哪裡？鄭紹青呢？這是怎麼回事？治療一區怎麼忽然冒出那麼多病人？怎麼只剩下他一個醫生？

「好，我馬上幫你治療。」看起來小血管有受傷，至少要縫合把血先止住。

「醫生我還在等什麼？」喝酒腹痛的大叔再度叫住他，依然捧著肚子。

啊對，他的電腦斷層檢查要先開出來。

「嫒婷妳幫我帶他去縫合室，我要幫他縫合。」林耿明抓到正在打抗生素針劑的江嫒婷，指使她先把這個手受傷的先生帶去縫合室。然後他好不容易越過重重阻礙，去開了大叔的腹部電腦斷層檢查申請單。

到縫合室，江嫒婷已經把縫合器械備在器械盤，男人拿著紗布壓住傷口，林耿明戴上手套，把傷口暴露出來檢視。

江嫒婷把線上到器械盤，協助抽完局部麻藥，就要出去縫合室，林耿明叫住她。

「等等，妳有看到黃醫師嗎？」

「剛剛來了兩個車禍，有一個不太妙，黃醫師正在處理。」

「那鄭醫師呢？」

「在看另一個車禍患者，她是ＶＩＰ，好像是院長的朋友。」

林耿明搖搖頭，如果連他都有崩壞的感覺，其他人的感受可想而知。

「妳說妳是誰，你們剛剛在做什麼？」

林耿明從縫合室出來，一個女人的聲音越過吵雜的急診室傳過來。第十床心肌梗塞 STEMI 的男人正被推著往心導管室移動，在病床旁邊站著一個貴氣的女人，正在逼問陪同那個男人來就診的妙齡女子。

男人閉上眼任由護理師把他往心導管室推去，不去面對身後即將引爆的戰爭。

「病人要去心導管室，請家屬一起過來。」趙襄君推著床，一邊對兩個女人說。

那個妙齡女子低頭縮著身體，她面前那個貴氣的女人跨著大步過來。

「我是他的妻子。」她帶著冰冷的微笑說：「麻煩跟醫師說務必把他救活，我還有很多話要問他。」

態。

林耿明很想笑，然而這實在是一個不應該發笑的嚴肅問題，尤其當事人又處在一個心臟冠狀動脈堵塞的狀態。

他可不希望進心導管室之前，那個男人承受過度壓力引發心律不整。

「醫生，我斷層掃描做好了，什麼時候可以看報告？」喝酒醉的男人再度抱著肚子出現在林耿明面前，雖然他肚子這麼痛，卻還是急著要出院。

「好，我去幫你看……」林耿明才這麼說著，一個男人拿著一袋塑膠袋，臉色慘白，不斷吐出大量的鮮血，坐在推床上被送進一區。

黃昭儀仍在急救室，鄭紹青依然不見人影。按照這個人嘔吐的血量，幾分鐘不處理可能就會休克。

林耿明只好過去，問診的同時那人又吐了五百毫升的血。

這得趕快叫血來輸才行。

剛這麼想……

「林醫師這個病人昏倒了！」只見江媛婷奮力拉著一個病人，那個人看起來失去意識，因為身體壯碩，江媛婷一時之間也無法將他拉起來。

「這個人是誰？」林耿明過去幫忙，江媛婷對他說：「就是一直吵著要出院，還沒看斷層報告那個！」

喔，那個酒醉大叔，因為臉色變得蒼白、氣色全失，林耿明完全認不出來。

「林醫師，第六床還在吐血，血壓只剩六十！」負責第六床的廖繡茹在診療一區另一邊大喊，大吐血被送進來的男人來不及拿起嘔吐袋，吐得整個床上都是血。

「好！」林耿明焦頭爛額，實在分身乏術，真希望有人能告訴他該怎麼辦。「先叫四袋急血來輸！送急救室，準備插管！」

回頭對江媛婷說：「這個肚子痛的先量血壓，我去找他斷層出來看。」

「林醫師，我們要送進急救室了！」廖繡茹繼續喊，第六床那個吐血的男人仍不停歇吐出一袋袋的鮮血，若是不立即插管保護呼吸道，等到他沒有嘔吐的力量，那些血會全部倒灌淹沒整個肺部。

「好，你們先進去！」

江媛婷這邊這個酒後腹痛，在急診室昏倒的血壓也只有八十，林耿明好不容易打開他的腹部電腦斷層，這時候只恨電腦速度太慢，先看一眼，讓他進去插管前看一眼也好。

是肝瘤破裂！起碼十公分的肝腫瘤在他體內，破裂造成內出血。

這個人有肝癌嗎？病歷怎麼沒有？滿滿的電子病歷都只有急診室的就診紀錄，每次故事都是一樣。酒醉腹痛、酒醉跌倒、酒醉情緒不穩……他根本只是常常酒醉來急診，沒有去腸胃科徹底檢查過。

「林醫師，血氧在掉……」廖繡茹從急救室出來大喊，林耿明顧不得只能用最快速度進去，臨去前對江媛婷拋下一句話。

「他是肝瘤破裂，再打兩條大號點滴，一樣叫血來輸！我等等出來！」

林耿明挑起喉頭鏡，視野裡面滿滿的血，別說呼吸道，連舌頭在哪裡都看不見。

「Suction！」林耿明一叫，廖繡茹直接用最粗的抽吸管進去抽，林耿明忐忑不安，等口腔裡的血抽光，只有幾秒鐘的空白時間，又會再度被湧上來的血水淹沒，他要在這麼短的時間把管子放進喉頭氣管內。

說真的，他沒有把握。

可是沒有人能救他。鄭紹青不見人影，而黃昭儀也被她手上的危急病人困住，正在插胸管。

結束抽吸，林耿明挑起喉頭，就在鮮血即將湧入的那瞬間，他找到正確的位置，快速將氣管內管放好，鬆了一大口氣。

血壓依然是六十。

「放胃管洗胃，繼續輸血，緊急找腸胃科來胃鏡把血止住！」

林耿明出來，顧不得整個工作服都是血，直接過去看那個算是常客的酒醉大叔，雖然他酒已經醒了，這次是肝瘤破裂，嚴格來說不能再稱他為酒醉大叔。

如果可以選擇，他應該還是希望能繼續當酒醉大叔吧！

大叔倒是醒了，但是血壓依舊不美麗。

「醫、醫生，我怎麼樣？報告出來了嗎？」他說話帶著氣若游絲的感覺。

「這個……」林耿明覺得話都鯁在喉嚨，這個人來急診那麼多次，時常替他處理酒後一堆亂七八糟的問題。他被唐希用性騷擾告上法院，喝完酒還是很死忠地過來。結果唐希出車禍去了加護病房，這個人肝瘤破裂可能也要去加護病房。

這要怎麼說，人看久都有感情了，要林耿明怎麼告訴他體內有個十公分的肝癌正在大出血。

「醫生，有什麼壞消息我承受得住，我有心理準備。」

「是肝腫瘤破裂。」

「喔……」他的臉明顯黯淡下來，不像是承受得住。「是不好的東西嗎？」

「看起來不像是好東西。總之……」林耿明試圖輕快一點，讓表情看起來溫暖一些。「我們先輸血，我找外科醫生看是要手術止血，還是去做栓塞。」

「林醫師，腸胃科醫生請你過去。」廖繡茹從急救室出來，她身上的隔離衣都是血，當然不是她的，是那個吐血的人噴出來的血。

林耿明快步進去急救室，腸胃科醫師一邊操作胃鏡一邊說：「這個我沒辦法，你看這裡，這個應該是惡性的，腫瘤侵入血管造成出血，內視鏡沒辦法止血，這個要找外科手術處理。」

林耿明只得出來找到家人說明手術的必要性。他說得很快，這是毫無辦法的事。詳細說明要花很多時間，病人正在急救室裡面繼續出血。時間就是血壓，耗去更多時間，就代表病人要多流幾公升的血。

「腫瘤？醫生是說癌症嗎？怎麼會這麼嚴重?!」病人的太太臉色蒼白，一臉不敢相信的茫然。「他最近……是常常胃痛，剛剛吃到冰的就吐了很多血，你們是不是哪裡搞錯了？」

林耿明也期待能有更多時間讓家人好好消化這個消息，可惜他沒有時間，病人也沒有。

「外科醫生建議開刀……」

「不不不，我不相信……」病人太太直搖頭，她不想聽這些。「我們要轉院！」

「我們已經輸了兩千CC的血進去，血壓還只有六十幾，這是很嚴重的出血性休克，妳現在轉院他會沒命！」

不管是肝腫瘤這位，還是胃癌那位，都因為出血造成休克狀態，兩個病人都很急迫，林耿明一口氣跟外科醫生說完，外科值班醫生還沒出現在急診室，一個女人搶先被推進來。

一個抽搐的女人，全身僵直、兩眼上吊，即使是以這樣的狀態出現在急診室，林耿明還是認出她是賴怡玟。

不只林耿明認得，治療一區每個護理師都認得。

雖然不願意，賴怡玟就是和他們這麼熟。

林耿明想問今天是什麼日子，危急的病人可以這樣源源不絕，完全沒有冷場，幾乎要將他榨乾。

這樣也好，他可以暫時忘記他打入肺部的那根CVC，那根CVC將是今天謝一城科會報告的主題。

林耿明應該要進去聽謝一城的報告，可是他又暗自期盼到時有許多急迫的病人使他無法去會議室參加科會。

也許就是暗自許了願，今天才會變成這樣。

鎮靜劑成功停止了賴怡玟的癲癇，肝瘤破裂的男人送去做栓塞止血。外科醫生被噴了一身血，和林耿明一起，親自押送胃出血那位衝向手術室。癌症怎麼辦以後再說，現在不止血就得在死亡時間填上今天的日期。

心臟科醫生來會診另一個病人時談起剛剛那位 STEMI 心肌梗塞堵塞的右冠狀動脈，因為是帶著小三去旅館才發病，兩個女人從導管室一路爭吵到加護病房。

治療一區經歷過一夜風雨的驚濤駭浪，剎那間雲淡風輕歸於平靜。

天亮了。

黃昭儀一臉倦容從急救室出來，這段時間她一點也沒閒著，從檢傷、治療一區以及各個留觀室失控的病人一個個送進去給她處理。她看向林耿明，眼神交會的瞬間，兩個人對自己這個晚上具體做了什麼都印象薄弱。

好像治療了很多人，可是一點也沒有力氣去記得細節，他們只剩下撐到交班的體力，彷彿遊魂一般只剩反射動作。

「學弟，你看看這個肝瘤破裂……」鄭紹青終於出現，聽說他跟著那個VIP到了手術室，還一起送到加護病房。他對林耿明招手，林耿明當然沒那個膽子不去，還得用僅剩的力氣做出恭敬的模樣。

鄭紹青指著電腦斷層說：「我看這個斷層影像凌晨三點就出來，怎麼現在才去做栓塞？」

「因為……」林耿明語塞，他只記得他很忙，具體忙什麼實在想不起來。

「你是不是不會看？不會看要問，黃昭儀妳沒教他嗎？」鄭紹青的音量拉大，整個治療一區都往這邊看。

「我在急救室忙！」黃昭儀拋下這麼一句話就頭也不回繼續做自己的事。以前黃昭儀眼中只有周承俊，沒把鄭紹青放在眼裡，雖然周承俊被停職，她現在是黃P那邊的人，鄭紹青倒也不敢動她。

於是把矛頭指向林耿明。

「學姊在忙你可以問我，如果早一點判讀出來，早一點去栓塞，病人就不會休克！現在這樣，以後有什麼後遺症都是你害的！你要負起責任！」

是……我害的嗎？林耿明臉色一陣青一陣白？

筋疲力盡之後，腦容量特別有限，到底在忙什麼根本想不起來也說不出來。

為什麼一個電腦斷層的影像，他要花兩個小時才能判讀出結果？如果法官這麼問，他也只記得他很忙，至於忙些什麼，只記得是一些很急迫的事，細節瑣碎到他無法交代。

他想像這個病人栓塞失敗去手術，最後因為休克狀態持續太久變成植物人的光景。

「快！快點醫生，我媽吸不到氣！」一個中年人橫抱著一位老太太衝進急診室，對著裡面大喊。

老太太看起來臉色蒼白，胸口起伏很大，旁邊的警衛大哥和護理師立即推了一張推床過來。

鄭紹青見狀推給林耿明說：「你快過去看是什麼狀況！」

檢傷正在詢問資料協助完成掛號，並測量血壓心跳等基本的生命徵象。林耿明過去，發現老太太雖然呼吸很快，看似意識不清，可是她四肢都很僵硬，雙手呈現蓮花指的古怪姿勢。

林耿明擔任急診醫生也已經幾個月，幾乎每隔幾天就會有這樣的人，自然知道這是過度換氣，是情緒過於激動引起的。

主治醫師鄭紹青就在現場，剛剛又念了他一頓，林耿明不敢怠慢，還是把血氧濃度計夾上老太太的指尖，並且很仔細地做呼吸音的聽診檢查。

沒有問題，這是過度換氣。

「老太太，妳先把呼吸放慢，不要喘那麼快。等等幫妳打針，妳會比較舒服。」

林耿明說完，正要找台電腦開藥，老太太眼睛忽然張開，直直瞪著他。

「是你！就是你！」

什麼？林耿明摸不著頭腦。

「就是這個爛醫生，給阿明打錯針，害他大出血躺在加護病房！就是他把你弟弟害得這麼慘！」老太太咬牙切齒地指著林耿明。

「等等……」林耿明實在不理解，那個中年人忽然過來抓住林耿明的衣領，惡狠狠地問：「我弟弟脖子那個大針就是你打的嗎？」

「你弟弟是……？」

「他叫許文明，你還記得嗎？」

「記、記得。」林耿明低下頭，他打進肺部的CVC那個病人的確是這個名字。

林耿明還沒想到要怎麼處理這個狀況，就結結實實挨了一拳，眼前直冒金星。

「先生，不要動手打人！」幾個駐院警衛趕緊過來壓制，把那個中年人從林耿明身上拉開。

林耿明的臉腫起來，瘀青了一大片。

「我弟弟前幾天在你們這裡等病房，脖子被這個醫生打了一根大針，打到肺部大出血，現在還躺在加護病房，我一定會替我弟弟討公道！我要告你，要告死你！」那個中年人被警衛架著，仍然破口大罵。

躺在床上的老太太不喘了，一邊罵林耿明一邊哭。

「怎麼有這種夭壽醫生！我們阿明被當實驗品！躺在那邊也不知道死活！我不如跟著去死死卡快活！」

林耿明低著頭，無法辯駁曾經犯下的錯誤。這一行犯錯的代價是一條人命，可是人不可能不犯錯怎麼辦？

鄭紹青裝作沒他的事，始終不說一句話，還在這種混亂的場合溜去留觀室看根本不屬於他的病人。

最後是黃昭儀看不過去站起來，到他身邊小聲說：「你先去值班室冷靜一下，沒事我再call你。」

林耿明就像待審的罪犯，從治療一區的後門到留觀的值班室，他不敢看其他病人的臉，也不敢面對其他同事。

有罪的他還有資格待在這個地方嗎？

「鬼……有鬼……？」在第九床的賴怡玟忽然跳起來，指著林耿明說，還露出很害怕的表情。對，我是鬼，我死掉算了。林耿明一口氣逃進了值班室。

「所以，從這張胸部X光片可以看出來，右頸靜脈這根CVC穿破血管到肺部，造成張力性血胸。」這個月科會輪到謝一城，他拿出來報告的案例就是林耿明捅破的那根CVC。原本火力十足的科會這一次卻像是報告者的獨角戲，大家只是來會議室照章行事簽名出席，在場的主治醫生沒有人發言。

到底有沒有人在聽？謝一城看著台下那些人，很擔心達不到他要的效果。

周承俊出事，科裡面士氣低落他能想像，很多人都多多少少和他的實驗室沾上邊，但是不能因為這樣就忽略林耿明的醫糾。

「這個事情真的很嚴重，你看這張X光片那麼明顯，怎麼會沒注意到呢……？」鄭紹青拿起麥克風，謝一城早就料到他提不出有水準的問題，討論沒有帶動起來，反應當然也不熱烈。

「那麼、家屬有要提告嗎？」鄭紹青企圖靠尖銳的問題來力挽狂瀾。

從鄭紹青的語調完全可以看出他心情正好，連謝一城都知道這次周承俊徹底黑掉，不可能翻身了。周承俊可以把一手好牌打成這樣，可見他沒有想像中那麼聰明。

「全案已經進入司法程序，這個case我們就不要再討論了。相關醫師後續的懲處我會決定，今天就先到這裡。」最後是鍾主任忍不住把麥克風搶過來結束這個回合。大家彷彿得到解脫，忙不迭離開會議室。等人差不多走光，鍾主任招手要林耿明過去辦公室一趟。

謝一城還在講台收拾電腦，江東彥朝他走過去。

「你這是什麼意思？」

「什麼什麼意思？」謝一城故作不知。

「拿別人的醫糾出來報太過分了。」

「有規定不能這樣嗎？科會一定要一片和諧，討論一些無關痛癢的病例？」

「你這是人身攻擊，那張X光片就是單純的失誤，根本不用拿到科會討論。」

「江東彥，你所謂的單純失誤背後可是一條人命。你好像搞錯了，如果林耿明沒犯下這種低級錯誤，搞到我要幫他擦屁股，我才懶得報這種無聊 case。一個連X光片都忘記看的醫生，沒資格去幫人打CVC，天知道他是忘記看還是不會看！」

「他比你有資格做這份工作，他在乎他的病人。」

「在乎病人？哈，那有什麼用？對，我跟病人的關係很簡單，這就是一份工作，他們生病，我賺錢。要我幫病人多想，理解他們的痛苦？那我下一個病人出錯誰賠我？他們有等我整理好情緒再掛號進來嗎？江東彥你最好清醒點，看清楚這份工作的本質，不然下一個陣亡的人就是你。」

江東彥被說得啞口無言，謝一城看事情的角度雖然扭曲卻難以反駁。

「結果主任和你說什麼？」江東彥在辦公室等到林耿明出來，最近周P才剛被「處理」過，他很擔心林耿明會遭到一樣的結局。

「原來我今天又多了一張投訴單，主任很不高興。」

「什麼投訴單？」

「一個胃癌大出血的，他的太太說我態度不好，還詛咒她先生會死。」林耿明說：「我要多 run 急診半年，也就是說明年度還要當半年R1。」

江東彥對著林耿明，這種一股腦把責任歸咎在一個人身上的處理方式讓他不能接受。

「其實這件事會發生，根本不能完全歸咎在你身上。唐希出車禍造成你情緒受到影響、病人血管難打才會需要打這根CVC，還有剛好遇到交接班時間所以你忘記看那張X光片，你那時候已經上了十二小時的班，連續聚精會神十二個小時，狀態不好是可以預期的，當然可能心不在焉。有那麼多事情同時發生，卻只把錯誤歸咎在一個人身上，醫生不能有情緒，不能失誤，這算什麼？」

「我們處理的是人命，當然要謹慎。江東彥你別說了，這樣已經很好了。」林耿明阻止他，這裡可是辦公室，難保不會有抓耙子，說話最好小心一點。

「要體諒病人的時候，就希望我們是個人，有人性一點。要檢討失誤的時候，又要我們像神仙不能犯錯，不能有任何情緒。我看我們真的是神、神經病！」

「出事的是我，你在氣什麼？」

「我在氣謝一城，他可能是對的。不要有什麼救人的期待就不會受傷。不會有情緒，不要做多餘的事，最重要就是要按照SOP，只做SOP規定的。因為出事以後，人家就是用SOP檢討你。」

「你又想離開這裡？」林耿明看他說得那麼激動，實在不像是江東彥。

「沒有，我只是覺得很荒謬。如果要我們只按照SOP做事，沒做到就是失職，一點也不顧當時狀況，不顧人力，不顧各種可能讓一個人判斷錯誤的情境，以事後諸葛的方式來檢討，不管誰都經不起這樣的檢討。你知道這份工作會只剩下什麼嗎？」

熱血經年累月地被侵蝕，醫療失誤一旦發生，就一定是某個人的錯。縱使有太多不可控制的因素存在，縱使醫生也不願意見到失誤發生，沒有人希望事情在自己手上搞砸。

童話破滅後會剩下什麼？

「剩下什麼？」林耿明問。

「賺錢。」江東彥說：「我現在知道為什麼那麼多醫生只想賺錢了。」

謝一城到診療一區拿起第一本在新病人匣的病歷就是一愣。

病人姓名：吳明金，檢傷主訴：呼吸困難，痰變多；血氧濃度：80%。

這是怎麼回事？昨天晚上在夜市不是好好的嗎？

謝一城拿起病歷奔過去，是同一個人。昨天晚上在發財車幫他炸了一顆肉圓的吳明金正費力地坐在床上。

謝一城立刻拿了氧氣面罩放在他臉上，然後幫他裝上血氧監測儀，即使氧氣流量開到最大，血氧濃度的爬升依然很緩慢，最好也只能到達86%。

他仍然費力地喘息，整個額頭都是汗，坐也不是躺也不是。

他的妻子說話帶著遲鈍的感覺。謝一城這時才省覺到她可能有智能方面的問題，吳明金才想在臨走前盡量賺錢。

「醫生，怎麼辦？」吳明金的妻子焦急地望著他，謝一城很討厭病人家屬求助的目光，總有一種不能不替他們想辦法的罪惡感。

然後又感到一陣氣憤，因為被情緒勒索。

兩種情緒交互困擾著他，所以他只想做必要的事，不想跟這些急診室的病人有任何不必要的情感交流。

可是已經太遲了。誰叫他昨天晚上買了一顆肉圓和一份雞蛋糕。

這個吳明金也是肺腺癌，和他的母親一樣。肺腺癌是少數和抽菸不相關的肺癌，可能跟他長年炸肉圓的油煙有關。不管怎樣，現在追究原因都遲了。

吳明金的肺腺癌有肝臟和骨轉移，比他母親嚴重很多，屬於末期病人，只剩幾個月的時間。

最理智的做法是簽署不急救同意書，尋求安寧療護，找個平靜的日子和家人道別。

怎麼辦？吳明金不可能同意。

「不然你要插管嗎？」謝一城想了一會兒，看血氧濃度始終不能達到安全範圍，看他始終很費力但奮力地呼吸，彷彿抵抗著死神的召喚，他正用最大的意志力拔河。

吳明金沒有任何遲疑用力地點頭，儘管他的力氣所剩不多，仍怕他表白得不夠明確而失去活命的機會。

「我先說清楚，插管只能幫你解決缺氧的問題，卻無法治療你的癌症，也就是說有可能插管還是會死，也可能管子一直拔不掉直到那一天，更重要的是插管很痛苦……」

光是不小心什麼東西嗆進氣管就很痛苦，更何況一根指頭粗大的管子，二十四小時不間斷地放在喉頭氣管裡面。

「我……我……可以……不能死……今天，錢……還不夠……」吳明金斷斷續續以粗啞的嗓子費力地說。

他今天還不能死，錢不夠。謝一城聽明白了。

是怎樣不夠，要多少才夠？謝一城不想去深究，他不是慈善家，他只是急診醫生，來這裡是為了賺錢。

「好，我幫你插管，以後就看你自己了。」

江媛婷從更衣室出來，好不容易才把護理記錄寫完，剛上線的頭一年，能在下班時間後的兩個小時離開醫院都是很幸運的事。

醫生們也開完科會，陸續從會議室出來，幾個人跟她打了招呼。聽說醫生們的科會改到早上，這也是鄭紹青醫生的建議，說是要配合交接班時間，大概是不希望周P時代的舊習慣延續下去。

只是暫時停職，怎麼科內的氣氛好像這個人不回來了。

江媛婷忽然感受到這種可能性。

經過急救室，她回頭看了一眼下班前處理的病人，阿公還躺在急救室裡面，孤獨一人用著呼吸器。他沒有家屬，八十幾歲的榮民，平常就獨自住在榮家。他的疾病也很尋常，一個老煙槍從肺炎進展到插管，活著沒有人探望，死的時候大概也沒有。

一個熟悉的人影從急救室竄出來，她只來得及看到背影，那個人拎著一個背包，而她認得那是林耿明的背包。

聽說今天科會要討論那根CVC的案例，不知道怎麼樣，他還好嗎？

「學妹，妳過來一下！」白班負責點急救車藥物的學姊徐慧茹從急救室出來叫住她。「肌肉鬆弛劑和麻藥都少一支，有哪個病人忘了開嗎？」

「喔，剛剛A床這個阿公用過，藥還沒開回來。」徐慧茹是大學姊，江媛婷緊張起來。麻醉管制藥不見可是大事，她急著到另一台急救車找，幸好在上面發現藥局送過來的藥。

數量對上了。江媛婷鬆了一口氣。

話說回來，敢在上班後兩個小時才開始點班的也只有大學姊而已。

不過……剛剛阿公這兩個藥都只用了半支，另外半支她抽好放在急救車上，怎麼現在空空如也？

「學姊，妳進來的時候急救車上面就是空的嗎？」

「是啊，怎麼了嗎？」

「阿公應該還有剩半支麻藥和肌肉鬆弛劑……」

「可是我沒看見，是不是妳棄掉自己忘記了？」

「大、大概是吧。」江媛婷想到林耿明從急救室出去的身影，內心不安起來。

她回到家，坐在房間想了一會兒，拿起手機打回急診室。

「學姊，可以幫我查詢林耿明醫生的簡碼嗎？我是媛婷，有東西忘記拿給他了。」江媛婷打回急診室，幸好是繡茹姊接的，她趕緊拜託廖繡茹。

林耿明的手機無人接聽。

如果那兩支藥都是林耿明拿走的。那兩種藥打進去，人會陷入昏迷，會無法呼吸，可以輕易結束一個人的生命。
在急救室裡面是用來麻醉需要插管的病人，因為要立即接上呼吸器，就算那個人沒有自主呼吸也沒關係。
可是林耿明不在醫院，一旦沒有呼吸，幾分鐘一個人就死了。
怎麼辦？江媛婷手心都是汗，要不要直接報警？可是她不確定，萬一把事情鬧大怎麼辦？
「學姊，對不起，我找不到林醫師，可以給我江東彥醫師的簡碼嗎？這件事很急。」
江媛婷再度打回急診室，她的聲音都在顫抖，不知道林耿明是不是已經把藥打進去了。
拿到江東彥的簡碼，江媛婷立即撥過去。
「江醫師，你在家嗎？聽說你和林耿明醫師住在隔壁？」
江媛婷這話聽起來是沒頭沒腦的，不過她的語氣很急迫，江東彥直覺有什麼事發生。
「對，怎麼了嗎？」
「你快去找到他，我懷疑他把急救室的麻藥和肌肉鬆弛劑帶走了，你們今天科會的結果是不是對他很不利？他手機都不接，你快去找他！」
江東彥聽到一半就明白嚴重性，立即過去隔壁敲門，裡面卻毫無反應。
他打林耿明手機，一樣沒有人接聽。
「林耿明你在裡面嗎？快開門出來！」江東彥在門外大喊，瘋狂拍打林耿明房間的門。
他實在不該讓林耿明一個人回家，江東彥後悔莫及，他明明知道這件事讓他多難受。
該不會事情已經發生了?!
江東彥全身發毛，用最快速度到樓下信箱拿林耿明的備用鑰匙。
還記得是那小子的提議，說什麼鄰居要守望相助，把放備用鑰匙的地方告訴對方，沒想到在這時派上用場。

江東彥拿到備用鑰匙，整隻手都在發抖，多希望林耿明只是不在家。

門一打開，江東彥馬上找到坐在地上的林耿明。他們房間的格局一模一樣，只是林耿明多擺了許多東西。

他拿著一根針筒，對著自己的手臂，似乎在猶豫著要不要把藥推進去。

「你在做什麼！」江東彥過去把藥搶下來。

「危、危險……」林耿明叫著，怕江東彥刺到自己。

「你也知道危險，為什麼要這樣做？」

「我……」林耿明面對江東彥一句話也說不出來，他癱在地上，全身的力氣都像被抽乾一樣。

江東彥看兩支藥都還在，把針筒拿到馬桶，把裡面的藥都打進馬桶裡面沖掉。

然後他打給江媛婷，「不見的只有兩支藥，對嗎？」

「對，林醫師還好嗎？」

「他應該還沒打進去，至少看起來人還清醒。」

江東彥回到林耿明身邊說：「你再不說話，我要叫一一九把你送去急診了。」

林耿明這次總算有了反應。「沒必要，我……還沒打進去。」

「為什麼？」

「我無法當個神，不，我從來不是，沒有那個資格，我會犯錯，很多很多錯，每個錯誤都是一條人命。」

「你不需要當神，只需要當個醫生。」

「我也無法當醫生，因為我已經不想為我的病人戰鬥到最後一刻了。」

「很可惜，你是個好醫生。」

「真的嗎？你真的這麼認為？」

「你只是個人，這樣夠好了。你是我認識最願意為病人設想的醫生。」江東彥說：「我也會犯錯，我是這麼想的。如果早知道結果，預知最後的結局，我當然會用一切方法去避免。可是我們並不能知道未來，不知道那些案例稀少的副作用會不會在眼前這個病人發生，不知道他會不會過敏？甚至你不知道眼前那個人下一分鐘會不會死，大部分我們猜得到，可是能百分之百確定嗎？醫療沒有百分之百的事，有太多不確定因子在裡面。醫療並不是不能犯錯的職業，否則天底下沒人能做這一行，這是我的想法。」

「你說的不是絕大多數人的想法。」林耿明說。

「那麼你要為了別人的想法結束生命嗎？」

「沒有……」林耿明哽咽地說：「我沒有勇氣，就算你沒有破門而入，我可能也不會把藥打進去。」

「我的看法與你相反。你不是沒有勇氣，而是你鼓起勇氣決定好好面對這個戰役。如果一個人願意死，只要拿出一樣的勇氣，還有什麼事情是辦不到的？」

林耿明不知何時淚流滿面，他自己也沒有察覺，直到淚水順著臉頰滑進嘴裡。

江東彥坐在林耿明房裡，一點也沒有離去的打算，兩個男人說什麼話也尷尬，只好各自悶著頭打手機裡的小遊戲。

幾次林耿明軟性地要他回去，江東彥卻絕不妥協，非在這裡看著他，畢竟他今天有不良紀錄。

林耿明幾乎要下跪認錯，他真心感到後悔，要是以後必須整天跟江東彥在一起怎麼辦？

終於江東彥收起手機，很遺憾的，他今天輪到夜班，即使再不願意也必須離開。

「我找個人來陪你。」

「拜託不要。」林耿明伸手向天說：「我對天發誓，絕對不會再做傻事。」

真的沒問題嗎？可以讓他一個人？江東彥盯著林耿明的臉，心中充滿懷疑。

回到自己的房間，江東彥打了一通電話。

「學長，很冒昧想請教你。是我在其他醫院的朋友，你有沒有遇過……如果、如果醫療發生失誤，愧疚到想自殺的住院醫生？我現在去上班，他一個人沒關係嗎？」

周承俊不得不在意起江東彥說的內容，不發一語，靜靜地聽他說下去。

今天的科會只是浪費時間。

從會議室出來時，恐怕不只黃昭儀一個人這樣想。

從臉上的表情看得出來。如果要形容這種感覺，大概就是一個時代終結的遺憾。

周承俊電力十足，拿著麥克風把報告的人逼得下不了台，台下的人也害怕被點到回答，緊張地一直查資料的時代已經結束了。

要是周承俊在，大家一定全神貫注聽報告，生怕遺漏任何一個關鍵的地方。

要是周承俊在，大家一定拚命找答案，不敢上網聊天。

要是周承俊……

黃昭儀都想甩自己一個巴掌。面對現實，周承俊不會回來了。

他做出選擇拋棄了大家，既然他不留戀，黃昭儀也覺得對他沒什麼好留戀的。

上個禮拜，她還在逼迫自己習慣沒有周承俊的空氣，黃P一通電話找上了她。

一開始黃昭儀是很警覺的，她對黃P沒有好感。

黃P讓她到研究室，開口就問她有沒有想做的研究計畫。這句話周承俊沒有問過，他自始至終都把她當成一個小住院醫生，沒問過她想做什麼。

黃P問了，而黃昭儀侃侃而談。不管她的提案對一個住院醫師來說是如何大膽，黃P的臉上只有笑容。沒有急著告訴她什麼能做，什麼不能做？沒有要她再想一想，沒有跟她說不要急著踏上學術之路。

「我會幫妳。」黃P只說了這句話。

於是黃昭儀明白，周承俊說她不能做的事情，其實是他自己心中的猶豫，是他自己沒有堅定立場，沒有為了爬上頂端拋棄一切的決心。是他自己選的，他是個笨蛋。

他為了無謂的堅持，把整個急診科一起拖入谷底。他們又再度變成那個只會會診、沒有學問像個大型檢傷站的急診室。

黃昭儀不想跟這些頹喪的失敗者為伍，失去周承俊好像失去什麼理想。明明急診室牆壁上的時鐘沒有停止，病人照來班照上，沒有任何改變。

她沒有空管他們，她有更重要的事。她要花時間想好，設計出研究計畫向黃P報告。

正想到出神，一個人叫住她，回頭看居然是小邱。

「黃昭儀我有事找妳。」

「什麼事？」

小邱壓低聲音說：「要在這裡說嗎？我看到妳和黃P在說話。」

黃昭儀面露怯色，現在科內主流的輿論還是義憤填膺支持周承俊，主任也放任大家批評醫院沒有制止。留觀室的走道等於是公開場合，人來人往的。黃昭儀點點頭，要在醫院找一個沒人的角落並不容易，她恰好知道一個。

在圖書館後面的花園，因為地處偏遠，住院的病人不會來這裡散步，忙著做研究的那些醫生也沒空到花園裡面。

「妳和黃P在說什麼？」

「不關你的事。」

小邱聽她這麼說，拳頭都硬起來，他這輩子最受不了叛徒。

「原來妳是黃P的人？妳不是說過會幫學長的嗎？」

「信不信隨便你，我沒害他，會這樣是他自找的。」
「妳連這種話都敢說，黃P給妳什麼好處？」
「論文、研究機會，以後的學術地位。他讓我加入他的團隊。」黃昭儀心虛起來，低下頭說：「這對我是難得的機會，我以前那樣學長有回應過我嗎？小邱學長，人要識時務，我也要替自己考慮，要找對的老闆，不要浪費時間在沒用的事情上面。」
「你、你……」小邱手指著黃昭儀，說不出一句話。要是一個月前有人告訴他黃昭儀會用這麼難聽的話說周承俊，小邱一定不相信。
難怪人家都說變心的女人最可怕。
「小邱學長，你站錯邊了。周P有告訴你為什麼黃P老是針對他，老是跟他作對嗎？」
「周P幹麼告訴我這種事。」小邱不耐地說。
「那麼下次你要為他做什麼事之前，最好先問問他，看他敢不敢跟你說，一切都是因為當年他搶了黃P的未婚妻。」

何宇華沿著旁邊的公園越過馬路，鑽進巷子裡的一家咖啡館。
幸好這段路不短，何宇華到咖啡館已經消氣了。
剛剛她從主任辦公室出來，鍾主任把她叫去只是要告訴她升等是他讓她過的。
「妳要記得關鍵時刻主管是最能幫助妳的人。」
他是這樣說的。何宇華還得賠上一個笑臉，整個氣到快要內傷。
明明從頭到尾卡她升等的人就是這個所謂最能幫助她的主管。
但是她答應過要低調過日子。

她坐在周承俊面前，看著咖啡上的拉花，那是一片葉子，她把小湯匙伸進去攪拌，情緒就這麼過了。

「學長，你今天怎麼樣？」

「像個沒用的大叔，拿了幾本書就到咖啡店坐一整天。對了，因為沒收入我開始會注意飲料的價格。」

「這頓我請你。」何宇華被逗笑了。

「妳真的讓我更像沒用的大叔了。」周承俊說：「科內有發生什麼事嗎？妳還好嗎？」

「我沒事。」何宇華說：「林耿明為了那根CVC被罰再當半年的R1，那些人這時候又在意起人命和病人權益了。」

「能在意的時候，他們還是想在意的。」

何宇華不屑地說：「真要說起來，你那篇論文不發表，吃了沒效的藥來治療癌症，死的人絕對比林耿明一根CVC多，這家醫院有時候很在意人命，有時候又不在意人命，真的很可笑。」

「妳的這種想法絕對不可以顯露出來。不管怎樣都要忍耐下來，不要出事，知道嗎？小邱還好嗎？我怕他會出亂子。」

「他是很生氣，不過我安撫下來了。你呢？有在看工作吧？」按照主任的說法，合約到期之後，周承俊不會被續聘。如果這幾個月沒薪水會出問題，也可以自請辭職。

真是吃人不吐骨頭。

「沒有，也不用看什麼工作，被央大醫院趕出來短期內誰敢用我？」周承俊倒還笑得出來。

「可是、那……」何宇華皺眉，「你有告訴陳理事長嗎？她那邊知道了吧？她……有沒有什麼建議……或是看法？她應該有辦法幫忙吧？」

陳理事長也就是周承俊的母親，以開業起家，經營的醫美診所全國都有連鎖店，身為醫師公會理事長自然也有一定的勢力。

「她雖然一定會幫我，以我媽的個性和處事風格，我不認為讓她知道會有幫助。我如果還想回央大，這件事千萬不能讓她知道。」

「可是醫界就那麼小，終究紙包不住火。」

何宇華才剛說完，彷彿回應她的話似的，周承俊的手機響起來。

周承俊一看來電就知道事情炸過了，他皺著眉接起母親的電話。

「對、是，沒錯，對、好……妳為什麼要這麼做？我、好……沒關係，反正妳都做了。我知道妳為我好，我不想去診所……」

周承俊對何宇華做了個手勢，大概這通電話會很長，便到咖啡店外面去說。

「……」

何宇華拿起她那杯熱拿鐵啜飲，看周承俊的表情，應該有不好的事發生了。

周承俊好不容易結束通話回來，把手機草率地放在桌子上，閉上眼，手指按住眼窩，好一陣子說不出話來。

「怎麼了？」何宇華問。

「我媽……把我大舅子炒了。」

「你的大舅子就是院長的……」

「唯一的兒子。」周承俊接過她的話說：「不知道是誰告訴她我被暫停職務的事。她很生氣，一通電話直接找院長談，院長沒有理她。她直接撂話說，你可以趕走我兒子，我也可以趕走你兒子，於是我大舅子就被診所解僱了。」

「聽起來很大快人心呀。學長你以前對你媽媽的評語太差了，害我以為她是女暴君。」

「她這還不是女暴君？而且是盲目的女暴君，完全沒替我考慮。你看鬧成這樣，我要怎麼回央大急診？」

「學長你想回去呀？」何宇華很意外，要是她被這樣對待，早就自己辭職了。

「我還沒有放棄，」周承俊說：「我不能走，不是現在。要是我現在離開，就沒有力量抵擋攻擊我實驗造假的黑函，黑函就會成為日後的真相，這個汙點會跟著我一輩子。」

林耿明坐在人行道的椅子上，無意義地看著街道經過的人潮，鼻腔充滿冷冽的空氣，雖然在人群中卻彷彿不屬於這裡，一切看起來疏離而陌生。

※　※　※

「喂？」林耿明沒看是誰就接起手機，受到過度打擊的確會產生某種行為障礙，就連拿起手機這個動作他都覺得陌生。

「我周承俊，你在哪裡？」

林耿明說了前方的購物中心，懶得去思考周承俊找他的原因。

幾分鐘後，周承俊出現在他面前，在他旁邊的座椅坐下來。

「要喝一杯嗎？」周承俊拿了一罐啤酒給他，林耿明接過，僅僅是握著，並沒有開來喝。

「我有話想跟你說，可以嗎？」

「是江東彥告訴你的嗎？」林耿明不知為何知道周承俊的來意。

「他沒說是你，但是我猜到了。」周承俊淡淡地說。

「其實，我也有事想問你。」

「你先問。」周承俊打開啤酒，不客氣地喝了一口。

「我想知道你當初為什麼讓我進來這個地方？」

「你以為我是因為你父親的請託，才讓你錄取，其實不是。我讓你進來這個地方和林教授一點關係都沒有，你是憑自己的實力進來的。」

「周P不用騙我了。」

「是真的。」周承俊說：「央大急診室每年錄取那些成績優異、實力堅強的醫生進來，他們每一個就像複製人，你不覺得很無聊嗎？這個地方需要改變，我想要一個不一樣的人搖動這個大環境，這個人就是你。這是我的理由，我說完了，我也想聽你的理由。」

「我……的理由？」

「你為了什麼踏入急診室的大門，肯定也有想做的事，難不成只是因為我錄取你，你就聽話地進來了？」

「當然不是。」

他想成為一個急診醫生，為什麼？林耿明想到面試時周承俊問的題目。他想救人。林耿明笑了，當時他脫口而出，可是這是實話。

他沒辦法為了病人做到廢寢忘食，也常常被不理智的家屬氣到七竅生煙。可是當這一切淡去，夜幕低垂的下班時間，他在急診室外面，想著自己為什麼要成為急診醫生，答案卻不自覺浮現出來。

因為他想救人，聽起來很假，但他是懷著這樣的心情坐在診療椅上的。

「你有沒有問過江東彥為什麼決定留在這裡？」

「沒有。」

「你應該要問他。我們每個人都是這樣過來的，學著跟疾病和解，跟人性和解，跟生命和解；還有最重要的，跟自己和解。想要怎麼定義自己，成為哪一種醫生，都在於你自己。不過醫生最重要的初衷只有一個，就是救人。」

林耿明看著周承俊，一種心情被結結實實安穩下來的感覺。有周承俊在的央大急診是一種安定的力量。只要他在，什麼事情都能解決，什麼都不用怕，就算天塌下來也有他頂著。

「學長，你會回來嗎？」

「我回來對你有幫助嗎？」

「至少不會比現在更糟，我還被賴怡玟指著說是鬼，我那時候看起來一定很不像話。被我插CVC那個人的家人……我對不起他們。」

「賴怡玟？」周承俊皺著眉。「看見鬼？她說你是鬼不是賴皮蛋？你確定？」

「學長怎麼了嗎？」周承俊的表情讓林耿明不安。

「有點意外，認識賴怡玟那麼久，她從來沒見過鬼。不過精神疾病本來就會進展，可能也不是什麼問題。」

「我要回急診室一趟。」林耿明站起來，拿起他的背包。

「怎麼了？」周承俊叫住他。

「沒錯，賴怡玟這件事很奇怪，我怎麼沒想到，我要回去確認一下。」

林耿明朝急診室的方向闖過幾個路口，周承俊看著他的背影，喃喃自語說：「為了那個賴怡玟特地在下班時間回急診一趟，這個林耿明應該是我們急診第一個，也是唯一一個會這樣做的醫生吧。」

如果這個地方沒有他，那樣的央大急診缺少的，可不是年復一年進來的那些過度優秀的醫學生能填補起來的。

一直以來他在醫院度過的時間比在家裡還長，有一天他來到這裡上班的路上，赫然發現這個地方已不是他熟悉的模樣，偏離得很遠很遠，這其中也有他的責任在裡面，而他正試著彌補，找回被學術地位和權力鬥爭淹沒，總是很容易被遺忘的醫療的初衷。

希望不會太遲。

第十五章　只想做對的事

第五留觀室的氣氛帶著詭譎。

賴怡玟就在她的老床位，五觀第十床。第五觀察室實際上位於走道，賴怡玟呼喊著有鬼的聲音在夜晚昏暗的醫院走廊迴盪著，第五觀察室的病人根本不敢久留，一個個吵著要出院。

「賴怡玟還在嗎？」這句話是多問的，根本在護理站就可以聽到她說哪裡哪裡蹲著一個女鬼的呼叫。五觀的護理師妹妹被她搞得毛毛的，該待在警衛室的警衛也待不住。警衛室就在五觀第十床也就是賴怡玟的面前，而她一直指著警衛室說有一顆頭掛在那兒。

這次賴怡玟大獲全勝，根本沒有人敢接近她。

「還是老樣子？」林耿明問，護理師害怕地點點頭。

林耿明翻開病歷看神經內科會診怎麼說，來看的是總醫師，還是把精神疾病的可能擺在前面，建議會診精神科，不過他還是很盡責地排了腦波檢查，但是還沒排到。

精神科總醫師也來看過，有建議一些用藥，看到賴怡玟的樣子也曉得藥物效果不彰。她笑得很詭異，看起來就像中邪，對著空氣中指指點點。

癲癇、精神分裂症、幻覺、看見鬼……林耿明好像抓到一點什麼。

酒精戒斷？不是。

多發性硬化症？不是這個。

腦腫瘤？也不對，她的電腦斷層檢查毫無異常。

賴怡玟的精神科診斷是憂鬱症，有酒癮，又常常出現一些妄想，事實上很難分辨她的妄想是喝醉酒還是真正的精神症狀。

但是周承俊說得對，這傢伙從來沒有說過見鬼，而且林耿明查下去才發現，就算追溯到十年前的病歷也沒有她癲癇發作的紀錄。

到底是什麼病？他似乎就快想到了。林耿明抓著頭髮，覺得好像摸到一點邊，卻怎麼也想不起來。

他對著病歷、對著電腦斷層，忍受賴怡玟嘻嘻說他肩膀上坐著一個女人，掙扎了半個小時後放棄，打電話給江東彥。江東彥正在治療一區，他今天夜班算是風平浪靜，見是林耿明的號碼，一下子就接聽起來。

「江東彥，事情有點不對勁……」

「怎麼回事？」

「賴怡玟說她看見鬼，以前她有這樣說過嗎？」

「沒有。」

江東彥和賴怡玟也交手過幾次，除了暴力傾向和妄想，確定她沒有見過鬼。

「她有在我們急診發過癲癇嗎？」

「我印象中沒有。」

「她這次來是因為癲癇發作，看病歷應該是她第一次癲癇。她在留觀室一直說看到鬼，很可怕，看起來就像中邪，搞得整間留觀沒有人敢住。」

「這樣很奇怪。」

「江東彥你記不記得有一個疾病……很容易被當成精神病，罹病的人會看見幻覺，也會誘發癲癇，我一時想不起來，你知道是什麼嗎？」

「ＮＭＤＡ腦炎。」江東彥不假思索地說，看來林耿明恢復了不少，已經可以思考這麼難的疾病。

「對對對，就是這個。」林耿明興奮不已。

這種幾百年才見到一次的診斷，就是要找江東彥這種強者才能一秒說出答案。

「所以……你好多了？沒事了？」江東彥有點意外他的恢復力。

「之後再聊，我現在有點忙。」林耿明好不容易找到答案，匆匆掛上電話來到賴怡玟的面前，「我告訴妳，妳可能沒有中邪，我要幫妳做腰椎穿刺檢查，會抽一點脊髓液出來，不會很痛。如果檢查出ＮＭＤＡ腦炎，我們就可以治療，妳以後不會再看見那些東西好不好？」

賴怡玟看著他笑，林耿明就權當她同意了這個檢查。他確信這個檢查對她會有幫助，而且可能很重要。

周承俊在車內看見家裡的燈亮著。

那一天他被迫解除急診醫生職務回到家，家裡面空無一人，雖然他已習慣妻子張嘉歆有很多自己的活動，雖然他們像是同住在一個屋簷下的室友，周承俊還是看出張嘉歆這次的不在家不一樣。

她把東西都收走了，主臥的衣櫥空了一大半，像是不準備再回來一樣。

周承俊在餐桌找到一張紙條。

「爸要我回家住一段時間，家裡的傭人過來把我衣服都帶走了。我不知道發生什麼事。冰箱裡有飯，你可以熱來吃。」

那天以後張嘉歆和他沒有任何聯繫，周承俊獨自在這個家生活，就像他說的，像個失業的沒用大叔。

周承俊把車子駛入地下室停好，幾天前他手機收到一封訊息，是黃佑昶傳給他的。訊息沒有寫任何字，只有一張照片，看起來是最近拍的，他和張嘉歆一起笑得很歡快的自拍照。

他想起家裡亮著的燈光，張嘉歆回來應該有什麼話要對他說吧。

「你還好嗎？我知道醫院的事了。」張嘉歆坐在客廳的沙發，只有帶了一個包包，沒有行李。周承俊不意外，看來他今天就會結束這樁婚姻。

「那篇論文投稿之前，你怎麼沒跟我商量？」

「商量？」周承俊笑了，對，他從沒想過跟張嘉歆討論，他懷疑她是否聽得懂？「跟妳商量妳能有什麼建議嗎？」

「你明知道這件事會危及我們的婚姻。你知道嗎？我哥沒工作了，這個城市的所有診所都不敢用他，你媽在封殺他，我爸要他回醫院當住院醫生，他痛苦得要死。」

「危及我們婚姻的只有我的論文嗎？」周承俊把手機放在張嘉歆面前，上面是黃佑昶傳給他的那張照片。

「那又怎樣，你不是要離婚嗎？憑什麼不高興。」

「我沒有不高興。」周承俊說：「不過我到現在才明白，黃佑昶為什麼一直跟我過不去。妳當初還沒分手吧？那時黃佑昶是妳男友，不是前男友。」

「都、都過去很久的事了。」張嘉歆語氣心虛起來。「總之，你對這個家沒有心，不然你也不會去寫那篇論文，惹我爸生那麼大的氣。你知道我爸賠了多少嗎？身段就不能放軟一點，為什麼要做這種事？那些病人很重要嗎？你現在這樣子他們有為你做什麼？就算那個藥沒效又關你什麼事？」

「我是一個醫生，要對得起自己的良心！」

周承俊閉上眼，做了一個深呼吸。

「嘉歆妳就承認吧。跟那篇論文沒有關係，跟黃佑昶也沒有關係。我不是那個對的人，我們兩個在乎的事情不一樣，本來就不應該在一起。」

張嘉歆默默流下眼淚，她覺得很崩潰，他怎麼可以這麼絕情。價值觀不同什麼的重要嗎？她愛他，就是愛他不可以嗎？

「那天晚上是個錯誤嗎？你答應過要負責，你那一天對我說你會負責到底，你忘記了嗎？」

「我沒忘記，我一直想遵守承諾，可是我失敗了。現在發生這種事，妳父親把我趕出醫院，我母親把妳哥封殺，我們不可能再當家人了。」

「的確是不可能了。」她流著淚說：「一個男人和女人在一起，可以有很多原因；分手的理由一直只有一個，那就是不愛妳了。到頭來，我得到的只有你的愧疚。好，周承俊，我們離婚。」

林耿明一直覺得空氣中少了什麼。

同樣的急診室，差不多的病人，差不多的醫生，同樣的護理同事。

他說不出來有什麼不同，可是所有的事情都不同了。

以前危急的人來到急診，會被火速推到診療一區，會有護理師叫醫生趕快去看。這幾天林耿明覺得是不是自己的錯覺，不但推進來的速度變慢，進來以後也是不聲不響，有時林耿明接過病歷才發現這個人快死了。

「媛婷……妳們有發生什麼事嗎？」因為江媛婷在治療一區，林耿明就近問她。

「沒、沒有啊。」江媛婷閃躲的態度讓林耿明更肯定絕對有什麼事。

「最近診療區的醫護之間好像缺少溝通？」林耿明說：「像第五床那個，血壓那麼低，沒有人想叫我們先看；第八床昏迷不醒，還好是血糖低，也是等我跟一個人解釋完住院才發現；然後我現在這個胸悶胸痛的，也是在這裡等了二十分鐘。我們以前不是這個樣子。」

「那是因為……」江媛婷小聲說：「你不要那麼大聲嚷嚷，我們被督導警告過，做好自己的事就好，不要管醫生。」

「什麼不要管醫生？我們是一個團隊……」

「可是有人不這麼覺得，跟醫生起衝突，吃虧的永遠是我們護理。」

「你們跟醫生起衝突？什麼時候有這種事？」林耿明恍然大悟，以抓包到了的表情看江媛婷。「我就說吧，果然有發生過什麼？」

就是幾天前的事。

準確一點說，是周承俊被暫停急診醫生職務的隔天。

那天檢傷區的護理師是素晴。徐素晴是非常資深的護理大學姊，她那天按照往常的習慣，把一個疑似腦出血的昏迷病人送入一區，然後跟當時的主治醫生鄭紹青說，這個病人狀況不好，請趕快去看。

鄭紹青剛接下周承俊手上的行政事務，正在排醫生班表，對於徐素晴催促他看診的行為非常不高興。素晴姊會這麼做，當然也是因為鄭紹青本身就是一個會把病人擺在一邊，顧著處理手上行政事務的人。據說鄭紹青一狀告到護理督導那邊，說檢傷護士不尊重他。要檢傷護理師做好自己的檢傷工作就好，要何時看病人，看診的先後順序應該由醫生自己決定。

聽起來好像沒什麼問題，實際上問題很大。

結果就是現在這樣。

林耿明拿起手上的病歷，它靜靜躺在一區的新病人匣裡面，已經不知道多久。

拿起來一看，檢傷主訴：腹痛外傷，跌倒撞到桌子，冒冷汗。體溫：攝氏36度5，血壓：83／45，心跳：120／每分鐘。

看到這種病歷沉在海底，林耿明已經不會震驚，也不會抱怨。他只想趕快找到這個人。

外傷腹痛，瀕臨休克，光是看檢傷資料就知道不對勁。

「李國強先生、李國強先生……」

雖然這個人在電腦螢幕顯示在一區第十五床，但是林耿明到十五床找不到這個人，在一區喊了兩圈也沒人有反應。

這可不好，該不會昏倒在哪裡了吧？

「請問，妳們有看到這個李國強先生嗎？」林耿明詢問十五床那一區的護理師，江媛婷和同事互望一眼，無辜地說：「不知道，我們剛剛在找十八床的血管，沒看到十五床有人……」

糟了！要是檢傷把人送進來時有喊一下也不會發生這種事。鄭紹青，該死的鄭紹青，他現在主任面前正當紅，周承俊又不在，根本沒有人敢反抗他。

「李國強先生！」林耿明用盡他的肺活量再大喊一次，幾乎所有家屬、所有意識清楚的病人都看著他。很好，李國強人根本不在這裡。

林耿明走出一區到通往留觀室的走道，雖然來來往往的人很多，沒有一個長得像這個李國強。雖然他不知道這個人的長相，但是基本資料都在他手上，四十五歲男性，走過去的人沒有一個像是四十五歲男性。

林耿明拿起電話打給總機：「你好，麻煩幫我廣播急診病人李國強。」跟總機聯絡完，馬上就聽見「急診病人李國強先生請回治療一區。」這樣的廣播重複兩次。

依然沒有人過來。

是……落跑了嗎？雖然偶爾也會有人掛號完就後悔，但是這樣的血壓這樣的傷勢，林耿明不信他能跑到哪裡。

「警衛大哥，我要請你們幫我協尋病人！」

林耿明跑到警衛室尋求駐院警衛的幫助。「我找不到這個病人，他可能昏倒了，請幫我在院內看有沒有人昏倒，可能在廁所裡面，也可能外面車道公園都要找看看……！」

林耿明話才說完，天花板角落的廣播忽然再度響起。「九九九，批價大廳男廁所！九九九，批價大廳男廁所！」

警衛大哥和林耿明互望一眼，同時往批價大廳男廁奔過去，診療一區的組長廖繡茹帶著兩個護理師推著電擊器和推床往批價大廳男廁跑。

廁所前坐著一個臉色蒼白的男人，年紀也對，林耿明直接朝他過去。「你是李國強先生嗎？」

「醫生這個是目擊者，倒地的人在裡面。」先到一步的櫃台人員對林耿明說。

林耿明立即進去男廁，果然看到一個人很痛苦地倒在地上，一翻他的手腕，有掛著急診姓名手圈，果然是李國強。

總算找到你了，林耿明鬆了口氣。他的呼吸和脈搏雖然都在，卻不斷在發抖，精神也不太清楚，這種發抖的方式和一般癲癇又不太像。

「李國強先生，你還醒著嗎？還知道人嗎？」

「我……痛……好痛……」他模糊不清地呻吟著。

主訴腹痛外傷！林耿明想起這幾個字，可能是內出血造成的休克症狀，他以最快速度把人送回急診，廖繡茹把點滴打上，兩袋生理食鹽水像是萬馬奔騰般進入李國強的體內。

「備血，準備四單位的濃厚紅血球過來輸血！有可能是外傷造成的內出血，等等可能要進手術房！」

林耿明十萬火急說完一連串指令，一區的護理師把工作車推過來，四五個人圍在李國強旁邊做事情，林耿明也把超音波推過來掃他的腹部。

這麼大量的出血，說不定超音波就可以有答案。

「林醫師，超音波有看到什麼嗎？」江媛婷問他。

「沒、沒有耶……」林耿明很遲疑地說，甚至懷疑是不是眼花，拿著探頭前後左右來回掃了好幾次。肝臟、脾臟，一些重要的器官都看得很清楚，就是沒看到內出血。

「沒有？」江媛婷疑惑了，不是說休克嗎？

「等、等等我們安排電腦斷層，一定就能找到原因。」林耿明趕快幫團隊，也幫自己打氣。

「醫生，可不可以打一支止痛？」因為點滴進去一大堆，也讓李國強的精神好一些，竟然有力氣說話要止痛針。

「喔好。」林耿明有點過意不去，顧著找原因沒想到要幫他止痛。

「醫生，要強一點的喔，我有在喝酒，平常的止痛沒效。」

「嗯好，沒問題。」

不過……林耿明仔細看他的病歷，光是撞到桌子會內出血這麼嚴重嗎？會不會是……主動脈剝離？

主動脈剝離是真正的急症，某種程度來說，比心肌梗塞還可怕，就像不定時炸彈，非常有可能猝死，而且發生心跳停止的話，以現在的醫療手段很難救回來。

「放射科嗎？我那個病人李國強，對，我給你病歷號，要改做斷層式動脈血管攝影，我會開單，對，麻煩幫我一起切到胸部。」

因為李國強已經被推到放射科斷層室準備接受掃描，林耿明趕快打電話過去改檢查。

放下話筒後，他發覺自己整個手心都是汗，差點就搞砸了，還好有想到。

接下來就是祈禱在斷層檢查出來以前，病人不要出事。

「林醫師，斷層有事嗎？」

李國強從斷層室出來以後，江媛婷急著問他，手術衣、手術帽都已經備在旁邊，打算林耿明一說出診斷就要扒光他換上手術服。

病人進入手術室有制式化的規定，不管是多緊急的手術，就是要全身脫光，連內衣內褲都不能留，穿著那件很容易走光的病人服，戴上手術帽。

還要把全身的首飾，舉凡戒指手鐲、耳環假牙都是不能進入開刀房的違禁品，如果沒有家屬，還得找警衛進來對點保管貴重物品。

其中最貴重的往往是那一副假牙。

開刀房的學姊都很凶，叫刀又很快，非在知道診斷的那一刻就備刀不可，否則根本來不及。

所以江媛婷問診斷的時候，基本已處於備戰狀態，目露凶光……

「我……等等，我再看一遍……」林耿明無奈地說，他剛剛已經看了三四遍，不要說主動脈剝離，肚子裡面除了大便多，什麼異常都沒有。

「是很複雜，很嚴重嗎？」

「對，很複雜，這是一組正常的電腦斷層。」林耿明盡量讓自己語氣平靜，可是他平靜不起來，最糟糕的就是做了很多檢查以後，什麼都找不到，可是病人狀況越來越爛。

為什麼會正常，不是說很痛嗎？為什麼連一顆膀胱結石都沒有！

「醫生，我還是很痛，真的，止痛要強一點的啦！」

到底什麼原因？林耿明過去摸他的肚子，剛剛明明是右上腹痛，現在變成左下腹。他再回來看一次斷層。

「媛婷，血壓多少？」

「110／85，五分鐘前量的。」

「好，給他5毫克嗎啡止痛，然後還是做個心電圖好了，我再想想要做什麼檢查。」

五分鐘後，林耿明看著他的心電圖，還是找不到異常。

會不會是腸缺血？可是斷層看不出來，不過腸缺血也有可能太早期所以斷層看不出來。

「媛婷，我們再抽一個……」林耿明話沒說完，就被江媛婷打斷。

「林醫師，病人說他好了，要我們幫他把點滴拔掉。」

「好了？」這下換林耿明瞪大眼珠子。

「他說他想出院了。」

「出院？他不是很痛？他現在能下床嗎？」

「我看他好像恢復正常了。」江媛婷說道。林耿明抬頭望去，果然看見那位李國強站在床邊，表情很平靜，一看到林耿明的視線馬上抱起肚子皺眉頭。

這個人有點眼熟啊！

一查他過去病歷，林耿明馬上啊啊的叫出來，拍了額頭一下。

這就是那個被子彈打到，小邱說他是四號仔那個。

為了這個，林耿明還特地去查四號仔什麼意思，原來是吸食海洛因毒品的人。他們在急診沒幫他做過毒品檢驗，林耿明問小邱怎麼知道他是四號仔，小邱淡淡地說，這一行做久了，牛鬼蛇神看多了，用聞就聞得出來。

這一行指的是急診嗎？林耿明怎麼覺得小邱像是在說什麼八大行業。

原來他那個槍傷已經出院了，怎麼這麼快？點進去病歷發現他是自己落跑的，開完刀第三天他就把點滴拔掉，從病房跑掉了。

看他現在恢復得不錯，有些人的復原能力就是不容小覷。

不過他才出院兩個禮拜，就掛急診掛了二十幾次，每次都是撞到這撞到那的，不是手痛腳痛，就是頭痛肚子痛。和這次一樣做了一堆檢查，最後總是打到嗎啡針就忽然沒事說要出院。

到這邊林耿明已全然明白。剛剛在廁所不是什麼內出血休克，也不是癲癇，分明是毒癮發作。

「先生你……」林耿明想過去訓誡他一番，要他不要浪費急診資源，為了處理他，為了診斷他的疾病，有多少其他病人被耽誤到。

沒想到那個李國強見到他要過去，竟然自拔點滴一溜煙跑了，動作還挺靈活的，氣得林耿明七竅生煙，拳頭緊握起來。

下次我再讓你打到嗎啡，我就把醫生執照燒掉。

「江醫生，你今天可以過來一趟嗎？」

江東彥在睡夢中接到電話，沒頭沒腦被問上這一句。他皺著眉，心想現在是什麼時候？白天還是黑夜？

他用略帶虛弱的聲音問：「怎麼了？妳是誰？」

電話那頭是一個女人在哭，斷斷續續邊哭邊說。

「我是晨曄的媽媽，對不起，我是拜託護理站打給你，我們今天要出院，已經……治療已經沒有辦法了……」

江東彥馬上跳起來。「你們什麼時候出院？」

「中、中午……你能過來看看晨曄嗎？」

「我立刻過去。」

可能是兒童腫瘤病房的關係，儘管和其他兒科病房用一樣的粉紅色牆壁，一樣的彩虹壁貼，空氣中還是瀰漫著一股不祥的氣息。

實習的時候，所有病房裡面就屬腫瘤科最讓江東彥不能忍受。每天面對一樣的人，看著他們一步步邁向死亡。江東彥很早就把腫瘤科從選科目標移除，沒想到現在居然會常常到這個地方，而且是最讓人低落的兒童腫瘤病房。

那麼小的孩子本該光明燦爛地在操場上奔跑，卻要關在這裡接受治療；本該擔心的是這個週末電動能玩多久，卻要想著他還能活多久。

江東彥敲了病房的門，晨曄媽媽從病房裡出來把他帶到一邊。

通常這麼做意味著有些不想讓病人知道的壞消息。

「晨曄還好嗎？」江東彥問。

「嗯，我們沒告訴他，不過他知道可以出院很開心……他、他想去學校，醫生覺得呢？」

「你們要讓他去嗎？」

「我們想……盡量滿足他，趁……趁他還有一點體力。可、可是我也很擔心，萬一、萬一學校沒有他想得那麼好，萬一小朋友欺負他怎麼辦？」

「你們有跟佳芸老師談過嗎？我認為學校的狀況，小朋友的狀況她應該最清楚。」

「對、你說得對。」晨曄媽媽直點頭，臉頰掛滿了淚水。「我、我心裡太亂了，沒想到要問佳芸老師，我馬上打電話給她。」

晨曄媽媽聯絡陳佳芸的時候，江東彥推門進入病房。坦白說，坐在床上的那個孩子和前幾天看到的蕭晨曄沒什麼不一樣。

癌症就是這個模樣，不知不覺地侵襲，甚至看不出來，實際做檢查才發現狀況不妙。

起初拜託他來看蕭晨曄的是陳佳芸，他是她的學生。她出入醫院沒有像江東彥那麼方便，也不能看到病歷，就算看到病歷也看不懂。每次又不一定能見到他的主治醫生，而且比起陳佳芸，蕭晨曄的父母比較不排斥江東彥。

因為他是個醫生，央大的醫生。

頭幾次江東彥算是被強迫的。陳佳芸會在醫院門口等他，他帶上去的書有一大半是陳佳芸給的。後來他在急診室覺得徬徨無助，覺得沒有意義，他會去聽蕭晨曄說話。

一個孩子當然說不出什麼高深的道理，但是有時候一句無心的孩子話可以打開他的結。

因為他從來沒有機會從這麼低的地方，從一個孩子的角度，從一個病人躺著的地方，仰望他執行在病人身上的那些醫療行為。

於是他知道住院很可怕、打針很痛、做檢查很不舒服，面對真相、知道真實的病況更是一件非常恐怖的事。

醫生可能只是說一件十分鐘後就忘記的小事，病人會為此沮喪很多天。

腫瘤可能只是從三公分變成三點三公分，醫生不會放在心上，病人會因此睡不著吃不下，害怕死神的鐮刀逼近，害怕下次回到醫院會有更壞的消息。

因為每個人的人生只有一次。

「醫生哥哥，我是不是快要死了？」

再怎樣江東彥也沒想到蕭晨曄會這樣問。

「你怎麼會這麼說？」江東彥努力把笑容擠出來，很擔心被蕭晨曄識破。

「因為我爸媽同意讓我去學校，如果不是我快死了，他們怎麼會同意？」

「你不要想太多……」江東彥無力地說：「沒有這回事。」可是要跟他說病快好了沒事，江東彥也說不出口。原來病人都很敏感，一點小事就能察覺真相。

「我覺得今天下午可以先讓晨曄到學校上一堂課看看。」陳佳芸在電話裡這麼說。她顯然早就預想過，這幾個月她一直在教育班上的小朋友，為蕭晨曄來學校作準備。

「我會在晨曄的座位安裝網路攝影機，媽媽可以隨時察看晨曄的狀況。我覺得這樣最自然，媽媽也比較放心。」

於是蕭晨曄出院了。

幾個月以來，他首度看見湛藍的天空，被陽光刺得張不開眼。

晨曄父親開車來接他們，妻子為了照顧晨曄辭掉工作，他要一肩扛起經濟重擔。白天他無法到醫院，下班後他會到病房接手，讓妻子可以回家休息。

那一天他們帶晨曄來掛急診，是一個女醫生幫他看診，晨曄甚至還想著回家寫功課。那一天他們都沒想到，帶晨曄離開醫院會是在幾個月後，以這樣的狀況出院。

蕭晨曄進到班上，他的同學好奇地張望過來，晨曄媽媽不習慣看見這麼多活潑好動的孩子，很擔心他們會害晨曄受傷，她的晨曄現在是那麼脆弱。

沒問題的，陳佳芸給了她一個肯定的眼神。

「晨曄要不要媽媽在這裡陪你？」晨曄媽媽小聲地問他。

蕭晨曄搖頭。於是媽媽只能放手，雖然心很痛、捨不得，還是只能放手。

一回到車上，晨曄母親馬上連線網路攝影機，是剛剛趁著午休時間，陳佳芸去購買設置起來的。

晨曄的臉出現在畫面中專心地聽課，這一堂是社會課。

晨曄媽媽忽然哭出來，晨曄父親則握緊妻子的手，也是滿臉淚水看著這一幕。

在他們內心深處依然有奢望，期待某一天晨曄可以回到學校，像正常的孩子一樣，有正常的生活。就像現在這樣，晨曄專心聽課的臉，他們永遠都不會忘記。

「結果那堂課還好嗎？」課後陳佳芸接到江東彥的電話，這傢伙假裝沒他的事，結果還是很關心嘛。

「當然，都沒事，小朋友也都有找他說話。你要過來一趟嗎？」

「不，我要去看一個朋友。」

「朋友？在醫院嗎？」

「她出車禍，醒來後我就不敢去看她。我想既然晨曄有勇氣回到學校，我也不能輸給一個孩子。」

※※※

恭喜喔，妳懷孕了！

林耿明實在很想這麼說，緩和一下眼前的氣氛，可是他說不出口。

他面前躺著一個睡死的酒鬼和滿臉愁容蒼老的老媽媽。

懷孕的當然不是那個老媽媽，是酒鬼。她「又」懷孕了。上次她因為腹痛來急診，結果被發現懷孕直接生產，老媽媽聞訊昏倒在產房前。

她的女兒成天喝酒，和不同的男人鬼混，懷孕也不知道，當然不知道孩子的父親是誰。生下的孩子和她的買酒錢，都是靠阿婆辛苦撿回收賺來的。

上次是第五個父不詳的孩子。

寶寶生下來問題就很多，肌張力不好，發展也比較慢。老媽媽常常腰痠背痛來急診，會跟他們抱怨這件事。

現在那個老媽媽張著警覺性的眼睛望著他，害林耿明不知道如何宣布這樁喜事才不會害她再度昏厥。

話說回來，一個酒醉的人生命徵象穩定得要命，怎麼不是在二區呢？原因就在於酒醉本身就是不穩定的因素，他們可能血壓心跳好得不得了，但是會到處大小便跌倒甚至毆打其他病人。

他們會掛號進來，然後大吼大叫說自己不要看醫生。正常人會覺得奇怪，不要看醫生走出去就好，急診又不強迫，回家睡一覺不好嗎？但是他們不會這樣想，他們的朋友也不會。就是喜歡在急診一邊鬧不要看醫生，一邊讓醫生看，然後所有朋友跪下來痛哭流涕求他一定要留下來急救。

根本沒有一個人類該有的樣子。

等到鎮靜劑終於發揮作用，一起喝酒的朋友也跑了，這種酒鬼旁邊一定要有人照顧，就該老媽媽上場的時候了。

「是不是……又懷孕了？」老媽媽用蒼老緩慢的聲音問。

林耿明那聲「對」在喉嚨說不出來，但是意思已經傳達到了。

老媽媽的目光一下子飄到好遠，呆滯地望著前方。

林耿明把病歷放回護理站，回到看診電腦，忽然看到一個熟悉的名字掛號進來，李國強。

這不是早上那個騙嗎啡的毒蟲嗎？

林耿明立刻到檢傷區，跟檢傷的素晴說：「素晴姊，那個病人李國強把他送到一區給我！」

姓名：李國強，檢傷主訴：被車撞到左肩膀劇烈疼痛。體溫：三十六度一，心跳：112下／每分鐘，血壓：97／62。

看來他每次毒癮發作血壓就會有點低，心跳就會加速呢！

林耿明拿起病歷過去，往推床旁邊一站，李國強本人還在大力地呻吟、翻來覆去，賣力施展他的演技。

「肩膀真的很痛是吧？」林耿明咬著牙問。

「對對對，好痛……」李國強忙不迭說：「能不能給我……」

「……止痛針，要強一點的是吧？」林耿明接口。

「對對對，醫生你怎麼都知道。」李國強看這個醫生很上道，就沒有那麼賣力地翻滾。

「因為我就是早上被你騙的那個笨蛋！」林耿明拉起他據說被車子撞到的左肩扳過去。「你知道我早上有多擔心嗎？你知道我一直在想你是怎麼回事？一直想幫你找出原因嗎？你覺得這樣很好玩嗎？」

「不、不好，不好玩……？」李國強愁眉苦臉說：「醫生，我的肩膀真的有被撞到……不能這麼大力……」

「我看動得還不錯，不如就照張X光出院吧。我是不會幫你打嗎啡的，你就自己看著辦。」

林耿明坐在急診電腦前，把醫囑開出來。忽然那個女兒喝醉酒又再度懷孕的老媽媽來到他面前。

「醫生，我女兒可以出院了。」

林耿明看過去，那個每次都不知道自己怎麼懷上寶寶的酒鬼坐在床邊，打了一個哈欠。通常這種酒鬼不會在醫院留太久，因為醫院不提供酒精性飲料。也就是說出院是為了去喝酒，喝完酒再被送來醫院。他們就是重複這樣的每一天直到把自己玩完。

不一樣的是，這個女人會在過程中製造出很多寶寶。因為酗酒的關係，那些寶寶都有問題，甚至一出生就出現酒精戒斷症狀。

林耿明覺得明天早上還是會看見她，在同樣的床位，旁邊坐著一樣的這個老媽媽。

「你們需要幫忙嗎？還是我找社工？讓她住院戒酒？」林耿明抬頭對那個老媽媽說。

「不用了，住院沒用，住幾次還是這樣，讓我們出院就好。」老媽媽的目光看不到一絲希望，只有疲憊，很深的疲憊。

「林醫師，那個打嗎啡的騙子不見了！」林耿明剛簽完她們的出院，就聽見江媛婷過來說：「剛剛我請傳送推他去照X光，要去推回來床上沒有人。」

「沒關係，不然就告 escape 好了，他們這種人為了打那支嗎啡，一定會出現的！」

Escape 就是逃跑，文謅謅一點叫不告而別，泛指那些沒說一聲、沒付費就從急診離開的人。對李國強來說，不告而別乃是家常便飯，他一天至少掛兩次急診，哪裡來那麼多錢付急診費用？

周承俊這幾天並沒有閒著。他是那種知道太多的人，想回去一定要用非常的手段。

在他的電腦螢幕上是黃P那篇 Ezobril 論文，詳讀之後，他找到一些可能的問題，導致出來的結果和他的不同，可惜手邊缺失自己的研究資料比對。

他隨手把一些要點記下來，何宇華就在這時來了電話。

「學長，我打聽到了。你的資料一直鎖在研究室裡面，沒有人動過。」

沒有人動過？這周承俊就不明白，既然不動他的東西，為什麼把他實驗室的人都趕出來，研究助理也調去別的單位？

「我很確定，是陳正宇告訴我的。他說他本來想去撈撈看你那邊有沒有什麼好料，黃P不但不讓他去，還警告大家都不准去。」

「妳跟陳正宇還有聯絡啊？」神經外科陳正宇醫師是何宇華以前的相親對象，雖然開刀的技術不好，寫論文的能力在醫院算是有產能有貢獻的。「等等，妳說黃P不讓陳正宇到我實驗室，也不讓其他人去？」

「對啊，怪怪的吧？」

「不好，他要把我研究資料銷毀掉。」周承俊很後悔沒把研究資料留一份在家裡，至少當初把那篇論文投出去以後就應該要這麼做。只能說千金難買早知道，周承俊沒想過院長會做這麼絕。「這幾天我在家仔細研究了黃P那篇論文，他的結果為什麼與我做出來的不同，是因為其中幾個環節有問題，簡單來說，實驗設計得不夠嚴謹。只要跟我的原始數據比對，很容易看得出來，他不希望其他人知道這件事。」

「意思是只要拿到你的原始數據，就可以破解黑函，證明造假的人是黃P？」

「可以這麼說，可惜我手上沒有備份。宇華，妳能不能查一查現在哪些人有實驗大樓的感應卡？」

「都是黃P和陳P的人，你的人都被趕出來了。現在黃P全面掌權，你要回去很困難。」

「我要想辦法拿回自己的資料。」

「有一個人她手上應該有感應卡，可是我不知道她會不會幫忙。」

「是誰？」

「黃昭儀。」何宇華說：「她現在投靠黃P，已經和以前不一樣了。」

周承俊陷入不短的沉默，何宇華在電話那頭小心地問：「你們……有發生過什麼吧？」

「妳想知道嗎？」

「不、不想。」幾乎在周承俊問出話的同時，何宇華立即予以否認有任何探聽的企圖。「不管你們有過什麼都跟我沒關係，我不想知道。」

「我的事情妳總是說跟妳沒關係，不想知道。我一直都把妳的話當真，可是現在我身邊的人只剩下妳。」周承俊笑了一下。「不管妳有什麼誤解，我和黃昭儀什麼都沒發生過，她就是一個在工作場合會見面的學妹而已。」

「如果你們什麼都沒發生，她就更不可能幫你了。」

「這個是重點嗎？」周承俊沒好氣地說。

「那你打算怎麼辦？」

「就找黃昭儀。」周承俊說：「反正我沒什麼好損失的，不做永遠不知道結果。」

救護車鳴笛接近中——

五分鐘前。

「央大醫院，央大醫院，中央九么呼叫——」

「中央九么載送一名車禍外傷，約四十歲男性，外傷歐卡！外傷歐卡！約五分鐘到院！」

聽見外傷歐卡那一刻，所有人的心沉到谷底，彷彿聽見遙遠的喪鐘，每個人以最快速度進入急救室，穿上隔離衣、戴上隔離手套，準備好插管用物和急救藥物，三袋加溫過的生理食鹽水排好管路掛上去。平安下莊的機會沒了，居然在白班的最後一個鐘頭來了個歐卡，還是外傷歐卡！

歐卡大概是急診室裡面最讓人絕望的詞彙。一個風光明媚的早晨、一個平靜安逸的下午、一個無風無雨的夜晚，常常因為一聲歐卡毀於一旦。

歐卡，即是OHCA，到院前心跳停止。多年前有個更直接的說法，叫做DOA，die on arrival，到院前死亡。每個老牌的救護人員都有過把救護車疾駛到急診室門口大喊DOA的經驗。

每個在急救室裡的人專注地聽著救護車的鳴笛由遠而近過來。林耿明站在頭位，這是呼吸道的位子。

一個渾身是血的男人被推進來，救護人員正在奮力壓胸做心肺復甦術。進來以後，護理人員接手站上急救壓胸的位子，江媛婷找他手上最大號的血管上針，林耿明拿起喉頭鏡伸進去口腔挑起來，從呼吸道湧出的鮮血瞬間淹沒他的視野。

「這個人怎麼受傷的？」沒有家屬隨行，R3鍾世通只能問一一九救護人員。

「對方還在現場做筆錄，據說是這個人忽然冒出來，對方汽車煞車不及……」

看起來兩條腿都斷了，其中一隻是開放性骨折，白森森的腿骨露在外面。鍾世通過去動手把腿骨拉直，用紗布加壓止血，再用木板固定住這條腿以控制出血量。

同時間廖繡茹打上第二條點滴。

「掛號進來了嗎？Bosmin打了沒？」

鍾世通一邊固定手上那條腿一邊大叫。

「沒有身分，我用無名氏先掛進來！」檢傷徐素晴先隨便把生命徵象打入電腦，好讓鍾世通可以趕快開立檢驗單。

「叫四單位急血過來！」鍾世通說完，正要去推超音波過來，忽然聽見林耿明大叫：「學長，煙斗on不上！」那根要命的氣管內管居然在這時候插不上去，鍾世通立刻過去接手。

「林耿明，呼吸道我來！你去掃超音波！快！」

外傷歐卡的搶救雖然絕望，偏偏又是分秒必爭。

鍾世通挑起喉頭鏡，眼前除了一片血海，什麼正常的解剖構造都看不到。這樣的狀況根本不可能插上管子，這些血正在淹沒這個人的呼吸道。

鍾世通做了一個深呼吸。「拿氣切包過來！上刀片，我要緊急氣切！」

緊急氣切就是從脖子上直接劃刀進入氣管，是最後不得已的辦法。

「學長，要不要先聯絡家屬？」林耿明的超音波探頭正掃到一片腹內出血。

「來不及了，直接做氣切！」急救分秒必爭，人腦四分鐘就開始缺氧，等聯絡到家人黃瓜菜都涼了，人死透也就沒有氣切的必要了。

鍾世通把碘酒和酒精往那個人的脖子倒過去，刀片接著劃下去，用彎鉗撐開，對著白花花的氣管又是一刀，把氣切管放進去。

整個過程不用三分鐘。呼吸道建立起來，兩邊的血袋也源源不絕輸血進去。

終於……

「學長，有脈搏了！」林耿明興奮不已。血壓也很漂亮，居然來到九十幾。

「好，我們只有一次的機會，我們一起送他去斷層室做檢查！」

這個人有腹內出血，有開放性腿骨骨折，頭部看起來也變形，到底哪一個傷勢才是最嚴重最需要處理的，這種歐卡救回來的隨時會再度死亡，可能是推去檢查的瞬間，可能是下一秒，也可能是在手術室的路上。

只有一次檢查的機會。

把他搬進去電腦斷層的機器也是一大挑戰，大家小心地挪動，生怕這過程會讓他失去心跳，生與死的界線在此特別模糊。

好不容易完成以後，林耿明在地上撿到一個證件，是他們遍尋不獲的健保卡，壓在他的身體下，剛剛才從推床掉下來。

林耿明拿起健保卡，久久說不出話。

上面的名字是李國強。

這個人才剛從治療一區落跑，沒想到這麼快又見面了。

「我找到這個無名氏的身分了。」林耿明拿出那張健保卡，斷層掃描的房間裡，人體正用一個世紀前的人們無法想像的方式呈現出來。醫生習慣看的是橫切面，以切片形態出現的各種器官排列在眼前的螢幕上。

「你認識這個人？」鍾世通問，林耿明的表情不太自然。腦部斷層出來了，兩邊有多處大小不一的出血，顱底骨也有骨折。

「算是，也不太算。是一個毒蟲、藥癮患者，今天才掛號過，一個小時前在我手上打不到藥escape。」

鍾世通什麼都沒說，繼續看著螢幕。頸部斷層有血管破裂，呼吸道內有大量血腫，幸好剛剛氣切管開了一個洞，不然他會被自己的血窒息而死。

這麼說也不正確，他到院時是已經死了的。

腦出血、氣管破裂、肋骨骨折、肺部挫傷，脾臟破裂出血……。

看完斷層掃描，鍾世通已經有底，對林耿明說：「我先去找神外、一般外和骨科，你跟著把他送回急救室。」他拍拍林耿明肩膀，「不要想那麼多，做我們這行想太多會過不下去的。」

林耿明從小房間進去斷層室，幫忙把李國強從機器搬回推床，他的臉骨已經變形，要不是有那張健保卡，林耿明絕對認不出是李國強。

早上才剛在這裡演了一齣大戲，剛剛從一區落跑的李國強。

「林醫師，監視器……」李國強回到推床後，監視器忽然大叫，江媛婷趕快檢查病人身上的監視器貼片有沒有貼好。

監視器的螢幕是一條線，毫無起伏的一條線。

林耿明去摸李國強的頸動脈是靜止的，回頭對江媛婷說：「CPR！趕快回去急救室！」

林耿明直接跳上床，壓在李國強身上奮力地對他心臟按摩。

放射師看狀況不對勁，和江媛婷一起用力推床以最高速奔回急救室。

看到林耿明坐在病人身上那個節奏，鍾世通就知道一切都結束了。

江媛婷好不容易抵達一區，終於可以用最後一點力氣大喊「CPR！」所有一區二區的學姊們和醫生們衝過來一起出力把人拉進急救室。

她和放射師對望一眼，兩個人一樣地雙腿發軟，只想找個地方坐下來。畢竟剛剛他們拉著那張推床，上面有兩個人和一大堆機器，跑步衝鋒了二十幾公尺。

這次結束得很快，快到林耿明都還沒回過神，CPR的標準時間三十分鐘就到了。即使按照急救指引四分鐘就開始腦死，十分鐘救回來的希望就微乎其微，所謂的回來，也只會是個植物人，比較能被接受的時間還是三十分鐘。

就算是三十分鐘，林耿明首度感受到三十分鐘短得多麼可笑。那些不捨、不放手、難過、愧疚和後悔都還沒過去，怎麼可以不救了？

李國強的家人在宣告死亡之前趕到醫院，聽完病況之後木然地點頭，對這樣的結局並不意外。或許有些人的離世反而讓家人都鬆了一口氣。

林耿明過去從未認識李國強這個人，反而參與了他生命的最後一段，成為最想把他救回來的那個人。他根本不認識這個人，不用認識也知道他多半是個人渣。死了一個社會敗類不用放在心上，可是他還是很難受。

他是為了自己，為了消化自己醜陋的罪惡感。他痛恨那個因為自以為是的正義，守著一支嗎啡的林耿明。那個林耿明鑄成了大錯，害死一條人命。

周承俊接到一通電話，他在車裡拿出手機，看到來電顯示的號碼挑了挑眉。

「是誰？」何宇華開著車問。她到醫院一向是走路上下班，她的車停在實驗大樓比較不顯眼，也沒人認得出來。至少比周承俊那台奧迪好，那台奧迪在醫院等於是直接告訴別人周承俊來了。

「醫院的號碼，不知道是誰。」周承俊接起手機，那頭出現了一個他很意外的聲音。

「學、學長，你有空嗎？可以說話嗎？我是林耿明。」

「你怎麼了？」

「發生了一件事，我不知道怎樣才是對的，以後要怎麼做……？」

「你先把事情好好講清楚。」

何宇華看了周承俊一眼，這周承俊不覺得自身難保嗎？哪來那麼多時間管閒事。看來林耿明這事是孩子沒娘說來話長，只好打了個方向燈停在路邊。

林耿明把事情的來龍去脈，從李國強第一次中彈說起，他心情很混亂，敘事的方式也是，從周承俊反覆問他的話裡，何宇華也聽懂了八成。

總之就是一個毒蟲，開完刀後嗎啡上癮，為了成功打到嗎啡，一直製造大大小小的外傷，結果一次假車禍失控撞死自己的故事。

太陽底下無鮮事，這種故事也不是首度在急診上演。

麻煩的是林耿明居然動了真心。用在一個不值得他浪費時間的毒蟲上，為他守著那寶貴的一支嗎啡，希望他能夠戒毒，能夠脫離藥癮。

然後發生假車禍，或許那個人認為只要傷勢嚴重一點，就能打到嗎啡。這種人就是那麼極端，那麼不擇手段。眼中只剩下他們要的那支針，忘了一旦發生車禍，傷勢的嚴重度又豈是人為能控制的呢？

「我聽完了，你有什麼問題？」

「我……」林耿明簡直不敢相信周承俊這樣問。「問題很大，我不知道以後要不要幫這種人打那支針，不打他又害死自己怎麼辦？打了他上癮更嚴重，終有一天也會害死自己。」

「對啊，人活著本來就會死。就看狀況吧，你覺得該打就打，不該打就不要打。我們工作的場所在急診室，不在外面，更不在馬路上。你不要把事情變複雜，你只是個醫生，能做的只有醫療，搶救到你手上的生命，沒有別的。要相信你自己的判斷，病人也會有自己的選擇，他們不是無辜的第三者，我們無法干涉別人的人生。」

「無法干涉別人的人生？學長你不是為了病人才把那篇論文寫出去的嗎？」

「你錯了，我是為了自己。」周承俊說：「每個人都是為了自己，我也不例外，我只是為自己選擇了想要成為怎樣的人而已。你也可以做選擇，人生就是不斷在做出選擇然後承擔後果而已。人生並不完美，每個選擇都會有註定的後果，你的問題不在於要如何做對的選擇，而在於你想要承擔哪一個選擇的後果。」

每個選擇都會有註定的後果，重點不在於你看見的選項，而在於你想承擔哪個選項的後果？

也就是說，人生所謂對與錯，只有做出選擇，然後面對後果而已。

這才是真實的人生。

真實的人生不是考試，不存在標準答案。

林耿明拿著手機，雖然已經結束通話，可是他遲遲無法放下。

周承俊放下手機才發現已經到了。何宇華指著對面大樓，正是黃昭儀說的地方。她的住處離醫院不遠，何宇華也是，所以開車一下子就到了。

「你真的認為黃昭儀會把感應卡給你？」

「她是這麼說的，只要我一個人去。」周承俊打開車門出去，何宇華叫住他。「欸，我不放心。」

「沒什麼不放心的，我一下子就回來。」周承俊拍拍她，何宇華知道沒有別的辦法。

何宇華停在路邊等，時間一分一秒過去，十分鐘後終於看見周承俊出來。

他打開車門，坐進副駕駛座，從口袋裡拿出一張感應卡。以前每天使用的卡片，此刻握在手裡卻很寶貴。

「你動用了美男計嗎？」何宇華問。

「不要用看到髒東西的眼神看我。」周承俊說：「我跟她保證只想拿回研究資料，沒有別的。我連她的手都沒有碰到。」

「林耿明那件事，最倒楣的就是撞死毒蟲那個假車禍的車主，你覺得他跟別人說這是一件假車禍，會有人相信嗎？」

「當然不會相信。」

「對，我也不相信。」

周承俊無奈又好笑地看著何宇華，何宇華則是只管對著他瞪過去。

「妳覺得十分鐘內我能做什麼事情？」

「我哪知道。」

「好，我現在開始計時。」

周承俊按下手錶的計時器，何宇華還沒搞清楚狀況，毫無防備，已被他逼近過來。他按住她的手，不讓她推開，不容拒絕，緩慢而熱烈的親吻著她。

何宇華腦袋一片空白，皺著眉，無法有一絲抵抗的力氣，不自覺順從地回應起他。周承俊將她抱起來，不顧一切吻著，也被溫柔的吻著。

他很享受這一刻，閉上眼。任憑她柔軟的索求，回應著她。光是被她吻著，然後吻著她，其餘什麼也不做，任何舉動都會破壞這一刻的美好。

「嘟——嘟嘟嘟……嘟嘟……」

「周承俊，時間到了。」何宇華小聲地說，他手錶的計時器已響了一陣子。

周承俊埋怨起自己計時器只設了十分鐘，不敢相信地看著手錶，關上計時器對她說：「妳看十分鐘我連一個吻都做不完，妳還疑心我剛剛發生什麼可以說出來，我們實驗看看十分鐘辦不辦得到。」

然後手機居然響起來。

「對了，學長，是NMDA腦炎！今天報告出來了。」

周承俊接起手機，林耿明沒頭沒腦地說出這一句話，這傢伙真的很會挑打電話的時機。

「你說什麼？」

「賴怡玟是NMDA腦炎，脊髓液報告出來了。她不是精神分裂症，也沒有見鬼，只要好好治療就好了。」

「原來如此。」周承俊沒好氣笑了一下，不過林耿明的精神還是值得獎勵。「你幫了她一個大忙。」

「學長，你什麼時候回來急診？」

「我不知道，不是我能決定的。」

「我去拜託我爸，讓他想想辦法。學長再不回來我要瘋了！」

「你不要讓林教授為難，這件事我自己會想辦法。」

「你真的有辦法嗎？」

「真的。」

車還停在路邊，周承俊放下手機，旁邊坐著何宇華。

「其實你一點辦法也沒有吧？」何宇華說。

「被妳看穿了，我怎麼老是騙不了妳？」周承俊笑著看她，被停職好像沒他的事，一點也不緊張。

「不過你很高興有後輩願意為你挺身而出吧？」

「我付出那麼多，要求這點回報不過分。」

「欸，說不定林耿明真的可以幫上忙。」

「妳想做什麼？」

「現在八字都還沒一撇，我先確認完再說。」

何宇華拿出手機，撥給林耿明。「學弟，我想請你幫我一個忙，為了周P。」

第十六章　你我都是棋子

何宇華把車子停在實驗大樓前的停車場不起眼的角落。周承俊和她在車子裡觀察實驗大樓的燈光，如果不是周承俊跟她說過，她絕對不相信到這個時候每個窗戶都還亮著燈。

終於，三樓有一個窗戶暗了，在晚上九點十五分。

他們之所以在晚上九點來實驗大樓，為的就是趕在裡面的人離開前把車子藏在角落的車位，免得遇上實驗大樓下班的人潮引起注目。

「那是腎臟科劉P的實驗室，因為夫人規定九點半一定要到家，所以他的實驗室是最早熄燈的。」

這樣算早？何宇華露出不敢相信的表情，這個時間回去哪有什麼家庭生活可言，才剛說句話就要睡覺了，看來這些教授太太都是學術寡婦。

周承俊看著錶。「下一個是陳正宇，九點二十分，在二樓。」他話說完，二樓果然有個房間熄燈，沒幾分鐘，果然見到陳正宇從實驗大樓出來走向他的車子。

「唉啊，他的車子還沒去修呢！」何宇華伏低身體，避免陳正宇從擋風玻璃看見她，忽然說了這句話。

「修車子？」

「是呀，他車子鈑金撞凹一塊，我建議他去修車弄好，這樣約會才容易有後續啊！」

「你們兩個時常約會嗎？」周承俊的語氣並不友善。

「……也不是那麼時常。」何宇華反問：「現在這個是重點嗎？」

「幾次？」

「兩、兩三次，他只是那種需要的時候，可以約出來聊聊是非的普通朋友，而且前陣子你不是要我打聽……」

「那我呢？」周承俊打斷她。「我也是那種需要的時候才會見面的普通朋友嗎？」

「當然不是，你是學長，我哪敢這樣對你。咦，又一個房間熄燈了，是誰的？」何宇華指著實驗大樓，這個實驗室不知是誰的，燈熄的正是時候。

「神內呂教授，他年紀大了，裡面都是子弟兵在用。」

陸陸續續越來越多人從實驗大樓出來，一個房間接著一個把燈關掉，到了十點多，只剩下兩個房間的窗戶還亮著。

「這個大樓最晚離開的是誰啊？」

「應該是黃佑昶，他十一點會走。」

「如果他是最晚走的，你怎麼知道他走的時間？」

周承俊沒有回答，何宇華是自己想到的。

「以前你才是最後一個，所以才知道大家離開的時間。」

「我也沒想到知道這種事會派上用場。」

十一點一到，黃佑昶走出實驗大樓，到他的停車位後，他忽然回頭望了某個窗戶一眼。停車場只剩兩台車，雖然他們在的這個角落很陰暗，車身也是灰色並不引人注目。就黃佑昶那個頭轉過來，何宇華心臟都快停了，趕快把身體趴下去，周承俊從旁邊抱著她，兩個人躲在並不寬敞的前座空間裡面。

黃佑昶沒看見他們，他們接著聽見車子發動的聲音，然後是一台車呼嘯離去的聲音。

何宇華鬆了口氣，用力坐起來，皺著眉問：「他看的那個該不會是你的研究室吧？」

「他一定很得意看到那個研究室一片黑暗。」周承俊的臉略帶不爽。

「他真的很討厭你，你怎麼會這麼惹人厭？」

「我們進去吧。」周承俊一拍何宇華，兩人把腳步放輕，偷偷往實驗大樓摸過去。

周承俊用感應卡刷開大門，兩人怕被醫院巡邏的警衛發現，靠著手機螢幕微弱的亮光爬樓梯到五樓，連手電筒軟體都不敢用，終於來到周承俊昔日的研究室。

「鎖起來了怎麼辦？」何宇華轉動門把就發現上了鎖，再怎樣黃昭儀也不會有周承俊研究室的鑰匙。不會嗎？

「你有多打一副鑰匙給黃昭儀嗎？」

「妳又在挖坑給我跳嗎？當然沒有，就說我們沒有發生過什麼。」

「不是，我還滿希望你有多打一副給她，現在這樣怎麼進去？」

「這是我的研究室，我當然有辦法。」

周承俊蹲下去，從門邊的盆栽底下摸出一支鑰匙，這是他以前藏起來的備用鑰匙。周承俊把鑰匙插入鎖孔，門就開了。

何宇華不曾來過周承俊的研究室，雖然現在一片漆黑，他們也不敢開燈，大致還是可以看得出實驗室的規模。

前面是研究助理的辦公區，一邊的實驗區域擺著許多何宇華不熟悉的機器設備。助理辦公區後面一間特別隔出來的小房間則是周承俊以前的個人研究室。

周承俊直接進他的研究室，何宇華不敢亂動，跟著他進去。裡面除了一張桌子，一個辦公椅，就是一個沙發床，床上的枕頭和被子都沒有整理過，看來黃P真的讓這裡原封不動。

周承俊將電腦開機，三十秒後，何宇華忽然看見自己出現在電腦螢幕的桌面上，是她好久以前照的一張相片。

這張相片是什麼時候照的？她穿著醫師袍，是到醫院工作以後，身上是短袍，所以是住院醫師嗎？可是她沒穿急診室的工作服，穿的是手術服，那麼是實習醫生？

周承俊把隨身碟放入開始複製檔案，資料很龐大，需要二十分鐘才能完成。

「這張相片擺在這裡沒關係嗎？」何宇華指著那張電腦桌面。

「沒關係，這裡是我個人研究室，沒有其他人會看見。」

「這個……什麼時候拍的，我怎麼沒有印象？」

「妳結束急診實習的最後一天，在留觀室照的。那一天，我用手機拍了這張相片，妳說有重要的事情告訴我。」

「重要的事？」何宇華怎麼也想不起來。

「外科那個混蛋跟妳求婚，妳答應他了。」

「喔，對。」難怪她想不起來，因為後來那個混蛋劈腿，搞上開刀房的護士妹妹，還把求婚戒指要回去，何宇華實在不願意記得關於那個混蛋的任何事情。

「妳告訴我以後，那一天我在家裡喝很多酒，很多很多，太多了。」

「你喝那麼多酒，是因為……」何宇華問得很心虛，時至今日，答案已經很明顯，可是當初的實習醫生何宇華並不知道。

「我喜歡妳，妳卻寧願跟一個混蛋結婚，讓他傷妳的心。他到處跟女人亂搞，大家都知道，只有妳還相信他。」

周承俊平靜地抽出隨身碟，彷彿剛才說的是不相關的事，的確已經很多年了，這麼多年來想起那個晚上，他心底的某處還是會痛。

研究資料已全部複製完成。周承俊把滑鼠移動到關機，何宇華忽然按住他的手。

「等等，這個，」她手指著螢幕桌面那張實習醫生何宇華，「……不用處理一下嗎？要是讓別人看見不太好吧？」

「沒關係，」周承俊搖頭，按下關機。「反正我已經離婚了。」

「只要有這些資料，你就能證明黃P的實驗結果有問題嗎？」在回程的路上，何宇華問他。她送周承俊回他位於城市精華地段的家，距離醫院有二十幾分鐘的車程。

「理論上是這樣，不過……」

「不過怎樣？」

「國內的學術圈子還是被央大把持，各大老都是央大或央大出身，如果我只是一個名不見經傳小醫院的助理教授，沒有那個力量去撼動央大黃佑昶的研究成果，圈子裡的輿論會相當不利。就算提出正確的見解，大家還是唯大老意向是瞻。妳知道一個藥在臨床上使用證明無效要花多久時間嗎？可能是幾年也可能是十幾年，到時候沒人會記得發生在我身上的事情。」周承俊說：「但是如果我也是央大的助理教授，就會完全不同。」

「所以還是要想辦法讓你回去？」

「我沒有籌碼跟他們談，說不定這件事情會就這樣落幕。」這件事周承俊想了很多遍，就是個死胡同，央大不可能讓他回去，他註定會被央大主導的學術圈子攻擊得體無完膚。

「沒有籌碼，我們可以創造籌碼。你應該聽說了吧，陳正宇在甄審助理教授升等，如果他能通過那就太好了。」何宇華眼神異常銳利，那是在黑暗中看到一點光亮的眸子。

謝一城不相信他在吳明金的脖子上看到那個洞。

他在看診螢幕看見熟悉的名字，從病人匣裡一堆三四級病歷的下面找到他，在診療一區找了一圈才發現他被放在急救室。

吳明金一個人孤單地在急救室奮力地喘息，彷彿用盡身體最後一絲力量把氧氣吸進肺裡。

不知道從什麼時候開始，謝一城不曾再聽見「急救室有病人」這樣的呼喊，只要不是馬上要CPR的，不管多危急的病歷都可能靜靜地躺在病歷匣底部沒有人發現。

謝一城是個聰明人，不會對制度發牢騷。周承俊被解除急診職務已說明了「做對的事」在高層心中的價值，沒有人比他的後台更硬，每個人的嘴都閉起來。連謝一城這樣的R1都可以感覺到，以前吵吵鬧鬧的央大醫院不見了，對上面交代下來的事除了贊同以外只剩一片寂靜。

他沒有抱怨，因為抱怨沒用之餘還會惹來殺身之禍。他只是個鄉下小孩，不是央大醫學系，沒有後台，沒有盟友，他能做的只有用自己的方式平安度過每一班。

這天他發現被丟在急救室十幾分鐘沒人理的吳明金，竟然有許多憤慨從他心中冒出來，更無言的是他在吳明金的脖子看到一個洞。

那個不是平常的洞，而是經過妥善的外科手術做成的切口，也就是氣切管。在任何人身上謝一城看見這個氣切管都不會那麼訝異，但是吳明金是個肺癌末期病人，癌細胞啃噬著他的肺部和每根骨頭，每次看到他的胸部X光謝一城都懷疑可用來換氣的肺泡細胞在哪裡。只剩幾個月的人生，為什麼要多一根氣切管折磨他，既然終點是一樣的，什麼時候放手不都是放手。

吳明金喘到大粒汗小粒汗，這樣的狀態已不知在急救室多久，謝一城動手把他旁邊的呼吸器打開，接上他脖子的氣切管。

既然氣切管都裝上去了，就好好使用吧！

呼吸器上去以後，他的血氧馬上從90緩慢上升，幾分鐘內到達令人滿意的95。

「你為什麼要割氣切？」謝一城問。那些癌細胞在骨頭裡面不痛嗎？每天都這樣喘不會難受嗎？為什麼要延長痛苦的時間？

然而吳明金只是不斷跟他打手勢道謝。

謝一城開立支氣管擴張劑接在呼吸器的管路上，吳明金奮力地將藥物吸入肺裡面，順利解決了燃眉之急。醫療能夠幫忙他多久，支撐他存下多少錢，謝一城沒有一個肯定的期限。

就只能走一步算一步吧。有些人的人生就是那樣，或許所有人的人生都是那樣。疾病就像個不速之客，隨時會襲擊每個人的人生，沒有一個逃得掉。

人活著就註定了死亡，差別只在於這條路上想怎麼走而已。

「謝醫生，急救室的吳明金要求辦自動出院。」急救室的護理師告訴他這件事，謝一城一點也不意外，因為吳明金早就替自己挑了這樣的道路。

會割氣切也是這個原因。可以在家裡使用氧氣，就算不能脫離呼吸器，也能出院在家，甚至出去工作，至少能在攤子上看著智能遲緩的妻子。

或許吳明金還會活好一陣子，謝一城忽然有這個奇怪的想法冒出來。他並不虛弱，即使病況到一般人會臥床的程度他也沒有躺在床上。每天很努力過日子，意志力異常堅強，死亡看起來離他還有好一段路。

誰知道呢？就算健康的人也可能出個車禍就死了。

這裡是很多故事的終點站，所以謝一城才不希望對這些人有多餘的了解，足夠診斷病情就好，因為他們的最後一天，總是會來到這個地方。

「學姊，我打聽到了，陳正宇通過審核，確定會升任助理教授。」林耿明在咖啡館的角落，拿著手機對著牆小聲說。

「不過，妳問陳正宇的教職做什麼？有沒有更重要的事我可以幫忙？妳知道，不管什麼我去求我爸沒有不成功的，你們不能白白浪費我這張王牌。」

居然有人稱自己為王牌，何宇華很費勁才沒讓白眼翻到天邊去。

「是你學長的意思，他不想讓大人的事汙染你純真的心靈。」
「這樣喔……哈哈，其實我也沒那麼純真……」林耿明話還沒說完，就聽到何宇華結束通話的嘟嘟聲。
「林耿明這笨蛋不知道純真和蠢的距離很微妙嗎？」何宇華對著手機直搖頭。
「結果呢？」周承俊坐在她旁邊，因為他這個月沒有收入，他們是坐在不要錢的公園椅子上，看著不要錢的夜景，幸好沒有下雨。
「雖然不會開刀，陳正宇寫論文是個人才，居然讓他通過了。」
「那有什麼了不起，妳再繼續誇獎他啊。我通過助理教授那天，妳什麼也沒有對我說，好像也不接我電話？」周承俊翻舊帳的能力就跟他寫論文的能力一樣優秀。
「那天我上班很忙，急救室爆滿，我已經解釋過了。」
「不是因為我是已婚男人，沒有經營的必要？」周承俊很氣自己，為什麼何宇華的這種心思他特別明白。
「怎麼會呢～」何宇華笑得言不由衷，周承俊問：「不過，妳打聽陳正宇升助理教授這件事做什麼？」
「你先答應我不能生氣。」
「我好好的生什麼氣？」
「因為……我要跟他交往。」何宇華刻意堆起燦爛的笑容，想要把他安撫下來，卻發現效果十分薄弱。周承俊的目光對著她，如果視線可以殺人，何宇華已經失血過多送入急救室。
「真的嗎？」周承俊幾乎聽不見自己問這句話的聲音。
「真的。」何宇華張著那雙眼睛真誠地對他說：「我會認真和他約會，從現在開始我們不要再見面了。」
這次的全院主治醫師會議，站上主持講台的是黃佑昶，彷彿是象徵一個全新的時代。
過去幾年握著那個麥克風主持這個會議，讓議程順利進行的一直是周承俊。
看到這個景象鄭紹青說不出地暢快。今天的其中一個議程，因為科部主管有新的教職要求，因此做了一番人事調整。他鄭紹青雖然沒學術地位，黃P那夥人看不起他，現在急診科部裡面也沒其他人可挑。鍾主任跟他明示過，他會以代理副主任的名義頂上空懸已久的副主任缺。

後面都喬好了，就是個論功行賞的頒獎大會而已。聽說在搞走周承俊這事上面，鍾主任選對邊出了不少力，雖然教職的資格不符，黃P也擔保他的主任職不會被拔掉。

內科系、外科系都做了些升降，坐擁教授職的大老自然動不到，這次異動的都是中生代小主管，比如說腸胃內科副主任、手外科主任、超音波室主任這類的職務。

當然是學術派大獲全勝，一個個公布下來，有帶著微笑起來行禮接受掌聲的，也有臉色難看的，這種事本來就是幾家歡樂幾家愁。

很快就輪到急診科，鄭紹青特地坐正，等待唸到他名字的那一刻，他要用最優雅的姿態起身接受大家的祝賀。

「關於急診室副主任一職，有急診主治醫生提臨時動議。」

怎麼回事？鄭紹青判斷不出現在的局勢怎麼走，只知道事情有變，而黃佑昶居然帶著微笑看向他，不，是看向他身後的……何宇華？

何宇華站起來，立刻有祕書把無線麥克風遞給她。

鄭紹青嘆了一口氣，就算何宇華在主治醫師會議說破嘴，院長也不會讓周承俊回來的，真想勸她省省力氣，不要鬧得太難看，讓整個急診一起丟臉。

「各位長官好，我是急診主治醫師何宇華，急診的學術風氣一直很弱，好不容易這幾年有一些學弟妹對研究有興趣，科內如果沒有人帶，斷了這條路很可惜。因此關於本科的副主任，我有一個大膽的提議，請各位長官評估看看。我推薦由神經外科陳正宇助理教授擔任急診外傷科主任，兼任急診副主任。」

何宇華說完，鄭紹青整個人呆掉，鍾盛山主任也回過頭看她。看其他急診主治醫生的反應，沒有人預料到何宇華會提議一個其他科的人空降急診。

「這個事情急診鍾主任怎麼看？」莊副院長，也是央大的副校長拿起麥克風問。他是央大醫院在張院長之下的第二號人物，也有人認為他挾著央大的學術資源，勢力早就跟院長平起平坐。

「這個……雖然陳正宇醫師非常優秀，科外的人恐怕對急診不了解……」

「可是我們科內並沒有符合新的主管晉用辦法的人選。」何宇華堅定地說：「請各位主管評估看看，行政方面有鍾主任在，鄭紹青醫師也會幫忙，陳正宇醫師正好補我們科學術上的不足，而且在許多醫院也有先例，急診室的副主管沒有規定一定要是急診專科醫師。」

張院長對黃佑昶做了個手勢，黃佑昶心領神會，不在這個議題上花太多時間。

「好，何醫師提供一個不錯的方向，大家時間都很寶貴，議程先進行下去，至於急診副主任的人選我們會後主管會議再進行討論。」

鍾盛山主任看看黃佑昶，再看看張院長的臉色，忽然明白事情早就喬定了，何宇華只是派出來的打手，否則區區一個不得勢的主治醫師怎能動搖主管的人事決定。

主治醫師會議後的主管會議鄭紹青沒有資格參加，只能像熱鍋上的螞蟻在辦公室等消息。

何宇華喝著一杯熱騰騰的拿鐵，看起來也在等待主管會議的結果。

鄭紹青不痛快，直接到她旁邊意有所指地說：「原來何醫師和陳正宇醫師很要好？」

「怎麼了嗎？」

「沒事，原來妳真的很有行情！我想起來了，上次看到你們一起坐在飯館裡，何醫師真的不簡單。周承俊不在，馬上有下一個男人。」

「這好像不關你的事吧？」何宇華給了他一個白眼。

「是啊，我只是替咱們周P不值，人走茶沒涼，利用價值沒了，妹子就找了新男人過來。」何宇華抬頭望著鄭紹青說：「算起來你也是我的學長，可不可以為大局著想，急診裡面沒有做研究的人才，很容易在醫院邊緣化。陳醫師的確和我有點私交，他願意過來支援，幫忙把學弟妹帶上來，對我們科是好事。」

「這種話從我們科最不會寫論文的何醫師口中說出來，真是讓人耳目一新。」鄭紹青做了一個虛偽的笑容，反正他的目的已經達到，就不再招惹何宇華，回到自己的辦公位子。

這番話是說給那些愛傳小道消息的祕書聽的。剛剛兩個科祕書都在，雖然假裝在打自己的文件，鄭紹青知道她們一定豎起耳朵偷聽他們說話。周承俊人長得帥，一向有女人緣，在祕書圈子裡十分吃得開。只要辦公室訂什麼小點心，周承俊桌子上一定少不了一份。

周承俊過去很照顧何宇華是科內都知道的事實，現在他一離開，何宇華馬上新人換舊人了，她們絕對會加油添醋把消息放出去。

「怎麼樣了？」何宇華好不容易把鄭紹青打發走，手機傳來周承俊的簡訊。

「主管會議還沒結束，我好緊張，萬一黃P不上當怎麼辦？」何宇華傳訊過去。

「不會的，因為是妳的提議。黃佑昶一定會上鈎，他已經看過我電腦桌面了，一定很想讓我嚐到被妳背叛的滋味。」

黃佑昶是一個禮拜前聽到的消息，陳正宇告訴他，何宇華有意在主治醫師會議提他做急診副主任，這時他才知道這兩個人有交集。

他和周承俊是大學同學，何宇華是小幾屆的學妹。他們兩個據說沒有在交往，但是常常走在一起也是真的。在周承俊把張嘉歆搶走以前，黃佑昶並沒有很關心這些事情。

同在醫院工作，偶爾見過幾次面，黃佑昶對何宇華的印象就停留在這裡，畢竟學術和研究就佔掉他生活的一大部分，周承俊是個強敵，他不全力以赴無法擊敗的強敵。

直到周承俊被暫停職務，他接管他的研究室，打開他的電腦看到那張桌面，才知道搶走張嘉歆對周承俊根本不造成傷害。

他每天在實驗室對著這張桌面工作到半夜。不是他的妻子，而是這張桌面陪伴著他度過大半的時間。

「黃P，何宇華說的這件事果然有詐吧？」陳正宇倒也不是笨蛋。

「不過……對我們也沒壞處，反正周承俊不可能回來，說不定可以趁機吃下急診。」黃佑昶說：「何宇華這個人怎麼樣？」

「說不上來，不過急診的人都說她跟周P滿要好的。」

「要好又怎麼樣？西瓜就要偎大邊。她這種不會做研究的，要在央大生存只能找人幫忙，想投靠我們也不會不合理。」

「那我們要讓她投靠嗎？」

「為什麼不要？她有讓我投資的價值。你好好認真跟她交往，聽說她很想結婚，如果你們順利結婚，我負責把你扶上神經外科主任的寶座。」

為了神經外科主任的寶座，陳正宇很努力約何宇華見面，何宇華也很積極赴約，被鄭紹青看到一點也不意外。

主治醫師會議前一天，陳正宇打電話問何宇華知不知道周承俊研究室的檔案密碼。據說黃P本來想直接銷毀檔案，後來還是不放心，想打開來看看裡面有什麼料。但是他不願意交給醫院的資訊人員，一直就原封不動擺在那兒。

「我雖然硬著頭皮說知道……可是還是不要讓他打開檔案比較好吧？」何宇華結束與陳正宇那通電話以

後，立刻打給周承俊。

「沒關係，就告訴他吧，妳現在需要他的信任。」

「可是裡面的研究資料……」

「如果我回不去，裡面的研究資料也無關緊要了。」

「好，那是什麼？」

「什麼是什麼？」

「你的檔案密碼。」

「妳不知道嗎？我還以為妳知道，不是看我開過一次？」

「我才不會偷看別人的密碼……」何宇華話還沒說完，便聽到周承俊說：「妳的生日。」

「什麼？」

「密碼是妳的生日，妳不會連自己的生日都忘了吧？對了，把這個也告訴黃佑昶好了，對目前的局勢應該有幫助。」

我的生日？周承俊掛上電話後，何宇華一臉不可思議。這傢伙用她的相片當桌面就算了，居然還用她的生日當密碼，然後要她當著眾人面前說出來。

抵達實驗大樓後，陳正宇替她刷開門禁，帶她到周承俊的研究室。

黃佑昶已經在研究室等著，旁邊是他的研究團隊，很意外地居然還有黃昭儀。

何宇華不動聲色，坐在周承俊那張辦公椅上，打開電腦電源。雖然已經有心理準備，桌面出現在眾人眼前的那一刻，何宇華還是忍不住閉上眼。

該死的，為什麼她非要在這麼多人面前開這台電腦？

大家的表情都很異樣，感覺像是看到什麼色情照，顧慮到何宇華本人在場才沒驚呼出來。何宇華也很頭痛，他們訝異是應該的，就連她這個當事人第一次看到也驚呆了。

黃佑昶點開其中一個資料夾，開啟資料夾需要輸入密碼。何宇華輸入密碼，資料夾裡面的檔案目錄開啟在螢幕上。

「所有密碼都是同一個嗎？」

「據我所知是這個樣子。」

黃佑昶點開裡面的文件，輸入同一個密碼，順利把文件開啟出來。

「我試過很多排列組合，這組密碼好像跟周P沒什麼關係，他怎麼會用這組數字？」黃佑昶試過周承俊的生日、醫生證書號、結婚紀念日，甚至後來連求婚的日子都拿來試過。他沒拿張嘉歆的來試，看到桌面就知道不用試。

黃佑昶絕對是故意問的，這個數字看起來就像一組日期，他很擅長在別人的痛處再踩上一腳。

「這是我的生日。」何宇華自暴自棄，完全放棄了自我，不想知道大家用什麼眼神看著她。

「周P最近好嗎？」黃佑昶笑著問。

「我不知道，很久沒聯絡了，有聯絡的價值嗎？」何宇華故作姿態的一席話讓黃佑昶心花怒放，沒想到周承俊也有今天。

「的確沒有，何醫師，我的團隊很歡迎妳，以後有需要合作的地方請多多指教。」

「一定會的，以後有很多地方需要黃P關照。」

何宇華甚至還行了一個禮，才走出那間研究室，而黃P的團隊就像鬣狗分食腐肉一般，迫不及待地啃食著周承俊那台電腦裡的所有內容。

「學姊！」下樓的時候黃昭儀叫住她。

「什麼事？」

「妳怎麼可以這樣對學長，把他的研究資料送給黃P？」是何宇華的錯覺嗎？黃昭儀的聲音帶著哽咽，她難過什麼？

「他也回不來了，這些資料放在這邊，遲早也是黃P的，我替大家省點力氣。現在這家醫院誰掌權不是很清楚嗎？我很珍惜這份工作，還想留在這裡。」何宇華故作輕快地說。

「學長他每天在這裡對著那張桌面工作到那麼晚，他把妳的生日設成檔案密碼，他對妳那麼好，這些都沒有意義嗎？這些都打動不了妳？」

何宇華不解地望著黃昭儀，她這是替周承俊告白嗎？

「妳現在說這些有意義嗎？他已經走了，不可能回來，我也要為自己打算。倒是妳有什麼資格說我，妳不也在黃P這裡嗎？」

黃昭儀表情很委屈，倒像是她才是那個沒有選擇的人。

「我跟妳才不一樣，學長從來沒有回應過我，從來沒有。妳就是一個虛偽的女人，不值得學長這樣對妳。」

鍾盛山從主管會議回來，鄭紹青急不可待，直接進去主任辦公室找他。

「主任，這件事到底怎麼樣了？」

「欸，還不好說。黃P那邊很積極要塞陳正宇過來，看來跟何宇華是串通好的。這何宇華什麼時候跟黃P連成一氣的？我都看不懂了。」

「我現在覺得周承俊有點可憐，職務被暫停，老婆也離婚，現在連何宇華都這樣，他被拋棄得很慘。」鄭紹青目光呆滯地說。

「我現在沒空管周承俊了。幫我想想辦法，要是被空降個陳正宇過來，黃P一定會架空我，急診主任就等於是黃佑昶了。」

「黃P現在氣勢正旺，是院長女婿的熱門人選，在主治醫師會議也打得火熱，我們小小一個急診，爹不疼娘不愛的怎麼擋？」

鄭紹青的話鍾盛山聽了就心煩，正想揮手趕他出去。分機電話在這時響起，鍾盛山接聽起來，原來是醫院的第二把交椅莊副院長。

鄭紹青本來想告退，鍾盛山一個手勢阻止他，要他把門關好。

鍾盛山講完電話以後，本來愁眉苦臉的樣子居然一掃而空。

「主任……難道莊副有辦法阻止這件事？」

「對，」鍾盛山沉吟說：「紹青哪，我們太低估何宇華了，她這盤棋佈得真好，我總算看明白了。」

「怎、怎麼回事？」鄭紹青還在五里霧中。

「莊副也不願意看黃P把我們急診吃掉，黃P現在是院長的人，現在鋒頭正健，沒什麼人能擋得住他。」

「所以呢？」鍾主任說的內容挺糟，但他的表情卻滿開心的，鄭紹青被吊足了胃口。

「莊副要我們讓周承俊回來。」

「你是說……？主任是說……？」鄭紹青瞪直了眼。

「這才是何宇華真正的目的，而我們就算知道，現在只能照辦。紹青哪，人家在央大醫院當這幾年主治醫師沒有白混啊！」

「可是，主任……」鄭紹青疑惑地問：「讓周承俊回來，院長那邊會點頭嗎？」

急診室的氣氛在前些日子周承俊被迫離開的時候已經陷入低迷，上個星期五開完主治醫師會議，居然可能會空降其他科的主治醫生過來擔任副主任的消息傳開，更是一路降到冰點。

不管是哪個急診醫生都無法接受一個外人來急診當副主任，更讓人震驚的是提出這個建議的叛徒居然是何宇華。

這等於是把整個急診科部送給黃P，更別提不管是黃P還是陳正宇都不熟悉急診室的運作，根本無法服人，一定會一團亂。

在急診室的護理站之間，小道消息用飛的在傳來傳去。

劉建浩跑到第二觀察室補寫病歷。醫院使用電子病歷，好處是隨時可以在電腦查閱過去的病歷內容，壞處則是要回到診療區的電腦才能把剛剛詢問病人得到的病情資訊打進去。

遇到危急病人的時候，急著把檢驗單開出去，又急著處理病況，來不及把病歷寫完，最後只好到留觀室補打。

劉建浩就是在做這件事。

他沉默地打著病歷，不多說話，也不跟留觀室的護理師聊天。

徐慧茹是今天的護理組長，也是單位的副護理長。護理組長這個職位在壞日子要支援各個忙不過來的同事，而好日子就像今天，負責到每個留觀室訂飲料。

雖然手搖飲料不健康，有時就是要來一杯才能撐到下班。訂飲料的時間，也是聊是非最好的時間。

劉建浩注意到她們聊天的主角是何宇華的時候，談話已經進行了一小段，他不知道是誰起的頭，上個星期五全院主治醫生會議後，幾乎每個人都在聊這件事。

徐慧茹和觀察區的護理師聊到眉飛色舞。

「妳們知道她為什麼會推薦陳正宇來我們急診當副主任嗎？因為他們兩個在交往。」

「真的嗎？怎麼可能？」

「他們常常走在一起，很多人都看見了。」

「那周P怎麼辦？他不是離婚了嗎？」

「人都走了，沒有利用價值，誰還理他。」
「那這樣周P好可憐喔！要是周P願意，我跟他去哪家醫院都沒關係，才不會像何醫師那樣拋棄他。」
「唉，這樣也太無情了。看不出何醫師是那樣的人。」
「滿不要臉的，不擇手段！」
劉建浩聽到很煩，正想叫她們別吵，忽然面前那個床位的圍簾拉開，何宇華正在裡面掃病人的腹部超音波。跟超音波的廖繡茹聽她們越說越起勁，在超音波掃完的當下就立刻拉開圍簾，徐慧茹見到何宇華在裡面臉上青一陣白一陣，說不出半句話。
另一個護理師比較資淺，則是不知所措地發起抖來。
何宇華把超音波探頭放好，平靜地交代廖繡茹說：「幫我收拾好，我去一下洗手間。」就躲進醫生值班室裡面。
廖繡茹把超音波收回診療區，徐慧茹跑了，到其他留觀室繼續訂飲料，另一個剛剛發著抖的藉故去一床床量起血壓來。
劉建浩仍在打他的病歷，彷彿什麼事都沒發生過。
幾分鐘後，何宇華從值班室出來，眼眶紅紅的，一雙眼睛發著腫。
劉建浩首度停下雙手，起來擋住她的去路。
「讓開。」何宇華說，聲音仍帶著哽咽。
「被說成那樣妳不反擊嗎？」
「反擊什麼？她們說得很對啊。」
「我不相信妳是這樣的人。」
何宇華做了一個深呼吸，倔強地說：「你不了解我，其實我就是這樣的人。」
劉建浩嘆了口氣。

「黃昭儀說，妳把周P的研究資料全部拿給黃P，也是真的嗎？」
「是真的。」
「我不相信，一定有什麼理由讓妳這樣做。」
「有啊，我希望黃P能夠信任我，這個理由不夠嗎？」何宇華這次居然真笑了。
「學姊……」
「我也要生存，我有我的壓力。你不要一廂情願，我不是你想像中那種好人。」

這幾天幾乎沒有人願意好好跟何宇華說話，以前她是那麼受歡迎的一個醫生。因為她能力強，有責任感，做事不拖泥帶水。每個一區的護理師看到她的名牌掛在當班的白板都會展露笑容，這麼多年來辛苦經營起來的名聲毀於一旦。

最不能忍受的是小邱，因為他很相信她。小邱氣到搭話對何宇華說：「原來妳叫我低調忍住都是為了自己要討好黃P，我真是看錯妳了！妳就是個，是個……」

在場聽到的人都相信，小邱忍住的那兩個字是「賤人」。

這兩個字他終究無法對何宇華罵出來。

即使被小邱這樣指著罵，何宇華也只是不說一句話，默默去看她的病人。

劉建浩回到診療一區，他覺得很煩，非常煩，異常地焦躁。何宇華這麼做一定有原因，可是他想不到理由。

當班的主治醫生鄭紹青也好不到哪裡去，他一整天的臉都是鐵青的，沒人敢問他不爽的原因。其實不問也知道，因為周承俊離開，他平白多了很多班，本來就上到快吐血。還好上面給他安了個副主任，讓他的付出有了代價，誰知道這副主任的位子眼看要飛了。

林耿明身為一個小R1誰也不敢招惹，只能奮力接很多新掛號進來的病人，試圖消解空氣中那一股將爆未爆的火藥味。

這個時候如果要CPR就死定了。

根據莫非定律，越不想發生的事就是會發生。

「內科急救室歐卡！」檢傷的廣播久違地響起，雖然是個歐卡，林耿明發現他很懷念這個聲音。

他和劉建浩一起光速進入急救室，而鄭紹青如同往常的八風吹不動，副主任的位子沒了，更是別想他能動。

林耿明很認份地站在負責做心臟按摩的位子，整個急救室裡最苦幹實幹、最重要，也是最卑微的位子。只需要貢獻出雙手和腰力，如同機器一般，事實上比喻成機器還抬舉了他，機器可以壓得更好，因為機器不會累。

「林耿明你站頭，我今天不想插管。」

劉建浩把頭位讓給林耿明，這是負責插管的位子。幾乎在他們站定位的同時，一個垂死的女人被推著送進來。

然後劉建浩自己跳上去，把雙手打直，規律的節奏按壓胸部，替這個人的心臟擠出最後一點力量。

林耿明看直了，在這裡的這幾個月，他第一次看到劉建浩親手做CPR。

「還不快插管！」劉建浩說話的聲音喘喘的，心臟按摩當然是個苦力活，從來都是由又年輕又有力的實習醫生和R1負責。

看來學長很久沒運動了。這句話林耿明只敢放在心裡，劉建浩心情不好，他們又接了個歐卡，在這種不適當的時機亂講話會引爆核彈級的災難。

插管、接上呼吸器，執行CPR……

在這間急救室裡，同樣的人執行了不知幾百次的過程，喉頭鏡一挑開就有人送上抽痰管，氣管內管放好立即有人幫忙確認位置，說要打的藥早已有人抽在旁邊等著，不用說也知道各自該做什麼，默契絕佳地互相支援，只為了把這個人從鬼門關拉回來。就在這一刻林耿明感到這裡仍然是他熟悉的央大急診室。

「我去問病史，林耿明你把檢查單開一開。」總算有人把劉建浩換下來，在留觀室的那群實習醫生聽到歐卡雖然不願意，倒也明白自己人力壓胸機的命運，本著不過來就沒分數的憂慮，一個又一個地跳下水，呃不是，跳上去做心臟按摩。

經歷剛剛一番運動，劉建浩臉色紅潤，額頭帶著些許汗水。

轉眼間已經急救二十分鐘，躺在床上的仍然是個死人，沒有復活的跡象。

雖然起死回生在這裡不是什麼了不得的大事，林耿明本身就成功施展過好幾次，不過這種事的成功率有時還是要看老天爺的旨意，急救室待久了，有些時候有些人你就是看得出來，閻王爺沒打算放手。

「她媽媽說能救就救，不能救就算了。」劉建浩從外面進來，剛才那一點運動應該有讓他心情變好，心情變好話也就變多了。

「這個女的是我們急診常客，之前生小孩還把她媽嚇到昏過去。她媽媽說是早上起來沒看到她，以為她還在睡，誰知道過了中午還沒起床，媽媽進去看才發現這樣，不知道死掉多久，應該是酒喝太多嗆到缺氧吧。她媽媽應該也累了，覺得這樣也好。」

「啊！」林耿明有印象，「最近她又懷孕了。」

劉建浩眉頭一皺。「又懷孕？」這個女的喝酒應該肝不好，怎麼這麼容易懷孕？她的孩子父親是誰都不知道，因為懷孕期間仍然每天喝酒，每一個都是剛出生就一堆問題，最後都是這個老媽媽在養。

「這樣也好，對大家都好。」劉建浩說：「就三十分鐘收掉吧，時間到告訴我。」

三十分鐘的急救，有時很短，有時又太長。如果有一堆原因要查、一堆藥要打、要電擊、要抽血、要掃超音波，時間根本不夠。如果明知道無法挽回，只是盡人事等時間，又覺得太長，讓人受太久的折磨。

到了三十分鐘，仍然沒有脈搏，呈現心跳停止狀態，林耿明宣告死亡時間，停止急救。

護理師即將替她做最後的護理，幫她整理一下，讓老媽媽進來看她。江媛婷把夾在手指的血氧夾拿掉，忽然看見她的指甲脫落，只剩根部與指頭相連，食指、中指、無名指都是一樣。

「林醫師，等等，你看……怎麼會這樣？」江媛婷將她的手放到林耿明面前。林耿明仔細察看了這些手指頭。

另一邊，也就是左手的指甲也受傷，而且這些受傷的指頭都帶著血。什麼原因……？她的手撞到什麼東西嗎？

「先不要動，」林耿明說：「或許是有外傷，說不定又跌倒撞到頭導致腦出血死亡……」

「可是她的頭沒有血腫欸？」

「總之，」林耿明說：「我再去把事情問清楚。」

老媽媽坐在急救室旁邊，好像又蒼老了不少。

「她今天……有撞到東西嗎？」

「可能有我也不知道，我不知道啦。我以為她在睡覺，哪知道會這個樣子，嗚嗚嗚……」

「拜託妳仔細想清楚，雖然她愛喝酒，可是她很年輕……」林耿明話沒說完，就被老媽媽打斷。

「我不知道啦嗚嗚嗚，不要問我嗚嗚嗚……」

老媽媽摀住臉，忽然嚎啕大哭，傷心欲絕的樣子讓人覺得鼻酸。好幾個寒冷的夜裡，她在急診室陪著酒醉的女兒，女兒躺著，她只能坐著。女兒生下那麼多孩子卻沒辦法照顧，老媽媽還是費盡心力帶大那些孩子。

她一定是很愛她的女兒。

老媽媽的袖口滑下來，林耿明見到她的手腕有好幾處抓傷。雖然老媽媽很快把袖子拉上去遮住，林耿明還是看到了那些抓傷，還有像指印的瘀青。

他一句話也說不出來，張著大眼睛。

老媽媽哭得更大聲，更難過，好像要把一生的絕望都哭出來。

林耿明再度走進急救室，看著死者的臉，閉上眼。

這不是自然死亡。

死者掙扎過，所以指甲脫落，抓傷老媽媽的手，在上面留下指印般的瘀青。

她一定很用力，因為那是臨死前最後的掙扎，而老媽媽一定也是拚了命用力壓著。

這是一幅怎樣的地獄景象？

她肚子裡又懷了一個孩子，老媽媽一定是很痛苦才會下定決心。

他要怎麼辦？他要報警嗎？還是把診斷書寫得巧妙一點，反正她是個酒鬼，死了對大家都好。

可是她是他的病人，他不能視而不見。

但是那些孩子怎麼辦？如果真的像他想的一樣，老媽媽會被判刑，那些孩子誰來照顧，老媽媽這個年紀會不會死在監獄裡面？

「媛婷，我們報警。」林耿明堅定地說。

「咦？為什麼？」

「我對死因有疑問，可能是非自然死。」林耿明不想把自己的猜測說出來。

「可是如果……」看來江媛婷已從林耿明的表情看出不對勁，或許參與這場急救的人都心裡有數，各種蛛絲馬跡都說明了這場死亡的怪異之處。

每個人都看到了一點，沒有人想成為說出口的那個。

「她不是病死的，就沒有醫生的角色了。我們的職責只有救人，不是嗎？」

急診醫生最不該問的就是誰該死，誰不該死。他們的職責只有一個，就是救人。他們不能自以為是干涉別人的人生，否則這份工作將會異常的沉重。

分局的刑警抵達以後，老媽媽忽然就崩潰跪在地上。她說著對不起，哭著說她沒辦法，說她乾脆跟著死一死卡快活！

林耿明越過那團混亂，直接回到診療一區，拿起下一個人的病歷，那些叨述著自己的頭痛的人，吃了一頓大餐結果拉肚子的人，還有那些讓人搞不懂究竟是來求救還是來罵人的人。林耿明不確定自己是個好醫生，還是糟糕的醫生，他確定的是在這裡的每一天，他都變得更不一樣。

幾天後的白班，診療一區如同往常的忙碌，救護車在外面停了三台，一個外傷骨折、一個昏迷，還有一個喘不動的手牽著手同時抵達急診室。

總醫師小邱跟主治醫師何宇華各自為政，即使何宇華想交代小邱做事，小邱也不理她。而R2蘇可勳幫著小邱孤立何宇華，他也很不爽何宇華做那種事幫助別人併吞急診。她自己做縫合，自己去抽動脈血，甚至還自己去放了鼻胃管。因為她不反擊，也越來越多人敢在她面前不經意地嘲諷她。

小邱去看那個喘不動的，蘇可勳拿了昏迷的那本病歷，何宇華朝骨折的那個大呼小叫喊痛的男人過去。來醫院上班對何宇華已經成了苦差事，可是她什麼也不能說，還要擺出笑臉，假裝不在乎別人說的那些話。

「先生你怎麼受傷的？頭有撞到嗎？會不會想吐？胸口，肚子有沒有疼痛？手可以動一下給我看嗎？」她察看那個人的傷勢，一連串地把問題丟出來，努力地讓自己專注在這個病人的狀況。

除了腳踝變形以外，其他地方沒什麼問題。這個人不是車禍，而是油漆天花板時從梯子跌落下來。

何宇華回頭對護理師要她先抽止痛針幫這個人注射，背後忽然起了一陣騷動。

「周醫師，你怎麼會過來？」一檢傷的徐素晴拿著新病人的病歷過來一區，見到走進來的周承俊驚訝得無以復加。

「我回來上班，不歡迎嗎？」

「真的嗎?!」小邱從遙遠的十五床大喊，他正在看那個昏迷不醒的患者，江媛婷剛量測到血糖值34，應該是低血糖造成的神智不清。

小邱回頭對江媛婷說：「妳先給我推四支50趴，我等等回來。」50趴並不是高粱酒，而是50％的濃厚葡萄糖水。他說完直接奔向周承俊，「學長你真的回來了?真的嗎？」要不是周承俊及時擋住，小邱差點要抱住他。

「真的，我又回來這個地方了，過幾天就開始上班，大家都還好嗎？」

「大家……」小邱不知道如何啟齒，周承俊知道何宇華做的事情嗎?她背叛他，做了那麼多不能原諒的事。

周承俊越過他看向一區的某個地方。小邱跟著看過去，何宇華站在那兒，她對周承俊點了頭算是打招呼，臉上的表情看起來很平靜。

「我先去見主任，還要收拾辦公室，一會兒再聊。」周承俊拍拍小邱的肩膀，從診療一區的走道進入急診辦公室，來到這裡，竟然有一種回家的感覺。

科祕書帶他來到一間獨立的辦公室，玻璃隔間裡面是他用來處理行政事務的區域，門上掛著副主任的職銜。祕書笑著說：「周醫師，不對，周副主任，以後這就是您的辦公室。」

「看來醫院的人事命令已經下來了。」周承俊看著這個職銜，這個職銜背後發生那麼多事，實在是百感交集。

「一個小時前發的公文，不過主任事先交代過了。」所以今天祕書們上班的士氣都很高昂，還訂了很多好吃的點心要慶祝。

黃佑昶看到公文的當下才知道周承俊復職的消息。他忍不住拿起眼前的分機，想找張院長問個清楚，總算在撥最後一個號碼前壓下心中的怒火。

這件事得好好盤算。

周承俊害得基金會遭受巨大的損失，張院長不可能原諒他，這老傢伙把錢看得比什麼都重。現在看起來，不原諒他是一回事，能不能讓他回來又是另一回事。

沒有什麼是不能交易的。

前些日子陳P看他的眼神不對勁。還有莊副那邊故意擋陳正宇去急診的事，黃佑昶感到和他作對的人一下子多了不少。

原來如此，他只是一個箭靶子，如同以前的周承俊。

他是一個靶子，一個籌碼，可以成為別人搿倒的目標，也可以隨時拿來利益交換。

大學那邊替周承俊的黑函事件發出聲明，這件事應該是莊副的手筆。莊副想利用周承俊來對付他，因為莊副的謀劃，周承俊有了利用價值。藉著同意他回醫院，張院長不知在大學那邊交換到什麼。

什麼忠誠、誰是誰的人都是假的，都可以用來交換，只有利益才是真的。

周承俊早已看破了這點，只有他還一派天真。

鍾盛山主任到內科開完會回到急診辦公室，見到周承俊在裡面就進去找他。

「一切都安頓好了吧？黑函也解決了嗎？」

周承俊說：「已經沒問題了。大學的教授們暫時替我做了擔保。」

他知道自己的角色，這個擔保是在那些教授們確定他有辦法證明黃佑昶的論文有問題才發出來的。

「既然可以證明，為什麼當初你不反擊？」生理所的所長看過周承俊提供的資料以後問他。

「因為這個反擊我希望是以央大醫院醫生的身分發表，我會寫出論文證明他的研究結果不嚴謹，事實上我已經寫完了。這只是我個人與黃佑昶醫生對同一個藥的研究爭端，我的對手並不是這家醫院，如果我不具有央大的身份，這篇反擊的論文也同時會質疑到整個央大醫院的學術操守，這並非我的本意。」

一個外面的人質疑央大的研究，和一個央大的助理教授證明另一個助理教授的研究成果有瑕疵，所帶來的政治效應完全不同。對周承俊來說，對央大和央大醫院來說，把黃佑昶那篇論文定調在他的個人行為是最有利的方式。

「我要你知道解除你急診的職務，不是我的意思，是院長的命令。」鍾盛山主任對周承俊說：「我個人對你沒有敵意，其實我是支持你的。」

周承俊帶著微笑說：「是，我知道。」

「既然你人都回來了，以後科內的班表還是由你來排，還有一些科部間的行政會議也交給你，最近科內有些不穩，你要幫忙多費心。」

「我知道了，沒有問題。」

「你打算什麼時候上班？」

「既然都回來了，我想越快越好。」

「好，你自己決定。承俊，我很高興你能回來，真的。」鍾盛山再度重申他的立場，拍拍周承俊肩膀才心滿意足地出去。

周承俊倒知道這不是假話，鍾主任當然支持他，若不是他回來，整個急診就會成為黃佑昶的囊中物。畢竟現在的周承俊失去院長這個後盾，只是勢單力薄的助理教授，不再具有威脅性，所謂十年河東十年河西就是這個道理。

周承俊打開桌上的電腦，祕書倒是已將班表寄來他的信箱，他打開來看什麼時候適合上班。

鍾主任離開時沒把門完全閉上，辦公室裡祕書聊天的聲音傳進來，周承俊走過去想關好，忽然發現聊天的內容與他有關。

「妳們覺得周P知道嗎？」

「要是不知道，被他發現該有多殘忍。」

「何醫師這次真的太過分了。」

「聽說她還把周P的研究資料全部拿給敵人，沒看過這麼不要臉的。」

「她就是很想討好黃P，還想把陳正宇塞過來當我們副主任，還好周P有回來沒讓她得逞。」

「我以前一直以為何醫師是好人……」

「唉啊，只是裝的啦！只會在周P面前裝可愛，明明就是個心機女，這次露出馬腳了啦！」

周承俊靜靜地把門關上，一言不發回到辦公桌前面，對著那份班表開始動手排班。

診療一區的忙碌告一段落，何宇華趁空打開手機進入院內信箱，果然收到周承俊復職的公文。何宇華把手機按在胸口，眼中帶著感動，不敢相信這是真的，她總算等到這一天。就算每天的日子難過，她紅著眼也要故作堅強，終於讓她撐過來，這一切都有了代價。

手機響了一下，收到新訊息，何宇華點開來看，是周承俊傳給她的新班表。

何宇華打開新版班表，這份班表裡面何宇華的班沒動，但是別人的班動過，何宇華的每一班都和周承俊在一起。

她在一區，他就在留觀；她在留觀，他就在一區。

簡直不知所云，何宇華立刻打給他。

「你有必要排這樣的班嗎？」

「我想妳了，把妳借給黃P太久了。」

周承俊說這種話真是不會有任何不好意思。

「我們不是每天都有打電話嗎？」

「打電話夠嗎？妳被說那些難聽的閒話，電話裡怎麼都沒說？」

「說那些有任何幫助嗎？」

「妳為我做出這樣的犧牲，我很捨不得。可是我也很高興，妳是為了我才願意承受這些，我是不是很壞心？」

「誰說我是為了你。」何宇華說：「我和陳正宇交往中，你沒聽說嗎？」

「就是聽到了我才把班排在一起，我很有危機意識。我問妳，陳正宇哪一點比我強？」

「病人回來了，我要去放胸管。」何宇華匆匆丟下這句話，周承俊被掛電話在辦公室裡越想越不對，索性披上白袍到治療一區。

何宇華推著一個臉色蒼白的中年男人，看起來狀況不妙，小邱和蘇可動坐在診療區的電腦前，一點也沒有要幫忙的意思。

這個男人臉色蒼白，呼吸急促，看起來上氣不接下氣，表情痛苦，一直發出難受的呻吟。

「這是什麼樣的病人？」周承俊到何宇華身旁問。

「右側膿胸引發敗血症，我要放胸管。」膿胸是一種肺部嚴重感染，黃濁的膿液蓄積在肋膜腔裡，等於整個肺臟泡在膿裡面。

必須用刀片劃開皮膚，放入一根指頭般粗大的胸管，把裡面的膿引流出來。

「行了，交給我。」周承俊說，把床接手過來往急救室推，何宇華忍不住一直看著周承俊，果然還是醫生白袍最適合他。

如果不是這身白袍，帥氣的程度恐怕要減兩成。身為一個女人，在急診室裡看過他穿白袍的模樣，自然很難抵抗這樣的吸引力。

也就是說，這些日子她會過得那麼辛苦，被那麼多人討厭，都是因為周承俊以這樣的形象帶來的災難。

如果她背叛的是個普通男人，一定不會引來這麼大的公憤。

「你要幫我打這根胸管？」何宇華進入急救室問。

周承俊穿上防水隔離衣，消毒皮膚，戴無菌手套注射局部麻藥，看起來不像開玩笑。

「不然我像是來聊天的嗎？」

「你才剛復職不到兩小時，沒事情做嗎？」

「不是，我很忙。」周承俊把麻藥注射入病人皮下的組織裡。

這是什麼話，很忙還有空來急救室？何宇華動動嘴唇想說話，卻終究沒說出來。

「何醫師，第七床那個胰臟炎家屬急著離開，要妳趕快把住院單開出來。」廖繡茹從一區進來找她，第七床那個家屬很不好搞，要求很多，自詡為高知識分子，偏偏很多醫療概念都是錯誤的。明明不是從事醫療相關行業，卻認為自己比醫生了解病況，很喜歡下醫療指導棋，提出各種似是而非的意見，真不知哪來的自信。

何宇華已跟她纏鬥了七個小時。聽到這位家屬說要離開，正是求之不得。何宇華立即拋下周承俊和那根胸管，用最快速度回到診療一區把住院單開出來。

何宇華前腳才出急救室，小邱後腳就跟著進去。

周承俊正破開洞口，一道黃濁的膿液帶著難聞的腥臭味噴射出來，防水隔離衣在此發揮了作用，只要做過這個手術的醫生，沒有敢不穿防水隔離衣的。

膿液的臭味讓人退避三舍，小邱卻戴上無菌手套接近案發現場，幫周承俊扶著胸管，使他便於用最順手的角度從兩根肋骨間的洞口放進去。

「我一定是太久沒上班，怎麼不知道原來開個住院單需要勞動到主治醫師？」周承俊忽然對他說。

小邱看著周承俊不知該不該開口，也不知要說到什麼程度。他今天才剛復職，應該很高興心情正好，他不確定要不要讓他知道那些會讓人不舒爽的事情。

「你等等出去，幫你學姊把外面的病人清一清，動作快一點。」周承俊看他沒反應，直接了當發出命令。

「學長你有所不知……」小邱實在打從心裡難受，要對周承俊說出這段時間發生的事，想到就很心痛。

「小邱，」周承俊打斷他，阻止他說下去。「你以為我是怎麼回來的？」

小邱震驚地看向周承俊，自己在他眼中的倒影是那樣的蠢。他為何沒發現，怎麼沒想過，原來事情的真相在他從未想過的那個方向。原來有些時候靠北邊走，卻可以抵達想要去的南邊。

原來他在急診室，在這個央大醫院，還是屬於「資歷尚淺」的那群人。總醫師只是一個階段的結束，卻是另一個階段的開始。

小邱忽然在這一瞬間學習到重要的一課。

※　※　※

康永成在治療二區看見賴怡玟這個名字掛號進來，嚇得差點跳起來。

「這這這有沒有搞錯，賴怡玟的床位在一區吧？」

治療二區主要是處理輕症，所謂的輕症顧名思義就是不需要躺床，血壓心跳都穩定到不行，而且不會吵鬧的那種。這種人為什麼掛急診？當然是有需求才會有二區的存在呀。人生在世圖個方便，中午休息時間出來看個感冒的，車禍有個破皮來拿診斷書的，睡不著半年沒空去門診來拿個便藥，便祕五個月想來做個檢查，要是傻傻跟這些人計較救急救命的定義，急診醫生簡直不用活了。

賴怡玟絕對不是吧？她絕對會吵鬧吧？

她哪一次來急診不是以警衛壓制打鎮靜劑收場？

這種VIP二區扛不住啊！

康永成放下手邊的一切事務，去跟檢傷的素晴姊溝通。

「我看她今天還好，只是來看個小燙傷，一區正在 on 煙斗，你就順手處理掉沒問題啦。」

on 煙斗，就是 on endo，就是插管。本來說到這兒康永成就該屈服了，一區在忙嘛，二區就擔待一下。但這個是賴怡玟，上次劃傷周承俊，在縫合室裡面轟轟烈烈的賴怡玟。二區啥都沒有，還有一群像無害小白兔的病人在等報告，萬一賴怡玟發作起來，嚇到這群小白兔怎麼辦。

問題很大啊！素晴姊。

「乖，我讓她到廁所去沖半個小時的水，時間到會叫她過去。」一個央V（young v，即年輕主治醫師）果然無法撼動素晴姊要把賴怡玟往二區送的決心。

康永成煎熬地回到二區，自暴自棄地度過接下來等待賴怡玟的半小時。

「嗯，妳這個是二度燙傷，是怎麼造成的？」康永成盡量用平靜的語氣說，儘管腦海中不斷播放過去他們每一次交手的畫面。

「煮咖啡被熱水燙到，我現在在便利商店打工。」

「嗯，好，破傷風我想妳有打過了，這個擦藥就可以了。」

「對耶，我有打過破傷風，醫生你怎麼都知道，好厲害喔。」

當然知道，妳都是第幾次來急診了，不要裝不熟好嗎？因為實在來太多次，每次都有大大小小的割傷，每次都要縫合，急診醫生為了避免查閱麻煩，賴怡玟打破傷風的時間是被註記寫在病歷首頁。

「對，病歷都有記載。」康永成盡量平淡地說，不要有任何刺激到她的舉動，只要能把她平安送出二區，那也算是一件創舉。

「原來急診室還有這個地方，我從來都不知道。」

賴怡玟被帶到二區的傷口治療室換藥，恍如發現新大陸一樣。「妳說這裡是二區？都是什麼樣的人會來這邊，我看他們都好好的啊？」她邊換藥還一邊跟護理師閒聊，康永成白眼翻到天邊去。

二區當然不是妳能來的地方，如果不是今天隔壁在 on 煙斗……康永成不小心就握緊了拳頭。

「我覺得賴怡玟今天還滿正常的耶。」江媛婷今天在二區，她雖然資淺還是第一年，也跟賴怡玟交手過幾次。

「她這是偽裝，我們不可喪失戒心。」康永成說，細數賴怡玟的過去，哪一次不是忽然發作起來的。

「請問……」賴怡玟換完藥來到護理站前，康永成和江媛婷都一臉「來了來了」，臉上掛著職業性溫暖的笑容，一隻手伸去護理站的緊急鈴上面預備。

「林耿明醫生在嗎？」

「咦？」江媛婷把手從緊急鈴縮回來，「林醫師今天不在，有什麼事嗎？」

「我現在在便利商店工作。」賴怡玟說。

「所以……？」江媛婷不解，這跟林耿明有什麼關係。

「因為，他是唯一一個有到觀察室看我的醫生，還幫我找到病因。我想跟他說一下我現在在便利商店工作，就這樣而已。噢，今天不好意思還是要欠費，等我拿到薪水，會把欠醫院的錢繳清。」賴怡玟說完就跑掉了。

康永成回頭看著江媛婷，一下子理解不過來怎麼回事。

「我就說她今天不一樣。」江媛婷說。因為她資歷很淺，跟賴怡玟交手的歷史不長，反倒沒有像其他人那麼驚訝。

最終章　急診室的奇蹟

中山九么，中山九么呼叫央大醫院！中山九么載送一名疾病患者，約四十歲男性，主訴最近解黑便，預計五分鐘到達，請央大醫院準備接收。

站在診療一區對周承俊是再平常也不過的事情，就跟呼吸一樣自然，他在這裡生活，從沒想過會離開這個地方，曾經以為他會站在這裡直到老去。

重新回到這裡，站在這個地方，周承俊看著曾經熟悉的人事物，就連呼叫醫院的無線電都給他帶來莫名的感動。

現在是凌晨兩點鐘，治療一區夜班，一個四十歲男人被推進診療一區。

掛號病歷還沒丟進病歷匣就被周承俊搶走，他快步走向這個人。

不過是幾個禮拜沒有工作，每個動作，他曾經做慣的每個動作都可以讓他生出一些莫名奇妙的感觸。

但是他快速走向那個人，並不是因為他很感動。

有些人的病況需要做許多檢查才能知道，另外一些人只要看一眼就知道這個很爛，絕對是所有報告都會出現紅字的那種，現在被推進診療一區的就是屬於這種。

他全身浮腫，白得跟檢傷區那個石膏像一樣晶瑩剔透，像會滲出水來。

周承俊查看手上的檢傷資料。

檢傷主訴：這幾天解黑便。體溫：36度，心跳：125下／分鐘，呼吸：26／分鐘，血壓：96／55，過去病史：無。

周承俊看到過去病史「無」，心想這才是最大的問題。

「你有什麼不舒服？」等待回答的同時，周承俊上下打量著他。

「我、這幾天解黑便。」他說話的聲音喘喘的，有種上氣不接下氣的感覺。解黑便，也就是大便變成瀝青的顏色，是很典型胃出血的症狀。

「有吐嗎？」

「有、有。」

「吐什麼顏色的？」

「咖、咖啡色。」吐咖啡色的液體也是胃出血的症狀，但是周承俊知道眼前這個人絕對不只是單純的胃出血而已。

一旁的妹妹這時做出補充說明：「他這幾天一吃就吐，都沒辦法吃東西，我們想給他打營養針。」所謂的營養針，也就是點滴一類的東西，成分通常是糖水或生理食鹽水，周承俊還沒見過比這個更沒營養的東西。

「請問你有腎臟病心臟病嗎？有在洗腎嗎？」周承俊決定單刀直入地問，這個人看起來就一臉洗腎臉。對，有經驗的醫生一眼就能看出這個人在洗腎。

「不，沒、沒有，我沒有病，沒有洗腎！」聽到「洗腎」兩個字，那個人立刻彈起來，像驚弓之鳥，好像若非他這麼虛弱，就要立即從診療區逃走。

看起來非常可疑！

「幫我抽兩管血、備血，還要一管動脈血，給他戴氧氣面罩，上monitor！」monitor就是生理監視器，裝在病人的身上，可以隨時監測心律、血壓和血氧濃度，以防這個人有任何狀況沒人發現。

當然會配備上這個東西的人，也就是醫生預期隨時會挫起來的人。

一個小時後檢驗報告出來，果不其然，周承俊很久沒看過比這個爛的病人了。

「沒有人告訴你要洗腎嗎？」周承俊火速過去那個人旁邊，他抽出來的各種指數已經不是洗腎或瀕臨洗腎的程度，而是比任何洗腎患者的指數都還要超標兩三倍。

這個人還活著簡直是世界奇觀。

「半、半年前有醫生說過。」那個四十歲男人低下頭承認。

「那你有洗嗎？血管有做嗎？」血管指的是洗腎使用的透析廔管，必須預先幾個禮拜做好，才能用來洗腎。

「我、我想再看看。」那個男人再度低下頭。

很好，再看看就是半年，這根本就是逃避。洗腎，也就是血液透析是醫療史上一個偉大的發明，就算腎臟功能喪失，也可以繼續倚靠這樣的方式活下去。但是逃避洗腎的人也不少，不管逃避的後果可能是死亡。

「你的鉀離子過高，血液有酸中毒，尿素氮也飆到兩百多，你是因為身體承受不住這些才會胃出血，你今天必須馬上洗腎！」

周承俊正在勸說這個人的同時，他今天的總醫師劉建浩朝他過來。

「學長，狀況有點不對！」

「怎麼回事？」

劉建浩手上拿著檢傷區的無線電對講機，裡面傳來的聲音很吵雜。

周承俊接過來聽。

「中山九么！中山九么！還有傷患需要支援，請盡速支援！」

「士東九么能否直接出勤？」

「中正九兩出勤！」
「文化九么出勤！」
「中正九么出勤！」
「中山九么、九兩出勤！」
「中正拐么出勤！」連拐么車都出動了，拐么車是破壞車種，當傷患受困就需要拐么車破壞現場救出受困傷患。

「有幾台救護車出去？」周承俊神情凝重地問劉建浩，多少救護車就意味著多少傷患。

「我至少聽到十台，沒聽到的不知道多少，他們還一直在呼叫支援。」

周承俊做了個深呼吸，按下無線電的通話鈕。

「央大醫院呼叫北區，央大醫院呼叫北區，請問現在是什麼事件？」

「北區收到央大醫院呼叫，在南下53K處發生列車出軌事件，有多名傷患，請央大醫院準備接收！」

「請問現場傷患大約數量？」周承俊再度按下通話鈕詢問。

「目前不知，目前不知，可能有數百個！」

周承俊閉上眼，難以想像這樣的規模要如何擋下來，劉建浩直接後退，張口無言看著周承俊。現在多放幾包乖乖也來不及了。

「建浩，你去通知檢傷和診療區 leader。」診療區 leader 即是大夜班的護理組長，在大夜班代行護理長職務。

周承俊說完，拿起分機話筒打給總機。「急診室要求啟動大量傷患，代碼三三三！」

三三三是院內大量傷患請求支援的代碼。有超過負載的傷患進入急診，就會啟動三三三請求全院醫護支援。

「三三三，急診室治療一區！三三三，急診室治療一區！」放下電話不到十秒，全院廣播的聲音在醫院的各個角落迴盪。

「三三三，急診室治療一區！三三三，急診室治療一區！」

病房的護理師記錄寫到一半，值班的內科住院醫師剛剛趴倒在值班室，一般外科總醫師拖著疲憊的腳步走出開刀房。

在半夜兩點鐘，不尋常的廣播傳遞到醫院每個地方，大家不約而同地抬起頭來。

「唉呦，怎麼會這麼賽！」

「三三三是什麼？大量傷患？」

「我才剛剛碰到值班室的床而已……」

「你是不是偷吃鳳梨？」

聽到召喚的人們帶著睡眼惺忪的樣子，帶著疲憊的樣子，帶著一臉喪屍的樣子來到這個電梯，通向一樓急診室的電梯，一邊互相埋怨、互相吐槽。

即使是半夜兩點，輪值留觀班的何宇華依然在看一個高燒的病人，聽見總機廣播三三三，以最快速度走向診療一區。

「學長發生什麼事？」

「列車出軌事件，第一個傷患就要到了，這個讓妳去接，我要跟內科總醫師交班現場的病人。」

現場的病人交由內科下來支援的人處理，進來的傷患就由急診和外科醫師做緊急處置，總機也發了三三三簡訊到每個央大醫生的手機，但是考量現在是凌晨兩點鐘，能看到訊息過來的醫生恐怕不多，也就是說，要用醫院現有的人力擋下來。

「學長，」劉建浩拿對講機過來。「北區要求我們派車支援！」

何宇華看向周承俊的同時，一台救護車呼嘯而至，停在央大急診室門口。

「急救室外科 trauma blue！」檢傷區的廣播幾乎同時響起，何宇華立刻進入急救室。

「林耿明你去跟車！」林耿明是這個夜班的R1，周承俊忽然點名到他，他嚇了一大跳。

「我？」

「對，你跟車出去，儘快把人帶回來就好。」周承俊轉頭對劉建浩說：「建浩你顧輕傷，我跟內科交完班就進急救室，外面就交給你了。」

「央大醫院出勤，出勤時間零二一五！」

林耿明帶著創傷急救包和趙襄君一起坐上救護車出勤，懷著忐忑不安的心情，又帶著一點熱血的感動。

「博新醫院出勤，出勤時間零二一七！」

「萬北醫院出勤，出勤時間零二一七！」

「仁愛醫院出勤，出勤時間零二一八！」

「……」

林耿明在救護車的無線電聽到鄰近十個醫院的救護出勤，北區應該是把可派遣的救護車都用光了，才會跟醫院要求支援。

一台救護車意味著一個重傷或好幾個輕傷，林耿明根本不敢估算傷患數量的規模，居然在半夜凌晨發生，雖然急診室是二十四小時的配置，大夜班一向是醫院人力最少，資源最缺乏的時段。

「妳……最近還好嗎？」救護車在前進的路上，林耿明忽然對趙襄君問了這句話。

「學長為什麼這樣問？」趙襄君依然帶著友善的微笑，彷彿什麼都沒發生過。

「因為我想到很久沒跟妳說到話了。」

「還不錯。」趙襄君看著窗外說。

然後林耿明就不知道要再說什麼，也看著外面。

林耿明從未去過真正的現場，到了那邊，他才明白江東彥所說的「什麼也做不了」是什麼意思。一片混亂的景象，好多人躺在地上，大家都在呼號。出軌的列車倒在邊坡，前後幾個車廂的人有些自己爬出來，有些還卡在裡面。

五六台拐么車正在破壞車廂，想挖出更多受困的人。大家的頭燈照著不同的地方，在黑夜裡根本看不清楚。

周承俊學長說，趕快把人帶回來就好。林耿明的問題是，要先帶哪一個？

「怎麼辦？」趙襄君也看著他，就是因為他們兩個最菜，才會被派出來，怎麼可能知道要做什麼！

「你是央大的醫生嗎？」救護弟兄看到他高興的樣子害林耿明很愧疚，雖然他是央大的醫生，在這種災難現場卻什麼忙也幫不上。

「這裡有個傷患在等救護車，可是他昏迷指數一直往下掉，可以先送他過去央大嗎？」

「好，沒問題。」就這麼辦，先把這個嚴重的載回去好了。

趙襄君從創傷包找到用具，替這個人打上點滴，林耿明拿繃帶和紗布把他流血的地方包起來。這個人送上救護車後，一滴雨水從天空落到林耿明手上，林耿明看著天空，關上救護車的門，救護司機大哥要他們坐穩，一路鳴笛疾駛而去。

央大醫院，央大醫院，央大九么呼叫！央大九么載送一名傷患，目前意識不清，昏迷指數 E2V1M4，脈搏微弱，血壓量不到，預計五分鐘到達，請央大醫院準備接收！

林耿明在救護車上做了第一次救護無線電呼叫，他不知道無線電的那頭還有沒有人收聽，急診室裡面肯定亂成一團，他呼叫完以後是一段不短的寂靜。

「央大醫院收到！」是素晴姊的聲音，林耿明鬆了一口氣，接下來只要把人送到就好了。

那個人被直接推進急救室，林耿明跟何宇華交完班，立即再度出下一趟車。

那是一個年輕人，二十出頭的年紀，這個年紀應該想像不到生病變故之類的事情，但是意外就這麼發生了。

他的嘴巴不斷冒出血來，不知道是牙齒撞斷還是更深處流出來的血，兩邊瞳孔也不等大，腦部應該也受傷了。

何宇華決定先插管，把呼吸道保護好。這當然不是她今天第一個插管的人，這個晚上在這個急救室裡面根本是重傷處理中心，病人像流水線一樣通過這裡，一個個去了手術室或加護病房。

還沒有人死掉，還沒有失去任何一個人。

她和周承俊各占據急救室半邊，各自帶領一組人馬，將進來的這些血淋淋的人們，這些無辜遭受到意外事故的人們，從生死邊緣搶救回來。

何宇華插完管接上呼吸器，血壓依舊量不到，看來他手上那兩條點滴不夠力。

「我要打 large bore，再叫六單位的血過來。」large bore 是比ＣＶＣ還要大號的導管，在一兩分鐘內就可以讓一包五百毫升的輸液進入體內，專門用來搶救重大創傷，一般從大腿根部的股靜脈放入。

何宇華戴上無菌手套，將皮膚淋上消毒液，拿硬針刺入，很快在大腿找到那條股靜脈，拿刀片劃上一刀，才將 large bore 放進去。

掛上去的那袋血如萬馬奔騰般流瀉下來，一下子整袋血空了，再掛上另一袋。

血壓依然沒有起色。

周承俊不知何時過來，拿著超音波探頭替這個年輕人掃描腹腔和胸腔內器官出血的狀況。

「你那邊忙完了？」何宇華問，周承俊的額頭冒著汗水。

「情況有控制住。」周承俊掃了一遍腹腔，沒看到明顯的內出血，探頭移動到胸腔卻忽然皺起眉頭。

何宇華一看到螢幕上的狀況，拿出聽診器聽診兩側呼吸音，周承俊看了她一眼，說：「張力性氣胸，備胸管，不對，給我18號空針！」

張力性氣胸是肺部有破口造成空氣漏進肋膜腔和肺部之間，擠壓到肺部的呼吸功能，也會壓迫到心臟，是非常危險的狀況。

不立即處理會導致死亡。

周承俊戴上無菌手套，消毒完畢，拿起18號大針頭直接刺入那個人胸口，大量的空氣從針頭咻咻咻冒出來，血壓立即出現數值。

雖然不高，至少是個好消息。

何宇華放入胸管，有更多空氣和血水從胸管引流出來。

「上一條小毛巾。」周承俊忽然對一旁的廖繡茹說，廖繡茹把小毛巾丟進無菌區。何宇華臉上噴到一些血水，周承俊拿起小毛巾慢慢替她擦拭乾淨。

劉建浩被一群等待看診的傷患包圍住，都是剛剛那些救護車載來的，因為病況不危急，都放在診療一區等待他慢慢消化，這些都是會說話會罵人的那群，頂多有點骨折或破皮就載過來，因為在急診室等太久還沒被看到，已經開始罵人有暴動的跡象。

「現在是發生什麼事了？」

聽見這聲音抬起頭來，劉建浩找到聲音的主人，眼淚差點飆出來。

「靠杯！小邱你怎麼會來？」

「我半夜起床尿尿，看到手機有簡訊。幹！現在是怎樣？」劉建浩正要回話，看見黃昭儀頂著一張不爽的睡臉走進來。

「救護車吵死人了，是叫人怎麼睡？學長，素晴姊叫我找你報到……」

「你們兩個先跟我一起把這些看完。」劉建浩各拿了一疊還沒看診過的傷患名單給他們。

「這些都輕傷嘛，我怎麼覺得學長裡面比較慘，我應該過去幫他。」小邱環顧四周，一眼就看出這些人有夠吵，根本就可以自己把藥擦一擦回家。

劉建浩聽了有夠激動。「幹！我這裡也超慘的好不好，快暴動了你不知道嗎！」

外面的雨越下越大，林耿明要出第四趟車，一個人把他拉住，回頭看發現是江東彥。

「江東彥你怎麼會來？」

「這趟車我出，你休息一下。」江東彥說完一個箭步跳上救護車。林耿明看到江東彥，忽然覺得這個晚上只會越來越好，支援已經慢慢抵達，天也快亮了。

越來越接近破曉，有越來越多的急診醫生和護理師看見大量傷患簡訊。謝一城來了，蘇可動和鍾世通也到了，他們紛紛在沒班的半夜過來支援，最後連鄭紹青都在黎明時分來到。

終於到了天亮的時刻，徐素晴接了一通電話。電話那頭是院長，她趕緊交給周承俊接聽。

周承俊回報急診的狀況，告訴院長列車出軌爆發大量傷患。張院長請他們再撐一下，他會發動全院緊急動員，支援馬上會到。

周承俊把訊息告訴大家後，每個人眼眶都蓄了淚水。

整整一個晚上的戰鬥終於在急診鍾主任與十幾位內外科主治醫師抵達後劃下終點。

最後只剩下一個病人。

那個人身上有大大小小十幾道割傷，聽說是跌倒撞到車廂的玻璃，因為所有的手術室都在處理同一事故的重大外傷，等到有空出來的手術室可以處理他這種不危急生命的割傷不知道要過幾個小時，於是他就被留在急診室縫合。

林耿明打開縫合包，戴上無菌手套，要徹底清理他身上的玻璃碎片才能縫合，總共十六道玻璃割傷，以他的速度大概要兩三個小時。

好不容易清完右大腿的玻璃，裡面有很多碎片，甚至躲在撕裂的皮膚下面。林耿明打完麻藥，縫了一針，何宇華忽然走進來，拆了個縫合包戴上手套。

她是夜班留觀區的主治醫師，經過了一個惡夢般的夜晚。交完班，林耿明看她走進更衣室，以為她已經離開了。

「學姊也還沒走？」

「我們是一個團隊，一起上班，就要一起下班。」說完，她拿起鑷子，小心地夾起插在左腿傷口裡面大塊的玻璃。

林耿明低下頭，他不會說他很感動，醫生才不會被這種小事感動。他覺得眼睛好像濕潤起來，可是又不能去揉，因為雙手正在縫合傷口，要保持無菌，只好一直忍耐。

「這個要縫好久吧？」周承俊也過來，林耿明發現他也拿了一組縫合包。他交完班看見何宇華往縫合室走，就過來看個究竟。

「學長……」林耿明看著周承俊拿無菌單鋪上這個人的右手臂，為什麼這種小事會讓他快要收不住眼淚。

「趕快縫，我累死了，想回家睡覺。」周承俊催促他，林耿明才回過神來，加快縫合的速度。

「唉唉唉，這裡在做手工藝縫合工坊是不是？」總醫師劉建浩出現在縫合室門口，那一派神氣很像最後出現一舉收拾亂世的世外高人。

「還有一隻左手留給你。」何宇華說。

「沒問題。」劉建浩脫下白袍來到屬於他的左手。

林耿明再也忍不住溢出的鼻水和淚水，脫下手套，到水槽洗了一把臉。

「學長、學姊，謝謝你們。」他哽咽地說。

「三八喔。」劉建浩說。

周承俊說：「你縫快一點我會更高興。」

顯而易見的事實，林耿明是他們下班時間的速率決定的步驟。

「你是不是選錯腿了，右腿傷口最多欸，我們交換。」何宇華說，她已經縫完兩道傷口，看林耿明的進度實在不行。

早上九點多，林耿明好不容易縫完，回到治療區拿起背包，結束這漫長的一夜。江媛婷忽然叫住他：「林醫師，你要喝咖啡嗎？我們要訂小七的咖啡。」

「不用，都要下班了。妳怎麼還沒走？」護理師大夜班是凌晨十二點到早上八點，這時應該已經是白班的時間。

「我事情沒做完，紀錄也沒打完，跟我們一起訂啦，喝別的飲料也好，幫我們湊一下外帶人數。」

「好喔。」林耿明爽快地答應，雖然這時候訂飲料很奇怪，他也確實有些口渴。

十分鐘後，外送的飲料來了，江媛婷去付錢。林耿明卻覺得這個外送員越看越面熟。

林耿明忍不住一直看著她，卻想不起來。

那個女生離開前忽然朝他行了一個禮。

啊！是賴怡玟。

林耿明完全不敢相信，她看起來一點也不瘋。

「林醫師，你的咖啡。」江媛婷把一杯熱咖啡拿給他。「還有附贈的點心，我們常常跟她訂外送咖啡，每次都會拿到小點心。今天是第一次遇到你有班。」

林耿明驚奇地看著賴怡玟，拿起飲料喝然後一直看著她。雖然大部分在這裡發生的都是壞事，可是也有不少好事。這個地方就是讓你看著自己，看著別人的人生，以為領悟了什麼，得到什麼，每天都自以為更厲害，一次挫折又讓你發現自己還是原來那個笨蛋。

林耿明拿起手機告訴江東彥這個好消息，沒想到他早就知道了。

「小七飲料我訂過了啊，我知道那是賴怡玟，有時候我也會去買東西，怎麼了嗎？」

「你不覺得這是個奇蹟嗎？」

「奇蹟？應該是吧？我們在這裡遇到的人事物多多少少，某部分來說都有點奇蹟。」江東彥的語調依然平靜，奇蹟大部分說的是好事對吧？不過有一些事雖然不好，卻也擁有奇怪的力量。

謝一城手指揉著眼窩，面前攤開的是一部跟磚塊一樣重的教科書，再過幾天就是升R2的資格考，雖然他的對手只剩江東彥一個，雖然他們兩個應該都能夠在考試後成為R2，謝一城還是不敢掉以輕心。

就因為他不是央大醫學系出身，如果分數差江東彥太多，八成會成為笑柄，被貼上其他學校的醫學系果然實力不行的標籤。

但是，他可是江東彥。

當年他是全國的榜首考上央大醫學系，是真正的天才。

在鄉下的時候，謝一城也曾經以為自己是天才。高中到了城裡第一志願的資優班，才發現他根本不是什麼天才，天才另有其人，他只能拚命發狠地念書才能站在跟他們差不多的地方。

因此謝一城記得他第一次看到江東彥這個名字，以及如何仰望著那個名字的感覺。

他此刻才忽然冒出懊悔的心情。如果林耿明也在這場考試，他只要考贏林耿明，就不用陷入跟江東彥捉對廝殺的窘境。

謝一城從宿舍下樓，決定到外面透透氣。他沿著醫院的人行道走出去，不知不覺經過幾個街道，又來到那個夜市。

他並不餓。

不過既然來了，他還是繞到那個肉圓和雞蛋糕的攤子。

上次經過，吳明金的生意很冷清。

生意不好的原因謝一城並不知道，但是他不意外。怎麼說，可能客人不喜歡在買肉圓和雞蛋糕時看見氣切管吧。就連謝一城是醫生都會覺得異樣，雖然吳明金只是坐在算錢的地方，肉圓交給太太去弄，而雞蛋糕讓兒子幫忙，但是氣切管這個東西本身就會降低購買食物的慾望。

簡單來說，就是買肉圓的幸福感消失，反而看到不幸的事情。

謝一城走到那個攤子，很意外地只看到兒子與他的母親。

「一個肉圓和一份雞蛋糕。」他點了如往常一樣的東西，這次是由兒子算錢。

「你爸呢？」謝一城付完錢忍不住問。

「在家裡。」那個兒子說。

聽到這個答案謝一城才鬆了口氣。畢竟是癌末的病人，何時會出事也無法預料，他提著東西離開了那個攤子。

卻沒想到他再也沒見過吳明金。

他偶爾會查詢央大的醫療系統，吳明金最後一次到央大醫院，就是他發現他氣切，幫他裝上呼吸器那次。

夜市的攤子依然在，不論晴雨依然賣著肉圓和雞蛋糕，幾個月過去，顧攤的一直是母親和兒子。

謝一城依然維持著固定的頻率光顧，不同的是他沒有再問起那父親的下落，也不再從醫療系統查詢。

已經沒有必要。

吳明金預估的剩餘時間只剩下幾個月，而那幾個月已經過了。

唐希拄著拐杖慢慢走在公園裡面的步道，今天是央大醫院急診室R2的資格考，她卻在這個公園裡練習走路。

「不要急，累了就休息。急診室不會跑，一直在那兒等著妳回去上班。」劉建浩在她身旁跟著，雖然說出的話不怎麼悅耳。

唐希找了個長椅坐下來，一隻貓咪出現在她的腳邊。

「原來你也活下來了。」唐希笑著對那隻貓咪說，牠的額頭上有一個很像愛心的圖案，唐希還記得。

「妳好像認識公園裡所有的流浪貓。」劉建浩稀奇地說，哪像他根本分不清哪隻是誰。

「這隻是我出車禍的那個。」唐希說，伸出手讓貓咪嗅她的氣味。「按照你的說法，我付出一些時間，腿上裝了鋼板，但是我們兩個都活下來了。」

「沒錯，你們兩個都能活下來就是一件不錯的事。」

「學長，你能不能去便利商店買貓罐頭過來？」唐希指著不遠處那家便利商店，劉建浩覺得她最近越來越敢指使他做事情。

便利商店裡。

劉建浩蹲在貨架找尋貓罐頭，抬起頭，何宇華正從外面進來。她直接拿了兩瓶冰過的礦泉水，劉建浩叫住她。

「學姊，住院醫師考試結束了嗎？」

「剛結束，你怎麼會在這裡？」

「有人沒通過嗎？」

「應該沒有吧！你們都想太多太緊張了。」

「不能怪學弟妹，央大急診住院醫師的陣亡率實在太高了。」

「真的是因為考試被刷掉嗎？每個人都是有各自的原因忽然決定去其他地方吧。」

「其實……本來考完專科以後，我想跟學姊約個時間，有件事想跟妳說，不過現在好像不重要了。」

「我看到外面有人在等你。」

劉建浩亮出手上的貓罐頭，笑了。「我也不知道為什麼願意走過來買這個，好像拒絕不了，會有某種罪惡感。」

「我想，跟我過來買水是一樣的吧。」

何宇華拿著兩瓶冰水去結帳，往醫院的方向走過去。

一個月前，周承俊重回實驗大樓，他的研究室和他離開時沒有什麼不同。雖然裡面的資料已經被翻過了，黃佑昶做事倒是整整齊齊的。

是陳毅誠主動聯絡他，把原來的研究室還給他。陳毅誠是實驗管理中心的負責人，雖然是院長的人馬，在院長底下忠心耿耿地做了十幾年，沒想到剛把周承俊弄走，黃佑昶馬上爬到他頭上來。

於是他理解到雙邊押寶的重要。

很奇怪的是，周承俊這次回來，願意幫他拉攏他的人反而變多。大概是因為他不再具有威脅性，也可以用來壓制黃佑昶，對那些大老是個好用的棋子。

他自己的個人時間依然不多。不是待在研究室，就是在辦公室，不然就是治療一區。

這個早上他都耗費在急診住院醫生的資格考，他是負責口試的人，央大急診每年用這樣的方式來考核每個住院醫生的程度。結束以後，他忽然想聽到她的聲音，就在辦公室打給何宇華。

他並沒料到何宇華會真的出現。看到她敲門走進他的辦公室，周承俊真的發揮很大的自制力來抵抗過去抱住她的衝動。他坐在原處看著她，從未想過光是坐著看到她進來，可以有那麼多情感襲擊上來。

她把兩瓶水放在周承俊的桌上。

「妳去買了水？」

「你不是說渴嗎？」

「妳忘記辦公室有飲水機嗎？」

「所以你不要喝嗎？」

何宇華伸手過去把水拿回來，周承俊連忙阻止她。「我沒說不要。」

他拿起一瓶水，旋開瓶蓋喝下去。

「那我……走了喔。」何宇華真的向外就走，周承俊不敢相信，閉上眼說：「所以……妳真的只是來送這兩瓶水，沒有別的？」難怪他們的進度那麼慢，一個正常的女人看到他這麼深情地看著她，應該是這種反應嗎？

「因為醫院裡沒賣你喜歡的這種氣泡水，而且你不是要喝冰的？」

「坐下。」周承俊說，他發現直接命令還比較有用。

何宇華在沙發椅坐下，椅子的樺木扶手有一條刮痕，周承俊那篇證明黃佑昶的 Ezobril 藥物實驗有操作偏差的文章投稿到原本刊登黃P論文的期刊，而且被來函照登以後，黃佑昶到這裡發了很大的脾氣。

這條刮痕就是被黃佑昶踢出來的。

「我有寫得很過份嗎？」黃佑昶離開以後，周承俊這麼問她。

「不算含蓄。」何宇華告訴他。

黃佑昶沒有受到任何懲處，因為他的研究結果只是有「若干細節」沒有注意到，為了鼓勵年輕醫生勇於投入研究，還撥了筆慰問金給他。

他如日中天的聲勢只存在於周承俊暫停職務的那段時間，之後就一路下墜，當初許多過來投靠，希望和他合作量產論文來掛名的醫生也無情地離去。畢竟如果量產出來的論文有問題，掛名的人也會有危險。

「你……還好嗎？」何宇華問周承俊。「聽說他們今天訂婚？」

「雖然快了點，我是祝福他們的。希望她這次能找到幸福，她被我耽誤太久了。」周承俊照實說，他對張嘉歆更多的是愧疚。為了周承俊要遵守承諾，為了證明周承俊不是一個不負責任的壞男人，她跟他過著毫無幸福的生活。

「你沒事就好了。」

「妳是在擔心我嗎？」周承俊看著她問。

「不是，我在擔心黃P。以前那些找你麻煩的人，以後一樣找他的麻煩，院長女婿不好當，也不知道他挺不挺得住……」

就在何宇華說話的同時，電動百葉窗降下來，擋住可以看到大辦公室的玻璃隔間。辦公室裡的人看不見他們，他們也看不到外面。

周承俊來到她面前，直接抱起她吻下去。

※　※　※

幾個月後。

急診室的日子有時很忙碌，有時又意外地清涼，急救室總是有危急病人闖進來，各自邁向自己的歸宿。每一天看起來都長得一樣，對活在裡面的人來說，每一天都有不同。

新的學弟妹來了，看到新一年的R1，林耿明不禁覺得可怕，隨著一年又一年地推進，四年後他會成為主治醫師。

聽起來很長，事實上很短。

「學弟，等等那根 endo 給你 on。」

還沒接班九么就通報一個歐卡，八十歲臥床老人被家人發現意識不清，一一九抵達已經沒有呼吸脈搏……這個月才報到的R1學弟小劉剛結束第一個白班，據說今天都還沒開張，連續三個插管都沒插上。第一天就受到這種震撼教育真是讓人不忍心。聽說他不是央大醫學系，沒來這裡實習過，這簡直是誤入叢林的小白兔。沒經歷過一定不能習慣這麼硬的班，到底哪裡會有一個班就插三根 endo 的急診，三根耶，意味著每十二小時就有三個人死亡或瀕臨死亡。

而且這只是平均值不是最大值。

林耿明想起他的第一班，居然已是一年前的事。這個月報到五個R1，林耿明終於有了學弟妹，想到過去這一年一路艱辛，他決定當個好學長，幫助這五個學弟妹都存活下來。

小劉雖然要下班了，他也對這根 endo 躍躍欲試，毫不在乎他其實可以下班，回到溫暖的家睡一覺，急著開張的心情林耿明完全能夠體會。

一個枯瘦的老人被推進急救室，很好，看這臉型、這脖子簡直就是為了插管而生，學弟這次一定能成功。護理師們接手做CPR，林耿明把喉頭鏡遞給學弟，學弟深吸一口氣，蹲下馬步，緩緩把喉頭鏡往上挑，管子放進去。

很好，看這架勢應該是有了。

管子放的深度也很正確，如果有放在氣管裡面，聽診器會聽見兩邊肺部暢快呼吸的聲音。

結果……響亮的聲音從胃傳出來，意味著管子在食道裡面。

學弟慌張地望著林耿明。

「沒、沒關係，我們再來一次。」

一切步驟都要重來，新的氣管內管要重新準備，總之又是一陣手忙腳亂。

小劉再度蹲下馬步。

護理師們盯著林耿明看，似乎在無聲吶喊，那眼神就是在叫他接手過來趕快插一插結束這回合。

「我們、我們再一次……」每個人都有當年嘛，林耿明頂住壓力決意讓小劉再試一次。

看著他拿起喉頭鏡，穩穩地再送進這個阿公的口腔深處，林耿明忍不住提醒他。

「學、學弟看見了嗎？有個白色三角形……」

白色三角形就是喉頭的聲帶，是氣管內管也就是 endo 應該放進去的地方。

「沒有。」學弟果斷地說。

護理師們絕望地望向他，林耿明感受到視線裡巨大的壓迫力道。

看來這個學弟沒有慧根，今年央大急診挑人的標準變了嗎？

林耿明伸出左手，幫他把喉頭鏡挑起來。

「我看到了。」學弟興奮不已，好像發現新大陸一樣。

林耿明右手拿起氣管內管遞給他。「現在放進去。」他說。

他就站在學弟的身後，賣力地把這個老人的喉頭挑起來，右手越過學弟的肩膀，把管子放到他的手中。

小劉把管子放進去，腰向後頂了一下，頂到林耿明的胸口，他覺得異常地不舒服。這可是他生平第一次被男人頂到，話說回來，就算是女人也還沒有發生過。

就算是江東彥的肉體也沒有和他這麼接近過。

「學長，我放進去了嗎？我放進去了吧？」學弟愉快地喊著，完全沒考慮到這是個歐卡場合。

林耿明拿起聽診器聽那個人的呼吸來確認。「對，endo 位置正確。」

在場的所有護理師都鬆了口氣。

「這樣這個人會救活吧？」學弟一臉期盼地看著自己首度開張的病人。

林耿明搖搖頭，怎麼辦呢？學弟太天真了，這樣在這裡會吃很多苦。

這個老人的身體很差，對急救反應不好，不意外的話，應該是時間到就會宣告死亡的那種。

「林醫師，家屬說不要急救。」江媛婷從外面進來對他說，手中拿著老人的兒子剛簽好的不急救聲明書。

上面寫著不插管、不電擊、不心臟按摩，也不要急救藥物。

正輪到壓胸的實習醫生聽到這句話，彷彿瞬間沒了力氣，越壓越小力，眼巴巴地望著林耿明。

「不，不是啊，管子才剛放進去還有希望，學弟你再壓用力一點！」R 1小劉著急地催促著實習醫生。

林耿明看出小劉被央大急診錄取的原因了，這大喊大叫比家屬還著急的樣子真讓人汗顏。

這樣好嗎？周承俊學長，不，副主任，把這個學弟錄取進來是你幹的吧！

「停止急救，死亡時間晚上八點二十分。」林耿明宣布的那一刻，實習醫生立即從床上退下來，下來還站不太穩，再多壓個幾分鐘他應該會虛脫。

「不、不要啊……」小劉的哀號讓人震驚，他握住阿公的手，林耿明心想是時候讓他下班了。

「林醫師，三分鐘後一個內科歐卡！」檢傷的素晴姊直接進來急救室說。林耿明聽了臉色發青，又一個歐卡，這個都還沒走呢，還來？

小劉的臉卻忽然亮起來，問他：「學長，這個 endo 也可以給我嗎？」

「你說是不是你帶賽？你是不是有在祈求多幾個歐卡啊？沒關係，老實說啊！」

不能怪林耿明這麼想，即使是央大急診室這麼魔性的地方，也很少連續兩個歐卡。

新科主治醫師小邱好不容易把班交完進來急救室。

「幹！你們兩個在裡面給我越救死越多人是怎樣?!通通給我出去，下班的回家，不要在這裡給我帶衰，這個歐卡拎北自己來。」

R1小劉被小邱幹譙到不敢說話，也不敢再提要插這根管子。林耿明帶著他退出急救室的同時，那個歐卡從外面推進來，居然是個小孩子。

「小邱醫師，是末期病人有簽DNR！」推進來的素晴說著：「是我們老病人，我把他掛號進來，父母說不要急救！」

林耿明回頭看著那個已明顯死亡的孩子。

「江東彥，你跟我說過的那個小朋友來急診了。」他們幾個人答應江東彥，如果有遇到一定要通知他。江東彥正在樓上病房值班，這個月他在腎臟內科輪訓。林耿明才放下電話不久，就看到江東彥從電梯口直奔過來。

蕭晨曄的母親抱著孩子痛哭，父親跪坐在地上淚流不止，雖然早有心理準備，心還是很痛，痛到快要受不了。出院後的每一天，他們都在祈求奇蹟，他們的願望很卑微，僅僅是希望孩子能再多活一天。

江東彥過去坐在床邊，握住蕭晨曄冰冷的小手。

江東彥凝視那個孩子的背影一直沒辦法從林耿明的腦海中抹去。死亡是一件永遠無法習慣的事，即使他們在這裡已看過太多。

他無法記得那些人的名字，可是他記得送走他們的感覺。

這一班後來是怎麼度過的，林耿明沒有詳細的記憶。這算是好事，因為這代表沒有發生什麼悲慘的事。順利交完班，他到辦公室拿信，遇到江東彥也在那兒。

從他的黑眼圈看起來，大概沒怎麼睡。

「以前的我沒有做不到的事。」江東彥說了一句話，林耿明看向他。「只要付出就會有一定的回報，到這裡我才學到失敗的感覺。就算死亡是不可避免的終點，我也必須帶著我的病人走向它。不能退縮，不能恐懼，更不能逃走。他們總是悲慘地來到我們面前，帶著一身傷病。我們都知道生命只有一次，卻總是忽略了死亡也只有一次。我們面對的不是疾病，而是人生，每個人僅有一次的最後一段人生。」

「你說得對。」林耿明說：「就算救了再多人，每個人都難免一死，他們在最後的旅程會來到這裡。我們能做的就是在那一天到來之前，努力挽救他們的性命。這是一份不錯的工作，真的，我不後悔來到這裡。」

「我也是，不過這一年……很有挑戰，未來一定也差不多。」江東彥看向辦公室裡主治醫師的座位名牌，然後問林耿明：「你覺得我們以後會跟他們一樣嗎？」

「我們會找到自己的路。」林耿明正經地說。

這是什麼大話，江東彥不小心笑了。在昨晚握過蕭晨曄冰冷的手以後，他第一次展露笑容。

這個有趣的傢伙。他只想去一家平凡的醫院當個平凡的急診醫生，卻莫名其妙來到這裡，那些主治醫師一定覺得很刺激。

林耿明是投入水中的小石頭，雖然他的力量微小，雖然他只有一個人，激起的水花卻擴散到各個角落，周遭的人都被他影響，不由自主做出改變。

醫院的空氣不再是冰冷的，同事不會只有鬥爭。江東彥一直記得口試那一天他坐在會議室前方的走道，林耿明從外面走進來，彷彿帶著一股力量。

他會改變這個地方，他已經改變了一小部分。

真要說奇蹟，他才是央大急診的奇蹟。

後記

所有的文學創作裡面，我最喜歡小說。

創作一個小說的過程類似於無中生有構築出整個世界。小說既是虛構也是真實的，這本書也是。

這個故事想談的不是醫療的黑幕，而是人生的抉擇與失去。醫療的對象是人，是生命，不同的人性在對抗疾病的過程交流乃至於碰撞出火花。

人生沒有重來一次的機會。每個人只會有一次十八歲，也只有一次八十歲。不論年紀老少，在疾病的面前都一樣無助。醫院是生老病死的場所，人們在這裡一起對抗死亡這個敵人，在有限的時間裡面，殺出一條血路。

這場戰役並不是一條甜美的康莊大道，有些遺憾足以讓人永遠記得。

幸運的是生活裡一些微小的事物依然吸引著我的目光，有時是冬日的暖陽、路邊的小貓，或者就是一首輕快的歌，像是生命的節奏，謳歌這個世界仍有許多美好的事物存在。

願經過死神的蹂躪後，我們都沒有失去愛人的能力。

九　歌　文　庫　1362

急診室的奇蹟

國家圖書館出版品預行編目（CIP）資料

急診室的奇蹟 / 蘇愚 著. -- 初版. -- 臺北市：九歌出版社有限公司，2021.10
面；　公分. --（九歌文庫；1362）
ISBN 978-986-450-367-4（平裝）
863.57　　110014817

作　　者——蘇愚
責任編輯——張晶惠
創 辦 人——蔡文甫
發 行 人——蔡澤玉
出　　版——九歌出版社有限公司
台北市 105 八德路 3 段 12 巷 57 弄 40 號
電話／02-25776564・傳真／02-25789205
郵政劃撥／0112295-1

九歌文學網　www.chiuko.com.tw

印　　刷——晨捷印製股份有限公司
法律顧問——龍躍天律師・蕭雄淋律師・董安丹律師
初　　版——2021 年 10 月
定　　價——480 元
書　　號——F1362
I S B N——978-986-450-367-4